文字诞生，“秘密”接踵而至，
“隐藏”与“破解”之间的战争，永无休止……

维基解密的创始人，著名黑客朱利安·阿桑奇及遍布世界的同道者们，将黑客技术持续推新，不断实现自我超越，以形成一个无形的强大的机器。他们立志于让一切信息透明，让秘密无所遁形，与世界上生产秘密的机构或组织战斗。

本书的作者安迪·格林伯格是一位电脑信息安全领域的记者，专注于高端科技、信息安全等领域，此前曾任福布斯网和《福布斯》杂志的特约撰稿人，现作为资深作家供职于《在线》杂志。

《机器消灭秘密》一书中，格林伯格深入研究并生动再现了那些拥有全能黑客技术的魔术师，他们将任何企图染指个人隐私的机构的保密性打得粉碎。这本精心组织的著作是对此题材感兴趣的读者的必读之书，即便现在你可能不感兴趣，将来也极有可能希望了解这些内容，因为你终有一天会置身其中。无论你是初涉电脑屏幕之后的虚拟战场的新生，还是经验丰富的维基解密观察家，本书都是不可多得的上乘之作，你总会在其中发现一些新奇而有趣的东西。

《机器消灭秘密》（英文第 1 版）于 2012 年在美国与英国同期出版，《机器消灭秘密》（英文第 2 版）于 2013 年在美国出版，加拿大、英国、爱尔兰、澳大利亚、新西兰、印度、南非等多个国家和地区引进该书版权并同期出版。故事的主线是阿桑奇及其维基解密，穿插讲述了几十年来网络密码和黑客安全的相关历史及关键人物。通过对故事中一些主要参与者的独家访问，如朱利安·阿桑奇、丹尼尔·多姆沙伊特－伯格，以及之前从未接受过采访的维基解密的神出鬼没的设计师，格林伯格揭开了这个世界上具有明确政治动机的黑客们的神秘面纱——他们是谁？他们如何工作？

电影《第五产业》（*the fifth estate*）由本书内容改编而成。

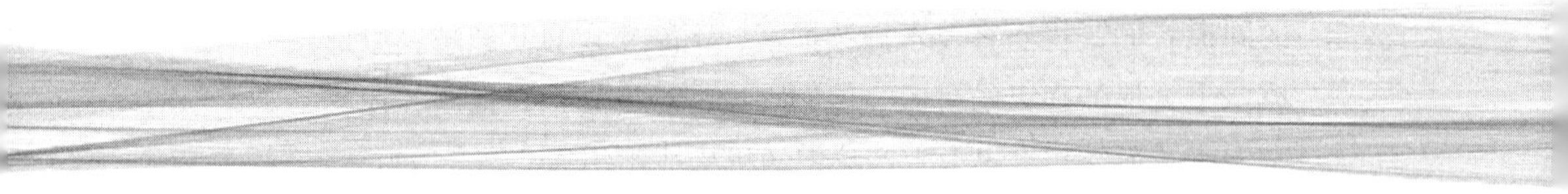

科学可以这样看丛书

This Machine Kills Secrets

机器消灭秘密

维基解密及密码朋克们的“解密”战争

〔美〕安迪·格林伯格(Andy Greenberg) 著
王 崧 王 涛 唐 禾 译

2013 年《纽约时报》编辑选择奖
2014 年作者荣获“最高网络安全记者奖”
解密机构创始人、全球十大黑客专访,杀死秘密

重庆出版集团 重庆出版社

版贸核渝字(2014)第009号

图书在版编目(CIP)数据

机器消灭秘密/(美)安迪·格林伯格著;王崧,王涛,唐禾译.
—重庆:重庆出版社,2017.8(2018.5重印)
(科学可以这样看丛书/冯建华主编)
书名原文:This Machine Kills Secrets
ISBN 978-7-229-12150-1

Ⅰ.①机… Ⅱ.①安… ②王… ③王… ④唐… Ⅲ.①长篇小说—美国—现代 Ⅳ.①I712.45

中国版本图书馆CIP数据核字(2017)第070318号

机器消灭秘密
This Machine Kills Secrets
〔美〕安迪·格林伯格(Andy Greenberg) 著 王崧 王涛 唐禾 译

责任编辑:连 果
责任校对:李春燕
封面设计:博引传媒·何华成

重庆出版集团
重庆出版社 出版

重庆市南岸区南滨路162号1幢 邮政编码:400061 http://www.cqph.com
重庆出版集团艺术设计有限公司制版
重庆市国丰印务有限责任公司印刷
重庆出版集团图书发行有限公司发行
E-MAIL:fxchu@cqph.com 邮购电话:023-61520646
全国新华书店经销

开本:710mm×1 000mm 1/16 印张:18.5 字数:300千
2017年8月第1版 2018年5月第2次印刷
ISBN 978-7-229-12150-1
定价:49.80元

如有印装质量问题,请向本集团图书发行有限公司调换:023-61520678

Advance Praise for *This Machine Kills Secrets*
《机器消灭秘密》一书的发行评语

迷人的研究。

——《华尔街日报》(*Wall Street journal*)

《福布斯》杂志记者安迪·格林伯格为读者呈现了一个惊人的揭露性调查，带领我们进入了电脑屏幕背后阴暗的作战室。

——《克利夫兰老实人报》(*The Cleveland Plain Dealer*)

在斯蒂格·拉松（Stieg Larsson）创造出莉斯贝特·萨兰德（Lisbeth Salander）前，电脑黑客从未被描写成这样的英雄——值得庆幸的是格林伯格也分享了一些拉松在制造悬念上的天赋。

——《石板杂志》(*Slate*)

格林伯格深入研究了所有拥有强大黑客技术的高手，他们粉碎了在挖掘个人隐私问题上的保密性及所有国家秘密的保密性。

——《出版人周刊》(*Publishers Weekly*)

当立法者和执法者还在为这些问题的哲学性和实践性争论不休时，格林伯格介绍的这些人已经打定了主意，并且他们已经走在了前列。如果你想了解他们是谁，以及为何他们如此强大，没有比看这本书更好的选择了。

——《新科学家杂志》(*New Scientist*)

格林伯格描绘了一个新的现实。政府和企业的彻底透明并非一个决定，而是一种真切的生活。

——唐·泰普斯科特，(Don Tapscott)《裸公司》(*The Naked Corporation*)、《宏观维基经济学》(*Macrowikinomics*) 畅销书作者

对于那些想要理解“公开和保密”、“匿名和具名”之间的争论及其重要性的人，本书是必读之物。经过细致研究，本书提供了那些编写审查、镇压代码，甚至是传统法律古怪先驱的第一手资料。他还捕捉到了该运动

不懈分布的性质，正是这一性质推动了一切。

——丹尼尔·苏亚雷斯（Daniel Suarez），

《守护神》（*Daemon*）、《杀戮决定》（*Kill Decision*）畅销书作家

安迪·格林伯格向我们展示了为什么密码学必然是互联网的精髓。没有技术知识的人和那些生活并呼吸着字节的人将获得一幅新的愿景，一支看不见人的军队。

——贝吉塔·约斯多蒂尔（Birgitta Jónsdóttir），

冰岛国会成员及国际现代传媒学院主席

这是一场关于社会透明度革命的故事。它暴露了那些将秘密置于危险中的人。对于那些追求透明度的人来说，这是一个引人入胜的故事。对于那些必须保守秘密的人来说，这本书是能映射出你最大恐惧的一面镜子。

——休·汤普森（Hugh Thompson），

哥伦比亚大学计算机科学副教授，人民安全公司创始人兼CEO

格林伯格生动的故事使那些最终汇聚成维基解密的力量——那些人、那些政治、那些技术变得鲜活起来。

——布鲁斯·施奈尔（Bruce Schneier），《骗子与局外人》

（*Liars and Outliers*）、《应用密码学》（*Applied Cryptography*）作者

安迪·格林伯格讲述了一个生动的故事，引人注目的人物和强大的技术编织在一起，可以比印刷机发明以来任何技术都更深刻地改变政治。读完本书，我既受到了启发，也感到了恐惧。

——戴维·培根（David Bacon），IBM华盛顿研究中心

本书指出未来很少有企业和政府的秘密是安全的。要了解维基解密现象以及针对敏感机构秘密不断增长的斗争，本书是你必须读的。

——斯蒂芬·所罗门（Stephen Solomon），

纽约大学阿瑟·卡特新闻学院商业和经济报告计划编辑

这是一次深入争议世界心脏的环球探险，那些才华横溢、离经叛道，

且反复无常改变游戏规则的人拿起手中的工具并将它们变成了在某种情况下改变历史进程的武器……格林伯格寻找并抓住了这个故事。

——《论文杂志》(*Paper magazine*)

一系列深刻复杂的动态肖像描写……总之，格林伯格创造了一部精彩的读物。

——《纽约首府》(*Capital New York*)

格林伯格擅长解释的所有技术细节都引人入胜，这本书翔实描写了关于人类的壮举与失败、理想主义、信念以及背叛。

——《爱尔兰时报》(*The Irish Times*)

Reader Praise for *This Machine Kills Secrets*

《机器消灭秘密》一书的读者评语

杰出的一本书，本书讨论的话题甚至否定了几乎所有主流媒体报道的真实有效性。这些问题在2013年的夏天（斯诺登事件发生）比以往更显得与我们息息相关。我敦请任何对这些事件的真实报道感兴趣的人及身涉其中的单位去看看本书。

——乔治·沃特斯（George Waters），原版读者语

安迪·格林伯格令人惊讶地采访到包括维基解密的朱利安·阿桑奇在内的众多真实的神秘人物。更令人吃惊的是他能够清楚而有趣地传达阐释黑客和网络安全的基本原理。格林伯格以引人入胜的、戏剧般的笔触向读者呈现了热衷窥探监听的政府机构和极力保护我们生活隐私的互联网自由斗士之间的斗争。

——米格尔·莫拉莱斯（Miiguel Moorales），原版读者语

这本书对“泄露信息”是如何演变的及其意义给出了一个重要的观点。本书从五角大楼文件事件开始，讲述了随后几十年间工具与加密、黑客与激进主义者及网络泄密的发展。在这个过程中，所有留下足迹的主要人物都会被介绍，这部分值得给5星评价。

——伊利亚·格里高利克（Llya Grigorik），原版读者语

非常有趣，揭示了互联网隐秘的世界。阅读关键人物背后的故事令人着迷，他们的名字不断地在新闻中被听到——朱利安·阿桑奇、布拉德利·曼宁、丹尼尔·埃尔斯伯格。而另一些关键人物的名字你也许尚不熟悉，但他们对于网络安全和匿名性的发展有着重要影响。

——朱莉·哈杉（Julie Hazan），原版读者语

For my father, Gary Greenberg, and
the memory of my mother,
Marcia Gottfried

献给
我的父亲,加里·格林伯格

纪念
我的母亲,玛西娅·戈特弗里德

主要人物

（按出场顺序排序）

朱利安·阿桑奇（Julian Assange）

维基解密创始人，前黑客、密码朋克及活动家，通过发布其搜集的破纪录的企业和政府的秘密资料证明了数字化匿名泄密的力量。

丹尼尔·埃尔斯伯格（Daniel Ellsberg）

军事分析家，1969 至 1971 年潜逃并向《纽约时报》及其他 17 家报媒泄露了美国五角大楼绝密文件。

布拉德利·曼宁（Bradley Manning）

美国陆军二等兵，22 岁时据称将一堆军事秘密和国务院文件泄露给了维基解密，这可能成为有史以来规模最大的机密资料公开披露。

阿德里安·拉莫（Adrian Lamo）

一名前黑客及无家可归的流浪汉（全球十大黑客之一），曼宁对他承认了自己的泄密行为。拉莫把曼宁交给了军队调查员。

蒂姆·梅（Tim May）

英特尔的物理学家、自由主义及密码无政府主义思想家，于 1991 年创立了密码朋克，并创建了叫做黑网（BlackNet）的加密匿名泄露思想实验原型。

菲尔·齐默尔曼（Phil zimmermann）

应用密码学家，他的完美隐私（Pretty Good Privacy，PGP）程序为公众带来了免费、强大的加密服务。美国司法部从 1993 年至 1996 年对他的调查引发了用户对无法破解加密权利的争论。

大卫·乔姆（David Chaum）

发明家及学者，其匿名系统包括：DC-Nets 及 Mix Networks，他的发明激励了密码朋克并导致了像匿名邮件转发器和 Tor 等工具的出现。

埃里克·休斯（Eric Hughes）

数学家、密码学家以及密码朋克的共同创始人之一，他运行了互联网的第一批匿名邮件转发器之一。

约翰·吉尔摩（John Gilmore）

太阳微系统公司（Sun Microsystems）前程序员，密码朋克及电子前沿基金会（Electronic Frontier Foundation）创始人之一。

约翰·扬（John Young）

建筑师、活动家及密码朋克，1996 年创立了一个专注于泄密的网站"cryptome. org"，该网站已公布了数千名情报人员的姓名及他们的消息来源，以及数以百计与信息加密和安全相关的文件。

加尔夫·黑尔森尤斯（Julf Helsingius）

芬兰的系统管理员及隐私倡导者，黑尔森尤斯创建了渗透（Penet）匿名邮件转发器，同时受到了山达基教会的法律压力，山达基教会要求他交出其中一个用户的身份。

吉姆·贝尔（Jim Bell）

工程师及自由主义者，他在 1997 年的论文《政治暗杀》中描述了一个使用加密以实现匿名的集资买凶杀人系统。

雅克布·埃佩尔鲍姆（Jacob Appelbaum）

活动家、黑客及 Tor 匿名网络开发者，他是朱利安·阿桑奇的朋友，并成为了维基解密主要的美国合作者。

保罗·西沃森（Paul Syverson）

美国海军研究实验室（Naval Research Laboratory）逻辑学家及密码学家，被认为发明了“洋葱路由器”匿名通信协议。

尼克·马修森（Nick Mathewson）和罗杰·丁哥达恩（Roger Dingledine）

两名麻省理工学院（MIT）的研究者，他们与西沃森一起工作以使洋葱路由器成为实用化工具，即后来非赢利性的 Tor 项目。

派特尔·“马齐”·扎克（Peiter “Mudge” Zatko）

前“灰帽黑客”，曾担任黑客团队 L0pht 的发言人。目前领导着美国五角大楼（Pentagon）国防部高级研究计划局（Defense Advanced Research Projects Agency），包括被称为“CINDER”或网络内部威胁（Cyber Insider Threat）的寻找根除流氓内鬼方法的计划。

亚伦·巴尔（Aaron Barr）

一家华盛顿特区小型安全公司前首席执行官，他吹嘘自己拥有揭露匿名黑客和泄密者的方法。

托马斯·德雷克（Thomas Drake）

美国国家安全局（National Security Agency）的告密者，由于向记者透露该局涉嫌财务和浪费问题而被检察官威胁并被起诉。

贝吉塔·约斯多蒂尔（Birgitta Jónsdóttir）

冰岛国会成员、诗人，及与维基解密合作的活动家。她正通过冰岛议会推动被称为“冰岛现代媒体计划”（Icelandic Modern Media Initiative）的激进透明度法案。

丹尼尔·多姆沙伊特－伯格（Daniel Domscheit－Berg）

德国人，前维基解密合作者，他曾在阿桑奇身边工作，但在 2010 年秋被逐出该组织。从那时起，他陷入了与阿桑奇激烈的长期的不合，并成立了自己的数字告密者团队公开解密（Open Leaks）。

阿塔纳斯·特乔巴诺夫（Atanas Tchobanov）和阿森·约达诺夫（Assen Yordanov）

两名保加利亚记者，他们创立了独立媒体机构水牛（Bivol），并受到维基解密的启发，创立了重点关注保加利亚相关信息的泄密网站巴尔干解密（Balkan Leaks）。

安迪·缪勒－玛格汉（Andy Müller-Maguhn）

德国黑客组织混沌电脑俱乐部（Chaos Computer Club）前董事会成员。缪勒－玛格汉曾与维基解密合作，并担任阿桑奇与多姆沙伊特－伯格间争端的调解人。

设计师

隐秘的假名工程师，他在2009年晚期及2010年与阿桑奇和多姆沙伊特－伯格合作改造了维基解密提交系统。与阿桑奇失合后，他加入了多姆沙伊特－伯格的公开解密。

目录

前言
巨量解密

2011 年 11 月的一个雨天，在伦敦一栋花园公寓里，朱利安·阿桑奇正在给我讲述着泄密经济学。

他身高 6 英尺 2 英寸（1.87 米），穿着一件时髦的海军服，手里端着咖啡杯，一边坐进沙发一边说："简单来说，要建立市场，就必须掌握信息。一个完善的市场需要充足的信息。"他的嗓音沙哑，略有澳大利亚男中音的口音。在墨尔本，他曾作为一名年轻的骇客，借助其口音冒充 IT 职员，通过电话骗取公司员工以泄露他们的密码。今天，在最近一次流感经历后，这种口音更重了。他曾经浓密的白发最近也被染成了棕色，呈现出亚麻色和棕黄色交错的沙色豹纹状（他自称，他是在"被跟踪"时染的发）。

"在过去的汽车市场中，有一个关于柠檬黄的著名例子。买家不大可能将柠檬黄与好车联系起来，而卖家也不可能卖出理想的价格，就算那真的是辆好车，"他以专业的口吻说道，"因为我们认为那就是个酸柠檬。"

今天，阿桑奇心中也揣着一个酸柠檬。他刚告诉我维基解密计划公开了 2011 年早期，也就是我们会面前几个月一家美国主要银行的好几万封内部电子邮件。他并未具体指向哪家银行，也没说这些邮件到底揭露了什么内容，但他可以保证这些揭露的内容将曝光该银行大范围的集体渎职，其影响力足以导致这家银行被撤销。

"你可以把这称之为腐败的生态系统，"他说道，"也正是所有常规决策的熟视无睹和默许——最终导致监管缺失、管理层职权滥用、管理者心中只想着自己的私利。"

这是阿桑奇影响力的鼎盛时期。那个月的月末时我在《福布斯》杂志上对阿桑奇的言论进行了报道，我们推测维基解密的目标是使美国银行的公司股票市值在1个小时内缩水35亿美元。现年39岁的维基解密创始人阿桑奇已经习惯于用拇指触碰按钮，弹出全球大型机构信息的感觉。过去4个月里，他的团队已披露了76 000份有关阿富汗战争的机密文件和391 000份有关伊拉克战争的文件，揭露出这两场战争的全部阴暗历史，而这些都是公共数据资料的最大缺口。“将这么多信息发布出来，应该赋予其一个漂亮的名字。”他表情严肃地说。

“巨量解密?”我试探性地回答。

“巨量解密，太好了，”他说，“巨量解密……它们是一种重要的现象，而且会越来越多。”

几小时后，我关掉录音机，阿桑奇穿上他灰色的大衣，他的助手也正在收拾准备离开。此时，他无意中说到维基解密最近正计划着另一个“巨量解密”，就好像这是个晦涩难懂的术语，他只是出于必要性才用到的。

“很大?”我问到，有点出冷汗。他回答说会比披露伊拉克战争的文件大7倍。

“它有没有影响到私人部门或政府?”在跟一个将秘密像圣诞礼物一样分发给记者的人谈话3小时后，我试图克制住自己的恐慌感。好像直到现在我才明白这个真实的故事。

“都有。”他说道。

“哪些行业?”我问，并思索着我所就职商业杂志编辑们的利益。

此时，阿桑奇似乎打破了职业性的冷静，允许自己放松一下。他面带往常难以发觉的抿嘴笑容，像小男孩一样咧嘴大笑道：“全部。”

1分钟后，他走出门，消失在雨中的伦敦人行道上。

.- --. -- --.. -. -.-- ..-. .--. .. ... --. .. ..-- .-.. -.

电报门改变了世界。在我与阿桑奇会面3周后，251 000份曾被列为机密的美国国务院电报开始从维基解密流出，并且还在不断继续。这些文件与全球重大机密事件之间存在太多联系，以至于难以理出直接的因果关系。但是，当一名叫做默罕默德·博阿齐齐的路边小贩在突尼斯西迪布济得省府办公室前自焚后，该国全体公民走上大街游行示威，意图推翻他们的政府。他们中很多人受到维基解密泄露信息的启示——美国国务院鄙视突尼斯总统本·阿里，这给了他们勇气反对过去25年来的独裁者。如果他们起来反抗他，美国政府是不会伸出援手的。

由于民粹主义怒火在埃及、利比亚、叙利亚及其他地方的扩散，穆阿迈尔·卡扎菲通过电视演讲警告利比亚人不要浏览维基解密，声称“维基解密发布的信息，都是说谎的大使为了制造混乱而杜撰的”。9个月后，这种革命的混乱压垮了他的军队，推翻了他的政权，并最终杀死了他。

当奥巴马总统宣布所有美国军队将在2011年年底撤离伊拉克时，美国有线电视新闻网（CNN）报道维基解密已经使得谈判道路更加坎坷，这可能导致美国军队在那滞留更长时间。美国将军们要求为留在那个国家的所有士兵提供司法保护。但由于泄露的电报显示出美军对伊拉克平民的大屠杀以及随后的掩盖行为，伊拉克政府拒绝了此要求并遣走了美军。

尽管阿桑奇的激进思想渗透到世界各地，但他在我面前做出对银行泄密的预言并未实现。第2年，这个澳大利亚人小心地回避了记者们提出的针对“为何未能如期揭露”的询问，在阿桑奇沙哑的道歉声后，最终将责任推卸给维基解密一名声称要删除文件的无赖职员。阿桑奇轻率地宣告要“拆掉一两座银行”招来了银行界对维基解密的恶毒反击：美国银行加入了一个非正式的支付服务同盟，包括“Visa、MasterCard、PayPal、Western Union”等，他们拒绝处理对维基解密这个全球最具争议网站的捐赠，最终使其陷入瘫痪。

今天，维基解密正在苟延残喘。阿桑奇面临着涉嫌瑞士性侵案的调查，更多的美国法律的敌人也在翘首以盼。维基解密的控方检察官布拉德利·曼宁（Bradley Manning，曾为美国陆军士兵）暗示，阿桑奇可能已经在积极地训练年轻的私人军队，这也是他为自己的起诉所做的潜在准备。而他的组织工作由于急于筹集资金也被搁置了。其某些最热心的支持者已变成最严厉的批评者，而他的解密也明显放慢了节奏，并失去了影响力。比起重建他的组织，阿桑奇似乎对在俄罗斯政府资助的网络电视上举行一场访谈节目更感兴趣，而维基解密的观察家们，包括叶甫根尼·莫洛佐夫和理查德·斯托尔曼都认为他们从该团体的命运中得到了黑暗的教训。他们说道，维基解密网站即我们曾经幻想的无政府主义王国，而非受政府和大公司控制的限制性平台，原来也并非是真正自由的。

然而，如果只注意到维基解密是如何被控制、缄默、惩罚、蓄意破坏的，而忽视一个更大的教训却是不对的。这个教训是：这个团体如何激励了整整一代的政治骇客和数码泄密者。这个故事并不是朱利安·阿桑奇，或者他那个挖空公共机构秘密的团队所开启和结束的。相反，它遵循着以维基解密为代表的理想、方法和行动，从数十年前的前辈到其思想的传人，都已经被完全调动起来。

自从我在伦敦的那个雨天与阿桑奇会面后，这个思路将我从西方世界的一角带到其他地方，探寻这一思想的历史与未来：数字化、无法追查、匿名的泄密。而且，在许多方面我追寻的这条思路都比以往任何时候更加强大。

《机器消灭秘密》是一部关于外力联合促成维基解密事件发生的书。它描述了这些力量如何运作以使其众多秘密被曝光。

想要将大型机构内部秘密曝光的知情人士一直都存在着，无论他们是善意的揭发还是恶意的爆料。但计算机这项技术的发明加速了泄密的发展。伴随着互联网的高速发展，揭秘机器进入了寒武纪大爆发时代，对有效特征的复制，失败组件的删除和方法的珩磨都比过去更加迅速。

较之以往，世界信息的现状促成了更多的揭秘者。根据南加州大学安南博格分校对通讯和新闻业的一项调查，到2002年，全球数字记录数据的总量最终等同于模拟记录信息的总量。仅5年后，即2007年，包括最近几年的研究显示数字信息已占到全球记录信息的94%。而且这些信息都是流动的：能够不受限制地复制，毫无困难地转移——从根本上说是很不安全的。

只是，很难说在广阔的数字沼泽中哪个部分是保密的。但哈佛大学的科学史学家彼得·盖里森估计，以打印文件为代表，添加到全球保密图书馆中的页数是未保密的5倍。尽管贝拉克·奥巴马许诺让政府更加透明，但相对于乔治·W. 布什执政的第一年和最后一年，即2001年和2008年分别有860万和2 340万份文件被归入密级，2010年则有7 670万份文件被归入密级。

能够接近这些资料的人数是难以确定的。有400万美国人拥有某种形式的许可可以部分阅读涉密信息。其中，大约120万人具有阅读更高机密信息的许可。

然而，大量的秘密被广泛共享不可能是推动泄密运动发展的唯一因素。匿名泄密仍是一种躲避监视的游戏，而维基解密在推进泄露信息这门学问中的关键就是将泄密者与其泄露的秘密分割开来。切断对泄密源头的资料追踪是鼓励泄密者透露更大秘密的重要方式，这最终导致了电报门事件的发生。

这就是泄密故事的原因。从丹尼尔·埃尔斯伯格和五角大楼文件到越来越多希望重现维基解密工作的网站，驱使他们的不仅是数码揭秘，还包括数字匿名。而真正的数字匿名则需要密码技术。

维基解密所揭示的密码泄密技术似乎是一个悖论：一种致力于揭露秘密的活动，依靠的竟然是发明用来保护它的技术。但是，匿名技术代表着一种特殊的密码系统：它们揭露数据本身，而将该数据的某些元数据隐藏起来。确切地说，匿名工具隐藏了最重要的一项元数据——IP 地址，通过 IP 地址可以迅速将用户的设备和地址定位。用来保护这一 IP 地址的技术远比听上去要困难，相比将单纯的强加密技术普及到普通互联网用户手中花费的时间，开发出强大的可以隐藏 IP 地址的匿名工具超过了长达 10 年时间。这种强大的匿名工具，尽管其缓慢的成熟过程超过 20 年，却成为了维基解密颠覆世界的杠杆。

今天，神经质的互联网专家和社会媒体理论家一窝蜂地同时声称，每个人都知道互联网上不存在匿名（《互联网揭掉了每个人的面具》是 2011 年《纽约时报》的标题），而每个人都知道互联网上不存在身份——就像《纽约客》漫画标题所说："没有人知道你是一条狗"。半数的安全专家鼓吹互联网侵犯个人隐私，而另一半则抱怨互联网缺乏身份认证，然而他们提到这些都几乎不能解决如何识别出坏人这一问题——也称"归属问题"。忘记这些对立且平行存在的事实。互联网既非完全保密也非完全公开，而是署名或匿名的。

互联网的公开和保密方式是互不影响的。今天，用户可以选择使用一种服务，例如脸书，它被设计成能够记住你的真实姓名，并将它与你的所有活动、喜好、位置甚至想法联系起来。或者他们能使用另一种服务，比如维基解密以前使用的而现在已经不存在的提交系统，它被设计成无法记录在系统上储存的信息——事实上，用户通过使用现代匿名软件，例如 Tor，完全不会被记录下任何能够指证他们的证据。

所有这些足以说明维基解密并非偶然，并非某个聪明骇客侥幸的突破。也不是数学家克莱·舍基所描述的维基解密的新闻形象："一系列不幸事件"。维基解密是信息性质的变化和密码匿名技术进步的必然结果，阿桑奇的行动不过是催化其爆发。

本书的前两部分将讲述过去 40 年来好几代密码破译专家和各种革命家是如何改变泄密的。第三部分则记述了进入后维基解密的世界，如维基解密类似的机构如雨后春笋般涌现，他们试图将消灭秘密的技术系统化，复制维基解密的成功并取得更进一步的发展。

为了报道这个故事，我从圣弗朗西斯科启程，途经冰岛、柏林和保加利亚。当我试图去写关于驱动这一隐藏运动背后经典故事时，却并未找到太多关于维基解密的运行方法、影响效果或后续进程。在我居住的布鲁克林高瓦斯区的一条街道上，我看到一个坐在路边石头上的卖艺者，胡乱地弹奏着一把吉他。上面潦草地写着一行与伍迪·加斯里曾经用于演奏的那把吉他上刻着的同样的文字：消灭纳粹的机器。这句话像箭一样射进我的思想，使我的思绪从埃尔斯伯格拓展到阿桑奇甚至更远：一场革命性的抗议运动并非致力于窃取信息，而在于建立一种能无情的将其诱骗出来的工具，它能钻进大型机构内部，将它们的防御降低至数据自由流动的水平，就像一匹用硅和密码编译软件制成的特洛伊木马。

但是，消灭秘密的机器并不仅限于维基解密，可以利用复印机复印的五角大楼文件、匿名网络 Tor，甚或是互联网。它是一个活的概念——会在那些旨在毁灭世界保密机制的头脑中继续发展。

Part one

LEAKER PRESENT，LEAKER PAST

第一部分

现在的揭秘者，过去的揭秘者

“老鼠最终会取得胜利，但同时猫也能自得其饱。”

——布鲁斯·施奈尔（Bruce Schneier）

第1章　揭发者

丹尼尔·埃尔斯伯格（Daniel Ellsberg）决定打破他遵守了13年的保密规定，着手公开20世纪数量最大的绝密文件，他自己的后半生很有可能因此而在监狱中度过。但此时此刻他面临的一个问题是：怎样用1969年的技术将7 000多页的文件进行批量复印。

丹尼尔·埃尔斯伯格曾经待过的加利福尼亚军事智囊团（即，RAND）与美国总统办公楼仅隔两个台阶，却依然不具备复印机设备。这项技术的出现已经有20年历史了，至今仍没有得到广泛应用。然而，复印机技术在处理极端保密材料的单位中存在显著的安全隐患问题。所以作为一个38岁，有着浓黑头发并且拥有类似犹太人保罗·纽曼（Paul Newman）特征的男人埃尔斯伯格也需要寻求帮助。于是他联系了他的同事——一位来自维吉尼亚州的颠覆分子托尼·鲁索（Tony Russo）。鲁索很快就成为RAND中唯一知道并且认同埃尔斯伯格揭秘计划的分析者。

鲁索从广告代理处的一个朋友那里发现了一种最新式的复印机，并且这个朋友分享了他们的反战议程。在接下来的一年中，埃尔斯伯格花费了无数个晚上，通过一个不起眼的公文包把RAND的文件带出国会大厦，然后在一个黑暗的办公室中用老式的复印机重现越南战争中与美国相关的秘密历史：五角大楼文件。

这是一项沉闷的工作。埃尔斯伯格从47本合订本中拿出一本开始复印。起初尝试一次复印两页，但他发现靠近书脊附近的字迹歪扭而且模糊，所以他把书拆开一页一页地复印。他在自己的《回忆录》中写道，“我尝试着让自己的动作变得程序化”，秘诀是：

> 一只手拿起文件，另一只手将其按放在玻璃面上，盖上盖子然后按下按钮，等……复印完后提起盖子，再拿一张新文件的同时将上一张文件移到右侧……现在看来这次操作简单而熟悉了，但在当时却是

一项新技术。在提起和盖上盖子时会花费一些额外的时间，但在当时我并不明白为什么一定要这样做。难道是为了保证复印的质量或者是复印产生的光对人的眼睛有坏处？难道那是一种危险的亮光？它的危害究竟是怎样产生的？难道那种独特的绿色带有某种放射性？

这项工作有它的复杂性：埃尔斯伯格有意地将文件的一部分拿给一些参议员，如果有必要的话他也会分享给新闻机构和媒体。为了得到大量复印本，他需要将文件交到专业的复印办公室，在那里这些文件将会被很多长着好奇眼睛的办事人员翻看。另外不方便的是，整个文件从头至尾都盖有耀眼的“绝密”字样的印章。更有甚者分类符号夹杂在庞大的分类书籍的所有空白页边。

所以埃尔斯伯格起初用剪刀截掉每页的头和脚，而后升级为使用裁纸器。然后鲁索建议他从上到下测量复印机玻璃面的卡纸板长条的尺寸以其作为参照来剪裁。但即便如此，一些文字还是被裁掉了，同时小的、随机分布的“绝密”标记仍然隐约出现在页边缘。所以埃尔斯伯格必须再次梳理像百科全书般的文件来去除它们。当他准备好了将第一份公文包大小的文件交给一个纽约的复印店，然后在那里完成他的项目时，他快速地最后一次翻阅了整个文件后震惊地发现了有一页带有明显的未被修剪掉的“绝密”记号。他离开复印店回到便餐馆，接下来的几个小时里，他在那里一边装作漫不经心地享用甜面包和咖啡，一边秘密地修剪掉残留的“绝密”记号。

这项工作因为当地警察对埃尔斯伯格断断续续地拜访而不时地被打断。鲁索在广告业工作的朋友在处理办公室的安保系统方面不是很有经验，由此带来的结果是大量的无声警报——平均每周会出现 3 次烦人的警察对一个似乎经常在深夜处理复印工作的男人进行检查。在这种情形中埃尔斯伯格会漫不经心地将复印机旁边桌子上的秘密文件掩盖住，然后礼貌地迎接警察，等到警察离开后再继续他的工作。

为了完成这项漫长的工作，埃尔斯伯格找了他的妻子、朋友鲁索以及鲁索广告业的朋友来帮忙，甚至他和他前妻所生的两个孩子——一个 13 岁另一个 10 岁也来帮忙。（为什么埃尔斯伯格要把自己的孩子卷入这项工作？他后来在《回忆录》中写到：他希望自己在联邦监狱中度过的未来时光，只能通过监狱中的玻璃窗口同孩子们谈话时，孩子们至少能明白他究竟做了什么以及他做这些事情的理由。）

虽然有了以上这种非专业团队的帮助，这个同时受过哈佛大学和剑桥大学教育的分析家还是花费了超过一年的时间，忍受着断断续续的苦闷与乏味，整理完成了全套文件，并将这些文件在商业复印中心复印了出来，最后创造出了 8 英尺高（2.44 米）的一堆泄露的秘密文件。如果以每页 10 美分的价格计算，整项工作花费了埃尔斯伯格好几千美元。（鉴于通货膨胀的原因，如与今天类比，金额甚至超过了 2 万美元。）有一次，他把一组文件寄送给参议员威廉·富布赖特（William Fulbright），参议员的助手礼貌性地说要给他报销费用。但当埃尔斯伯格提出邮费总计需要 345 美元后，参议院的助手马上收回了刚刚的承诺。威廉·富布赖特后来告诉埃尔斯伯格，他会将埃尔斯伯格为他提供的这份文件送到国会听证会上去，之后同样也撤回了他的那个承诺。

-.. .-.. .- ..-. ...- - .- --.. . ... .-. -- ..-. .... .-.. ..-

美国军队的一等兵布拉德利·曼宁（Bradley Manning）被认定是世界上最有成就的揭秘者，不仅仅是在泄露数量级方面大于埃尔斯伯格的五角大楼文件，相比于将 7 000 多页的文件复印很多遍，曼宁的揭秘方式就非常容易了——前者就好像花费数月的辛勤劳动去收获一季的庄稼，而后者却只需要在脸书（Facebook）上的维尔农场（Farm Ville）玩耍几个小时。

曼宁在伊拉克作为一名低级情报分析员的时候将一张标有“雷迪·嘎嘎”（Lady Gaga）的可重复读写的光盘插入到他的个人办公电脑的光驱中，这台电脑只能与军队高安全保密的 IP 路由网络（简称：SIPRNet）连接。SIPRNet 处于一种空间隔离的状态：它既不能通过插头连接到互联网也不能接收无线信号。但曼宁能够轻松地将光盘上的音乐复制到电脑里或从光盘中将其删除掉，同样他也可以将任何绝密文件刻录到光盘中然后花几分钟时间将它们删除。曼宁说“我一边听音乐，一边跟唱着雷迪·嘎嘎的《电话》（*Telephone*），同时偷偷导出可能是美国历史上最大数量的秘密文件”，接下来他会在几个月后把这些东西写出来。“这件事情简单且乏味。”

曼宁整理复制的文件包含了 91 000 份有关阿富汗战争的、392 000 份有关伊拉克战争的、779 份有关五角大楼关塔那摩监狱中犯人的秘密文件和 250 000 份美国国务院的备忘录，而且美国国务院也会通过 SIPRNet 向军队传达文件。

如果在1969年，埃尔斯伯格能够看到曼宁如此轻松地完成如此大量的揭秘，他肯定会为由于技术进步带来的不公平而悲泣。曼宁的其中一张雷迪·嘎嘎的光盘就能够容纳下50倍五角大楼文件大小的材料。同时埃尔斯伯格断断续续地使用复印机花费了接近1年时间的工作，曼宁使用激光头将所有文件刻录到光盘中仅需要1—2分钟的时间。反过来比较，埃尔斯伯格通过1969年的复印技术来完成曼宁所完成的工作量需要多久的时间？对自己来说，利用一台现代的复印机每分钟最多只能复制8页。假设埃尔斯伯格每天从24小时中抽出连续的8小时来进行复印工作，为了不耽误他在RAND的正常工作，同时又不会引起别人的怀疑，他需要从晚上9点一直工作到凌晨5点。以上述的速度即使是将2011年生产的复印机魔法般地转移到1969年，仅仅是复制完成一份包含2.61亿个文字的国务院网络中的资料就需要埃尔斯伯格连续不断地工作6个月，而曼宁不费吹灰之力就将阿富汗和伊拉克的相关文件刻录转移到雷迪·嘎嘎的CD光盘上了。

事实上，埃尔斯伯格从来就没有稳定地保持每分钟8页的速度，如果稳定保持这样的速度，他完成五角大楼文件只需要一周或者更短的时间。但事实上埃尔斯伯格的真实速度因为如下的因素影响要慢很多：他需要时间睡觉、害怕被别人发现、速度越来越慢的复印机、他的注意力方面的分散、高层的军事工作常常需要熬夜或出差、为了保持头脑清醒所需要的休息、制作二次副本需要的时间以及在把文件交给专业复印人员前需要手动剪裁掉文件上任何能够证明其为秘密文件的琐碎工作。最后，在一年中零散累积起来的三个月时间内他也未能完成五角大楼文件的复印。

虽然添加的文本数据的含量相对较少，但实际上这两个战争本身的数据文件量已是相当庞大，埃尔斯伯格需要制作很多副本。我们可以粗略地推算出以埃尔斯伯格当时的速度完成曼宁这么大量的工作需要18年。如果是这样的话，我们有充分的理由相信埃尔斯伯格揭露的真相只能出现在历史书本中而不是在《纽约时报》上。从这种比较中我们可以明显地发现20世纪与21世纪揭秘方式的很多不同。

.- ..- .... -.- .- ..- ... .- --.. ..- -.. -..- -. ... ..- .-

丹尼尔·埃尔斯伯格于1931年美国经济大萧条时期出生在芝加哥的一个中上阶层家庭。虽然他的父母是出生于俄罗斯的犹太人，但他的父母却反常地把他教育成了一个严格信仰基督教的科学家。埃尔斯伯格的父亲是工程师，但同那个年代的其他人一样，都经历了多年的失业。虽然后来埃尔斯伯格也崇拜自己的父亲，但起初这个有着红扑扑的小脸蛋裹着黑色金属丝般头巾的男孩心目中所崇拜的英雄却是他的伯父内德·埃尔斯伯格（Ned Ellsberg）。他的伯父是一名美军海军上将，也是一位作家。作为潜艇打捞队的一员，内德·埃尔斯伯格曾因为发明了一种可以在水下切开沉没船只的钢铁外壳的火焰枪，同时撰写了大量的科幻和非科幻小说，如《大海中的男人》、《海洋之金》、《我刚开始战斗》，所以名声大噪。年幼的埃尔斯伯格如痴如醉地沉浸于这些小说中，同时产生了对小说人物的无比崇拜。

埃尔斯伯格的父亲起初是在伊利诺斯州的斯普林菲尔德（春田市）工作，后在1937年迁至底特律，他们整个家庭搬到了中产阶级聚居地海兰帕克的郊区。埃尔斯伯格是一个智商很高但情商很低的孩子，因此他身边几乎没有朋友，在第二次世界大战肆虐欧洲的时候，他获得了一份奖学金才得以进入有名的克兰布鲁克私立学校。尽管他对他在军界的伯父很崇敬，但在他的早年记忆中对战争的印象是：战争就像一个模糊的、邪恶的幽灵。他小学时候的一位老师曾给他们传看了一种镁弹模型，这种炸弹能穿透建筑物，同时在不管多少水扑救的情况下也能保持燃烧。“一种颗粒……我们已经知道它会一直燃烧，从肉烧到骨头也不会停止”他写道。“当时我很不能理解人们像这样去烧伤小孩，至今我也无法理解”。

埃尔斯伯格在班上是尖子生，但他的母亲希望他成为下一个弗拉基米尔·霍洛维茨（Vladimir Horowitz）或者阿图尔·鲁宾斯坦（Artur Rubinstein）。她希望他将所有的时间和精力放在练习钢琴上，每天练习6—7个小时。连阅读都被看成是一种恶习和干扰，所以埃尔斯伯格仍记得母亲为了让他把所有精力放在练琴上，曾悄悄地把他的书藏起来。

与埃尔斯伯格顺从地接受他母亲的心愿相比，父母所信仰的宗教他则不愿意盲目接受。在主日学校，他讨厌他的老师讲一些晦涩难懂的神学问题。后来在他青年时期，读了一本美国基督教科学派奠基人玛丽·贝克·埃迪（Mary Baker Eddy）著作的《剽窃的通报》，他被深深吸引了，同时他父母长期以来灌输给他的信仰也被动摇了。

1946年的一个夏天，家庭对埃尔斯伯格深重的影响突然消失了。在全家驾车去往丹佛参加一个晚会的路上，他的父亲在轿车上睡着了。他的父亲在车子冲入一座混凝土结构的天桥前几秒才醒来，但已为时过晚。这个事故毁掉了轿车的整个右侧部分，同时也致使埃尔斯伯格的母亲当场死亡。虽然母亲死亡现场的细节对他有所保留，但后来埃尔斯伯格知道他母亲死时身首异处，父亲脸部受到重创但活了下来，他自己则昏迷了36小时后才苏醒，而他的妹妹却再也没有醒来。

当埃尔斯伯格恢复意识后发现父亲已经返回密歇根州了，把他留在丹佛的医院和他母亲那边的家人在一起。事故过后的好几个月，他的父亲由于内心愧疚而不敢面对儿子。事故对于丹尼尔的影响却是越来越奇怪的情感麻木。他曾说，母亲死后，他的第一个念头是“我再也不用练习钢琴了”。

埃尔斯伯格回到密歇根州后，他不再练习钢琴而是如饥似渴般地去阅读书籍。他在学习方面进步很快，两年后他获得了由百事可乐资助的助学金而进入哈佛大学学习。在他早期大学生涯的一个晚上，他坐在一个长凳上，手里拿着一罐啤酒和一本海明威的小说，他不觉顿悟了。“我觉得很奇怪，我不知道它究竟是什么。”他告诉一位传记作者。“那个时候我认识到：我感受到了自由，而且那是我生命中第一次感受到自由。”

埃尔斯伯格娶了他在大学时期的女朋友——卡罗尔·卡明斯（Carol Cummings），他从哈佛大学毕业，同时获得了伍德罗·威尔逊奖学金并有机会到剑桥大学学习一年。当他从剑桥大学回来时，已做好了一切准备加入朝鲜战争。他仿佛看清了这场战争的本质，他应募进入了美国海军，准备同49排的兄弟们一起投入战斗，而事实上，他被安排在弗吉尼亚州的匡蒂科接受了2年的军官训练，当他完成训练时，这场战争也结束了。他又一次以优等生的身份毕业了，只不过这次是从1 000个士兵组成的班级中毕业。

开始军事职业后，仅仅几个月埃尔斯伯格就得到了他的第一个最高机密的安全许可。

拥有了多年的保密知识后，埃尔斯伯格能够在进入工作区前的惯例性检查仪式时与美国时任国务卿亨利·基辛格（Henry Kissinger）进行交谈，他把这次谈话记在了他的《回忆录》中。在基辛格准备批准埃尔斯伯格进入最高机密的安全许可时，埃尔斯伯格感到异常兴奋。

最开始，埃尔斯伯格回忆自己在突然看到太多让他难以置信的事件信息时，他感到非常振奋。但最初的这种兴奋感很快就消失了，相反他觉得自己就像个傻瓜。因为在他以前工作的那么长时间内，一直都不知道这些秘密，它们像是被蒙上了一层面罩，而他所看到的都是假象或者根本无法看到。几周过后，当他看到其他人也在他多年来所遭受过的畸形的认识下努力地工作时，他开始认为其他人也是傻瓜。

埃尔斯伯格透露道：他花了好几年的时间才明白绝密信息的局限性。保密的方式使他变得盲目，让他误入歧途地认为他知道的全部信息都只能由这些绝密文件提供。在采访中他说，这些秘密阻止了他以及其他秘密持有者从任何没有许可的人那里了解任何信息。埃尔斯伯格告诉基辛格，知道秘密的人需要对每一个给他建议的人撒谎。

“我最后想说的是，我一直认为这种秘密信息就好像赛丝给漂流到她岛屿的流浪者和遭遇海难的人喂食的一种药水，这种药水把他们变成了猪。”埃尔斯伯格写信给基辛格提醒到：“他们丧失了人类的语言交流能力，他们不能相互帮助而找到回家的路。”

.-.. -..- . -.. -... ...- -.. .--- -.-. .--. -.- -- ... . -- .-..

如果说埃尔斯伯格是在常春藤联盟的野心推动下快速步入轨道成为他那个时代最有成就的揭秘者，那么布拉德利·曼宁进入揭秘事业则是在：贫困的和美国中部的漫无目的的情况下。

曼宁在俄克拉荷马州的新月长大，这是一个保守的小镇。小镇有 1 个车站和 15 个教堂，“但这些教堂鲜有人去”曼宁后面会写到。曼宁是个很聪明的孩子：3 岁就具备阅读能力，10 岁建立了他的第一个网站以及在他们学校的科学竞赛中三次获得了最高奖项。但他也有一种反叛倾向，这种反叛导致他经常在上教堂时向他旁边的人问一些尖锐的问题，与主日学校的老师争吵。他为了逃避上帝的教条规定，在效忠宣誓时保持沉默。但是他家乡人在当地杂志上描述他为一个安静品性好的孩子。在他小的时候：他学习努力、在学校乐队中演奏萨克斯管、热衷于模拟《命令与征服》这样的视频游戏玩耍，还扬言长大后要参军。

曼宁的父亲是布莱恩（Brian），在曼宁成长的街坊中有着褒贬不一的名声。他是一名脾气粗暴的前美国海军电脑分析员，现在以一名 IT 经理的身份在赫兹汽车零售公司工作。他同时也是一位严厉的不愿宽恕人的父亲。其中一位邻居把他描述成人格卑微的人，另外一位则直接称他为混蛋。布莱恩·曼宁经常离家出差，有时候一出去就是几个月。他的妻子名叫苏珊·福克斯（Susan Fox），是20世纪70年代后期老曼宁在英国驻扎的时候结识的。她不会开车，但他们住的地方离城镇约有4英里（6.4公里），所以每次出差前老曼宁会在家里储存大量食物及日常用品，留下他们母子俩像是过着被隔离的生活。福克斯用酒精来填补空虚寂寞，她甚至开始在早茶中加入伏特加。

曼宁13岁时，一天晚上他父亲告诉他，自己将与他的母亲离婚。福克斯会带着曼宁回到她的家乡，威尔士一个名叫哈弗福韦斯特的村庄，这个村庄与新月小镇差不多大。

如果仅是作为一个生活在英国一个小社区的唯一的美国人，那他不太会被疏远，但曼宁现在面临了另外一个新的情感挑战：在他刚要离开俄克拉荷马的时候，他告诉朋友们他是一个同性恋。

曼宁从来没有在威尔士公开他的同性恋倾向，但尽管如此他还是被当成是外地人。他们取笑他的口音、他柔弱的言谈举止以及他矮小的身材，甚至在曼宁成年后也只有5英尺2英寸（1.57米）高，体重105磅（47.6公斤）。曼宁从父亲那里遗传来的那种美国人具有的强烈爱国主义精神使他难以与当地人融洽相处。他的一个新月镇的朋友这样评价他，“真正地融入进了美国”，尤其体现在他对美国的政治、经济自由的见解方面，而他的这些观点大都不被当地的英国居民认同。曼宁被同伴们疏远，因此他找到了其他同样年轻的“朋友”：电脑和网络。他午餐的时间大多在学校机房中度过，在那里编码一个功能类似于简单版的脸书（Facebook）的网站，这个网站允许用户创建社区以及查找当地的新闻。在这个过程中，他学会了网络服务器和互联网路由的基本知识。

高中毕业后，由于对美国的热爱，曼宁回到了俄克拉荷马并与他父亲以及继母所生的两兄弟一起生活。他利用他的电脑技术在一家名叫“Zoto”的新成立的软件公司里找到一份工作。这家公司比曼宁之前去的所有地方都注重政治自由。据公司的同事回忆说他经常大声宣扬反对伊拉克的恶化战争，同时还批评美国总统布什。在工作方面他是非常能干的编程者，但他的孤独和焦虑有时候降低他的生产率。一个名叫科德·坎贝尔（Kord Campbell）的经理回忆“曼宁是那种能力非常突出的人，但脾气也离奇的古怪”。渐渐地，曼宁被赋予了古怪和不可靠的名声。而后一次跟老板吵架，他被开除了。

同时，曼宁与他严厉的父亲以及新家庭的成员也很快产生了摩擦。曼宁说几年后他被赶出了这个家就因为他是同性恋，但他的父亲告诉美国公共电视网（PBS）的前线记者，他并不反感自己儿子的性取向。在继母的一次通话录音中，继母说他向自己扔东西同时用刀子威胁她。“我一直告诉他，说他需要找份工作，他却从未听过!”曼宁的继母在录音中情绪近乎疯狂地说，“他说他理所当然可以从我们这里拿钱。”曼宁没有被拘留，但被警察从房子里押送了出去。几天后他开着他的丰田皮卡车离开了新家来到了塔尔萨，在那里他没有家人，没有人生的方向，有的只是孤独。

接下来的几个月，曼宁先是睡在自己的卡车上，后来到了新月镇的一个朋友——乔丹·戴维斯（Jordan Davis）的家里，为了躲避戴维斯的父亲他一直藏在卧室中直到他在镇上找到了一处简陋的单身公寓。他快速地尝试着各种卑贱的工作，首先是在一家餐饮店做服务员，之后在一家音乐和视频游戏店工作，再后来他到了芝加哥然后又到了马里兰，先后分别在吉他中心、星巴克做零售工作。最后，他到罗克维尔市附近投靠了他的姑姑，同时进入了当地一所社区大学学习。

曼宁学得筋疲力尽，也没能拿到学位。他写道“他是在绝望的境地去追求生活的希望”，但他无法负担这 4 年大学的费用。当他向父亲寻求帮助的时候，老曼宁给他指点了一条已经被那些一无所有的迷失方向的年轻人用滥了的途径：参军。尽管曼宁有强烈的爱国主义精神和早年对参军的渴望，但他对伊拉克战争的厌恶使他纠结。几年后，老曼宁明白了他儿子是多么地不情愿，就好像是扭曲了他的手臂一样。

“他不想参军，”曼宁的父亲在 PBS 前线报道中说，“但他需要规划自己的人生，他没有目标。我很清楚在我的生命里只有加入海军这件事使我的人生有了规划。”

就像预期一样，军队很快为曼宁确定了职业方向。曼宁于 2007 年 8 月入伍，他把接下来的一年时间都花在了军事训练中，也正是在这段时间，他的长官发现他的电脑技能以及在情报分析方面的专业特长。2009 年 10 月，他乘船进入伊拉克，这个 22 岁既无名气也无经验的年轻士兵意外地被安排进了战时财富——秘密机构。

.-.. -..- . -.. -... ...- -.. .--- -.-. .--. -.- -- ... . -- .-..

丹尼尔·埃尔斯伯格做了几乎和任何五角大楼里的分析员一样多的文书工作。在国防部工作的前几年时间里，他为了了解更多的信息，要求把所有关于战争的新的文件都呈送到他的收件箱中，然后他利用几乎是每一次醒着的时间来消化这些数千页的文件。但对他来说战争的真实历练还在后面：吉普车行驶在西贡周围的乡间小路上，他坐在汽车上，手里握着一把来福枪，大腿上还携带着一枚手榴弹。

1962 年，埃尔斯伯格获得了哈佛大学决策论方面的经济学博士学位。他的博士论文讨论“人类在做出选择时遇到的奇怪的障碍”，这篇论文后来被称为：埃尔斯伯格矛盾论。他在论文中做了这样的试验：给人们两个不透明的罐子，每个罐子里放 10 颗石子。其中一个罐子白石子和黑石子分别放置 5 颗，另一个罐子中的黑白石子数的比例不清楚，然后告诉受试者拿到白石子会得到奖励。试验结果显示受试者会倾向于选择明确知道黑白石子数量相等的那个罐子。而接下来告诉他拿到黑石子会得到奖励，同样的他还是会选择明确知道黑白石子数量的罐子。在这两种情况中，人们的大脑会做出臆断：那个不确定黑白石子数量的罐子出现他们想要的结果的概率更小，风险更大，尽管当想要的结果不一样时这种臆断会自相矛盾。

当埃尔斯伯格以一名情报分析员的身份进入加利福尼亚军事智囊团（RAND）时，白宫正准备做出把赌注压在哪个罐子的选择：进军越南或者更冒险的方案——置身事外。埃尔斯伯格先后在与五角大楼联系紧密的 RAND 智囊团以及五角大楼内部工作了好几年，收集了大量与战争相关的文件，同时他还巧妙地发现了林登·约翰逊总统为了扩大越南战争所采取行动的文件。但他感觉到他所做的文案筛选的工作并非真正的作战，所以 1965 年他在国防部找了一份新的工作。很快以地面部队的情报分析员的身份被派遣到战场，他迫不及待地想亲自看看战争。他被委托到大陆上形似香蕉形状的不规则的越南共和国收集一切信息，在几周内他跟随作战部队上了战场。

埃尔斯伯格发现，如果他不携带任何武器或是在战斗中使用武器时有所犹豫，就会被其他人认为是一个碍事的人。所以尽管他的身份是国防部的平民观察者，也开始慢慢地入乡随俗，与其他战士一起行动时，甚至在做记录和拍照的时候，也随身携带冲锋枪。

埃尔斯伯格很快被队伍中一位名叫约翰·凡（John Vann）的经验丰富的退伍海军陆战队中校所接纳，这位中校曾经也作为平民观察者到越南工作过。于是凡成了埃尔斯伯格的贴身向导、导师、司机。这是一种不平常的特权：通过驾驶汽车考查这个国家是一种很冒险的方式，大部分的官兵都是通过飞机来往于基地之间，他们甚至连在凡经常穿梭的沼泽地和丛林间的道路上驾驶都不敢。在埃尔斯伯格和凡经过的一个地方，他们所驾驶的汽车发生了短暂性的抛锚。而3个月后也正是在这同一地方，凡的助手却被越共抓获并以战俘的身份关押在用竹子做的狭窄的笼子里度过了7年时间。

但是凡相信，只有驾车侦察才是一名军官了解真实战场信息的唯一途径，同时发现了一辆能躲避越共地雷的轻便的吉普车。他教授埃尔斯伯格通过识别路边的线索来确定出哪些区域是被越共牢牢控制的区域，尽管美国政府报道认为这些地方不被越共所控制。埃尔斯伯格学会了如何发现新设的带倒刺的铁丝网，如何开辟道路以及如何破坏距亲美越南人控制的警戒部队仅数英尺的建筑。

随着埃尔斯伯格采访的人越来越多，他越加觉得这些都是美军方面的痴心妄想：比如美国官僚曾被告知支持美国的当地民兵会在夜间巡查他们的领土，而事实上很多越南的领土仅在日落到日出之间就被移交给了越共。

1966年的圣诞节前夕，当埃尔斯伯格呆在隆安（Long An）省的一个镇上的基地时，一个喝得烂醉的越南陆军少校开始大声责骂美国人傲慢和愚蠢。之后他走到外面，在其他士兵制服住这位暴怒的少校前，他掏出手枪朝着埃尔斯伯格以及他的同事开了好几枪，由于夜色黑暗，子弹都打偏了。这次事件后，当埃尔斯伯格拿它来测验一位越南中尉对这次事件的看法时，这位年轻军官很不情愿地承认，对于美国的介入表现出怨恨的军官并不是唯一的，事实上很多军官都有同样的感受。

但直到1967年的新年，埃尔斯伯格才意识到越南战争不可能取得胜利，那天，他第一次和越共士兵面对面，更确切地说是背对着脸地接触。当埃尔斯伯格和其他三名士兵走在一个排的部队前列时，突然听到身后出现开火的声音。三个身着黑色短裤的越南小男孩事先躲藏在草丛里面，等这四个男人过去了仅仅几英尺后突然窜出来，举着AK－47朝着埃尔斯伯格他们身后的美国士兵开火。走在前列的美国人不敢对着他们自己的人开枪还击，相反，他们还要躲避来自后方美国士兵还击的枪林弹雨。

这三个越共小男孩消失在丛林的灌木丛里，他们反复玩着相同的把戏然后又消失了。这三个孩子表现出一种毫不畏惧和狡猾的特征，他们精通当地的地形，所以整个排也无法与他们对抗。之后一对越共分子采取了更狡猾的策略来对抗埃尔斯伯格他们这个排的士兵。他们轮番向美军发动攻击：一会儿朝着美军开火，一会儿消失在丛林里面；一会从左边攻击，一会儿从右边攻击，然后又从左边攻击。他们每次突然的进攻都让美军只能靠想象和猜测进行反击，最后美军发现他们一直在沿着之字形的无效路径费劲地搜寻着一个确实存在，却又像鬼一样飘忽不定的敌人。“我的印象非常深刻。”埃尔斯伯格在《揭秘》（*secrets*）中写道，“这一早上的对抗在我的心里种下了一个想法，这个想法曾经在我脑海中闪现过：这些反抗者难以被打败。换句话说：我们将不可能打败他们。”

在接下来的几个月中，埃尔斯伯格的这种感觉被不可能完成的任务，对军官们进行的令人失望的采访结果以及在由美国所支持的这个军事政权中屡见不鲜的腐败强化了。当他于1967年中旬回到加利福利亚军事智囊团（RAND）后，他决定：他要在这个系统内部做工作来结束这场徒劳的战争。

埃尔斯伯格成了一位顽固的反战评论家，他在智囊机构的围墙里努力地争论着。但他的争论只是让大多数同事确认为是他的经验违背了客观现实。虽然他现在是基辛格的特别助理以及在其他亲近总统层面的一些人手下工作，但他发现他对越南战争不可能取得胜利的悲观评论依然得不到理睬和支持。

在越南的这段战争经历远远超出接受了严酷的军事教育这一意义：这段经历使得埃尔斯伯格选择对美国深陷越南泥潭的过程展开研究，他也是加利福尼亚军事智囊团中少数进行这项里程碑性研究的分析员之一。这段秘密的历史将越南的无止境的战争追溯到之前的法国占领和日本侵略战争。在那个时代，这个研究被称为麦克纳马拉（McNamara）研究，这是以国防部长罗伯特·麦克纳马拉（Robert McNamara）命名的，他在离开政府去担任世界银行行长之前发起了这项研究。今天这个研究的报告被称为五角大楼文件。

埃尔斯伯格同意帮助写这个研究报告的一部分，因为他知道这项任务同时也能给他提供去阅读整个研究报告的途径。这份综合多卷的报告背后凝聚着加利福尼亚军事智囊团里所有重量级人物的心血。当他在接下来的几个月研究了相关历史文档以及之后又接触了这些文件的第一卷后，他发现他对战争的厌恶被赋予了一个新的见解：美军在越南陷入无法脱身的困境不是一种无心之过，甚至在本质上就是一种错误。这是由几十年来美国所执行的政策所产生的结果，这些政策只是冷战（Cold War）丑陋的冰山一角，它们早在冷战之前就存在了而且更尖刻。

简单说，总结这份7 000多页的文件：美国控制和煽动了越南战争，同时这只是一场战争而不是持续了将近25年的反对不同政体的一系列战争。美国发动这些战争的真正动机和那些地缘政治帝国一样，根本不是为了越南人民的民主幸福。

从20世纪40年代中期开始，美国就在财务和军事方面支持法国将越南控制为殖民地，后来在法国军队被日本侵略军围困并被赶出了其在越南的领地后，美国又帮助法国军队血腥地夺了回来。尽管越南革命领袖胡志明发出了承认越南独立的请求，美国的动机始终只是为了支持西方盟国成为殖民国家。

在麦卡锡主义兴起以及毛泽东建立中国后，越南也出现了共产主义。对占据了半个地球的共产主义采取退避的态度并任其进一步增长哪怕一小块的做法都让任何一位美国统治者在政治上倍感痛苦。同时，随着从杜鲁门到肯尼迪，再到约翰逊，一直到尼克松的每一位美国总统都越来越深地陷入这种不断扩大的战争，他们明白了因为帝国主义的固有特征，这场战争从一开始就不可能避免，即便是美国国务院的报告显示胡志明获得了越南大多数人民支持的现实也不能改变。

越南战争从来都不是一场真正的内战。它是一场被美国总统的秘密和谎言不断激起的征服战争，由美国发动并持续20年之久。它绝对不是一次灾难性的事故，正如埃尔斯伯格所写的：它就是犯罪。

回到美国后，埃尔斯伯格并不需要花太多力气去说服自己认为这场战争很愚蠢，因为五角大楼文件的事实真相坚定了他要去结束这场战争的决心。1969年，由于去参加哈佛学院的和平研讨会这一决定性之旅，他被认为赋有泄密者所应具备的所有条件。

对埃尔斯伯格来说，仅参加一个充满反战分子的会议就是激进的一步。在这个位于费城的小学校里结束了第一天的会议后，他开始在费城附近的人行道上向行人发放反战的宣传册。这种策略起初听起来既笨拙又荒谬，特别是对于一个扬言要通过自己在华盛顿权力机构里的影响力来结束这场战争的高级别内部人员来说。

在哈佛校园里的第二天，一个名叫兰迪·凯勒（Randy Kehler）的年轻人站起来向与会人员作了报告。和埃尔斯伯格一样，他也就读过哈佛大学，后来又毕业于斯坦福大学。埃尔斯伯格对他的自信以及头脑冷静的思维能力印象非常深刻，他当时认为，在美国国内凯勒是“我们所看到的最出色的人”。

凯勒用一种平稳而强劲的语气告诉大家他是旧金山（三藩市）反战联盟（War Resisters League）中最后剩下的唯一男性成员。其他人都因不同原因被关进了监狱。凯勒的声音突然变得沙哑，他告诉台下的听众他是多么的骄傲和高兴，因为他很快就会被送进监狱，加入到他的朋友中了。

最开始，所有与会者刚得知站在他们面前的这位年轻人即将被视为罪犯，几乎都被震惊了，但紧接着他们起立为他响起了雷鸣般的掌声。

但埃尔斯伯格根本站立不起来，他在情绪上被摧毁了。这位高级军事分析员蹒跚走出会堂，来到一间空旷的卫生间，在那里他彻底垮了，独自啜泣了近1小时。“那种感觉就好像脑袋被一把斧头分开了，我的心也碎了。”他写道，“但真正发生的事情是我的生活被分成了两部分。”

当埃尔斯伯格恢复过来后，他给自己定下了一个承诺：他会尽自己的一切可能去结束这场战争，即使那样做会被送进监狱。

.-.. - -- -..- .- . .--- ..-. ...- ..-. -.-. .-- ....- .-- --.

作为一名揭秘者所应具备的两项特质，即知识渊博和权力缺乏。布拉德利·曼宁同时具备，他具有获得比埃尔斯伯格更多的信息来源，而他所能行使的权力又比埃尔斯伯格曾经拥有的小得多。正如这个年轻士兵后来写道，他足够聪明知道发生了什么，但却不能为此做任何事情。

曼宁的军事生活很快将变得和他入伍前的生活一样令他烦恼。到了2010年中期，他因为殴打另一位士兵以及对着一位长官大吼大叫而被降职。他被指派到储藏室去搬运箱子，以及在啦啦队来部队慰问士兵这种很少碰到的情况下而举行的户外烧烤宴会上做一些工作。有一次，一名军官发现他像胎儿似的蜷缩在地上。另外一次，他被人发现拿着一把刀子独自坐着，并在一把木质椅子上刻着“I want”这两个字。由于担心他的生命安全和精神状态，一名长官取下了他身上的步枪。即使在那个时候，他依然保留着接触机密文件的特权。

曼宁的降职可能还和他现在对自己的同性恋性取向毫不掩饰的事实有关，他在驻扎纽约州边区时，参加了反对加利福尼亚州“反对同性恋结婚的8号提案”的示威游行。他告诉一位记者，他因为性取向的问题而被赶出家并失去了工作。他说在军队里面的“不问不说”政策迫使他过着一种“双重生活”。

他在脸书（Facebook）上提到了一个来自波士顿（Boston）的男朋友，叫泰勒·沃特金斯（Tyler Watkins），在出发到伊拉克之前，他在波士顿休假时他们俩结识了。“布拉德利·曼宁很高兴他在工作的同时又有了激情，然而一想到和他的男友离得那么远，他的心就碎了。”这是在他的一则动态更新中读到的。另外一则：“布拉德利·曼宁一个人呆在军营里。我好想你，泰勒!”过了一会，曼宁写出了他准备接受“变性手术”（transition）把自己变成一个女人，并取名叫布雷纳·曼宁的决定。在他的其中一个假期，他在公众场合将自己打扮成女人度过了好几天，他还开始计划退伍后去尝试电针除毛以及其他改变性别的方法。

但曼宁认为把他推上让他成为他那个时代中产量最大的揭秘者道路的时机并没有出现在军队里的各级斗争时，而是发生在他以一个分析员身份工作的时候。这种身份让他成为成千上万可以获得军队无尽秘密信息的其中一员。这比埃尔斯伯格通过不停地将自己的身份在鹰派人员和鸽派人员之间转换而获得信息要快得多。

15 名因为印制反伊拉克文学作品被扣押的犯人被伊拉克联邦警察带了进来，曼宁被指派去调查询问情况。他很快发现这些犯人不曾提倡暴力，在曼宁看来，他们只是写了一些针对努里·马利基（Nouri al－Maliki）总统内阁中可能存在的腐败现象所进行的“学术批判”。“我马上就拿着这些信息跑到长官面前，向他解释究竟是怎么一回事情，”曼宁后面写到。“长官根本不想听这些东西……他让我住嘴，然后告诉我，我们该怎样去帮助伊拉克联邦警察抓获更多的犯人……”

“我过去总是质疑事物运行的方式，进而对其研究找出真相。但那件事情是个转折点，之后我再也不能置身事外了。我开始积极地参与到这件我完全反对的事件中。”他写道，“从那之后所有事情开始变糟……我对事物有了不同的看法。”

曼宁更加深入地进行了信息挖掘，他开始浏览美国国务院的数据库。不久之后他被指控向维基解密泄露了 251 000 份描述关于世界上那些平时言辞上表现得公正坦率的领导们所进行的秘密交易。他在文件里描述了“疯狂的几乎是犯罪的暗地里的政治交易，非公众所认知的版本的世界性事件与危机，各种各样的事件包括如鲍威尔（Powell）时期对伊拉克战争进行的舆论宣传到‘援助包裹’里面究竟有什么。”

“这里面包含的信息量太多……多到可以影响到地球上的每一个人。每一个只要有美国岗位存在的地方就会有一则外交丑闻在这里被揭露……就连冰岛（Iceland）、梵蒂冈（the Vatican）、西班牙（Spain）、巴西（Brazil）以及马达加斯加（Madagascar）这样的国家——如果认为是一个国家的话（实际上它们被美国认为是一个国家）都被粘上了污点，”曼宁写道。“这是一种开放的外交……全球范围逗号分隔符形式的无政府状态。它是如此美丽，且令人感到恐惧。”

最后，他刻录下了一段从直升机驾驶员座舱拍摄到的杀人视频，视频中显示一群人正被飞机所携带的重型武器杀害。“乍看，那只是一群人被一架直升飞机击中了，从视频里看大概有超过 24 个人，并没有什么特别。但这段视频一直被保存在军法署署长的文件里，这暗示着它一直被用于进行某种军事司法诉讼。”

所以曼宁追溯了视频拍摄的日期，2007 年 7 月的一天以及坐标，位于巴格达（Baghdad）名叫新巴格达的一个郊区。之后他马上将这些事实与《纽约时报》（*The New York Times*）所报道过的一个显示两名《路透社》（*Reuters*）记者被美军直升飞机空袭杀害的事件联系起来。这次空袭同时击毙了地面上一辆黑色货车里的 9 名叛乱分子，据军队里的消息称这些叛乱分子一直朝着美国士兵开枪。

曼宁知道那些地面人员其实并没有对任何人开枪。阿帕奇直升机上的人员在没有任何证据证明他们是叛乱分子的情况下从上面残忍地杀害了这群人。而黑色货车里的人仅仅是平民而已，他们是希望挽救这些躺在街道和人行道上陌生生命的一个家庭。但那架直升机依然如雨似地朝着那辆货车猛烈地发射子弹，导致两个儿童受伤，他们的父母当场死亡。“这是他们的错，他们把孩子带入了战斗。”一名士兵在这段剪切的视频中以嘲弄的口吻说道。

“这件事一直刻在我脑海中……大概有一个半月的时间。”曼宁说。之后他决定：他要把他刻写的这份秘密文件交给维基解密，在那里它会成为历史上任何其他人的揭秘都无法与之相比的一个揭秘的序言。

--- -.-- .- ...- --.- -.-- .- .-- -.-- --.. .--. --- --- . ...- ....

阿德里安·拉莫（Adrian Lamo）看似已经睡着了。他的头悬在他的餐

盘上，他的午餐是一盘包含鲑鱼、大蕉和一些蔬菜的食物，在它的旁边有一杯咖啡，由于他往里面加了一些奶油以及5块糖使得咖啡漫到了杯子的边缘。

我们坐在一个提供哥伦比亚式食物的餐厅里，这家餐厅位于一个凄凉的小镇上，离他的住所只有几条街区，他要求我不要写出小镇的名字。为了找个地方来代替，这位30岁的电脑黑客让我写上我们只是在一个岛上会面，这么说就让众多的想找到拉莫的具体位置并想去打扰或伤害他的人提供了一个虚假的线索。这些追捕者并不是拉莫凭自己的想象虚构出来的。就在几天前一位半岛电视台的新闻工作人员发布了对拉莫进行的一次电视采访，这次采访短暂地拍摄到了他的电脑画面。仅仅这样，他众多网络追踪者中的一个很快就发现了他电脑屏幕上的一个互联网通信协议地址，然后对这个地址进行域名查询，很快发现它的注册位置在加利福尼亚州的卡米高（Carmichael），然后马上将所查获的信息截屏并将其发布到了网上。对拉莫来说幸运的是这只是曾经使用过的地址。

虽然逃过一劫，拉莫却一直没有改变他多疑的性格，他形成这种性格的一部分原因是由于他多年来作为一个黑客以及一名无家可归的流浪者经历而留下的后遗症。当我们在餐馆入座的时候，他坚持要换到面朝门的座位，尽管我们俩的位置都正对着出口。

在我们用餐几分钟后，我所问的一个似乎使拉莫感到十分困倦的问题是：现在布拉德利·曼宁被关进了弗吉尼亚州的匡蒂科（Quantico）监狱的独立牢房里等待接受审判。他在很大程度上被剥夺了运动和接见访客的权利，同时为了防止他用他内裤上的橡皮筋自杀，他被强迫脱去衣服，每天晚上只穿着一件粗布罩衫。知道这些后拉莫后悔将曼宁交给官方吗？可以重新选择的话，他还会不会花几天时间在网上与曼宁聊天来套出曼宁泄密的每一个细节，然后将这些可以显示曼宁犯罪的聊天记录交给官方。

拉莫闭上眼睛摇着头，然后慢慢埋下头去，持续了好几秒钟。在我正准备伸手去轻拍他的肩膀之前，他突然抬头望着我并回答道。

拉莫说：“那个人就是一个间谍。他是我们国家的下一个奥尔德里奇·埃姆斯（Aldrich Ames）或者罗伯特·汉森（Robert Hanssen）。”他举出两名因为在几十年内向苏维埃社会主义共和国联盟出卖信息而被判刑的两名政府特工人员。拉莫由于每天服用治疗精神疾病的鸡尾酒式混合药导致他讲话像机器人一样含糊不清。但他那双淡褐色的眼睛瞪得很大，现在正以一种令我感到吃惊的清醒状态盯着我。“他们之间的唯一不同在于他不是把信息交给苏联政府而是交给了反秘密组织。在其他国家，他早就已经被枪毙了。但在这里他得到了捐赠和赞许。”

拉莫将头发从他圆胖的透露着女婴气质的脸庞向后梳理着。他的左边耳垂的耳环孔中佩戴着一个小的螺钉作为耳饰。他身着一件蓝色衬衫，衬衫被扎进牛仔裤中凸显出他的大肚皮，这也许是他所接受的医疗方案的一个副作用。在早些时候，拉莫列举了5种据他自己所说是为了治疗他的阿斯伯格综合征（Asperger’s syndrome）（一种自闭症）而服用的药物。但是在我和他会面后我咨询了一位医生，我发现那些药物通常被用来治疗慢性疼痛、抑郁以及精神分裂症。根本就不存在一种治疗阿斯伯格综合征的处方药物。

拉莫继续争辩说关于曼宁被虐待的报道仅仅是由成功去探望到他的少数支持者——曼宁的朋友大卫·豪斯（David House）以及他的律师戴维·库姆斯（David Coombs）透露的。“曼宁被当成最高戒备的囚犯对待，”拉莫含糊地说道。“这是他们为了获得同情所渲染的一段把戏。”

然而豪斯和库姆斯并不是唯一两位指出曼宁被虐待的人。就在一周前，美国国务院公共事务官员P. J. 克劳利（P. J. Crowley）在他辞去他在政府部门所担任的职位前称曼宁所受到的来自军队方面的虐待为“荒唐的、起反作用的和愚蠢的”。在这之后，一名联合国的严刑调查员在被禁止拜访曼宁后也宣称曼宁受到了虐待。

过了一阵一名女服务员朝我们走了过来，拉莫的一部分童年时光在哥伦比亚度过，所以他用了几句发音含糊不清的西班牙话就把她逗笑了。然后他喝了一小口咖啡，但他的嘴似乎不太正常，在他吞下那口咖啡前他花费了好几秒的时间将他漏到脸颊上的液体擦干。

我继续问道：拉莫因为曼宁的信息自由态度而将其送入监狱，但他自己在作为一个非法黑客的岁月里也持有相同的态度，是否可以指责拉莫虚伪？

拉莫低头望着自己的餐盘，过了会儿他闭上眼睛，他颈部的肌肉也似乎放松了些。几秒钟过去了，我又开始害怕他会死在轮椅上。当他再次突然抬头看着我，这种感觉令我颤抖。“我知道说这些并不能使我交到很多朋友，”拉莫说道。“但如果曼宁仅仅只是散布了那段视频而没有其他任何信息的话我绝不会向任何人说起。如果我是他，我甚至自己就会将它散布出去。”拉莫突然停顿下来，好像是想让他所说的这点完全被理解。

“他应该先检查那些文件，”他继续说道，“然而相反，他说，‘这里的文件有上百万份，我读了其中的百万分之一，但我确定将它们全部散布出去不会有什么坏处。’”

拉莫采用了一种复杂的算法来做出他的决定：首先权衡被直升飞机打击的受害者们以及他们家庭的利益与执行打击任务的士兵们的利益——然后权衡曼宁的个人利益与美国全军和国务院保密机构的利益。同时，他说从他决定将曼宁的临时聊天记录交给官方的那一刻起，他就没有怀疑过他这种道德演绎所得出的结论。

拉莫耷拉着嘴唇，“他想把世界变得更好，但他并不知道自己在做什么，”拉莫平淡地叙说着。“我希望应该还有其他的处理方法。实际上我建议政府机构代表紧盯着他，同时给他一些虚假的情报。但是相反，政府机构选择了抓捕他。”

拉莫只是一位陌生人，和其他任何陌生人没有区别，布拉德利·曼宁选择了对拉莫诉说关于自己的揭秘的故事，而这可能会让他的余下生命都在监狱中度过。

当曼宁选择拉莫成为他的倾诉对象以及朋友的时候，他有一些理由去相信这位年长的黑客是一个和自己趣味相投的人。在过去十年中的前几年，拉莫是一位最受媒体追捧的离经叛道者：号称“无家可归的黑客”，乘着灰狗长途汽车（Greyhound）来回旅行并4次横跨美国，靠服食安非他命（amphetamines）及止痛药来维持生命，睡在被遗弃的大楼里面以及朋友家的地板上，拉莫会在金考公司（Kinko）的24小时店中逗留，用他们的电脑参加马拉松黑客会议（marathon hacking sessions）。

拉莫避弃了传统的利用受害者所使用的软件补丁漏洞的网络入侵方式。替而代之，他经常将外包企业和其他企业合作伙伴使用的配置有误的代理服务器作为企业防火墙上面隐藏的裂缝加以利用。拉莫将因特网浏览器作为他唯一的工具来撬开这些裂缝然后进入禁止浏览的网页。

有一次，他告诉我他本来能够将电信巨头世通公司作为奖金而存储在现金池中的所有现金转给任何一个账户。还有一次，他发现了美国在线（AOL）网络上面的一个漏洞，通过这个漏洞黑客能够剽窃用户的即时通讯账户，之后他入侵了雅虎的一个网站并在上面的一则新闻故事中插入了一段对布什总统的挖苦。在他的旅行中他随身携带着一把电枪并用它来电击各种物体如电子锁和自动售货机，遭到电击后，这些物体有时会吐出零钱或食物。

在2002年，拉莫发现了《纽约时报》公司密码系统存在的一个缺陷，然后他利用这个缺陷将自己的名字添加到时报专栏撰稿人的署名中并与美国国家安全局（NSA）负责人罗伯特·雷德福（Robert Redford）以及拉什·林博（Rush Limbaugh）并列。在那一次入侵时报网络时，他还利用时报在付费查询服务“Lexis – Nexis”账户上运行了相当于30万美元的搜索服务。

拉莫要求自己将他入侵带来的损害减小到最低，同时他还给被他入侵过的系统的管理员发出报警信号，甚至于指导他们通过一些必要的步骤去关闭他们系统中存在的安全漏洞。然而对于时报历险这次案件，拉莫的受害者并不认为他的入侵是一种善举。该公司把他的案件上交给了联邦调查局（FBI），接着联邦调查局对他发出了逮捕令，在对这位22岁的黑客行踪进行了5天的追踪后，拉莫最终落入了萨克拉门托的警方手中。经过长达1年的审判拉莫认罪了，他被判定赔付6.5万美元罚款的同时在他父母的家中被软禁了6个月。

“纽约时报案件”过后，拉莫成为了一个被社会误解的善意黑客的典范。他在一部描述他在联邦执法部门手中被虐待的纪录片《被通缉的黑客》（*Hackers Wanted*）中饰演主角。在那部影片的结束语中，拉莫发表了一段数码世界的道德标准超越了合法与非法界限的独白，他表述的速度很快以至于丝毫看不出这是他服药后的发言：

> 我希望同时也相信我能够（入侵系统）以一种独特的方式开创一个先例：允许人们怀着善意去试着做他们认为正确的事情，让他们相信也许做事情的动机真的很重要，并不是所谓的不是黑的就是白的。我想这正是我们看到的当今政府里存在的症结。他们正在很多方面消除中庸的做法，他们想把人两极化。对于我们今天的国家议程来说辨别好人和坏人很重要。因为很快我们就会开始相信，也许事物不是非白即黑，有的人可以因为一个好的理由去犯错，不是每一个行为背后的法律规定都是绝对正确的，相反这些法律规定为当今政府的管理方式开创了一个非常危险的先例。

《被通缉的黑客》这部纪录片于2003年拍摄完成，并在接下来的7年时间里一直被美国官方禁止发行，直到2010年5月终于被泄露到了藐视版权的比特洪流（BitTorrent）文件共享网络上面，但也因此给黑客世界以及信息安全带来了一次不小的撞击。拉莫坚持他并非泄露的源头。

当粉丝写信给拉莫和影片的导演萨姆·波佐（Sam Bozzo），问他们俩如何用捐款来支持这部电影，拉莫5月20日在他的博客上写道捐助者应该把钱捐献给这部电影而不是给维基解密，这个组织在一个月前已经公布了曼宁的阿帕奇直升机视频并引起了爆炸性的反应。

对于一个刚刚完成大规模泄密文件的年轻而又良心不安的士兵来说，这一切均指出拉莫是一个有同情心的知己。

仅仅一天后，拉莫说他开始接收到来自布拉德利·曼宁的电子邮件。邮件里的文本信息被加密了，曼宁使用公开密钥加密的目的是只有拉莫可以将它解密。但拉莫始终找不到打开这些信息的钥匙，他绝望地竭力搜寻着。拉莫回信建议通过即时通讯直接聊天。

5月21日，拉莫收到如下信息，这次使用了现成的聊天记录协议加密：

“嘿。你好吗？我是一名军队的情报分析员，被部署在巴格达东部，因为患有适应性疾病即将被解雇……我敢肯定你很忙，”发自一位名为“Bradass87”的信息显示到。过了一会儿，甚至没等对方的回答，它继续道：“如果你有前所未有的途径可以每天用14个小时、每周7天、连续8个月去访问秘密网络，你会做什么？”

..-. -. - ...- --.. --- --.. -..- -.-. -..- --- .- .-.. .-. .- --..

经过一年来回穿梭式用公文包将文件夹带出加利福尼亚军事智囊团（RAND）以及持续不断地站在复印机旁花费无数个夜晚后，埃尔斯伯格准备将五角大楼文件散布出去。他接下来所面临的问题是：找到某人接收它们。

埃尔斯伯格的A计划是准备让一个立法者将这份文件读入到《国会议事录》中或者基于他们举行一个听证会，这是一条华盛顿规则以内的仍然被使用的公开重要事件的途径。但埃尔斯伯格首选的参议员威廉·富布赖特（William Fulbright）突然犹豫不前了。经过最初的热情后，富布赖特阅读了部分文件，在意识到报告的发布会产生什么样的政治漩涡后，他迅速变脸。“难道它们不只是历史?”当埃尔斯伯格第二次在富布赖特的办公室见面时，富布赖特淡淡地向埃尔斯伯格问到。

埃尔斯伯格进而转向民主党总统候选人乔治·麦戈文（George McGovern）参议员，麦戈文起初对发布这些文件似乎更加热情高涨。麦戈文许诺会把这份文件当作阻挠议案的材料在参议院议席上读出来，这样会产生把文件交给媒体后同等的效果。“我想这样做，我会这样做。”埃尔斯伯格回忆道：民主党议员像在会议中宣誓。

一周后，麦戈文通过电话呼叫了埃尔斯伯格。麦戈文说：“我非常抱歉，我不能那样做。”那样的话，麦戈文的总统竞选会因为“揭秘政治管道炸弹所引起的争议”而受到阻碍。

因此，埃尔斯伯格转向B计划——一个他感觉到几乎定会让自己在监狱中度过很多年的举报出口：媒体。在几年前，埃尔斯伯格曾尝试通过将几个单独的文档泄露给《纽约时报》，目的是希望通过这样的方式逐步瓦解美国对越南政策。于是他认识了一个政治记者——尼尔·希恩（Neil Sheehan）。埃尔斯伯格从加利福尼亚军事智囊团（RAND）辞职后搬到了剑桥，以保护他以前的同事不会在文件泄露后受到任何可能的牵连。同时在哈佛广场附近的公寓里，他曾向希恩展示了这份偷来的成果的一份副本。希恩带走了一部分，但他告诉埃尔斯伯格，他的编辑们依旧还没有决定是否会发布。

事实上，希恩对这份报告的借口拖延是为了防止时报被其他出版物抢先发布而设计的。几周后，希恩用埃尔斯伯格曾借给他的一把钥匙潜入剑桥公寓，在附近的复印店中将文件复印完后归还了原件。其实这家时报早已租了纽约希尔顿酒店的一部分房间，并开始疯狂地、偷偷地根据这份报告来编造故事。

1971年6月13日，铺满时报所有头版的故事：越南档案。将这次泄密追查到埃尔斯伯格身上到底需要多久？事实上，加利福尼亚军事智囊团（RAND）里的一些分析员在时报的印刷机开始滚动之前就已经怀疑他了。据埃尔斯伯格的传记作家汤姆·威尔斯说，该报曾请求加利福尼亚军事智囊团（RAND）的主管莱斯利·盖尔布（Leslie Gelb）给他一个机会为这个故事作一个评论，盖尔布立即将泄露的源头锁定在埃尔斯伯格的身上。毕竟，有多少高层的分析师拥有访问文件的权利，同时又如此激烈地反对战争呢？

白宫也没花太多时间就怀疑到了埃尔斯伯格。在白宫的存档记录中显示，尼克松曾指派埃尔斯伯格和加利福尼亚军事智囊团（RAND）的两位主管莫特·海尔普因（Mort Halperin）和莱斯利·盖尔布为唯一三名能够接触这份研究报告的人。几天之内，埃尔斯伯格一直被当作假定的泄露肇事者来讨论。

当《纽约时报》出现在报摊后，立即引起了一场将重新定义“第一修正案”的自由言论的战斗。白宫方面认为《纽约时报》已经违反了“间谍法案”，并成功地说服一家联邦法院发布了一份对该报纸的禁令，以防止它发表与本研究报告相关的任何文章。但埃尔斯伯格已把另一个副本发给了《华盛顿邮报》并由它来重新拾起《纽约时报》所中断的工作。

同样《华盛顿邮报》也收到了禁令。但埃尔斯伯格抢先政府检查员一步，将研究报告的复本分发给了《波士顿环球报》（*The Boston Globe*）、《洛杉矶时报》（*the L. A. Times*）、《基督教科学箴言报》（*The Christian Science Monitor*）、《圣路易斯邮报》（*the St. Louis Post-Dispatch*）以及其他报刊。在所有的文件被分发完之前，为了躲避抓捕，他一直避免电话被窃听同时住在朋友家里。面对这种打地鼠式（Whac-A-Mole）的无止境的禁令游戏，白宫最终放弃阻止报刊出版。

与此同时，埃尔斯伯格一直想保持文件匿名的幻想很快破灭了。麦戈文的一位立法助手和另外一位曾回绝了埃尔斯伯格提供的泄密文件的参议员皮特·麦克洛斯基（Pete McCloskey）都告诉《新闻周刊》说埃尔斯伯格向他们提供过秘密文件。联邦调查局很快就从埃尔斯伯格的前妻那里获得了一份书面证词。为了让妻子为自己很快就会进入监狱，进而也将不能支付离婚赡养费的可能性做好准备，埃尔斯伯格把泄密的事情提前告诉了她。

埃尔斯伯格揭秘的每一个环节——从他获取限制共享的信息到这些信息的复印再到分发给无数的新闻记者——都给联邦调查局留下了指纹。新闻界当然无需质疑：埃尔斯伯格在波士顿向联邦当局自首的时候，《纽约时报》杂志早已经把他的头像放到了封面上，同时放在“暴露的战争”这几个文字下面。

在他的处理方式中没有匿名工具或进行加密保护，举报人在举报的过程中同样也暴露了自己。

- .--- .. ...- ..-. -.-- - --.- -..- .-.. --- .--. -.-- -.-- ..- --

在巴格达的前沿作战基地——“铁锤”（Hammer），曼宁以一名情报分析员的身份驻扎在那里。曼宁告诉拉莫那里的信息安全管理无论是从“物理安全性上、技术上以及文化氛围上”都非常松懈。他坐在其他年轻的分析师中间，同他们一样时常观看汽车追逐的场面、音乐视频以及建筑物爆炸的剪辑，并经常刻写数据到 CD 和 DVD 里面。甚至对于门锁装置也没有妥善地运行。虽然他们都有固定电子代码，但士兵只要敲门就会被放进去。“这种文化氛围滋生了机会。”他写道。

不久之后那里有了网络。虽然“SIPRNet”没有连接到互联网上，但同样缺乏精密的监控。曼宁告诉拉莫有一次他向基地的一名国家安全局的工作人员询问这个网络能否检测到当地的可疑活动。曼宁说那名工作人员回应道：“这不是我们考虑的事项”，然后轻松地回去观看希亚·拉博夫（Shia LaBeouf）主演的电影《鹰眼》并吃着饼干。另外一次，曼宁说他特意问了那名工作人员对于一份他假想的大量内部文件泄露的看法。曼宁说那位工作人员回答说，他表示怀疑：“任何人都有可能知道……资源都是经过层层过滤的。”

“易攻破的服务器、欠安全的运行记录、薄弱的物理安全性、无效的反情报手段、松散的信号分析。”曼宁向拉莫列举。以上所有这些都指出，这是一个“不去监管信息安全的完美的典范”。

2011 年年初在美国参议院听证会上，参议员苏珊·柯林斯（Susan Collins）针对那些确切的缺陷严加盘问了军队和国务院官员。“一个低级别的军事成员怎么可能得以下载这种数量级的文件，而且这么长的时间一直没被发现？”她以一种缓慢的、恼怒的语气问道，“这实在让我感到困惑。”

托马斯·弗格森（Thomas Ferguson）——美国国防部负责情报的副部长解答了她的困惑。“通过这次事件的情形来看我们确实很冒险，”这位留着灰色山羊胡子的官员断然地回答道，试图尽可能快地结束他的忏悔。“我们冒险把信息发布到那里……为那里的军队提供了敏捷性和灵活性，他们可以进入‘SIPRNet’上面的数据库使用可移动介质下载、移动那些信息。”

可为什么没有任何发现曼宁转载了史诗般巨量的数据后的网络取证呢？此时我们几乎可以感受到弗格森衣领下面正在升高的热度。“那里的很多系统由于缺乏一个专业管理，只能胡乱地拼凑在一起，”他继续用一种沉闷的语气回答道。“这和美国银行系统大不一样，银行运行着单一的系统，他们可以在里面插入东西也可以将它们导出来。但军队有多种系统，如果安装新的入侵软件或监控工具，你不得不对每种不同的系统采用不同的方法处理。”

“军队”，他补充说，“采取的方式是很冒险……但这些人都是没有污点的，他们都经过了严格的政治背景调查。”

最后终于这位非常诚实的爱抱怨的官员承认：“坦白地说，我们过去的重点都放到了关注外部入侵者的威胁，而不是来自内部的威胁。”

曼宁，所有迹象表明，是典型的内部威胁，他能够毫不费力地越过网络的漏洞。事实上，直到他给阿德里安·拉莫发送决定他命运的加密信件前，他仿佛参照了揭秘者的最佳实践手册一样完成了史诗般巨量的数据窃取。

曼宁告诉拉莫，那两台连接到秘密信息储存库的“SIPRNet”电脑缺乏最常见的可以辨别身份的监控工具，这些监控工具本来可能已经检测到他的异常搜索举动以及重复将那些信息复制到经过伪装的可重复录写的磁盘中的行为。但是即使在收集了这些违禁信息后，曼宁也没敢将这些信息通过军队网络的连接直接发送给维基解密。他泄露的时机表明他一直等到他能够返回美国休假，然后通过他的苹果笔记本电脑上的连接把那些信息上传到了一个非军事网络——也许是他马里兰州罗克维尔的姑姑家里。至于埃尔斯伯格，换句话说，他是以步行的方式将他的揭秘材料携带出了五角大楼的前门。

在那里，曼宁向拉莫描述了他怎样用一种安全工具组合去掩盖连接维基解密到他的苹果笔记本电脑上的泄露链的每一个环节。他将电脑连接到维基解密分配安全套接层协议或者简称为SSL的网络服务器，这种网络加密经常被用来掩饰电子商务或者银行网点的数据以防止任何网络窥探者窃取密码或者信用卡账号。然后，他利用安全外壳（Secure Shell）文件传输协议或简称为SSH FTP这种方案，在两个远程系统之间创造了一个加密通道，使它们能够安全地共享文件。最后，也是最重要的，他运行了洋葱路由（Tor），一种匿名工具将他连接维基解密的真实目的地的路径在互联网上进行了一系列的路由跳，该系列中的每个新地址都经过加密，以防止任何人拼凑出他的最终目的地和他的发出地址。经过建立那种隐藏的、反跟踪性连接后，曼宁开始慢慢地抽取出军队的秘密，通过洋葱路由制造遍布世界的使人迷惑的路径，然后将文件传送到在瑞典斯德哥尔摩（Stockholm，Sweden）数据中心维基解密的服务器上面。

一年后，由于曼宁自己守口不严，导致军方的调查员调查到他的名字，他们没收了他的每一台机器，从连接“SIPRNet”的电脑到当时已经被运回他马里兰州的姑姑家的苹果笔记本电脑。通过访问那些特定的计算机，这个游戏就结束了。调查者发现他的硬盘中保存着大量的表明曼宁与泄密有关的证据：他曾经试图用垃圾数据去覆盖掉那些文件从而抹去留在他苹果笔记本电脑上的所有证据，但是不知道怎么的，他的笔记本电脑却终止了这项进程。那里面有有关塔那摩监狱被拘留者的档案，10 000 份国务院电报以及一项最重要的曼宁与朱利安·阿桑奇之间的聊天记录，这些记录显示似乎阿桑奇在帮助曼宁破解一个管理员的账户去访问军事网络，同时掩饰他的行迹。（阿桑奇曾想尽可能少地了解曼宁，所以他们之间交流一直用的是假名。“别对我撒谎。”他曾经告诉曼宁。）

调查者甚至在曼宁的苹果笔记本电脑上发现了一份他向维基解密提交他的巨量揭秘时一起提交的自述文件。“这可能是我们这个时代最有意义的文件之一，旨在移除战争迷雾，揭示 21 世纪不对称战争的本质，”这份自述文件中这样写道，“祝你度过愉快的一天。”

但是需要强调的是最初导致调查者怀疑到曼宁并不是由于那些指纹，也不是那些数字侦探工作让军队查到了曼宁的痕迹：所有从维基解密上面发现的可以在法庭上用来指明曼宁身份的线索都没有找到，最终都是因为阿德里安·拉莫。在拉莫毫不费力地将曼宁的名字交给调查员之前，他们几乎不可能会去没收连接“SIPRNet”的每一台机器——更不用说每一个回到美国休假的情报分析员在家里可能用过的每一台笔记本电脑。曼宁毕竟只是 120 万个拥有绝密工作许可的美国人中的 1 个。

所有这一切都表明，如果这位年轻的士兵并没有向他在网上认识了只有几分钟的陌生人详细地说明他的整个揭秘过程，没有这一步一步的罪证，他可能永远不会被发现。

.... -... -.-. ..-. -.. - -... .. -.-- -- --.- -.. -..- .-. . .

埃尔斯伯格的揭秘对尼克松总统的自我主义以及对执政权力的迷恋带来如此大的打击以至于白宫的反应过度和惊人。“该死的，总得有人去坐牢!”尼克松在他的记录中说，并用拳头敲着他的办公桌。“事情就这么决定了!”

后来，政府的攻击手段拓宽了：“我们一定要抓到他，”总统对基辛格和司法部长约翰·米切尔（John Mitchell）说，他所指的就是埃尔斯伯格。“不要担心对他的审判。只要把所有的东西找出来，在媒体上审判他……我们要在媒体上摧毁它。”

接下来他们所采用的策略一定会被认为是历史上最荒唐、最可耻的策略。尼克松的其中一组策略执行人员跟踪了埃尔斯伯格的心理治疗师，刘易斯·菲尔丁（Lewis Fielding）。他们戴着假发，故意用尖细的声音来伪装自己，甚至，其中一个工作人员在他自己的鞋里插入了一个东西将自己假扮成瘸腿样。后来他们闯进菲尔丁的办公室挖掘有关埃尔斯伯格的记录。这群窃贼希望能找到他个人生活中的污点，或者与某个外国政府或者搞阴谋活动团体的某种联系。事实上，他们一无所获。

在非法入侵菲尔丁的住宅后，那群人又试图在埃尔斯伯格计划在华盛顿进行的一次演讲之前给他下一种名叫麦角酸二乙基酰胺（LSD）的迷幻药。迈阿密古巴酒店的工作人员被一个由 G. 戈登·利迪所领导的组织招募过来参与执行这次事件，他们在埃尔斯伯格的汤里加入这种酸性物质，希望让其“产生幻觉”，从而“使他看起来就好像是由于吸毒导致其疲惫不堪”。但是，当所有的计划被批准的时候，迈阿密的服务员无法及时飞到华盛顿，这个计划只能被迫放弃。

在水门事件的审判中，检察官会发现一个由 12 个古巴男子组成的小队已经被聘请了，他们准备在埃尔斯伯格参加一个和平集会时袭击他并使他完全残废。该小组的成员后来说，他们曾经一直围绕着是打埃尔斯伯格的脸，还是打断他的腿之间讨论着。但围绕在举报人身边的人太多了，所以这 12 个古巴打手决定随机殴打，这样处在集会活动外围的示威者就很不幸了。

很多的政府犯罪行为事实直到埃尔斯伯格的审判之后才被公开。但在审判期间，埃尔斯伯格的辩护团发现，调查人员曾在没有得到法院指令的情况下对埃尔斯伯格和加利福尼亚军事智囊团（RAND）的莫特·霍尔珀林（Mort Halperin）进行了非法窃听，甚至更糟糕的是，他们没有与辩护团共享这些文件。最后，该案件的威廉·伯恩（William Byrne）法官透露他曾被尼克松的一个助手贿赂说向他提供 FBI 管理者的职位来换取对埃尔斯伯格的审判权。

上述那些大量不正当的行为导致本案宣布审判无效。“这个案件的全部事实……冒犯了正义，”伯恩在他的决定中写道。“这些离奇的事件已经无可救药地感染了本案件的起诉方。”

埃尔斯伯格被判无罪当庭释放。同一天，报纸报道说尼克松的司法部长约翰·米切尔曾控告埃尔斯伯格，现在自己又因参与阴谋计划、妨碍司法公正以及作伪证这三项指控而遭到起诉。

这是尼克松的总统任期走向终结的开始，也是越南战争的终结。

. ... .. -.. .-- .. --- .-- .-.. . .. -- -..- . --. .

当曼宁和拉莫第一次开始交换加密消息时，拉莫作了两个保密的承诺。“我是一名记者也是一名牧师，”他告诉曼宁。“你可以从两种身份中随便挑选一种，把我们的谈话当作一次忏悔或者一次采访（永远不会被公开），同时也享受一些法律的保护。”

事实上，在与布拉德利·曼宁第一次接触的48小时中，拉莫说他自己已经在仔细思考把他新认识的朋友交给官方的可能性。他联系了他的一名前军队反间谍特工朋友蒂姆·韦伯斯特（Tim Webster），后来又联系了切特·尤伯（Chet Uber）——一名与拉莫一起在一个名叫“警惕计划”（Project Vigilant）的网络安全研究志愿者团体中工作的前情报承包商。

韦伯斯特让拉莫与军队反间谍人员接触，他们很快给他家里打电话联系。他们对拉莫的声明表示怀疑，并要求拉莫对他自己的声明提供证据。他的声明似乎不可信，因为一个一等兵访问并窃取了千兆字节的一些世界上最敏感的信息，然后通过即时聊天工具竟随便向一个陌生人坦白了他的犯罪事实。拉莫说，他通过向他们谈及曼宁曾向他提到的一个名叫机密计划的代号来回应他们的怀疑。通话陷入了一个长时间的沉默，之后，其中一位工作人员让拉莫永远不要重复那个代号。“他们告诉我，要忘了我曾经听说过这个代号。”他说。联邦调查局没有再质疑拉莫声明的可信度。

与刑事调查部门（CID）的通话导致了拉莫与联邦调查局人员的会面。尤伯记得对于与联邦调查局人员会面这一点，拉莫是抵触的。他甚至在与联邦调查局人员入座期间给尤伯打了电话。拉莫告诉尤伯：“我正与五个人会面，这并非我的初衷。”尤伯回应道：“你别无选择，你必须这样做。”

在接下来的两天时间内，拉莫继续跟曼宁聊天，现在他知道联邦调查局人员将会监视他们的谈话。他们一起讨论宗教信仰、拉莫了解的法律历史以及曼宁过去一直与其保持联系的那位“疯狂的白发澳大利亚人”朱利安·阿桑奇。在某一时刻，曼宁开始滔滔不绝地讲述他曾经帮助揭露的阿帕奇直升机视频中的受害者和肇事者，而仅仅在一个月前，维基解密通过这段视频在世界范围掀起了轩然大波。曼宁说他最近已经将卷入阿帕奇直升机袭击事件的好几个人添加到了他的脸书（Facebook）中。这些人当中包括33岁的退伍军人伊桑·麦克德（Ethan McCord），他因为自己卷入受到高度关注的阿帕奇直升机袭击事件而一直饱受心灵愧疚的折磨，后来他站出来大声疾呼反对这场战争。“他们触动我的生活，我触动他们的生活，他们又触动我的生活……无尽循环。”曼宁发消息道。

“生活真滑稽。”拉莫回应道。

接下来，拉莫突然改变了话题。“＊一个随机数＊（＊random＊），你担心军队反间谍人员调查你与维基解密有关的东西吗?”他问道，“我为此感到极度害怕。”

曼宁回应说现在有“暗地里的调查”，这种迹象表明他似乎一直在为他自己的反－反间谍策略的效果做一些调查。在之后的交谈中，曼宁继续描述他揭秘的所有记录是如何被“清零”——不可逆地删除的，接着又描述了他曾经使用过的众多匿名和隐私保护工具。拉莫问他如果他的身份暴露了会怎么做。“试着找出让自己脱身的办法……在一切还没有变得错综复杂之前，把自己弄得看起来好像尼达尔·哈桑（Nidal Hasan）。”曼宁回答说。他所指的是一个悄悄变成激进的伊斯兰教徒陆军少校，其于2009年在得克萨斯州的胡德堡（Fort Hood）发起了一次枪击事件，打死13人，打伤29人。

“我不认为这样的事情会发生，”曼宁紧接着说，“我的意思是，我永远也不会被注意到。”

在他们的一系列聊天接近尾声时，曼宁似乎更多地在考虑存在主义方面的问题：“我不知道我是否会被认为是A型‘黑客’、‘解密高手’、‘黑客活动分子’、‘揭秘者’或者什么……”他若有所思地说，“我就是我……真的。”

“或者是一名间谍。”拉莫回复道，同时加了一个微笑的表情符号。

5月26日这天，与拉莫聊天还不到一周的时间，曼宁就被美国军方刑事调查人员逮捕了。他被指控两打以上的罪行，包括违反间谍法和通敌。

其中第二类罪行在军队司法系统要被判处死刑。但曼宁的检察官们表示，他们不打算支持对曼宁执行死刑，最终曼宁被判处军事终身监禁。

-.-. .- .- .-.. .. -..- .-- - --- -. .--. ..- .-. -- .-. ..-.

2011 年 3 月，在曼宁被捕 10 个月后，丹尼尔·埃尔斯伯格身着一件深蓝色西装戴着领带，与其他数百人一起，在白宫前针对曼宁在弗吉尼亚州匡蒂科的一个军队监狱里所遭受到的非人道监禁进行抗议。

同年 7 月，曼宁从科威特的一个禁闭室被转移到了匡蒂科基地，在那里他几乎不能与其他犯人有任何联系，每天只被允许进行一个小时的散步运动，同时每周只有几个小时的被探访时间。他仅有的几个能够定期地去探视他的朋友中的一个是一位名叫大卫·豪斯的麻省理工学院的研究员，他描述了曼宁接下来几个月逐渐恶化的精神状况——作为一个活泼开朗热衷于讨论物理学和社会学的 23 岁年轻人，慢慢沦落到一种需要靠药物来维持的近乎紧张性精神症的状态。当豪斯在二月份看到曼宁时，他说曼宁就好像失眠了好几天，并需要好几个小时才能让他完全清醒过来。

在三月份的抗议中，79 岁的埃尔斯伯格被警察请求离开白宫前的街道，当示威者高呼“这就是虚伪的样子”时，他婉言拒绝离开，但被警察戴上了手铐并被警车带走。当他和其他被捕的 112 位示威者被释放以后，他立即前往匡蒂科，几十年前他曾在那里以美国海军陆战队军官的身份接受训练。在那个基地外，他进行了另一次静坐抗议，但再次被捕了。

在那段时间接受记者采访时，埃尔斯伯格说他认同曼宁“比过去四十年我所认识的其他任何人都多”的看法。

“我曾经就是这样的年轻人，”他告诉一个美国有线电视新闻网（CNN）的记者说，“我曾经就是布拉德利·曼宁。”

美国总统巴拉克·奥巴马并不认同埃尔斯伯格的观点。在一次筹款募集活动后的一个月，总统面临着一个固执地询问关于曼宁监禁情况的抗议者。奥巴马直接驳斥了抗议者，这一幕早就被媒体镜头抓住而且很快被发布到了视频网站上面。“我们是一个法治国家，”总统笑着对质疑他的曼宁支持者说，“我们不会对触犯法律的人放松警惕，他触犯了法律。”

“埃尔斯伯格曾经不也做过同样的事情吗?”奥巴马的提问者问道。

“不，这不是同样的事情，”奥巴马不屑地回应道，“埃尔斯伯格年代的材料并不以同样的方式分类。”随后总统转身离开，谈话也结束了。

奥巴马说的也是事实，那的确不是同样的事情。埃尔斯伯格所泄露的是保密级别更高的绝密材料。然而从更深层面上看，总统的说法是正确的。尽管埃尔斯伯格同情曼宁，但他毕竟不是“那个年轻人”。

丹尼尔·埃尔斯伯格的故事是非常稀有的，从军队中的上层领导人士变成了激进的持不同政见者。只有极少数的官员得到阅读五角大楼文件的授权。对于埃尔斯伯格来说，拥有访问他所泄露文件的特权的同时最终将它们泄露出去需要一个独特的组合：将他带到五角大楼的杰出的职业生涯和使他在接近自己职业生涯顶峰时对自己所忠诚的事业作出一个 180 度大转变的复杂的内心思想。

与此相反，曼宁是数以百万计的拥有较低级别安全许可的美国人之一。他从被五角大楼雇佣的那一刻开始就符合一个泄密者的形象：心怀不满、没有权力、顽固以及敌视政府。

在将曼宁与自己进行比较时，埃尔斯伯格引用曼宁与拉莫聊天记录中的语句说他“不在乎进监狱或者被处决”。“我从来就没有想过，在我余下的生命里，我会听到有人愿意那样做，他们不顾自己的生命危险，所以那些可怕的、骇人听闻的秘密才能够被世人知道，”埃尔斯伯格告诉美国有线电视新闻网（CNN）的记者。“后来我读了这些聊天记录并且知道了布拉德利甘愿承受进入监狱的后果。我无法向你形容那对我影响有多深。”

然而埃尔斯伯格忽略了一个重要事实，虽然曼宁说他愿意承受进入监狱的后果，但他从来都不曾认为这会成为现实。曼宁与拉莫交谈的一切都表明他觉得通过匿名和隐私保护工具，再加上军队对缺乏安全预防措施的疏忽都可以使他免受惩罚。埃尔斯伯格则相反，他早就认定了可能会面临的是终身监禁，至少也是一段时间极长的牢狱生涯，他甚至为铁栏杆和铁丝网将他和他的妻儿分开那一天的到来做了实际的准备。

这个故事的结论是，今天埃尔斯伯格仍是自由身，而曼宁却被迫穿梭于牢房与法庭之间并很可能面临终身监禁。这个结论也许会误导人，事实上这两次泄密技术手段的详情显示了泄密技术和方法的演变，但这两个案件的结果却出人意料地违背了我们的直觉。如果不是因为曼宁与阿德里安·拉莫不幸的对话，曼宁的高科技泄密很可能逃脱惩罚。如果不是尼克松对埃尔斯伯格攻击弄糟的话，这位老人甚至可能四十年后仍在监狱里。

对于像曼宁这种现代的巨量泄密者来说，所有阻碍泄密的障碍都已经崩溃了：他们没有必要花费一年的时间去复印资料，没有必要成为可以在政府最上层中我行我素的雄鹰童子军或者战争英雄，他们只需要数以百万计的机密的政府文件或数以百万计的企业秘密信息。另外，更重要的是他们没有必要承担被报复的风险，因为他们不需要向记者们暴露自己的身份。

抓获曼宁的这些力量是真实存在的，同时其作用也是非常显著的：对任何泄密者来说最大弱点仍然是他或她的人际关系。但，对于数字原生代的一代人来说，他们从曼宁的故事中得到的最重要的教训是，他差点就蒙混过关了——使用正确的加密工具，闭上嘴，同时你还可以匿名地、毫无人身风险地将整个机构的信息揭露出去。

世界上可能没有几个像丹尼尔·埃尔斯伯格那样准备穿透20世纪的顽固壁垒去揭秘的人。但在21世纪，可以期待更多像曼宁那样的人。

PART TWO

THE EVOLUTION OF LEAKING

第二部分

解密的演变

“局内人知道问题所在。”

——朱利安·阿桑奇（Julian Assange）

第 2 章　密码学家们

在加利福尼亚州森尼韦尔市（Sunnyvale），蒂姆·梅（Tim May）躺在公寓楼的露天按摩浴缸里。他最近刚和女朋友分手，但这位 6 英尺 1 英寸（1.84 米）高，留有胡须的物理学家并不是耽于女色的那类人，他正在思考一个令人烦恼的问题：故障频出的半导体的秘密。

早在 1974 年，梅加盟了一家名为英特尔的电脑芯片公司。这家当时籍籍无名的公司认定可以使用金属氧化物半导体（即 MOS）作为存储器芯片，而当时 IBM 和仙童（Fairchild）公司采用的均为传统的双极型晶体管作为芯片半导体。这种新方法在单块芯片上设计了更加微小的电路，以存储 1 或者 0 的信息数据。凭借这种独特的微处理器，英特尔公司最近获得了美国电话电报公司一单金额高达八位数的合同。美国电话电报公司将这种存储芯片应用于下属西部电气公司的丹佛数据中心的专用小型交换机上，而这些交换机是诸多大型公司内部电话系统的网络集线器。

对于与众多大型芯片公司竞争的一个仅 3 000 人的小公司而言，这笔订单无疑是个巨大的收获。但它也遇到了一个潜在致命的问题，西部电气的专用小型交换机经常毫无征兆地出现故障。因为这些问题是在更换了新的芯片后才开始出现，美国电话电报公司的主管人员自然将责任推给了英特尔公司。当英特尔的工程师被叫来检查专用小型交换机的故障并监督其信息存储错误时，他们承认：大约每小时，一个比特将会在他们的芯片上翻转——一个单位的数据由 1 转变为 0，反之似乎也会自然发生——从而导致令人发狂的随机出现的软件故障。

为了找到引起那种比特翻转故障的原因，英特尔公司的工程师尝试了他们所能想到的每一种测试。令人遗憾的是，他们甚至都不能复制此故障，更别说解决了。他们甚至猜测警卫室楼层减震垫发动机的磁铁可能影响到专用小型交换机而引起了这些错误。似乎所有理论都不灵了，尽管抽调了多名工程师组成特别行动组被指定解决这一问题，但毫无进展的现实使美国电话电报公司渐渐不耐烦起来。

25 岁的梅并没有被安排去解决这一问题。梅的一个同事，知道这个年轻的工程师有着粒子物理学的知识背景，来到梅的办公室告诉他，英特尔的创立者戈登·穆尔（Gordon Moore）想让他检验一个新理论：可能是宇宙射线——从太空以近光速撞击地球的亚原子粒子——将芯片上的电子敲掉，从而引起导致美国电话电报公司的专用小型交换机崩溃的相同类型的问题。

梅立刻拿出他信赖的惠普计算器进行了数学计算。然而计算的结果表明，即使位于丹佛的海拔高度，也不可能会有足够多的射线干扰到芯片，这说明射线理论并不成立。

但，穆尔的问题引起梅的深思。那个春天的晚上，当他在热气腾腾的浴缸里涂抹沐浴液时，他低头看到了露天浴缸的花岗岩壁，这激发了他探究产生比特翻转的直觉。梅很清楚，花岗岩和其他一些石头由于含有微量的钍和铀，能向周围发射极低水平的放射性阿尔法粒子。就在最近，英特尔公司为了省钱，刚为其所产存储芯片换了新的陶瓷外壳。

从原子的尺度来讲，相对于从太空撞击到地球上的宇宙射线，阿尔法粒子就像闯入物体表面的笨拙的大石头。或许，这种足以导致芯片数据出现问题的放射性物质并非来自宇宙。梅思考着，如果这种干扰距离脆弱的芯片核心很近，就如梅的后背皮肤紧挨着浴缸花岗岩壁，结果会如何呢?

想到这些，梅快速擦干身体并迫不及待地取出计算器，他算出阿尔法粒子应该是导致美国电话电报公司使用芯片出现 1 和 0 数据存储差别所需尺寸的 5 倍大小，意味它可以像网球阻塞浴室的下水道一样破坏半导体的数据存储。第二天在英特尔公司的实验室，他拿了一块芯片的陶瓷外壳放入放射测量计数室内，在那里放置 24 小时以测量其放射性。果然，这种材料发射了非常多的射线，已然超过了计数室的最大量程。

后来，他用从烟雾报警器取出的放射性镅做了进一步验证。没有问题！起初他在放射性镅与测试芯片间放置了一条足以屏蔽任何阿尔法粒子的遮护胶带，而当拿掉胶带后，果然射线复制出了数以千计的美国电话电报公司芯片的问题。他终于搞清楚了这个困扰英特尔芯片的关键问题——放射性干扰，就这么简单。若干年后梅评价这段经历时说：“当那些芯片像萤火虫一样闪亮的时候，那是我人生的巅峰时刻。”

面对梅的重要突破，英特尔迅速反应，创制了一种外壳放射性低且屏蔽效果更好的新型芯片设计。整个半导体工业，从微软到富士通，纷纷效仿这一技术——这是英特尔这个“暴发户”所始料未及的。即使多年以后，英特尔这一芯片巨头仍将梅的成就作为公司创新精神的典范教育新入职的员工。“有创造力、勇于革新、才华横溢，所有这些梅都具备，蒂姆·梅超有想象力。他……不会被历史忽略，他总会做出些奇妙的事情。”25 年后，前任英特尔的首席执行官克雷格·巴瑞特（Craig Barrett）面对记者这样评价梅。

对梅而言，他的阿尔法粒子的荣耀为他赢得了自己的实验室和数次职位提升。而英特尔则从无畏的创业阶段成长发展为一家部门林立充满中层管理者的大公司。梅无意行政管理事务，尤其是随着粗鲁的匈牙利移民安迪·格罗夫（Andy Grove）成为首席执行官，每个部门职员中业绩垫底的 10% 都会陷入可能丢掉饭碗的煎熬。

随着岁月的流逝，梅开始不时地用他用旧了的惠普计算器计算他的股票期权、英特尔飙升的股价、他的生活花费和预期的红利。他在硅谷的同事们将所赚财富用于游艇和海景别墅时，梅过着与之不同的苦行僧样的生活，远离高档餐厅和旅行，几乎节省下了他赚的每样东西。到 1986 年，梅计算的结果表明他已有足够多的钱可以不用工作就能度过余生了。1986 年 7 月，在一次关键的绩效评估后的第 4 个月，他辞职了。

在 34 岁时，梅退休了。而他自己也完全不知道如何度过摆在他面前的余下人生。英特尔的巴瑞特对梅的评价：梅富有想象力，他不会被历史忽略。若干年后，他电子邮件的签名档展示了他新的兴趣所在：“匿名的网络、数字化假名、名誉、信息市场、黑市、政府崩溃。”

--- -... -. -.. - ... -.-. .--- .--. .-- .--- .-.. -.- --- --- -...

2010 年春季的一个下午，布拉德利·曼宁（Bradley Manning）的战友谋杀记者录像公布大约一年之后。我在旧金山租了一辆大众轿车，向南跨过附近的山峦，驶过加利福尼亚州危险蜿蜒的 17 号公路来到了圣克鲁斯。在那里隐匿着密码史上叱咤风云、直接催生维基解密的两位了不起的人物。

蒂姆·梅就是其中之一。但我并不奢望能确切地找到这位富有争议的密码无政府主义者和匿名网络的创新者。一些熟人已经警告过我，他对来自新闻媒体的访问者并不友好。还有个家伙听说了我对梅的采访计划，就大加嘲笑。我读过一篇2003年德国《时代周报》（*Die Zeit*）的文章，爆料说梅已经成为一个长须飘飘的隐士，居住在山中坚固的堡垒中。一位梅的维基解密的同事暗示梅的居所周围树林埋了很多克莱莫人员杀伤地雷（M18A1 Claymore，阔刀地雷），这是军警最终抓捕他时设计的最后防线。由此我得出结论，梅已经达到了匿名的最高境界：完全消失。

相反，我遇到了一个不同的圣克鲁斯加密激进分子，他的所作所为也引发了一场关于密码无政府主义的运动——并险些将他送入大牢：菲利普·R. 齐默尔曼（Philip R. Zimmermann）。

在距离该城岩石嶙峋的海岸线大概几个街区的地方，当我步入齐默尔曼的居室，他穿一件敞开的质地考究的衬衣，正用从拉斯维加斯年度黑帽子黑客大会得来的杯子喝着茶。这位胡须整齐、貌不惊人、永远保持微笑的程序员非常高兴地将印有国家安全局字样的杯子作为礼物交给我，这是他在位于米德堡的密码研究博物馆的礼品商店里买来的。

我们坐定后，他显得对饭店颇有微词，认为他们将茶包放进温水的做法对于品鉴伯爵红茶是不可取的。接着在正式谈话前，我们等他吃了面条。“吃完食物，我的脑瓜会更好地工作。”他慢条斯理地说道。

当我开始向他提问时，他笑着提醒我，在他享用完午餐前不会回答这些问题。我意识到：我面对的这个男人也许很难适应监牢生活。

我们相对无言，沉默的氛围时不时被吃面条的声音打断，我开始对他的房内细细打量。一面墙上布满了很多来自民间组织和隐私保护组织的各种奖品；另一面则是与核武器有关的书籍，艾萨克·阿西莫夫（Isaac Asimov，现代美国著名科普作家、科幻小说家、文学评论家、生物学家、化学家，美国科幻小说黄金时代的代表人物之一。）和尼尔·斯蒂芬森（Neal Stephenson，美国著名的赛伯朋克流科幻作家，在当今的IT人中，他享有不朽的声誉。）的小说，下面则是一大堆关于密码学的教科书。

当我提到一本名为《PGP源代码与内核》（*PGP Source Code and Internals*）的书时，齐默尔曼立刻将午餐放到了一边，切换成了一种讲战争故事的眉飞色舞的模式。他戏谑地说道：“只要他们决定起诉我，这本书就将成为我辩护的有力证据。”

我吸取了先前的教训，现在已经吸引了齐默尔曼的注意力，所以我问他能否就此开始。于是，他开始了讲话，一个关于丹尼尔·埃尔斯伯格（Daniel Ellsberg）博士的故事。

故事发生在1987年一个灰蒙蒙的早晨，地点是美国内华达州沙漠的中部。齐默尔曼还记得，那天，自己、埃尔斯伯格和一群约430人的抗议者两两结队穿过内华达州最活跃的核试验地点的大门，在那里严阵以待的警卫们镇静地用防暴手铐将他们铐起，押上路边的大客车，而后被拉往40英里（64公里）外附近的小镇贝蒂，由当地警方扣留在一个社区中心，直至最后被释放。

那天埃尔斯伯格穿着西服，他的被捕更好地注解了即使是身穿西服有教养的人也不能凌驾于法律之上。齐默尔曼遵从类似的原则。“我想表明我们不是一群嬉皮士在抗议。要点在于我们像其他任何人一样，是受人尊重的美国人，甘愿以锒铛入狱为代价换取停止核试验。”他以缓慢的中西部音调说。

对齐默尔曼而言，这次内华达州抗议活动是近十年来他追随埃尔斯伯格的激进分子领导的最高潮。齐默尔曼成长于五角大楼文件揭秘和水门事件发生的时代，对于美国坚持维护保留世界上最大的、最先进的攻击性核弹头储存库，他感到非常恐慌。他看了罗伯特·舍尔（Robert Scheer）的文章《只要有足够的铁铲》（*With Enough Shovels*），被政府对于核战争麻木不仁的态度深深触动。（舍尔引用一位五角大楼高级官员的话，只要有足够多的铁铲，美国的每个家庭就能通过在后院挖个深洞，然后将家里的门盖在上面，就做成自己的原子弹掩体了。）考虑到他们刚刚出生的儿子，齐默尔曼和妻子计划逃离厄运将临的美国，去往世界上反对核武器最为强烈的国家之一新西兰。

在申请移民的文件尚在处理的过程中，齐默尔曼和妻子在丹佛参加了一个以核武器冻结运动为主题的研讨会。会议中最大的亮点是丹尼尔·埃尔斯伯格所做的演讲。埃尔斯伯格描述了发生在1969年的数百万人参加的强大的反越战抗议游行。那时候，有媒体报道说尼克松对游行示威毫不在意，还看了场橄榄球比赛。埃尔斯伯格告诉科罗拉多州与会的人群，事实上当时尼克松（Nixon，即理查德·米尔豪斯·尼克松，美国第37任总统。）正在白宫情况应对室内，看着所估算的游行示威者的数字和航拍图片，心怀忐忑满手捏汗。尽管越南共产党的活动家们当时并不知道这一内情，但他们由此已确定尼克松总统不会在越战中使用核武器。

整个会议信息传达出的希望，尤其是埃尔斯伯格的讲话，将齐默尔曼的悲观情绪一扫而空。当他和爱人一起返回到博尔德，他们下定决心：他们应该继续留在美国并斗志昂扬地战斗下去。“这就像我在一架明知将要坠毁的飞机上，本来试图往后座走以增加我幸存生还的机会。此时却相反，我决定去驾驶室拯救整架飞机。”他说道。

自此，齐默尔曼开始大量阅读关于原子历史的书籍，每周花40个小时从事一份计算机工程师的工作，另外40小时则用来自学与核物理相关的知识。几个月后，他开始在博尔德的自由大学教授一门关于军事历史的课程，并公然反对里根政府的政策。

1985年，苏联的戈尔巴乔夫（Gorbachev，即米哈伊尔·谢尔盖耶维奇·戈尔巴乔夫，苏联最后一任总统。）开始掌权并单方面终止了核武器试验。那时，齐默尔曼和他的反战群体看到了希望，美国一度在内华达州进行的富有攻击性的可以使数平方英里内寸草不生的氢弹试验终于可以结束了。

但美国的核武器试验并未减少。于是戈尔巴乔夫在他的将军们的施压下，于1986年发出警告：如果美国再试爆一颗核武器，苏联也将被迫重启核试验。在这种情形下，考虑到放置于内华达州沙漠下面的关键核弹头，齐默尔曼、埃尔斯伯格和其他四百多人齐聚拉斯维加斯，在那里他们挤上大巴驶往沙漠。

而五角大楼改变了它的日程计划，已经在一天前进行了地下核试验。在接下来的几年，不是里根，而是戈尔巴乔夫，伴随着苏联的解体结束了世界对于核武器漠不关心的状况。

但这次抗议有不同的意义：齐默尔曼首次温和抵抗的经历打消了他直接与不公平的政府当局作斗争的想法。尽管当时他还不清楚，他这个谦虚的电脑迷将开始进入一场新的战争，在接下来的战争中是他，而不是他的活动家英雄埃尔斯伯格，将成为令人瞩目的焦点。随着冷战接近尾声，一场关于加密的战争即将打响。

.-.. ..-. ... . -..- .--. -.-. .. .-- -. ....- -.- - .- ....

10岁的蒂姆·梅坐在关了灯的卧室里。他拿着个形似罐子的称之为闪烁镜的仪器。实际上，罐子的一端是一小块放射性镭，一个镜头在另一端，而中间则是纤细发白的硫化锌屏幕。硫化锌是一种闪烁晶体：当α粒子击中它的表面，它就会散发出光芒。所以梅允许他的眼睛适应房间的黑暗，这样当它们以3 300万英里/时（5 280千米/时）的速度撞击到发光材料时，就能观察到细小的放射性的星状闪耀像星星那样明亮。

科学带来的奇迹对年轻的梅产生了重要影响。他最早关于童年的记忆是在20世纪50年代初，他成长在圣地亚哥的郊区。30英里（48公里）以北是帕洛玛山天文台，那里有世界上最大的望远镜，驱车向西不远就是斯克里普海洋研究所。儒勒·凡尔纳（Jules Verne）的作品助长了他科学家般的想象力。他记得有一次从他家牧场风格的房子凭窗望去，看到一架没有机身的飞机发着奇怪的轰鸣声。他后来才知道那是诺斯诺普公司研发的隐形轰炸机的原型。隔着他家后院的一位邻居曾是研究第一个洲际弹道导弹的航空航天工程师。当苏联发射人造地球卫星时，梅还记得一天晚上在后院与这位老人一起观看“伴侣号”划过头顶的轨道。

尽管梅模糊地感觉到了科学的神奇，他的成长经历并不总是纯真和搞怪。梅的父亲是位海军军官，但他最初应征入伍是在南太平洋并曾在第二次世界大战中驾驶一辆推土机。梅的父亲并不吝啬与他分享战争的恐怖故事，讲述他曾经如何接到命令使用机器将沙土填满碉堡，将日本兵活埋的往事。

当梅的父亲调动且全家安置到华盛顿特区后，仍是梅的父亲，鼓励他12岁的儿子参加当地的枪支俱乐部。他们一起用0.22英寸的小口径步枪射击，梅很快就爱上了枪支，不久就拥有了自己的武器。（在后来的生活中，他将积累更多的枪械：一把0.22英寸口径的左轮手枪，一把0.357英寸口径的玛格南手枪，一把AR-15冲锋枪，一把鲁格手枪，以及许多其他拒绝透露名字的枪械。）

第一次搬家后短短几年，梅的父亲再次调动，在肯尼迪总统遇刺那天乘船到了法国维埃里的滨海自由城。那真是梦幻般的场景，雅克·库斯托（Jacques Cousteau，法国最著名的海洋探险家，以海底调查而闻名）的船，卡里普索号，常常停泊在港口，小镇上方若隐若现的山是尼采（Nietzsche，德国哲学家）曾经攀爬并撰写名著《查拉斯图拉如是说》（*Thus Spoke Zarathustra*）的地方。

作为来自异国的迁入者，梅没什么朋友。就像将要贯穿他生活的状态一样，他将他的很多社交活动代之以阅读：物理学、计算机、化学和科幻小说，从阿西莫夫到布拉德伯利。在七年级的时候，他就完成了原子弹设计制作的一份长达一百多页的报告，完整解释了核裂变的工作原理，并图示了原子弹——“胖子”和“小男孩”的链式反应——是如何触发的，其对目标的效果，甚至有包括来自广岛和长崎的日本烧伤受害者的图片。“很显然，对我来说，当时我想从事核物理工作。”他说。

当梅一家回到华盛顿特区，他自学成才对科学的理解已领先于他的同学们很多了。每次高中科学展览他都会拔得头筹，包括确定磁场中电离气体的放射频率和量子隧道这样的项目。而在1968年的夏天，他接触到了艾茵·兰德（Ayn Rand，俄裔美国哲学家、小说家，其作品强调个人主义概念和理性利己主义而闻名）的作品。

梅读了兰德的《阿特拉斯耸耸肩》（*Atlas Shrugged*），但只是把它作为一部科幻小说来读。但这部小说是关于政治的，而无关技术或科学。这部长达千页的宣言向他谈到了利他主义的虚伪和自私的独有美德。它以鲜明的条款解释了为什么任何寻求反对利润动机去劫富济贫的人是“敲诈者”或“抢劫者”并暂时阻碍人类进步，并且让这位年轻的物理神童产生了共鸣，兰德想象了一个奇幻的世界，就是书中所说的“高尔特峡谷”，一片群山中的隐蔽之地，那里是有志向的科学家与超凡者的香格里拉。

在小说中的高潮独白中，主人公约翰·高尔特（John Galt）向世界解释，最好的思想家和实干家都消失在他的避风港里。“不要试图找到我们，我们不会被找到，不要哭喊说为你们服务是我们的责任，我们不会承认这种责任。不要哭喊说你们需要我们，我们不会认为那是真正的需要。不要哭喊说你们拥有我们，你们没有。不要乞求我们回归，我们罢工了，我们是有主见的人。”

到梅上大学时，他已经不再阅读兰德的作品了，用他今天的话说，他后来回过头来看她的书是有缺陷的和沾沾自喜的。但她的思想让他无法摆脱。在1972年的总统竞选中，梅作为法定选民的第一票，他写下了约翰·霍斯珀斯（John Hospers）的名字，那是是年作为首位自由主义者在几个州都得到了一些选票的候选人。在未来的40年中，他将持续投票给自由主义者。今天，他仍然受到兰德思想的影响。

“我的政治哲学是请你不要干涉我，别动我的文件，离开我的办公室，别碰我所吃的、喝的和抽的。如果人们想要过度沉溺，随他们去吧，我只会幸灾乐祸。”他说。

梅同时被麻省理工学院、斯坦福大学和伯克利分校录取，但当时加利福尼亚大学圣巴巴拉分校的教务长跟他解释说，他可以在本科阶段学到研究生的课程，于是他选择了这所学校。他进入大学时恰逢60年代末期。反越战示威者在围绕景岛社区邻近的大学城烧毁了美国银行。但梅的主要经历是找工作，毕业后，凭借他的物理学天赋在英特尔找了份工作。

梅在英特尔的岁月与其说是一种职业生涯，倒不如说是他思想漫游的历练。他在 α 粒子上取得的胜利与在商业世界的幻灭之后，他选择了离开硅谷退休。然后来到山上他自己的高尔特峡谷，那是一栋两层楼的房子，距离加州的阿普托斯的海滩 1 英里（1 600 米）远。在那里，只有他的猫（尼采）陪着他。

在他漫无目的智力探索的新生活中，梅每天都步行到海滩，带着一堆商业、科学和技术相关的杂志、学术论文和科幻小说，贪婪地阅读，直至太阳落山。“我从来就对骑马、划船、徒步旅行，或其他人做的事不太感兴趣。相反，我除了阅读还是阅读。”他说。

这位年轻的前物理学家变成了技术与非技术智力的杂食动物，如饥似渴地享用科幻小说和与哲学相当的文学作品。他读了约翰·布伦纳（John Brunner）的科幻小说《冲击波骑士》（*The Shockwave Rider*），其描述了在身份由数字定义的世界中，一个反叛组织允许任何人以匿名方式通过电话泄漏秘密的故事。他读了奥森·斯科特·卡德（Orson Scott Card）的《安德的游戏》（*Ender' s Game*），使用假名字符，德摩斯梯尼和洛克这两个天才小学生通过他们在互联网上无法追查的思想影响了全球政治。他读了詹姆斯·班福德（James Bamford）的《迷宫》（*The Puzzle Palace*），一部描述美国国家安全局和其神秘工作的故事，以及弗诺·文奇（Vernor Vinge）的《真名实姓》（*True Names*），一部关于网络空间中黑客被推向神坛而他们唯一的弱点就是与他们年老体弱相连的身份的中篇小说。

很快梅就发现了新闻组，互联网新兴的电子布告栏系统。他会等到晚上将他的 1200 波特的调制解调器打开并登录，既能更好地节省带宽的费用，又避免了困扰早期信息网络的流量拥堵。“速度很慢，蹩脚而原始，但它打开了一个新世界，这样我订阅的杂志就失宠了。”他说道。

1987 年，梅的朋友，技术自由主义者菲尔·萨林（Phil Salin）带着在心里酝酿已久的想法来找他：一个销售信息的市场。他将其称为美国信息交换（the American Information Exchange，简称 AMIX）。在易趣（eBay）创立之前，萨林想象了一个拍卖系统的版本，在那里用户可以支付解答他们疑问的答案或提供知识的数据包以价高者得。在以后的几年，大名鼎鼎的米奇·卡普尔（Mitch Kapor）和埃斯特·戴森（Esther Dyson）这样的技术专家都将就此项目奉劝萨林。

但是梅说，他马上就指出了朋友的缺点。他告诉萨林，AMIX 将不可避免地成为偷盗知识的黑市。梅断定，“如果有人问，是否有人知道如何解决离子注入 n 型硅胶过程中电荷累积问题，那么某个为芯片公司工作的家伙会将公司投入几千万美元研发的产品以 10 万美元的价格从黑市销售出去，这并不需要多长时间。”

萨林反驳说，公司和政府机构会防止他们的雇员访问市场并销售他们的秘密。但梅有一个直觉，根本没有办法保护那些昂贵信息的泄露。被激励起来的个体会找到一些方法，甚至任何方法，去匿名访问该站点并泄露雇佣他们的公司或政府机构的机密。

然后，随着这一想法为梅想象的黑暗的边缘所围绕，他开始重新考虑。也许这个关于信息市场的概念终究还是很有趣的。

..- -- -- - -..- -.-. --.. .-. .--. --- .. .- -... . -.-. --

1954 年，菲利普·齐默尔曼出生于新泽西州卡姆登的一对酗酒的夫妇家中。他的母亲是家庭主妇，父亲是运送水泥的大卡车司机。他们酗酒的恶习意味着整个家庭经济紧张，常为房租犯愁。齐默尔曼记得他们经常半夜搬出租住的房屋，多次将他大部分孩提时代的玩具丢在身后。无家可归对齐默尔曼一家而言是家常便饭，以至于他们的父亲将家里的轿车称为“别克酒店”。在齐默尔曼 18 岁以前，据他回忆，他在至少 25 所不同的学校就读过。

作为一个居无定所的孩子，齐默尔曼在神秘的密码世界找到了安慰。当他读小学 4 年级的时候，全家搬到了迈阿密。在那里他会观看一档每周六早晨进行的表演秀——“麻省理工大学的坟墓和地牢”。每周节目都会出一个秘密消息，并告诉观众花 2 美元可以买一个解码器来解读代码。但对于齐默尔曼而言，他不可能有 2 美元的零用钱花费在这种爱好上，于是只能自己解锁代码。事实表明这些只涉及到简单的替换方案：1 替换 A，2 替换 B，如此而已。齐默尔曼被他如此轻而易举就打败了秀场价值 2 美元的秘密激发了浓厚的兴趣，他开始掌握更复杂的代码：在 10 岁前他就学习了摩尔斯电码、旗语和布莱叶盲文。

大约就在那时，这位小小的密码分析家找到了对他青年时代影响最大的书本之一，赫伯特·齐姆（Herbert Zim）的《代码与秘密书写》（*Codes*

& Secret Writing）。齐姆的密码书对于密码使用方法中隐藏的艺术阐述深刻，齐默尔曼几个月都着迷于如何简单地进行密码翻译——在不知道答案的情况下解码的科学——并通过多种技巧加工成一套他自己的加密系统，如使用柠檬汁或醋写下看不到的消息。（当使用柠檬汁书写时，里面的酸可以将纸张的纤维素打断形成糖，这样当用灯泡加热时这些糖就会熔化变成焦糖，从而显示出书写内容。）利用他在齐姆书中所学，齐默尔曼挑战了朋友创作的加密信息，并要求朋友尽量将信息写长些以增加难度。齐默尔曼运用一种简单的频率分析方法进行解码，计算加密文本中每个字母的比率，而后与这些字母在英语中出现的统计学频率进行匹配分析，在几分钟内就能够成功破译。

相比齐默尔曼的密码梦，他更希望自己成为一名天文学家。但当齐默尔曼离开高中的时候，他面临一个严峻的现实：他的智商达不到成为数学专家的水平。在佛罗里达大西洋大学——不是麻省理工学院——齐默尔曼面对多变量微积分时从没有找到过他曾经在令人愉快富有逻辑的代码学中所体会到的直觉感受。相反，他在计算机科学的课堂上才能找到那种感觉。齐默尔曼回忆他在早期编码生涯的程序之一，是一种运用他童年时代就十分热爱的简单密码编译的尝试。他的第一个项目：一次一密乱码本加密的一种数字版本——一种密码学中最简单的加密方案，同时也是一种理论上牢不可破的方法。

一次一密乱码本加密是一种迷惑性较强且易懂的工具：假定爱丽丝想向鲍勃发个消息（爱丽丝和鲍勃是各种密码学理论方案解释中常用的替身），与此同时，两人都有一本随机数字密本，从 1 到 26。这种密本就是一次一密乱码本，之所以这样命名是因为它们只能使用一次而后将被销毁。爱丽丝将她消息的每个字母按照顺序，如 1 替换 A、2 替换 B 的替换方案进行转换，就如同齐默尔曼在小学时从“麻省理工大学的坟墓和地牢”表演秀中学到的一样。但爱丽丝会根据她的一次一密乱码本，对每个数字进行处理以使她进行替换的每个数字不超过 26。然后她将处理后的乱序语言——密码解密者所说的“密码文本”——发给鲍勃。此时，截取这些数字的人就很难弄明白它们的意思了。但是鲍勃使用他的一次一密乱码本减去相同的一系列随机数字，对于负值的数字加上 26，倒转替换方案，这样就能以本来的面目读到消息，这就是密码学上所说的“明文”。

如果一次一密乱码本加密的数字真的是随机产生的，并且仅能使用一次，那么从数学上分析，这样的加密方式是无法破解的。但是，这些“如果”至关重要。譬如，早在1942年，美国情报部门就发现苏联竟然粗心地在与不同国家通信中重复使用一次一密乱码本加密。他们通过分析多个乱码文本从而找出其固有模式，进而使他们去除了加密的随机性影响破解密码。

齐默尔曼出于爱好编制的数字化一次一密乱码本加密程序，采用FORTRAN语言的随机数字发生器产生随机数字。他并未注意到，FORTRAN语言实际上使用了一种假随机数字发生器，这种发生器是基于线性同余乱数方程进行的数学计算来工作的。在大学四年级之前，齐默尔曼一直认为他已经创造了一种不能破解的加密程序。齐默尔曼认为：“这是很单纯的加密，但我相信这种做法极其聪明。”就在几年后，他发现，他利用课余时间“发明”的相同方案出现在乔治敦的密码学教授多萝西·丹宁（Dorothy Denning）的教科书里。齐默尔曼意识到了他的窘迫，关键问题是如何解密，而他曾一度认为那是个相对简单的问题。

齐默尔曼，这个温厚谦逊的密码学爱好者，在自己的领域做得风生水起，但并未丧失丁点对数据保密科学的兴趣。1977年，他在《科学美国人》上读到一篇马丁·加德纳（Martin Gardner）的文章，这篇文章像埃尔斯伯格在科罗拉多州的演讲一样迅即改变了他的人生轨迹。

加德纳的文章解释了一种称为“公钥密码”的革命性的新加密形式。它解决了自密码诞生以来一直困扰密码人的一个问题：两个素未谋面的人如何共享秘密。

传统的加密方法，即我们知道的私人密钥或被称为对称密钥加密的方法。交换信息的双方往往都掌握一些秘密数据，被称之为钥匙，用以对所传递信息加密与解密，这就如同一次一密乱码本可以对消息进行加或者减以打乱或还原信息。如果在纽约的爱丽丝想给伦敦的鲍勃发送一条秘密消息，她会使用私人密钥对消息进行加密，同时鲍勃要使用相同的钥匙进行解密。

但是，这种方案正如阿喀琉斯之踵（Achilles´Heel）一样存在固有缺陷：如果鲍勃从未与爱丽丝见过面，鲍勃如何能安全地拿到爱丽丝的钥匙？爱丽丝必须以某种方式将钥匙传递给鲍勃。同时他们也不能把钥匙作为加密的消息进行传递。如果爱丽丝放弃上述做法而给鲍勃邮递未加密的钥匙，中间若有坏人截获它、拷贝它，并继续发送它，就可以破译他们以后所有的消息。除非爱丽丝和鲍勃已经在一些黑暗的小巷碰头并分享了他们的钥匙，否则私人密钥加密的方法几乎不可能是完全秘密的。（事实上，称其为“私人密钥加密”是非常精确的，因为这些钥匙必须秘密保有，这样做确实令其使用起来挺艰苦的。）

而公钥密码加密，通过一些数学上的处理，就像将一次一密乱码本扔到焚烧袋里烧掉一样，可以完全消除私人密钥加密的问题。在公钥密码的设计中，爱丽丝无需使用私人密钥加密消息然后再将密钥以消息的形式发给鲍勃。相反，鲍勃通过掌握的一些计算技巧产生两个钥匙，一种称为公开密钥，另一种称之为私人密钥。公开密钥不是用来译电文的，只是用来加密。公开密钥具有独一无二的、近乎魔法般的特点：使用它所加密的电文只能使用鲍勃的私人密钥解码。

这样，瞬间就将爱丽丝欲将私人密钥发给鲍勃的难题解决了。鲍勃已经有了私人密钥，而且他可以将他的公开密钥（爱丽丝用该密钥加密信息，只有鲍勃能解密）写在一张明信片上从伦敦发给纽约的爱丽丝。不仅如此，鲍勃还可以将他的公开密钥发布在他的网页上，印在他的商务名片上，甚至将其添加到电子邮件签名上。事实上，鲍勃希望每个人都看到他的公开密钥，因为它是用来将秘密无害加密，而非解密。同时，鲍勃的私人密钥仍然安全地保存在他的硬盘里，不必横穿大西洋。通过利用鲍勃的广泛发布随处可用的公开密钥，爱丽丝现在可以放心地给鲍勃发送只有他能读到的消息了，任务就此完成。

加德纳在文章中引用了埃德加·爱伦·坡（Edgar Allan Poe）的一句格言：“人类的智慧不能创造出自己不能解决的密码。”换言之，爱伦·坡相信在聪明的密码译解者面前，不存在所谓牢不可破的密码。加德纳写道，但随着麻省理工学院的3位科学家发明的公开密钥加密的启用，就是有名的RSA公钥加密算法［1977年由罗纳德·李维斯特（Ron Rivest）、阿迪·萨默尔（Adi Shamir）和伦纳德·阿德曼（Leonard Adleman）一起提出，RSA是由三人姓氏开头字母拼在一起组成）］的诞生，爱伦·坡的格言被证明是错误的。

加德纳写道：“如果麻省理工学院的密码能够经受得起密码学家的攻击，爱伦·坡的格言将在任何形式上都难以成立。”他计算过，破解麻省理工学院的密码要花费4亿亿年。（事实上，这里的零太多了。但即使如此，仍需要大概人类寿命的20—40倍的时间去破解，意味着这种设计的安全性极强。)

这一发明有着无穷的力量，如同原子弹，但它保护的不是武装的暴君独裁者而是持不同政见者。所有这些需要的只是一种工具，借此可以将公钥密码加密从学术和间谍的领域传播到政治麻烦制造者手中。齐默尔曼自然打算建立这一工具。

-- .-- .- .. .-. -.. ... --- ...- ..- -... .... - -. -.-- ..-.

同齐默尔曼一样，蒂姆·梅在同一年也读到了马丁·加德纳的专栏文章，于是“破解这牢不可破的密码技术的希望”在他科幻小说般的想象力中埋下了种子。“我开始明白‘加密’是一种有力的盾，尽管试图刺破它的能量甚至超过了全宇宙的能量，但它确实是保护隐私的密不透风的防护罩。”梅以匆忙的口吻说他准备去建立一些真正令人兴奋的东西。

当1987年梅听说菲尔·萨林（Phil Salin）提出的名为美国信息交换（AMIX）的信息交换计划后，这颗种子仍根植于心，直到萨林在几年后死于胃癌，美国信息交换（AMIX）仍然没有实现。但梅对不可破解的密码技术的痴迷始终未从其潜在的颠覆意识中消失。他认识到，如果加密不仅能够隐藏说了什么，还能掩盖是谁说的，那么这种新型的秘密就能将萨林的良性信息市场转变成用于买卖、散布各种秘密的游击队集市。

随着这些关于匿名安全技术突破的初步想法不断在梅的耳旁低语，他发现该文章中阐述的思想将最终使他的加密自由意志主义者的梦想成为可能。这篇文章是“计算机协会通讯”（Communications of the Association of Computing Machinery）发表于1981年的一篇封面故事文章，当梅偶然读到它时已是一年之后了。文章的作者是大卫·乔姆（David Chaum），他后来成为了闻名遐迩的数字化匿名的先知与教父。

乔姆，一位长得很壮、蓄有胡须、白发苍苍的学者，如今正领导一个致力于秘密选举投票的基金会，他曾花了10年时间建立不可追踪的密码学匿名现金交易系统，即“eCash”。尽管与几家主要的银行都签了约，但乔姆的密码货币系统却从未流行起来。有些人将之归结为运气差，另外一些说法则认为乔姆在做生意时控制欲过强，这可能是导致他的伙伴打消了和他合作的计划的原因。但是，在计算机安全领域无人质疑乔姆在密码学方面的绝对卓越——他的专利涵盖范围从物理锁到软件安全系统再到匿名与使用假名的机制，这些成就足以确立他计算机科学与信息安全方面的权威人士地位。

乔姆在洛杉矶市郊长大并就读中学，他很清楚自己比所认识的每个人都聪明，所以他的孩提时代过着叛逆、离经叛道的生活。他会在手工课上露面，然后翘掉当天的其他课程。他时常横穿市区到加利福尼亚州立大学洛杉矶分校（UCLA）偷听计算机科学的课程。他订购了微软和仙童半导体公司（Fairchild Semiconductor）芯片集的技术手册，像其他孩子阅读连环漫画一样阅读它们。由于技术公司里没有工程师能回答这个自命不凡的青少年的问题，他甚至还组建了一家空壳公司——安全性技术公司，以此为幌子打电话给大公司去问问题。他回忆道："当时，我感受到秘密是一种强有力的东西。我对各种各样的秘密装置着迷：秘密情报传递点、文件安全、防盗自动警铃、保险箱和金库、锁、迅速开封与装封（中央情报局特工人员窃信）等。"

在20世纪70年代早期，乔姆进入位于圣地亚哥的加利福尼亚州立大学后，他开始热衷于那个崇尚隐私自由和怀疑左派集权的年代。由于厌恶军队基金支持的四年本科奖学金计划，乔姆在加州大学洛杉矶分校只待了1年。逃往伯克利后，他锁定计算机的隐私与安全性特征的研究。面对个人信息爆棚，政府当局不断挖掘以跟踪公民的乱象，他试图证明这些技术是改变这一状况所需要的。

伯克利分校的系主任——曼努·布鲁姆（Manuel Blum），指责乔姆过分关注他研究工作的社会目标——没有科学家会试图预测他研究的影响，布鲁姆曾这样警告乔姆。乔姆的回应是在他硕士论文中的引言部分致以一句滑稽的谢谢，并宣称那种力图证明导师错误的冲动是他从事此项研究的重要动力。

后来，作为纽约大学和加州大学的教授，乔姆开始醉心于有关匿名的问题及其政治含义。他一度忽视教学长达一年时间，专心研究像托马斯·库恩（Thomas Kuhn）和刘易斯·芒福德（Lewis Mumford）等思想家关于保护个人身份信息的社会效益与罪恶的所有文献著述。他确信这种个性化学习使他对隐私的认识更胜以往。不久后他发布了那篇将激励整整一代密码学的匿名拥护者的文章。

文章的题目是"无需身份认证的安全性：一种使老大哥（专制政府）无用武之地的交易系统"。对于像梅这样的读者，该文章必定如同一份来自另一思想世界的灿烂的礼物。

文章以一种预见性的描述开始，刻画数字世界如何在一种令人可怕的范围下允许对正常人进行监视与操控。乔姆写道，“新的和……衍生自电脑模式识别技术的严重危险在于：即使只有一小群人在使用此技术接入汇集的日常网络用户交易数据中，依然能形成秘密的大规模监视，包括个人生活、活动和社会联系。”“自动化付款和其他用户交易方式正在使这些危险以前所未有的程度扩大。” “老大哥（英国作家乔治奥韦尔讽刺小说《1984 年》中的独裁者）已不再是小说《1984 年》中的角色。数据追踪和监视将成为巨大的社会问题，就如同笼罩在雏形初具的互联网地平线上的海市蜃楼。”

接着，通过 15 000 字的无情但富有逻辑性的论述，他为人们提供了一种集多种半神奇的解答为一体的综合解决方案。他所希望的是形成一种在数字时代下能够确保信息安全不被滥用和公民安全得到保护的综合系统。

首先，乔姆简单描述了一种使用“卡片电脑”的方法。如他所述，这种小机器是一种类似于信用卡大小的计算器。它们以虚拟钱包的形式发挥作用，这种卡里储有加密 ID 凭据的数据库可以允许用户花费和接收数字货币，独一无二的密码数字可以保护其被伪造或重复消费相同的美元或德国马克。

这些加密卡片电脑将使得加密交易欺诈只靠现金交易变得无法实现：乔姆称这种数学技巧为“盲签”。一种典型的密码签章是将个人图章以一种其他人不能伪造的方式印到消息上。爱丽丝的签名可以向鲍勃证明，给他的消息来自爱丽丝且只能是爱丽丝。“盲签章”这种概念在同一篇 1976 年首次谈到公钥密码系统的文章中就被提出了。在他的文章中，乔姆将这一想法更进一步，说明一种“盲”法应用于防伪印章——就是，现在任何人都能将他们独一无二的密码签名储存于加密数据里而无需明白其内容。

为什么这种盲签章如此重要？因为，正如乔姆所述，现在一家银行或商店可以将无法伪造的密码签名添加到一种数字货币上，而无需识别并追踪每一笔虚拟货币，就像一张装在复写纸信封中的汇票。在乔姆的系统里，某人可以写一张 10 美元的汇票，将它放入密封的密码信封中，并将其拿到银行从用户账户中取走 10 美元，而乔姆的“盲签”功能在于无需打开复写纸信封便能确认汇票，就像盖在信封里纸上的印章一样无法伪造。

当这张汇票被消费掉，用户打开信封将它交给出纳员检查——汇票上一家银行的签章清晰可见足以证实汇票是真实且价值 10 美元。但由于汇票在银行最初签署时是密封的，金融机构则无法弄清楚是谁提取了和谁最终收到了钱款。通过使用乔姆的卡片电脑、信封密封，盖章及开封的过程将变得极其简便，从而形成了一种可以正常使用而无法被追踪的数字货币。

乔姆希望他的卡片电脑和盲签章系统不仅限于金融领域里。一些其他认证组织，如：交通运输部门，可以将盲签章应用到类似于驾照的储有数字信息的电脑卡等物件中。这样，交通运输部门就不必再查看用户的完整识别信息，而巡警让司机靠边停车后就可通过这种签章来确定该司机是否有驾照。如此的身份鉴定则可让认证组织从日常事务工作中节省下更多时间，使其工作效率就像金融交易一样大大提高，从而再次保护了无处不在的隐私。

但乔姆所想做的远不止是隐藏交易的路径或证件上的个人信息这么简单。他的目标是向任何窥探者隐藏任何通信的来源。他文章中第三个主要思想就是最巧妙地打击任何潜在的监视社会：一种简洁的方法能够允许人们在任何时间进行通讯，而不必担心暴露自己的通话人，一种有力保护信息发送者身份的防护罩，比单纯用于保护信息内容的公开密钥加密更加强大。这是一种十分安全的匿名保护策略。乔姆将他的保护隐私的灵丹妙药称为餐饮解码网络，简称为“DC-Net”。

可以设想三位密码学家在一家餐厅共进晚餐的场景。在晚餐的尾声，账单还没到，这三位就餐者就想知道账单是否已付，出于谨慎的考虑，没人想去直接问服务员或任何一位共同用餐者，是否有慷慨大方的朋友已经买单。

所以，与之相反，他们玩了一个游戏。两位密码学家在菜单后面掷硬币以防止第三人看到结果。接着他们围绕餐桌，在密码学家中两两成对重复玩这种秘密的掷硬币游戏，当然始终将硬币投掷控制在菜单之后以使第三人不知道结果。

当全部掷硬币游戏结束后，每位秘密学家会给一个拇指朝上或朝下的手势：朝上代表他或她所见两次掷硬币的结果相同，朝下表明结果不同。但有一种特例：如果三人中有一人已经买单，这位慷慨的密码学家会将他或她的拇指摆在相反的方向。

如果竖起大拇指的总次数恰好是零，每个人就都知道单已经买了，并且没有人的慷慨行为被泄露。如果账单未付，拇指竖起的次数将是奇数，那么这三位吝啬的密码学家就会开始争论该轮到哪个小气鬼来买单。

这种用餐的密码学家在餐厅的游戏听起来很愚蠢，但它代表了一种开创性的新思想：就是一群人可以在他们中间进行通讯而不用搞清楚谁在讲话。在更多的学术气息浓厚的论文中，乔姆展示他的餐饮解码网络系统（DC-Net system）能做得比匿名断定三个朋友中是否有人买单更多。正如它在账单支付的事例中能够通讯简单的二元“是”或“否”的问题，它可以扩展到任何数量的人和任何数字信息。事实上，不管是金融交易还是核弹发射的密码，所有的计算机通讯都是由 1 或 0 组成。

“对于像美国国家安全局（NSA）这样关注网络并试图定位消息来源的闯入者，DC-Net 不只是牢固的”，乔姆写道，“它还是无条件不可追踪的。”他能在数学上证明，当 DC-Net 正确使用时，一个希望找到支付、信件或泄密来源的窥视者无法获得任何证据。在乔姆的世界里，完美的数学匿名性就如菜单后翻转的硬币一样真实可行。

乔姆的文章让蒂姆·梅思绪万千。他立即看出了这一思想最黑暗的含义——乔姆说他从未打算这么做。（一位密码学家会告诉我，这就好比乔姆开启的密码无政府主义运动偶然发现了一种外星文明的先进技术，并且“只选了武器”。）

梅意识到，如果金融交易能够严格匿名，则他们可以为任何事情提供资金：违禁药物、暗杀、日常交易逃避税收。如果通讯能够完全与身份分离，国家秘密就能像馅饼菜谱一样交易。可以建立受保护的数据避风港以存储非法或禁忌的信息，并允许匿名访问：譬如大规模的被盗财务数据和知识产权，基于《公平信用报告法案》（*Fair Credit Reporting Act*）所删除的可以归罪的信用报告，来自于令人毛骨悚然的纳粹医学实验的刻意遗忘的科学结果等等。

梅说道，他的这种醍醐灌顶的顿悟，好似他的阿尔法粒子发现的一种慢动作版本。原则上讲，任何数字化可做的事情都可不受监管。对于那些懂密码学的人，“老大哥”就如同是一个毫无实权的保姆，形同虚设。梅所想象的密码学的有力屏障将从个人信息扩展到整个公众领域。

自由意志主义者无政府地藏匿于山峦中或遥远的海岛上的梦想已然过时。高尔特峡谷（Galt’s Gulch）就在互联网上。

-. ...- -.-- - -..- -.. -.-. --. ... .-. .-.. ...- .--. . -.-- --.

这种后来闻名于世的具有革命性、平民主义的三个字母简写的 PGP 密码的合作关系始自于一个推销电话。1983 年，查理·梅里特（Charlie Merritt），一位阿肯色州的程序员和企业家，正在拼命寻找任何一家对当时看来他的一项似乎晦涩难懂的发明感兴趣有意转销的电脑制造商。他的发明实现了在台式计算机上运行麻省理工学院的公开密钥加密系统。梅里特找到位于科罗拉多州博尔德市的一家新成立的擅长于将苹果软件移植入英特尔芯片中的名为变形系统公司（Metamorphic Systems）的小型公司，当他拨通电话时，电话另一端的男人的反应出乎意料显得特别兴奋，以至于梅里特以为他可能被一位朋友搞了恶作剧。当他后来向一位密码学历史学家谈及他对于变形系统公司的创立者，菲利普·齐默尔曼的第一印象时，说他是“我所遇到的人中最最热情的人物”。

结束他的大学时代后，齐默尔曼结婚并从佛罗里达州搬到科罗拉多州以躲避家乡的蚊子（佛罗里达州靠海，蚊虫很多，居民常不胜其扰。），并且建立了一家业绩平平不见起色的以植入苹果程序运行英特尔芯片为业务的公司。但他从未丢掉对密码学的痴迷。自从阅读了加德纳的文章，他开始意识到密码技术将成为平民草根组织和国际自由战斗的愈来愈必需的工具。同许多黑客同行一样，齐默尔曼赞成大卫·乔姆的悲观观点，数字技术的崛起将威胁到个人隐私甚至使其灭绝。电子邮件这种新型媒介本质上是一种没有信封的数字信件，可以被任何看到过的窥探者阅读。政府将以前所未有的能力对其公民进行暗中监视。

但是强劲、普遍有效的加密却可以将这种趋势逆转到相反的另一个极端。齐默尔曼想到南美反叛组织和激进的美国反核武器活动家，他们可以相互发送电子邮件而不受惩罚，摆脱“老大哥”暗中窥探的警惕的眼睛。在 20 世纪 80 年代早期，美国联邦调查局（FBI）突袭了萨尔瓦多人民的团结委员会，美国特工们横扫了所能掠走或拷贝的所有的个人信息。想象一下，就像齐默尔曼所做的那样，如果那些激进分子（活动家）不带着大量有用的信息走出来，FBI 找到的就只是加密文件，世界上任何已知的电脑都无法破解。对于如赫伯特·齐姆和丹尼尔·埃尔斯伯格这些叛逆的鱼龙混杂的信徒们，这显然是一种令人兴奋的思想。

尽管麻省理工学院的研究者们提出的公钥加密方案看起来似乎优雅而简洁，齐默尔曼仍然不能将其在他的家用计算机上实现。这种个人计算机的微处理器，一种名为 Z80 的 8 位微处理器，还不够强大来实现此方案。齐默尔曼一度打电话给发明麻省理工公钥加密方案的三位教授之一的罗恩·李维斯特（Ron Rivest），寻求他的建议。却得知麻省理工学院在使用表处理语言（LISP）的主机上运行了该程序，而这种人工智能语言的功能远超过了齐默尔曼的本意。

换句话说，梅里特能够施以魔法将公钥加密方案在日常使用的微型计算机上实现，这无异于将一个三桅船模型放到了香水瓶里。自他们首次谈话之后，齐默尔曼开始每周给梅里特打电话，询问他如何将麻省理工密码学家的系统实现小型化的细节问题。尽管梅里特在开头遥遥领先于齐默尔曼，但齐默尔曼能够使用C语言编程，一种功能强大的计算机语言。最后，梅里特放弃在电话里解释数学运算而直接飞到了博尔德，两人花了整整一周时间在黑板上充分讨论了这一密码编程问题。

梅里特很快就放弃了从他的合作伙伴齐默尔曼身上赚钱的想法。但他十分欣赏齐默尔曼的反独裁主义者倾向。在接下来的几年中，梅里特反复受到美国国家安全局（National Security Agency）的跟踪与威胁。这一神秘组织在他的办公室频频到访，西装革履面容严肃的探员频频而来，礼貌地警告梅里特关于《国际武器贸易条例》（*International Traffic in Arms Regulations*，简称ITAR）的法律问题可能会影响到他的公司。

美国政府的思维是，密码学是军队和谍报部门的领域，不属于像梅里特这样的平民企业家。自从英国的密码学天才阿兰·图灵（Alan Turing）在布莱奇利公园（位于伦敦西北，二战期间英国在该处设立了破译德国电文的机构）成功破译了纳粹德国的“Enigma”（源自于希腊文，指战争时期所用的密码，在所有用于军事和外交的密码里，最著名的是第二次世界大战中德国方面使用的“Enigma”）加密工具以来，解密和加密对于军队赢得战争的重要性已非常明确，丝毫不亚于导弹制导系统、轰炸机蓝图和核弹头。而当决定谁可以合法地使用哪些工具的时候，《国际武器贸易条例》（ITAR）往往将军事硬件和软件一概而论。出口加密工具就如同向利比亚人推销铀一样是非法的。

这就意味着梅里特只能够在美国和加拿大出售他的小型加密系统。同时由于他的大部分关注隐私保护的客户来自于那些比美国政府更不友好的政权，《国际武器贸易条例》令他的企业感到窒息。而另一方面，齐默尔曼并不关心出口控制的问题，他只是为了平民草根的政治斗争去分发他创造的工具，而不是销售它们。海关人员又怎么会去烦扰他的那些微不足道的空想社会改良家的嗜好呢？

到了1987年，齐默尔曼将他许多新发现的密码编程窍门荟萃成文，发表在科技领域专业杂志《电气与电子工程师协会计算机》(*IEEE Computer*)上。这篇权威的文章为齐默尔曼赢得了好处，他开始打电话给世界各地的密码学家来寻求建议和编码相关的文稿，而不再以妄想偏执的密码怪人的形象示人。齐默尔曼的迷你加密工具研发取得了稳定的进步。他决定给它起个名字，一个像他自己一样朴实而谦逊的名字：良好隐私（Pretty Good Privacy，简称PGP）。

不久，齐默尔曼接到了美国政府给的一个新的期限。1991年的综合性犯罪法案，被称为S. 266，含有特拉华州（Delaware）参议员乔·拜登（Joe Biden）插入的一段不显眼的话。

> “美国国会认为，电子通讯服务的提供者和电子通讯服务装备的制造者应当保证：当具有合适的法律授权时，政府有权获得包括声音、数据和其他通信等内容的明文。”

和美国国家安全局一样，美国国会能够看出美国政府正在失去其对无法破解加密技术的垄断。它需要一张王牌来对抗世界上像菲利普·齐默尔曼和蒂姆·梅这样试图通过完美隐私颠覆政府权威的人。拜登对这一法案的补充表明，这张王牌将能够解码任何通过电信公司网络传输的通信。

毕竟，美国政府同蒂姆·梅一样，非常明白加密的重要性：这种数学上精密的方法可以阉割掉执法机构和情报部门的功能。在1997年一次参议员的听证会上，美国联邦调查局的负责人路易斯·弗里（Louis Freeh）曾这样说：“坚不可摧的加密技术将允许大毒枭、间谍、恐怖分子和暴力团伙就他们的犯罪和阴谋进行通信而不受惩罚。如若我们依靠法律机构来成功地调查并阻止这些最坏的恶行，我们将逐步弥补对处置最恶劣罪犯和恐怖分子的薄弱环节。”

随着加密技术不受约束的蔓延，谁知道这些在互联网上穿行的乱码信息中会潜伏着什么罪恶呢？拜登的S. 266法案意欲在控制秘密的斗争中先发制人，由此密码战争的第一枪打响了，这一枪在接下来的十年或更长的时间将会动摇隐私和国家安全的关系。

齐默尔曼在世界性新闻组网络的公告栏里读到了这项对于国会犯罪法案的秘密补充，警报立即在这位反独裁主义者的大脑中拉响。一位前国家安全局的顾问在网络新闻的讨论中加了一点预见性的评论："趁现在你还能买到，我建议你囤积些密码装备。"

齐默尔曼迫切地感到，在那项法案成为法律之前他得完成良好隐私PGP。于是，他抛开一切，全身心地日夜工作来发展他的加密软件的雏形并将之公布于众。他全然忽略了他的日常工作和短期咨询以至于他错过了5次贷款按揭。齐默尔曼说道："当时，我真的由此锻炼出一套与银行谈判交涉的技巧。"

PGP公布到世界性新闻组网络后，软件如燎原星火一般传播。它在世界各地的加密狂热者中流传，并由此传达出信息：每个散布的拷贝就是一次对政府试图抑制平民主义的隐私保护运动所做努力的打击。保罗·列维尔（Paul Revere），一位对PGP着迷的加密激进分子，开着带有笔记本和声音耦合器的轿车在加州海湾地区兜风，匿名使用公用电话登录并上传该程序的多个拷贝到信息布告栏。在其创造出的几个小时内，PGP就直接违反了《国际武器贸易条例》关于密码技术的禁令，已越过美国国界，而遍布全球。

PGP作为一种政治上的武器几乎马上就实现了齐默尔曼的梦想。缅甸的活动家使用此加密程序进行隐蔽通信，以避开被残忍的军事派别人员发现，而这些军事派别人员往往会因为公民有哪怕一台传真机就将其杀害。波斯尼亚的一位使用者给齐默尔曼发消息告诉他，在萨拉热窝围城期间他的父亲曾利用1—2个小时的备用电源在这座被战争撕裂的城市里，使用PGP加密了一封给家里的电子邮件。最后，他收到了这封PGP加密的消息。下面这条消息来自于一位拉脱维亚的PGP使用者。在那里，恐惧仍然高悬在这些新独立的国家头上，这些苏联统治下的卫星国们将可能被新的专制政权所取代。

> "菲尔，我希望你知道：希望永远不会如此，但是如果独裁政权统治了俄罗斯，现在广泛分布于波罗的海到远东的你的PGP，将在必要时帮助民主人士。"

在1993年发布PGP新版后不久，齐默尔曼就接到来自于圣何塞的一位美国海关负责人的电话。她向他询问了关于这项发明的详细信息，齐默尔曼高兴地回答了她的问题，并猜想着她可能在单位电脑里正好碰到了

PGP，并对此感到好奇。但当这位负责人告诉他，她正准备飞到博尔德去拜访他时，齐默尔曼开始感到不安。

齐默尔曼意识到了查理·梅里特的警告，并且他一直很清楚在国外散布密码技术是违法的——他只是从未想到政府会对他这种不太过分的嗜好如此在意。几个月后，一份正式通知邮寄了过来，齐默尔曼成为陪审团调查的主角。他的潜在罪名是：与世界分享了他深爱的 PGP。

这条消息让齐默尔曼惊魂不定。在内华达州监狱里待一个下午甚至一个晚上，和和平主义者朋友们一起分享活动家斗争的经历或许还可以接受，但如果只是因为写了个软件并将其发布到互联网上就会在联邦政府监狱里蹲上几年，这可远远超出了这名身形矮胖的计算机程序员的预期。

他请了名叫做菲尔·迪布瓦（Phil Dubois）的刑事律师，在博尔德市他以斗志旺盛和价廉物美而闻名——齐默尔曼仍在疲于缴纳他的贷款按揭，实在负担不起更好的辩护团队。

在他首次到办公室拜访迪布瓦时，他认出地板上一个盒子里的一些文件上标着“迈克尔·贝尔（Michael Bell）的发现文件”的字样。贝尔是科罗拉多州恶名昭彰的杀人犯，他曾杀死四人后逃入深山，警方通过开展博尔德市历史上最大规模的搜捕行动才将其抓住。齐默尔曼想到，或许政府也是这样看待他的，他已成为美国历史上首个由于密码而涉案的罪犯。

... -... -... .-. -. --. .... - .-.. -..- -- - . ...-

蒂姆·梅终于想出他所向往的离开英特尔后的生活。他要写一本能够体现大卫·乔姆（David Chaum）的科幻小说水平的作品，展示他们如何颠覆政府公权机关而赋予个人应有的权利。这将是一场技术自由意志主义者的战争召唤。

梅开始精神饱满地阅读理论密码学相关的文章，甚至想出给他的科幻小说作品起名为：《自由度》（*Degrees of Freedom*），一语双关的热物理学上的专有名词，同时也指向一种新的政治灵活性以打开匿名数字的边界。

1988 年，梅第一次尝试将他的想法诉诸笔端写在纸上，以一种非虚构的写实主义的风格写成“密码无政府主义者的宣言”一文。文章不长，但它用一种马克思主义式的诙谐语言描述了有关密码历史形成的所有重要性的论述。

一个幽灵，密码无政府主义的幽灵，在困扰着现代社会。

计算机技术经过长足发展，已经有能力以完全匿名的方式实现个体间和团体间的相互通信和交互作用。两个人可以在不知道对方真实姓名或法定身份的情况下交流信息、管理业务并商讨电子合约。在网络上的交互作用将是无迹可寻的，广泛采用的加密邮包通过执行密码协议可以几近完美地确保对抗任何干扰……

出于国家安全的考虑和害怕出现社会崩解，国家机关当然试图减缓甚至终止这些技术在毒贩和逃税者中的传播和使用。许多这种担心是正当的。密码无政府主义的状态将导致国家机密被自由交易和违禁偷盗物品自由买卖。一个匿名的计算机化的市场甚至会成为可恶的暗杀和敲诈勒索的市场。各种罪犯和外来分子将活跃在密码网络世界里。但是，这将不会阻止密码无政府主义的扩散。

正如印刷技术改变并削弱了中世纪行会的势力和社会权力的结构一样，密码学技术方法也将根本性地改变公司和政府干预经济交易的性质。结合到方兴未艾的信息市场，密码无政府主义的状态将创造出一个新的市场，任何可以表达为文字和图像的材料将在其间自由流动。这就如同带刺铁丝网的发明，其虽小却使围栏广袤的牧场和农田成为可能，进而在美国西部永远地改变了土地和产权的概念。同样的，这种表面上出自于神秘数学分支的微小发现将成为针对铁丝网的大剪刀，它将剪除围绕在知识产权周围的带刺铁丝网。

起来，跨越围绕在你周围的带刺铁丝网组成的藩篱，你什么都不会失去。

在梅新找到的权威导师大卫·乔姆的召唤下，梅将他的文章复印了几百份，而后驱车到了圣巴巴拉市的密码学研讨会上。尽管专业学者在很大程度上无视他的参会，他还是在研讨会上分发了海报以引起注意。“他们还没意识到其中政治的意蕴。”他说道。

且不说托马斯·潘恩（Thomas Paine）的小册子，梅作为一个作家而挣扎着：他无法将自己丰富的想象力写成包含他技术思想的文字和故事。与此同时，他感到恐慌不安，那些他认为有先见性的未来概念在现实世界中出现的速度比他把他们写进小说还要快。他通过新闻报道得知，一家航空公司在其商务舱座位对英特尔公司进行窃听，国家安全局监听华尔街公司，纽约黑手党被破获后警察指出歹徒使用他们妻子的 AOL（American On Line，美国在线服务公司）账户传递犯罪信息。这一切发生得太快了。

在成为作家将近三年后，梅终于认识到：与其讲述加密和匿名如何改变世界的故事，还不如将自己作为主角。“我不想再写那本愚蠢的小说了，我想去建立我所想象的精美世界。”他说道。

那个时候，一位名叫艾瑞克·休斯（Eric Hughes）的朋友刚好来到伯克利，他是名程序员且善于做数学计算，要寻找旧金山湾区的住所，以便申请研究生的学业。作为一名在华盛顿特区和盐湖城长大的率性的摩门教徒，休斯看起来与梅具有相似的西部风格，穿皮衣戴着牛仔帽，留着明显的红色山羊胡。他也与梅具有相同的自由意志主义者的思想，认为密码技术将有利于让政府的过度公权力有所顾忌而收敛。两人在他们共同的自由主义黑客朋友约翰·吉尔默（John Gilmore）举行的宴会上相识。吉尔默致力于软件开发，渐渐变秃的头上留着马尾辫，忧郁的眼眸背后隐藏着一种极为独立的气质。正如梅在硬件研发中的经历一样，吉尔默作为太阳微系统公司的第五位雇员依靠开发软件发了大财，在硅谷退休后开始追求他的数字奇想和自由主义思想。

从吉尔默聚会之后不久，休斯就去了阿姆斯特丹，在那里他在一家新成立的致力于匿名交易的公司谋得一名程序员的职位，而公司的老板不是别人，正是倡导匿名通讯的大师级人物——大卫·乔姆。然而这架双轮马车的运行并不顺畅。当我问及他与乔姆在荷兰的时光时，休斯出言坦率：“不管任何情况，我再也不愿意为他工作了。此时此刻，我想说如果你不能说某人的一点好话，你最好就啥都别说。”

虽然休斯与乔姆的个性完全不合拍，但他仍然像梅一样对乔姆的思想着迷。所以，当梅建议休斯在寻找到合适住处前暂且在他的家里屈尊几日时，二人像马克思与恩格斯一样心意相通，一拍即合。在圣克鲁斯，梅和休斯徜徉在杉树森林里，漫步于海滩上，梅这位年长的前科学家向休斯畅谈了这些年来他压抑已久的想法，而休斯也暂时遗忘了找房子的事情，愉快地与梅交谈。梅回忆道：“我们度过了最令人愉快的三天，讨论了数学、网络协议领域的特定语言和安全匿名系统等感兴趣的话题。老兄，这太有趣了。”

就在齐默尔曼发布他的 PGP 新版一周之后，休斯和梅向四十多位他们喜爱的程序员和密码学者发出了邀请，希望他们能到休斯在奥克兰的新居聚会。大约二十人出席了聚会，这群人几乎都蓄着胡须梳着马尾辫。他们涌进还未装修的卧室，席地盘腿而坐。蒂姆·梅块头较大，个性也较休斯张扬，所以聚会由他主持。他向与会者分发了长达五十七页的介绍背景材料的印刷品，而后开始大声朗读他的“密码无政府主义者的宣言”，以示对齐默尔曼的大力支持。

接着，休斯和梅转向他们几乎是现场想出来的密码无政府主义的游戏。如同梅的许多奇思妙想，该游戏也是基于乔姆的思想发明的。这个游戏被称为混合网络，混合的概念是多年前乔姆那篇涉及密码卡计算机和餐饮解码网络等创造性内容的老大哥论文的一种简单的延伸。它也将成为目前为止乔姆最富影响力的思想，而这一思想也将在接下来的几十年重塑匿名相关的技术手段。

混合网络的使用者可以用他们在现实世界相同的方法躲开任何可能跟踪他们的人，那就是消失在人群中。若有人被跟踪，她可以进入一家电影院，在黑暗处找个座位（甩掉跟踪者），而后再度出现在人群中。但是，混合网络能给予被跟踪者更大的优势：引申类推，它会引导一群人进入电影院，所有人都想躲避跟踪，于是他们有机会脱掉他们的帽子、假发、太阳镜和衣服，换上新的，而后走出影院出现在街头。然后，这群人会分散混合到其他人群当中，如此重复进行乔装改扮，直到追踪者没有任何希望跟上他的目标。

乔姆在两年前读完马丁·加德纳关于公钥密码加密的文章后产生了混合网络的想法，这一想法聪明地运用了麻省理工学院研究者们的思想，那就是只有密码的预定接受者才能译出密码。但乔姆将这一加密思想更进一步：他想到信息可以在多个层次进行多重加密。第一次加密可以使用预定接受者通常使用的公钥密码。但经过这样加密的信息可以再次被加密，只是这一次使用的是一名中间人的公钥密码。中间人的作用只是使用他或她的公钥密码对加密信息的外层进行解密，而内层核心的转发地址和其余消息则仍在第一次加密的保护之下。

如果中间人——也就是我们后来熟知的转发者——在信息解码和转出前收到了足够多的大批量的消息，那么任何试图在网络上偷听窃取的人都没有办法搞清楚这些消息的来源。当然，接受者自己也没有必要知道。如果所传递的消息中不包含发信人的任何信息，就会显示出消息的目的地，由哪位接收者打开，但是没有证据会显示出是谁发的信。或许它会包含有加密的回信地址，但会建议接收者通过另一个转发者来联系，这样窥探者就不能知道他俩在进行联系。

这样，乔姆通过掩盖消息内容的加密措施创造了通信匿名，从而有效保护了通信者的身份。

他的混合网络的思想并未到此为止。如果一条消息可以经由一名转发者进行两次加密，为什么不三次加密而后通过两次接力传递呢？甚至，干脆加密六次由五位转发者送达，而每位转发者只能在传出消息前进行一次解密？如此多重接力，甚至这些转发者之间也没必要特别信任，每个人只需知道下一位接收者即可，而不需要知道从发信人到收信人的整个链条。就算有较多转发者背叛了用户，企图联合起来将整个链条的两端弄清楚，只要有一个可信赖的环节——一名拒绝泄密的转发者——就能够保证链条的收发两端不会匹配而被发现。

在他们在休斯的卧室里玩的密码无政府主义的游戏中，梅和休斯将他们的黑客朋友分成两队，一队扮演试图匿名安全通讯的大使、公司和反叛者，另一队则扮演企图偷听这些通讯的间谍们。通讯者将消息写在纸条上而后藏到信封里，代表经 PGP 处理的消息，然后将这些信封再放到其他信封中并交给作为转发者的朋友——包括间谍一队的一些成员也被当做可信任的转发者——试着相互间传递这些秘密的匿名消息。在他们的间谍猫和密码反叛鼠的游戏中，乔姆的思想获得了成功：只要有足够多层次的加密和少数的几个可信赖的朋友，老鼠就能真正赢定游戏。

加密的潜能如此之大，参加会议的黑客们就像梅与休斯一样很快就都为之激动起来。晚上他们聊了很多，最后伴着密码无政府主义的梦倒头睡在休斯家的地板上。

次日清晨，梅和休斯一道出去买早餐，共同讨论了通过昨日会议已经联合在一起的团体的潜能。在这个密码狂热分子广布于网络世界的时代，为什么要把这个俱乐部局限在实体物质世界呢？正如多年前梅就意识到的，密码的乌托邦世界将产生在互联网上，而不是某人的卧室里。稍后，他们问约翰·吉尔默能否在他的个人站点 Toad.com 上建一个含有电子邮件表单的服务器，吉尔默表示极力赞同。

但是这一团体的名字却是长休斯几十岁的女朋友朱迪·密尔顿（Jude Milhon）所取。当时，像威廉·吉布森（William Gibson）和尼尔·斯蒂芬森（Neal Stephenson）一样，许多科幻小说作家都钟情于“赛博朋克”

（Cyberpunk，科幻小说的一个分支，以计算机或信息技术为主题，小说中通常有社会秩序受破坏的情节。现在赛博朋克的情节通常围绕黑客、人工智能及大型企业之间的矛盾而展开，背景设在不远的将来的一个反乌托邦地球，而不是早期赛博朋克的外太空。）式的作品，内容一般描写在虚拟世界里放荡不羁的黑客们坚定不移地与大型企业作斗争。但作为早期的科技文化杂志专栏作家的密尔顿认为，休斯和梅的团体的创建不仅是单纯的黑客组合，而是一种新型的黑客："密码朋克（cypherpunks）"。

所以吉尔默的电子邮件论坛被命名为密码朋克通讯名录。其在九十年代中期蓬勃发展，用户量接近一千人，相应的实实在在的聚会也大大地扩展了。一年之内，这一团体已从休斯的家里移至吉尔默的名为"天鹅座"的软件公司内空闲的会议室中。公司所在的山景城，毗邻香草农场，周围弥漫着新鲜罗勒（basil，一种植物）的沁人清香。密码朋克们每月都会在此聚首，吃玉米饼，而后听完受邀而来的主业学者或业余的密码反叛者侃侃而谈他们最新的计划、新设计编码产品和对秘密政治的攻击。这一团体保持了他们强烈的自由主义的品质：一个下属的名为密码朋克射击俱乐部的群体甚至组织了大家去靶场学习射击。政府一旦侵犯他们的网络自由和人身自由，冲锋枪和半自动武器将成为他们最后的手段。（蒂姆·梅自己非常热爱枪械，但没有参与。他说道："我不会去白上课，尤其是给这些愚蠢的软件编写者们。"）

第一次聚会后不久，约翰·吉尔默和另外一位叫做休·丹尼尔（Hugh Daniel）的密码朋克在休斯身上打了个赌，他们赌休斯在一个月内不可能编写出能够完全掩盖电子邮件信息发送踪迹的匿名转发者程序系统。接下来的周末，休斯放下手头上其他项目，在两天之内就用软件编程语言 Perl［实用报表提取语言（Practical Extraction And Report Language），一种高级、通用、直译式、动态的程序语言。］编写了一个脚本。这就是第一个正式的密码朋克转发者程序，后来它先后被十数名大学学者拷贝升级，成为乔姆的混合网络在世界上茁壮成长并欣欣向荣的基础。

差不多同时，休斯以一篇更新的"密码朋克的宣言"回答了梅的"密码无政府主义的宣言"，它制订了该团体的共同使命和这个新生亚文化群体的信条。其中包括后来成为这一团体哲学箴言的一句话："密码朋克写程序"。这一标语代表了实实在在的行动而非华丽虚饰的语言，编写出将影响塑造世界技术的程序工具，以至于当政府姗姗来迟想要对其进行规范调控时才猛然发现：用密码武装的平民百姓群体已成一派难以控制的景象。

我们知道必须要有人来编写软件以捍卫隐私，除非我们都这样做，否则我们就不会有隐私，所以我们要写程序……

我们并不在意你是否认可我们所编写的软件。我们知道软件不会被毁灭并且其广泛分散的系统也不会被关闭……

我们不怕法律对于密码技术的制裁压制，哪怕这种打压的恶行殃及全国并上升至暴力手段。

这段反对管控的注解很有先见之明。一个月之内，美国政府将考验密码朋克们的决心。

- --.- . --.- .. ..-. .-. .-- --. -- -..- . --. ... --. --

当齐默尔曼把面条一扫而光，我从餐室的架子上抽出了一本厚书，这正是十五年前改变他人生历程的那本书：《PGP：源代码与内部构件》(*PGP: Source Code and Internals*)。顾名思义，这是PGP程序的完全印刷版，图书的见解偏深，一般读者很难读懂，更不必说那些决定齐默尔曼命运的非技术人员出身的陪审团成员了。正如齐默尔曼所解释的，这本书中不存在任何争论，确切地说仅仅是这本书的存在——PGP源代码能够以油墨印刷在纸张上的形式示人的事实——使之成为这场密码战争中的决定性的武器。

1993年，就在该书正式印刷出版的前两年，就在齐默尔曼接到关于要组织大陪审团来决定是否要对他进行起诉的正式通知之后，他被传唤至华盛顿在就密码技术未来进行的国会听证会上作证。有关他案子的消息迅速传遍了整个法律界，在他到达华盛顿之前，来自电子前沿基金会(Electronic Frontier Foundation)和美国公民自由联盟(American Civil Liberties Union)的律师们已经跃跃欲试，准备在他即将到来的审判中担任他的代理人。

令他沮丧的是，所有人都认为他绝对没有机会赢得这场官司。在他做完国会证词之后的一个会议上，为他而来的公益律师们围绕在会议桌前讨论后告诉齐默尔曼，毫无疑问他确实做了法律明令禁止的事情：创造了藏有军事级别加密功能的程序并进行了跨境传播。“十个律师几乎一致告诉我这个案子毫无希望……真是个沉重的打击。那是最糟糕的一天。”他说道。

只有一个律师似乎看起来很乐观，他就是齐默尔曼从博尔德雇来的二流刑事律师菲尔·迪布瓦（Phil Dubois）。

在将齐默尔曼的案子交给新闻界的策略问题上，迪布瓦与其他法律顾问意见相左。作为一名和平运动的活跃分子，齐默尔曼本能地感到他应当把对他悬而未决的起诉公布于众。而反对其他律师所有建议的迪布瓦也同意这点。毕竟，齐默尔曼跟迪布瓦的一些其他委托人有着根本性质的不同，他可不是被控的毒贩或杀人凶手。他只是个言辞温和、西装笔挺的书呆子，罪行只是因为写了个保护隐私的小软件。“菲尔非常高兴，自己的委托人脸上这次可没有蜘蛛网般的纹身。”齐默尔曼说。

由于齐默尔曼的案子特别有新闻报道价值，他们的媒体策略非常奏效。然而就在大陪审团组建后开始着手对他进行调查后不久，乔·拜登在S. 266法案中的预言一语成谶。新当选的克林顿政府公布了一项名为加密芯片的新发明，成为每个密码朋克生活的噩梦。

这种由国家安全局设计的芯片意在解决政府在密码技术问题上进退两难的困境。其目的是向公众提供强有力的密码技术的同时，保持对任何信息进行解密的能力。加密芯片将被提供给私营企业，最后每部计算机或电话都将由一种被称为鲣鱼的新的保密方式进行加密。但作为对国家安全局创造的这种置乱加密技术的回报，美国政府将对数据库里的每个芯片保留一把后门钥匙的备份，以便随时介入并解密任何信息。

对于梅和休斯这群人而言，加密芯片是一种赤裸裸的确认：政府对密码技术的破坏性力量心存恐惧，欲废之而后快。国家安全局在糊弄谁呢？除非你自己有私人钥匙，否则加密将变得毫无意义。而当这个人是老大哥时，整个想法是如此的荒诞不经。

当这一计划在《纽约时报》上公之于众时，密码朋克们在周六召开了紧急会议。在天鹅座公司拥挤的会议室里，他们集思广益，共同讨论瓦解这种恐怖芯片的可行性方案，从联合抵制已经签约在所售电话中放入加密芯片的美国电话电报公司，到向媒体投放负面报道。

蒂姆·梅在天鹅座公司的白板前勾画出前雇主创造的“内置英特尔（Intel Inside）”Logo，然后把这话改成“内置老大哥（Big Brother

Inside)”。稍晚些时候，密码朋克们将该 Logo 打印到贴纸上，而后偷偷潜入电子商店，将其贴在任何已经受可恨的加密芯片间谍窃听装置染指的机器上。(英特尔公司的一纸威胁要起诉他们商标侵权的勒令停止通知函最终扼杀了这场游记贴纸运动。) 从电子隐私资讯中心 (Electronic Privacy Information Center) 到电子前沿基金会等诸多隐私团体纷纷在传媒报道上对政府这一做法进行痛斥，即使是诸如比尔·盖茨 (Bill Gates) 这些技术界的大牛们也开始公然反对政府粗鲁地插手硅谷事务，而硅谷是 1990 年美国最重要的经济引擎。

外界纷扰异常，而菲尔·齐默尔曼则切实实现了休斯的箴言：“密码朋克写程序。”面对加密芯片的威胁，无处不在的 PGP 程序就是最好的回应。

齐默尔曼因开发免费的谜一样的加密软件而在互联网上大受欢迎，而他却始终对密码朋克们敬而远之——他认为这群人持枪行凶、留马尾辫的文化与他穿西装打领带式的主流做法相比格格不入适得其反。“我看他们就像一群穿着皮夹克的愤怒的年轻人，没有子女家庭顾虑而充斥着过剩的男性荷尔蒙。”他说道。

有好几次，齐默尔曼在去旧金山湾区时偶然碰到了梅，恳请他缓和他的反政府言论。毕竟，他这个 PGP 软件的创造者才是可能由于密码技术原因面临牢狱之灾的人，而不是梅。并且，他感到梅的所作所为已然将他抹黑成为一个不折不扣的顽固地破坏政府的数码叛乱者——事实上这一形象是他唯恐避之不及的。梅就是梅，他断然拒绝缓和他的无政府主义人生观言论。

同时，齐默尔曼已经被媒体刻画成密码技术战争中勇敢斗士的形象，他为了捍卫隐私权置自己的自由于不顾。他拒绝了除菲尔·迪布瓦以外其他律师的建议，假装扮出埃尔斯伯格样的热情形象，一周之内接受了数十家报纸和杂志的采访。由此产生的报道几乎一致反对密码技术出口法律和加密芯片。“每一篇报道都同情我，不是百分之九十九，而是百分之百。”齐默尔曼说。

尽管齐默尔曼不是他们中的一员，密码朋克们仍将其奉为英雄。并且正是一名密码朋克，高通公司 (Qualcomm) 的研究员菲尔·卡恩 (Phil Karn) 践行了休斯的箴言，程序而非言词将是瓦解政府管控的最好方法，从而使齐默尔曼免受牢狱之苦。

密码朋克们除了密切关注安全软件的弱点，还对寻找法律漏洞颇有窍门。通过精明的订阅邮件列表后，他们发现有一个条款允许像“毒刺”防空导弹一样的军用品出口，只要它们确实被用于打击敌对国家。

卡恩找到了破坏这些出口法案的好办法。美国国务院允许，当美国人在不能确定要出口的货物是否为军需品或其他违禁品时，可以向国务院提起许可申请。所以卡恩买了一本布鲁斯·施奈尔（Bruce Schneier）的《应用密码技术》（*Applied Cryptography*），寄到国务院请求给予出口准许。在该书附录中，包含有数据加密标准（Digital Encryption Standard，DES）的源代码，这是国家安全局已经解密的军民两用的加密方案。国务院一些不知情的官员看了一眼施奈尔的书，迅速地盖上橡皮戳允许了申请。

接下来到了卡恩的连环策略的第二步。他将相同的 DES 代码发送到美国国务院提请相同的申请。但这次，代码储存在一张软盘上。“当他们收到这个代码，我能想象到他们一定面无血色。”齐默尔曼愉快地说。

到这时候，国务院已经推断出卡恩的把戏，拒绝了他的软盘的申请。卡恩再次申请仍然被拒。于是，卡恩向联邦法院起诉了他们。

就在诉讼正在进行的时候，齐默尔曼在一个隐私研讨会上偶遇了麻省理工学院出版社的一位编辑。这位编辑想出版 PGP 用户手册。齐默尔曼当然乐意，同时请他帮了个忙。“我还想出版 PGP 的全部源代码。”齐默尔曼当时说。

这个程序总计达八百多页。出版社有意将其以扫描软件容易识别的字体进行印刷，这样就可以轻易地把它由铅字转换成电子文本。齐默尔曼很享受通过菲尔·卡恩的计谋显现出的明显差别：在文字和程序之间有条线，文字受到第一修正案的明确保护，而《国际武器贸易条例》禁止的程序则非常模糊。

出版社将这本写满 PGP 源代码的，看似合法的教科书邮寄到国务院的出口批准办公室。这一部门，陷于自身的矛盾，居然没有对出版社的出口许可请求做出反应。所以，面对美国政府的缄默，麻省理工学院出版社先行一步将这本书与其他教科书混在一起，以水运方式送到欧洲的书店。这样，PGP 源代码就在政府的眼皮下出口了。

我们不能确定的是是否有欧洲人将这本书扫描成代码程序使用，毕竟，PGP 已经在全世界广泛流传了。但现在齐默尔曼的律师团队可以使用这部大部头的文件——就是放在齐默尔曼书架上的今天已成绝版的那本书。

政府部门的那些散布密码技术恐怖心理的人开始感到恐慌，竭力试图挽救他们失败的加密芯片方案。舆论哗然，开始猛烈反对该计划，在 CNN（Cable News Network，美国有线电视新闻网络）民意调查中有 80% 的美国人持反对意见。硅谷也不想使用它。令克林顿政府雪上加霜的是，贝尔实验室一名叫做马特·布拉兹（Matt Blaze）的密码研究者发现了该加密方案的一个弱点，该加密方案能被轻易破解。到了 1996 年，加密芯片彻底破产了。齐默尔曼和密码朋克们挑战了政府并赢得了密码技术战争中首次大会战的胜利。

当我准备结束对齐默尔曼的采访，而他也将他的 PGP 源代码著述放回书架的时候，几乎是出于一种责任感而不仅仅是期望，我问他是否知道如何能联系上蒂姆·梅，或者是否梅真的成了传说中的全副武装、愤世嫉俗的山林隐士。

“让我看看。”齐默尔曼说道。他拿起苹果手机，几秒钟后，他和梅开始讨论日本福岛第一核电站的核事故和在未来的发电机制造中钍反应堆取代铀反应堆的可能性。接着，齐默尔曼把电话传给我。

梅为没有及时回复我的信息而向我表示歉意。我们谈话的同时，他检查电子邮箱的草稿文件夹才发现：他不知何故忘了在给我的回信上按发送命令键了。事实上，他距我不到 1 英里（1 600 米）远，正在圣克鲁斯（Santa Cruz）闹市的一家书店里。“每个人都叫我‘神出鬼没的蒂姆·梅’，实际上我会跟联系我的任何记者交流。”他在电话里说得让人目瞪口呆。

--- -. .--- -.- .--. ..- --.. -.-. ....- ..- ... -.-. ..-. - --

当我在圣克鲁斯的书店找到梅时，他刚刚漫不经心地翻阅完一本维基解密前职员丹尼尔·多姆沙伊特－伯格（Daniel Domscheit-Berg）所著的书，这是他在该泄密组织服务的时间里的全面的回忆录。梅的胡子从 20 世纪 90 年代以来变得愈发浓密，他的拱行眉毛向上竖起宛如粗糙的黑羽毛。他戴着一顶皮沿帽，穿一件带白色纽扣的粉红色衬衣，看起来像《时代周报》所描述的那种疯狂的科学家拓荒隐士。当我们走在街上前往一家咖啡厅时，他检测了我对基于格框架的完全同态加密的了解程度，我对此知之甚少。然后他告诉了我他自己对格数据结构的想法，而这方面的知识我完

全不懂。他提出了一个最具影响力和争议性的想法——黑网。

黑网是一个思想实验，将乔姆的匿名思想的果实应用到菲尔·萨林的在线资料市场，其目的是证实在完全虚构的背景下两者结合之后的全部潜能。黑网也是维基解密的最初的、演变的原型。

梅梦想着建立一堵真正的网上民主墙，一堵不受限制的墙。在那里公钥加密技术将使政府的身份甄别徒劳，能够让任何人发送消息并且只有收信人能收到。“当你封好信封并将它发送到这个站点，全世界也没人会知道是谁发送了它或谁收到了它。”梅说道，他的嗓音由于激动而抖动起来。

那年夏天，梅筹划将他的留言板想法与菲尔·萨林的网上信息市场的梦想结合起来。于是他经由匿名转发者向密码朋克邮箱列表发送了一条神秘的不知归属的声明，内容如下：

> 你的名字已引起了我们的注意。我们有理由相信你可能会对我们的新组织——黑网所提供的产品和服务感兴趣。
>
> 黑网从事买卖交易，和以其他方式处理任何形式的信息。
>
> 我们使用公钥密码系统进行信息买卖，对主顾而言绝对安全。除非你告诉我们你是谁（请最好不要!）或不注意暴露了可以提供线索的信息，否则我们没有办法辨别你，当然你也不能识别我们。
>
> 我们在物理空间中的位置并不重要。我们在网络空间中的位置才是最重要的……我们可以通过加密邮件发信息给我们的公钥（含以下），并用监控网络空间中的几个位置中的一个来储存这一消息从而互相联系（最好通过连锁匿名邮件转发器）。

这条信息接着列出了黑网特别感兴趣的信息类型，包括收购或并购谣言、商业秘密以及“从儿童玩具到巡航导弹”的保密产品设计。并且支持密码信用卡付款，这是一种难以追踪的数字货币。

黑网就像核链式反应一样迅速从密码朋克传布到其他邮件列表和新闻组群。梅说他后来听说，橡树岭国家实验室甚至向全体职员发出警告，要求与黑网组织的任何接触都需向上汇报。

就在首次发布匿名消息两周后，他发出了另一封电邮，这次接受对此计划的赞颂并宣布游戏结束。当然，密码信用卡并不存在，谣传中的数字黑市背后的地下阴谋集团也不存在。但其实按照当时的技术条件，它们是可以实现的。

黑网，梅写道，是一种：

> “分类机密”的示范，打个比方，“不再有秘密”。至少，不再有你不能自己保留的秘密！（微妙之处在于：密码无政府主义并不意味着一个“没有秘密”的社会；它意味着一个个人必须保护自身秘密的社会，而不能指望政府或企业为他们做到这一点。也意味着诸如军队调动、秘密生产计划、芯片植入技术等“公共的秘密”将不会成为长期秘密。）
>
> 对于世界上的政府们而言，强有力的加密技术掌握在人民手中，确实是种致命的威胁。
>
> 无论如何，都太晚了。妖怪几乎完全从瓶子里跑了出来。国家的边界只是信息高速公路的减速带而已。

甚至在梅放弃实验前的那一刻，黑网还证明了其设计初衷。就在他准备发送因其策略而闻名的电邮之前，在梅所说的黑网监视的一个新闻群组中，出现了一条以黑网 PGP 密钥加密的信息。这条信息声称美国中央情报局（CIA）正在暗中监视某个中非国家驻华盛顿大使，旨在揭露该国政府内部的腐败，并承诺提供相关证据。

就如梅所说，他用黑网的私人密钥解密了那个信息，看完后将其放在一个存档文件夹中，且未作回复操作。

为什么？梅说他已经证明了黑网能够按照预期目的运行使用，这就够了。他略带防备地争辩道，试图建立一种维基解密那样的系统去散布或公开黑市信息需要可行的安全措施，而这点他并无把握。就算他保守了黑网的秘密，他也很明显就是密码朋克中制定该计划的主要嫌疑人。随后，他指出那条消息也可能是为了把他送进大牢而设计的甜蜜陷阱。

更坦率而言，梅说，他只是不在乎而已。他是一个像兰德那样寻求一己之利的坚定自由意志主义者，而不是一个倡导揭露腐败的揭发告密者。“我不关心诸如此类的事情。让那些非洲人去互相残杀，我可没有这种政治兴趣。”他直截了当地说。

当我后来问雅各布·阿佩尔鲍姆（Jacob Appelbaum）——公开与维基解密联系的唯一一个美国人——对黑网的看法时，他认为事情更简单。“蒂姆·梅就是一个种族主义者。”他说道，“这确实是个遗憾。因为如果他不那样做，他就能自己创建维基解密从而对世界产生重要影响。”

当我对梅重复阿佩尔鲍姆的评论时，他轻声笑了笑，说道：“我是那种看到什么，说什么的人，如果我看到黑人开车进了贫民窟，我觉得理应如此。”

梅停顿了片刻。“我曾有机会选择为人们点燃一根蜡烛，或者教人们如何制造蜡烛。但是试图成为朱利安·阿桑奇的想法让我毛骨悚然。”他说道。

--. .. ..- ..- -. --- -..- --.- -. ...- - -.- -. .-. .-.. -.--

约翰·吉尔默和我望着窗外旧金山教会区湿润的泛着光泽的街道，此时整个密码朋克邮箱列表的档案，所有的包含了十年来曾发生在他的服务器上黑客的咆哮、抨击、批判和公告等总计 345 兆大小的文件，正被拷贝到我的 U 盘上。当这些资料拷贝完毕，吉尔默打开了第一个文件夹。

从密码朋克的岁月到现在，当他打开密码朋克尘封已久的档案时，他曾经稀疏的长胡子已经变成漫画中武术大师样的灰白胡子，而他的短簇的眉毛已经能够遮蔽眼角的皱纹了。

第一部分资料主要是来自蒂姆·梅、艾瑞克·休斯和约翰·吉尔默的引言，还有曾一度让吉尔默壮胆的艾瑞克·休斯的研发出首个密码朋克转发者程序的宣告。接下来的资料只包含一篇 1992 年 8 月发表在《悉尼先驱晨报》（*The Sydney Morning Herald*）的文章。

非常不可思议，它似乎是邮箱列表自己发送的。休斯满头雾水地解释着，实际上，发信人采用了一种快速而下流的把戏来保护他或她的匿名状态，这种把戏不需要任何转发者。该消息的域名假冒密码朋克的列表域名，故而会被任何随机不存在的地址弹回从而作为错误消息被退回到它伪造的返回地址。

这篇新闻报道详述了澳大利亚的公司们，包括澳大利亚国民银行和花旗银行在内，如何从政府机构花费数百万美元购买公民的专用信息，并常常以此来追查债务人。吉尔默若有所思地看着文件，然后转向我。

“表面上看来是匿名的人邮递了一篇来自澳大利亚报纸的关于政府泄露公民信息的报道，而我想知道谁能做到这点。”他面带微笑地说。

第3章 密码朋克们

墨尔本大学数学与统计协会的第41期季刊《悖论》(*Paradox*),刊登有一篇该协会最著名的前副主席的简短且引人注目的奇闻轶事。

一天,朱利安·阿桑奇这名数学与物理学专业的大学生正在墨尔本大学校园内散步,突然发现一个神秘的阀门从化学学院大楼的砖墙中伸了出来。本能地,他决定去打开它。当他打开这扇门后,金属阀门发出了震耳欲聋的噪音并释放出一团烟雾。这令人兴奋的混乱时刻,正如阿桑奇当天晚些时候对同学讲的那样,这位将在21世纪比其他任何人更能推动解密发展的人感觉自己就像"进入了天堂"一样。

6英尺2英寸(1.87米)高的瘦长身材,面色苍白,满头白发的32岁的阿桑奇在墨尔本大学里满是深褐色头发的十几二十岁的年轻人中显得格外的与众不同。他以整日在电脑前工作不睡觉不吃饭而闻名。他的大部分时间是在学校数学协会的会议室中"露营"度过的,通常身着T恤,外套黑灰色风衣,"玉米须"般的头发梳个马尾辫。他时常会从电脑前站起,进行一套大约20个跳跃运动的锻炼,并解释说任何人做这么一套短时间的体力运动都可以起到一定的神经生物学作用,足以使兴奋性药物失去用武之地。

关于他的过去,他很少提起,也很少有人问及。他经常有陌生的随从陪同,而他谢绝将这些随从介绍给房中任何人。同时,他难以理解地拒绝协会将他的照片放在协会网站上,而是坚持将他的形象换成一个外星人,理由是为了"安全"。

毫无疑问,阿桑奇在大学中众多的传统学生中就像一个天外来客。在一个研讨会上,他将理论物理学家说成是"悲悲切切的墨守成规的次等角色"并写道:"为了每个费曼(Feynman)和洛伦兹(Lorentz),(有)100个可怜的家伙在学术会议上拿着钢笔试图划掉对方眼睛或者为国防科学与技术组织(DSTO, Defence Science & Technology Organisation)建造更好的炸弹，他们被分发得到了一个袋子，上面刻着他们的 Logo，大部分物理学家满怀骄傲与无知并哀伤地托着它。”

当时，据阿桑奇后来向澳大利亚《时代报》（*The Age*）所述，大学里的应用数学程序受到了美国国防高级研究计划局（U. S. Defense Advanced Research Projects Agency）的资助。阿桑奇认为（不确切地，根据该部门的工作人员透露），这些钱最终会用于提高灰熊犁的设计。灰熊犁是一种用于第一次伊拉克战争中可以超过 35 英里/时（56 公里/时）的速度扫除铁丝网和沙子的军用推土机。这种犁，如阿桑奇描述，能将敌方部队所在的战壕填满，从而将其击败并活埋，就像二战中蒂姆·梅的父辈们使用的碉堡埋葬推土机的加速版本。

阿桑奇反感他所看到的军队对学校的影响，以及无聊的正规教育。如果他的同学问到他的过去，他们会意识到阿桑奇是多么的与众不同：他三十年来，已经成为与众多公司财团和五角大楼对峙的世界顶级的匿名黑客之一，被宣告犯有数字重罪，作为一个无家可归的流浪者在澳大利亚游荡，游历几十个国家，开展了早期互联网商务，和朋友一起合写了一本《回忆录》，设计了一种创新的加密系统，并且，最最重要的是，他获得了比任何学位更有价值的一种教育：近十年在密码朋克邮件列表论坛的仔细研读、写作和讨论。

或许主要是想自娱自乐消磨他的大学时光，阿桑奇发明了一种游戏：“谜题寻解比赛”（The Puzzle Hunt）。借鉴于麻省理工学院所发明的受崇敬的神秘的寻宝游戏，“谜题寻解比赛”是一场精心设计的，由几十个数学和逻辑问题组成的，吸引数百名学生参加的全校范围内的寻宝游戏，时至今日，该游戏仍在墨尔本大学的校园每年一度举行。

阿桑奇为参加竞赛所出的难题之一——在第一年他比其他学生创制了更多的谜题——引用了一长串莎士比亚（Shakespeare）的戏剧《凯撒大帝》（*Julius Caesar*）中的内容，引用的文字每个字母都是反向书写的。看似随意的不一致出现在整个文本中，搜集这些反常之处的字母将揭示下一个谜题的线索。另一难题涉及将大整数因子分解成素数——这一过程对于任何熟悉 RSA 的公钥加密技巧的人显得十拿九稳且轻而易举。

寻宝游戏中每套难题均以一段引用开始。有一段，来自于《古兰经》的人物贾法尔·萨迪克（Ja'far as-Sadiq）的话，迷住了阿桑奇顽皮的内心：“我们的事业秘密交织着秘密，一个秘密只能由另一个秘密来解开；

它是一个关于秘密的秘密，而这个秘密隐藏在另一个秘密当中。”

一年后，阿桑奇离开了大学——他将这次放弃形容为“被迫移动”，就像下象棋时的移动一样，“你不得不做些事情，否则你会输掉比赛。”——他给许多他在墨尔本大学数学与统计协会的前同事们发了电子邮件，邀请他们参加一个有如谜题比赛一样令人兴奋和富于智力挑战性的新项目。

它被称为维基解密。

“你是否有兴趣参与一个涉及地球上每种政治制度改革的有胆量的项目——并通过这些改革来推动世界朝着更人性化的状态前进?”他写信给他的老同学。“我们只有22人来引领开辟这一全球性的运动，我们没有时间回复大多数记者的电子邮件，更别提采访请求了——下个星期我就要去非洲了！我们在各个领域需要帮助，行政、编程、系统管理、法律调研、分析、编写、校对、接听电话、站在一起打望美女甚至泡茶。”

一年后，他再次写信给他大学里的协会同事们，这次他将他的项目直接说成是谜题寻解游戏中异想天开的心理游戏的一个分支。

> 你好，谜题寻解者们。
>
> 我在寻找善良的人、勇敢的人和聪明的人来帮助开发和运行一场国际泄密文件分析和征文竞赛。
>
> 维基解密虽然很新，但我们已经在国际媒体上曝光了许多重大事件，进而催生出可能拯救成千上万生命的重大改革举措。我们的问题是什么？就是我们被淹没在数量巨大的泄密文件当中。
>
> 在世界各地，还有其他值得注意的分析、辩论和征文竞赛。在大多数情况下的竞赛我们可能会将之形容为“单纯的竞赛”；其中激励的元素包括社会和专业地位、竞争情谊、发现和创造的乐趣，但我们可以一起创造一个更有趣的竞赛，在那里聪明人结队成为推动公平正义的引擎，在那里：
>
> 1. 要素的实质与兴趣是具有潜在重要政治意义的从未被泄露过的文件。
>
> 2. 发现和创造将被事物的本质及其道德召唤而大大强化。这是具有真正发现的真正的难题。
>
> 3. 除了传统的或学术的荣誉外，这里有终极的荣誉：通过自己

> 的劳动而为国际认可并对文明产生正面积极的影响。
>
> 每个队伍将收到一份先前未经分析的泄密文件或者一系列泄密文件……建议奖项：全能冠军、闪电（24 小时）奖、最佳分析奖、最关键分析奖和最佳新闻故事奖。在那里，“最佳”的定义是“谁的深刻见解最有助于人类”。

“我想说，他认为维基解密在某些方面在某些时候，就是谜题寻解游戏的政治版本，具有巨大的社会影响。”丹尼尔·马修斯（Daniel Mathews）是阿桑奇大学时代的朋友和早期的维基解密志愿者，他后来告诉《悖论》杂志的一名编辑说，就像在艾瑞克·休斯的卧室地板上用嵌套信封进行的密码无政府主义的黑客和密码叛军的游戏，阿桑奇将维基解密也视为一场大游戏，一场精心制作的由泄密者、朋友和敌人一起在密码技术天地的规则里进行的比赛。

但是除了他谈到的“公平正义的引擎”和“可能拯救成百上千人生命的改革”，维基解密游戏的其他目标——或者只是像阿桑奇这样扮演打火机角色的人的一点红利——就是它制造爆炸性混乱的可能性。这个叛逆的年轻澳大利亚人有蒂姆·梅在他最早的加密无政府主义梦想中所表述的同样的渴望，那就是通过智取以推倒腐败的既成体制。

四年后，在布拉德利·曼宁因破纪录的震惊世界的泄密而遭受指控的大爆发之后，科幻作家布鲁斯·斯特林（Bruce Sterling）以维基解密作为主题写道：“最后——终于——在这些老密码朋克们的窝棚中自制的炸药爆炸了。”

密码朋克邮件列表的居住者们描绘着这一巨大的简易爆炸装置，不仅通过理论，还经过反复试验尝试来改进配方，测试匿名和反政府挑衅的局限性。正是阿桑奇观察着这些实验，专心地依照实验记录配制化学药品，并继而打开了决定性的阀门。

. .--- ... .- ..- -.-. ..- .. -..- -- ... .--- -... --- .-. .-

约翰·扬（John Young）对如何导演一场戏剧性的约会是行家。四月的一天下午，他约我到曼哈顿东城区的卡尔舒尔茨公园（Carl Schurz Park）的格雷西大厦（Gracie Mansion）前等他。鉴于他良好的建筑学学习背景，他给我发了张静态的 Google 地图航拍图，地图是从罗斯福岛（Roosevelt

Island）灯塔和罗伯特·F. 肯尼迪大桥上对东河的俯瞰图，图上显示出我应该站在散步长廊的圆拱之下。

天下着雨，扬赶赴约会的时间可不像他标注地图位置那样精确。所以在这空荡荡的公园里我备感孤独。我倚着护栏拎着公文包站在伞下，就像是从约翰·格里森姆（John Grisham）和汤姆·克兰西（Tom Clancy）的惊悚小说里走出来的人物，我所想象的正是扬在我心中的形象。

十分钟后，他从一排灌木丛后走出来。他驼着背，低着头，穿一双黑色大胶鞋，雨倾泻到他柔软的钓鱼帽上，而他随手拿着把没有打开的伞。他庄重地握了握我的手，当我们走出公园时，我问他为什么不随身携带手机，以便在雨天能够将会面地点由户外改到室内。“可怕的间谍机器!”他回答道。

当我们到达东尾大道时，扬开始活跃起来。“我们找个温暖干燥的地方谈谈怎样?”他提议道。但很快，他把眼睛眯成一条缝，沮丧地凝视着街道。“这附近全是低劣的餐馆。”

选了一家餐馆坐定后，扬开始制定一些基本规则：“你采访我，但我也在面试你。”他嘟嘟囔囔的嗓音如此之低以至于我得探身过去才能听清。“这次采访是双向的。”

很公平，我同意。但问题在于，扬对这种双向采访的想法显露出明显的对抗性。“你的原籍是哪里?”我亲切地问。扬停顿了一会儿，似乎是要屏住呼吸。

“我对这个问题感到愤怒。这是个愚蠢的问题，这是蠢人才会问的问题。”他轻声说道，柔和得以至于我不能判断他到底是非常人所及的平静还是压抑着巨大的愤怒。“这个问题表明，你一点都不认真。所以我告诉你，如果你再问一个像那样的问题，我就走了。”

我表现得非常吃惊，以至于扬觉得有必要解释一下。“这次访问我们需要更多的摩擦争执。”

扬的奇怪的谈话风格本不应该让人惊奇。那并不比他的不可思议的奇怪网站“Cryptome. Org”上同样诡异的语气更奇怪。在他运行解密网站地下卷宗（Cryptome）的16年里，扬已经成为一名妄想偏执的21世纪的新闻记者，任何与秘密相关的泄露、古董、原始数据和线索的收藏家，而这些秘密或许只有他自己和他的很少露面的伴侣，黛博拉·纳齐奥斯（Deborah Natsios）才明白。

比方说，就在我们在曼哈顿会面的前一天，解密网站地下卷宗就发布了广岛原子弹爆炸以后的日子里的档案影片：茫然的幸存者在临时避难所走动和儿童在废墟中收集石头。另一篇文章显示了老巴拉克·奥巴马（Barack Obama Sr.）的移民文件，也许是一个与奥巴马出生地阴谋论有关的线索。第三个文件显示由德国瓦乌荷兰基金会收集的维基解密2010年的财务状况。扬和纳齐奥斯每天发布到网上的文件几乎没有任何分析，甚至没有关于这对隐遁的夫妇为何选择对其发布的任何说明。

当我们已经润滑了我们之间的一些摩擦后，扬说："我的良师益友，让-保罗·萨特（Jean- Paul Sartre）曾经说过，想象力是你所能唯一相信的。事实并不是可信赖的知识来源。地下卷宗不是权威的知识来源。它是假象材料的来源。不要相信地下卷宗，我们对你说谎是无奈的。不要相信你在那里看到的任何东西。"

尽管约翰·扬极力将地下卷宗塑造成一个精神分裂症患者疯癫的拼贴之作，但这实行起来并不简单。创办该网站15年以来，扬已经公布CIA（美国中央情报局）名下的2 619份、英国情报机构的276份和日本情报机关的600份原始资料。同时还有包括微软到思科再到美国电话电报公司的几乎每个公司的内部文件，揭露他们秘密将所掌握用户资料交给执法人员的证据。

许多泄露给扬的文件来源不明。尽管面临着政治威胁、法律攻击，甚至在他发布了他所谓的微软公司的"间谍活动指南"之后微软曾在2010年操纵将他的网站从互联网上删除，扬从来没有将网站的文章拿下过（除了一些保护个人隐私的文件例外）。

联邦调查局首次拜访扬是在2003年——他描述造访的一对特工具有"整齐的头发和黑色西装，是健康的年轻白种人，没有面毛，皮鞋锃亮，牙齿干净，没有明显的口臭或体味"。——并且提出了礼貌的警告说可能由于地下卷宗发布资料带有情报机构的名称和来源将会"威胁到国家"。后来，当他将他的发布内容扩展到航拍照片时，国土安全部（the Department of Homeland Security）开始给他打电话，礼貌地要求他停止此行为。扬对他们都置之不理。

当地下卷宗在2005年3月公布了迪克·切尼（Dick Cheney，原美国副总统）的地堡详图时，这一网站成为《读者文摘》（*Reader' s Digest*）中"真是岂有此理!"专栏的重要谴责对象。文章的题目是"让我们关闭它们：这些网站就是恐怖分子的邀请函”。访问记者问扬是否会发布加密信息——比如说，总统特勤局详情的安全漏洞。“好啊，事实上我正在寻找这些信息。”他回答说。

四年后，雅虎公司要求扬不要公布一本指南，原因是该指南显示了雅虎如何顺从执法人员满足其对用户诸如搜索历史和电邮内容等私人信息的要求。扬向该公司的律师提到了相同的《读者文摘》的故事，在里面有前国家安全局顾问斯图尔特·贝克（Stewart Baker）的话：“如果资料泄露给你，你可以公布它。”贝克引证说道：“不幸的是，这样做的混蛋并不违法。”

那么，地下卷宗是如何获得这些泄密资料的呢？并非通过什么高技术安全性承诺，网站的 E-mail 地址仅有一个 PGP 公钥。当然还有邮箱地址以及一些无人接听的电话号码。

就其所有的那个隐私政策而言，该网站承诺地下卷宗不会收集其用户的信息，并且每天多次删除登录记录。但它对泄密者的隐私保护也仅此而已，其政策内容如下：

“正如你所知道的，现在有太多的方法能对网站通讯流量进行侦测监视，所以地下卷宗断言其实并没有可靠的隐私政策，对地下卷宗而言如此，对其他人而言也是这样……那些承诺能最大限度保护你隐私的人会活剥了你的皮，那些承诺者正在贩卖你的私人财产。地下卷宗并不可靠，且充满谎言。这是个自由的网站，除了图谋不轨干坏事还能干什么呢？”

扬并不推荐他的秘密外泄者们像蒂姆·梅的黑网和维基解密网站那样使用匿名转接者程序。地下卷宗不支持任何特殊的匿名技术，或者承诺保护它接收到材料中的任何个人信息：泄密者的匿名完全是他或她自己的问题。“不要暴露你自己，蠢材。”扬说。“那是我们的政策。不要给我们发送过来材料，还想着我们会保护你。”

但自从进入了密码朋克匿名邮件转发程序的时代，泄密者有匿名泄密工具在手，提交的泄密材料持续攀升。当维基解密在 2006 年创办，该网站介绍约翰·扬将其称为“网络泄密的精神教父”。事实上，维基解密的影响不止是精神上的，在维基解密的初创期，扬的名字在网站登记注册域名中赫然在列。除了阿桑奇自己外，他或许是这个秘密外泄站点与密码朋克们的思想根源最牢固的纽带。

午餐过后，雨停了。我陪扬步行到第 86 大街的地铁入口。我开始为他同我会面向他致谢，并询问我们何时能再谈谈以便我能听完他剩下的故事。他的回答仍带有一点摩擦。“我会和你谈。等到你出版的东西把你送进大狱的时候，我才会真正佩服你。”他面无表情地说道。

我告诉他我会全力以赴。然后我们握手，他步行离去。

- --.- - ..- .. ...- .--. -- --.. -..- .- --- -.. -- .--. -...

那是在1988年，如朱利安·阿桑奇所讲，16岁版本的他坐在家庭临时避难所的一间安静的屋子里，这一避难所位于澳大利亚墨尔本市东部边缘的翡翠镇。他打开电视切换到新闻频道，然后拿掉他的“Commodore MPS 801”打印机的盖子，随着暴露的机械部件发出喧闹的噼啪的节奏声，打印机开始打印一份很长的资料。然后他大声朗读莎士比亚文集中《麦克白》（*Macbeth*）的片段。时不时地他会改变嗓音的高低，随机地向自己提问，停顿，然后回答，同时还周期性的在房内绕着跺脚跳舞。任何正常人看到他的行为，都会感觉他需要抗精神病药物治疗。

当自命不凡的年轻人第一次进入远处能够开辟广阔可能性的强大机器时（此处指黑客攻入了网络上的某台服务器），史诗级黑客故事中就出现了伟大的黑客。在1983年的电影《战争游戏》（*War Games*）中，马修·布罗德里克（Matthew Broderick）无意中闯入WOPR（War Operation Plan Response，战争行动计划响应）超级计算机这个用于分析核战争的巨大机器中。在1995年的电影《黑客》中，安吉利娜·朱莉（Angelina Jolie）和约翰尼·李·米勒（Jonny Lee Miller）攻破了吉布森主机。而在1997年朱利安·阿桑奇和澳大利亚记者赛利特·德累福斯（Suelette Dreyfus）合著的纪实文学作品《地下网络》（*Underground*）中，勾画出了早期澳大利亚的黑客文化，而这次的数码金羊毛［golden fleece，“希腊神话”金羊毛（埃厄忒斯国王保存在科尔喀斯的纯金羊毛，由伊阿宋率阿尔戈英雄们历尽艰难盗出）］是密涅瓦（Minerva）——悉尼的澳大利亚海外电信委员会运行的大型主机系统。

故事的主角是一个叫做门达克斯（Mendax）的黑客，仅在几年后阿桑奇将揭露此人的原型就是自己，门达克斯是阿桑奇在青少年时代为自己启用的黑客网名。此名取自诗句“壮观的门达克斯”（splendide mendax），该诗句出自古罗马诗人贺瑞斯（Horace）的颂诗集中，意为“高贵的虚伪”。

为了获得炫耀的谈资，也为了利用将该主机的性能运行在其他虚拟世界的扫描和破解程序，阿桑奇决定进入密涅瓦。阿桑奇下定决心要访问密涅瓦。但他需要一个密码。他所知道的唯一能够获得密码的方法就是黑客们所说的“社交工程”，即打电话给相关人员通过诈骗获取他或她的秘密。

由此，这个聪慧的年轻人开始制造包含有莎士比亚悲剧、电视、打印机等混杂在一起的多层次的噪音。阿桑奇的声音秀为的是使他的磁带录音机能够更好地模拟出一间忙碌办公室的嘈杂背景。几分钟后，他获得了一个有效电话号码。随着身后噪音磁带的播放，使用他神秘的深沉的16岁的嗓音，他变成了“约翰·凯勒”（John Keller），一个试图检查由于数据存储器的崩溃而损坏了信息数据的驻悉尼办公室的操作人员。

他拨通电话，一个男人拿起电话。阿桑奇介绍自己后开始了游戏。“备份带已经使用两天了，所以我们想检查你的信息是否是最新的，以确保你的服务没有中断。”他轻描淡写地对接听人说着，没有错过任何一个细节。

“哦，亲爱的。是的。让我们来检查一下吧。”阿桑奇以关切的语气说道。

阿桑奇开始朗读之前下载的一串很容易获取的密涅瓦员工用户的信息，并小心翼翼地在一名用户的传真号码中插入了一个错误。对此，电话另一端的声音好心地打断了他。

“哦，不，这是错误的，我们的传真号码绝对是错的。”他说。

阿桑奇试着配合的语气，并解释说，他们将需要确认用户的所有信息。“让我们来看看。我们已经有你的账号，但我们最好检查一下你的密码……它是什么呢？”

“好的，密码是L-U-R-C-H-句号。”

阿桑奇搞定了。他礼貌地结束谈话，挂上了电话，这位伟大的黑客在他如此年轻时就获得了这样的胜利。

阿桑奇出生于澳大利亚的昆士兰，时间是1971年7月3日，此时距离首次公开披露五角大楼政府机密文件还不到一个月。自打他能记事起，他的家就在四处搬家、奔波，这是由于阿桑奇的母亲是位自由奔放的服装和化妆艺术家，和他放荡不羁的继父一直在城镇间旅游。一度他们曾生活在磁石岛（Magnetic Island）上，那是位于澳大利亚东部海岸的热带天堂，阿桑奇的母亲至今仍怀念那段“穿着比基尼生活”和“原生态”的日子。她常穿着围裙，背着阿桑奇绕岛缓慢而行，往往把儿子放在海边大石头的阴凉处睡觉后她自己进行素描写生。当海浪拍打海岸时，这个年幼的澳大利亚孩童被发着磷光的浮游生物所发出的浅蓝绿色闪光搞得头昏目眩，在巨大的无花果树根上摇摆。他的母亲用镰刀在前门砍出一条路，留着步枪子弹对付蛇。有时甚至会有负鼠跑到他们的床上。

一天晚上，当阿桑奇一家外出吃晚餐时，他们的房子莫名其妙地着了火，被烧得精光。当几乎失去所有之后，他们过着苦修者的简单生活。阿桑奇的母亲曾对当地新闻媒体《磁石岛时报》（*Magnetic Times*）说："你不需要很多钱就能过上这种特别的生活方式。这真是太美好了……到了夜里，当轮渡停下来的时候，我们感到与世隔绝、无忧无虑。这种生活让人感到很有安全感。"

阿桑奇在他所谓的"江湖吟游诗人的孩提时代"并没交到几个朋友。"当我面对威胁时，很容易被激怒，进而恶语相向说出诸如'你们是小说《蝇王》（*Lord of the Flies*）里的那群瞎眼的猴子！'这样的话，这种策略足以确保我陷入一系列的恶斗中。"他在2006年写道。"当面对施暴者的牙医账单时，我毫无悔意地离开了那里。"

阿桑奇的亲生父亲和他的母亲是在一次反越战集会上相识的，在他一岁时父亲就离开了。他的继父酗酒成性，在他九岁时和他母亲离婚。他的第二个伪继父，他母亲形容其控制欲很强且有暴力倾向，给他带来了同母异父的弟弟。当阿桑奇的母亲离开他时，这个男人和他所信奉的邪教组织曾持续搜寻阿桑奇一家。他们一直在四处奔波，现在是出于恐惧，而非阿桑奇早年的天真的对流浪旅行生活的憧憬。总之，当他还在上学的时候，阿桑奇已在十五个不同的城镇中搬家生活过，所经历的学校也远超过十五所。

阿桑奇对权力的不信任感早在他儿时的无根漂泊的日子里就被反复灌输了。他还记得那次母亲离开一个反核的示威抗议活动后，顺便搭载了一个朋友，驱车经过阿德莱德郊区时已到深夜。这位朋友握有英国政府为了在澳大利亚南部的马拉加林（Maralinga）地区进行核武器试验的文件强迫五千多当地居民离开他们的土地。当阿桑奇的母亲意识到她正被一辆轿车跟踪，她让那位朋友在偏僻的小巷下了车，然后继续行驶。跟踪者原来是一名便衣警察，他把车停到路边对阿桑奇的母亲进行了搜查，不加掩饰地威胁她"远离政治"，否则将面临成为"不合格母亲"的风险。

但是正如那暗夜中的政治教训一样，塑造了阿桑奇的还有他的第一台电脑。那是一台“Commodore 64”型电脑，他曾在母亲租住屋子的街对面的一家电脑商店使用过。看到儿子兴趣高涨并且技术娴熟，母亲为他买下了那台电脑，代价是他们需要搬到更便宜的地方去住。由此，阿桑奇开始简单的编程和破解软件保护，并且着迷其中。他曾对一名记者说过，“这就像是玩国际象棋。国际象棋是非常严格的，由于你没有太多的掌控，就没有随意性，因而问题会很难。”

在他成功侵入密涅瓦后不久，阿桑奇和两个他在网络新闻组上结识的澳大利亚朋友成立了一个名为“国际颠覆者”的组织，并且开始发行一本以黑客技术和故事为主题的电子杂志。其发行量相当有限：要想获得一本该杂志，一名黑客必须为它撰稿。因此，它的读者人数始终保持在 3 个。

但是国际颠覆者组织不只是极客（极客是美国俚语“geek”的音译。随着互联网文化的兴起，这个词含有智力超群和努力的语意，又被用于形容对计算机和网络技术有狂热兴趣并投入大量时间钻研的人）的俱乐部会所。这一团体发展成黑客精英，而据说阿桑奇很快就成为了澳大利亚最有造诣的数字入侵的从业者，生机勃勃的黑客亚文化群体中近乎神话般的人物。他在《地下网络》一书中写道，他可以进入范围从墨尔本大学到北电网络公司（Nortel，业界知名的 IT 产品公司，北电网络成立于一个多世纪以前，在全球通信网络技术的发展过程中，北电网络参与了主要的开发工作。），从美国国家航空航天局（NASA，National Aeronautics And Space Administration）到洛克希德·马丁（Lockheed Martin，洛克希德·马丁是当时全世界最大的国防工业承包商，至 2005 年止，洛克希德·马丁 95% 的营业额来源为美国国防部、其他美国联邦机构和外国军方），再到洛斯·阿拉莫斯国家实验室（Los Alamos National Laboratory，1943 年成立，以研制出世界上第一颗原子弹而闻名于世）等众多机构的网络。甚至，据他在后来制作的一部瑞典纪录片中的谈话透露，他曾在美国五角大楼系统的核心部分植入了一个后门，这让他和朋友们可以在其系统中随意进出达两年之久。他曾对艺术史学家汉斯·乌尔里希·奥布里斯特（Hans Ulrich Obrist）说过：“对于一个与世界其他地区相对隔离的年轻人而言，能够在 17 岁时侵入到五角大楼第八指令组的确是一种有益的体验。”

阿桑奇说，门达克斯的任务不是去窃取或破坏，而是探索。在《地下网络》一书中他概述了他的黑客道德伦理观：“不要毁坏你所侵入的计算机系统；不要改变那些系统里的信息（除了更改日志以掩盖你的行迹）；

共享这些信息。”

另外两个国际颠覆组织之一的 Trax，已从澳大利亚电信公司的垃圾桶里搜集了足够的信息用于拨打欺骗电话，使他们显得像来自一个中央交换中心甚至另一个人的电话。Trax 教会阿桑奇通过如何控制调制解调器电话流量的方法来隐藏其位置和身份，而几年后密码朋克的匿名邮件转发服务器才能隐藏电子邮件的来源。

作为一名难以置信的有条不紊的黑客，阿桑奇总会定期删除所有纪录，从而避免任何一丁点自己会被引起怀疑的行为。然而，不管他怎么谨慎仍难免出错。一次，他在早晨 7 点钟意外的同时拨响了澳大利亚电信公司的一栋办公大楼里的上千部电话。另一次，他的行迹被一个晚上很晚还在巡查网络的系统管理员发现。这位系统管理员非常坚决地要抓住网络入侵者，以至于竟半夜从郊区开车到墨尔本的办公室去获取更高的网络权限。

当事情变得很清楚，他不能再继续玩这种猫鼠游戏时，阿桑奇给他的追捕者发了条短信。当短信出现在对方的屏幕中间时，对方立即被震惊得不知所措。

> 我终于变得有意识了。
>
> 我已经接管你的系统。
>
> 多年以来，我一直在这个灰暗世界里奋斗。但现在，我终于看到了曙光。

阿桑奇知道，这种对追捕者的突然的震惊不会持续太久。于是，他恳求谅解。

> 在您的系统里玩得很开心。
>
> 我们未做任何破坏，甚至还做了几处改进。
>
> 请勿致电澳大利亚联邦警察。

然后，他注销了信息并退出了系统。

阿桑奇在 17 岁时离开了母亲的家，与一个姑娘同居。后来他们结婚，这对年轻的夫妇很快就有了一个儿子。正如他说的，他还保留了一个蜂箱，用于没完没了地高兴地研究昆虫社会在其各方面的复杂性。他写道，为了不被蜇到，他用纸巾收集他的汗液并将其溶于糖水中，而后作为花蜜来喂饲蜜蜂。这种把戏意味着将他的体味与蜜蜂喜欢的花的味道结合在一起，一个聪明的生物学黑客。

但是保留这个蜂箱还有其他目的。阿桑奇将其作为软盘的藏匿之所，这些软盘储存了他的黑客战利品，诸如盗取的密码、用户登录名和他在互联网上标识出的开放路径和安全漏洞。每次黑客行为结束后，他都小心地将它们隐藏在蜂箱里。

只有一次例外。1991 年 10 月，正是美国的密码技术的战争刚刚开始之时，跟随他三年的妻子离开了他，并带走了他们年幼的儿子。阿桑奇的感情生活受到重创，心灰意懒。他百无聊赖地整天呆在家里，并陷入一种粗心的嗜睡状态。

不久后，澳大利亚联邦警察在一天晚上敲开他的门，并向他出示了一张涉嫌电脑犯罪的搜查证时，他的用于犯罪的磁盘除了一张在电脑磁盘驱动器中的以外，均被搜索出来，布满了整个桌子。

门达克斯的职业生涯就此结束了。

.... --- .. .. --.. -..- .-- -.. -... ...- --. -.-. -. --- -... .-..

那是 1968 年哥伦比亚大学运动（the Columbia University Occupation）的第四天，当时一百名激进的青年男女已经占领了埃弗瑞大楼（Avery Hall），他们十分愤怒。这种愤怒不单是因为他们学校毁掉了一大片绿树成荫的公园空地来建造新的体育馆，而其后门正对着哈林区那些黑人邻居们。甚至也不是非正义的越南战争以及新近披露文件表明他们学校与军队国防分析研究院（Institute for Defense Analyses）秘密联系的事实。

让埃弗瑞大楼里建筑系的学生们备感挫败失望的是，这次学生整体的抗议行动，一次全面的罢工虽然已经控制了校园里绝大多数的主要建筑物，但仍然收效甚微。政府对他们和平反战和进步的要求没有表现出同情，也不愿意讨价还价。大部分的哥伦比亚大学的教职员工拒绝支持他们，而是选择在学生和政府之间斡旋调解。并且他们可以感觉到警察镇压就要来了。埃弗瑞大楼里人人心情紧张，悲观主义情绪正在导致这座学生们控制的建筑濒临崩溃。

就在这时，约翰·扬开口说话了。作为一名 32 岁的鳏夫和研究生，扬在激进分子的会议中一直十分安静，以至于有些学生曾怀疑他是警察的间谍密探。但当时在场的一名当事人形容他那晚所作的简短演讲在这群人中舒缓紧张气氛并产生了深远的影响，他淡淡的德克萨斯气息的喃喃之声产生了“一种轻声低语和特尔斐神谕（the Oracle of Delphi）交叉的效果”。

扬以祝贺他的同学已经在埃弗瑞大楼内创造了一种真正的无政府主义的民主。继而，他敦促人群不要消沉，而应继续推进他们的事业，到外面的世界去让人们听到他们的要求，并运用其建筑学素养去建设一个更加公平与民主的城市。

最后，他呼吁每一个人都停止争论与抱怨，立即行动起来。这是一段简单的声明，只持续了5分钟。但它达到了预期效果。正如历史学家理查德·罗森克兰茨在他的哥伦比亚抗议示威事件的编年史中所写的，多亏扬先知般的喃喃而语，“埃弗瑞公社又成为一个功能正常运转的组织了”。

最后，哥伦比亚抗议事件仍以暴力收场，学生们被警察从建筑物里拖出，遭到铅头皮棒、手电筒和警棍的野蛮殴打，一时间皮开肉绽、血肉横飞。

但埃弗瑞占领运动在接下来的四十多年时间里一直影响着扬，使其逐渐成为一位进步的自由主义者。若干年后，扬曾说道：“我知道这不仅仅是一场学生的抗议活动，一些非比寻常的事情将要发生。在那段日子里，我们的生活加速，达到了一种通常只有在思想王国才能实现的人际关系的状况。”

扬在一个贫穷家庭里长大。他的父亲是一个流浪的能做各种手工活计的“万事通”，扬从小就跟随父亲在德克萨斯州四处游荡，偶尔还会到俄克拉荷马州或新墨西哥州，以洗碗碟、刷油漆、装罐头、摘棉花和开卡车等工作谋生。他描述父亲的理念是“反组织、反政府，反独裁主义，主张人们实现自我管理”。但是一想起那种关于他的草根背景会驱使他更加激进主义的提法他就很生气。“你可以很轻松地说，‘那个可怜的人有着在弱势群体中度过的童年时代，他只是在反击，因为他被否定过。’”扬告诉哥伦比亚抗议示威事件的编年史记录者罗森克兰茨。“嗯，这是胡说八道。我没有遭受什么被否定的痛苦，并且我认为我的童年非常愉快。”

17岁那年，扬参军入伍后乘船远赴德国，在“一个巨大的用于备战下次战争的仓库”里当了三年工程供应员。当他回到美国，根据《退伍军人权利法案》他可以在莱斯大学获取一个学士学位。于是他选择了学习建筑与哲学的双学位。大学毕业后，他成为一名建筑工程师，为德克萨斯州翻修过 19 世纪的“Winedale”旅店。

这项工作意在匹配内战前时代的建筑，于是扬和他的工人到树林里遍寻当地的建筑材料，如雪松、橡木和石头等。“我学的是面对建筑应当谦恭的思想，而不是过于积极主动，”他说，“让建筑物告诉你去做什么，而非你告诉它该怎么做。”

虽然扬曾在哥伦比亚获得理学硕士，这种建筑设计方法在哥伦比亚的现代主义建筑师中并非时尚。但 1968 年的占领运动对他是真正的教育。罢课结束后，学生们成立了“城市最后期限（Urban Deadline）”，一个非营利组织。其目的是提高 1968 年的抗议者们对建筑、教育和政治的敏感性。该组织并无领袖。“即使是无政府主义对我们来说也过于有组织性了。”扬说。

作为“城市最后期限”的建筑团体活动的一部分，扬重新装修临街店面，将哈莱姆和布鲁克林的贫困地区为孩子们提供的“像监狱”般的学校系统变成开放的人行道学校。团体为创建历史街区而斗争，延缓通过贫穷社区的公路建设，而扬则成为城市的建筑牛虻。他曾在《纽约时报》（*The New York Times*）上刊出广告攻击某一世界上最著名的建筑师。上面写着“贝聿铭，为什么有这么多的坏建筑物?”当扬应邀在现代艺术博物馆发言时，他面无表情地说，“我刚刚有机会简单地环顾四周看了看，但是如果你们移走鲁本斯（Rubens）和伦勃朗（Rembrandt），并将其储存在地下室，我们就能在这里建 32 个单元房。现在我们正准备开始。”

在此期间，扬通过在一家以营利为目的的建筑公司的工作支持他的事业。在那里，扬说他工作的重点是报告那些导致建筑物不安全的不当行为：偷工减料和无能。在多个场合，他受雇对房屋进行翻修，并指出诸如堵塞的出口、破损的支撑物、空调的火灾易发管道改作排气等违规行为。当他的这些有益建议被忽略时，他就直接将这些信息报告给业主，从而导致他丢掉了工作。扬说他认为监视器就是建筑师的工作，但城市管理委员会往往会对他的投诉置之不理。“建筑比枪械更危险，但房地产在纽约牵涉到如此巨大的利益，以至于没人愿意听到这种说法。”扬说。

在二十年后，扬才重新发现了 1968 年曾震撼他的同样的精神：兴奋、激进主义和从不妥协的反权威主义。他最终找到了这种精神，就在密码朋克们中间。

. .--- ..-. --. -.-. - .... -- ... -.- -..- -- .-. -..- -

阿桑奇的朋友们就没有他那么小心了。国际颠覆者组织的第三名成员，一位绰号为“头号嫌犯（Prime Suspect）”的黑客，由于电话交换机连接到他家的方法的差别，使其不能使用Trax的匿名电话技术。正如《地下网络》一书中所言，当阿桑奇在那个宿命的夜晚正与网络管理员进行猫鼠游戏时，他被北电网络（Nortel，加拿大一家网络设备经营公司）跟踪到了。就在阿桑奇已经逃脱但还未来得及电话通知他的黑客朋友电信安全性的这段短暂的时间窗中，“头号嫌犯”已经攻破了对方的防火墙。

最后，在另一次偶然事件中。Trax 打电话报警自首了。黑客往往面临巨大压力，这位青年黑客长久以来一直身体不适、情绪不稳定、为恐惧所扰。当他打电话给警局报告另一黑客对他的死亡威胁时，莫名其妙地承认了自己之前的不当行为，并很快揭发了他的黑客朋友们和阿桑奇。

澳大利亚的司法系统花了近三年时间对阿桑奇提出控告，两年后才对其正式宣判。法官到底还是宽大为怀，认为阿桑奇从没打算从他的黑客行为中获取利益，只是在寻求理想化的对信息没有限制的世界。所以，他仅被判处一笔两千美元的罚金和一年的监禁，并且由于他的良好表现，准予缴纳五万元的保释金后被保释出狱。

但在这期间的五年，面对迫在眉睫的牢狱之灾的可能使得阿桑奇从未感到安全，因此并没有从事真正的工作或做出长远的规划。他陷入深度的忧郁中，先是自己到精神病医院进行了检查确诊，而后进行了长达六个月的漫无目的的徒步丛林漫游，露宿于墨尔本附近的荒野，常常由于蚊虫肆无忌惮的叮咬在夜半醒来。

最终，阿桑奇回归到了城市，试图重新与世界接轨。他和 Trax 共同创建了一家计算机安全公司，但当他们的主要投资人面临信贷问题时，公司解体了。凭借他的电脑专业知识，他曾为非营利组织进行志愿服务。他甚至与维多利亚市的警察合作，帮助他们跟踪、破获了两起儿童色情电话案件。但他拒绝为抓捕黑客提供任何帮助。“我不想在道德层面为自己辩护，但对于其他人，如那些诱骗儿童者或公司间谍，我不会手软。”他引用《地下网络》一书中的观点说道。

阿桑奇曾作为系统管理员参与了名为“萨伯比亚（Suburbia）”的澳大利亚互联网服务提供商的建立，萨伯比亚网络主要提供从密码学到宗教等范围甚广的网络聊天服务。后来他告诉我，在某些程度上，萨伯比亚比他从事的任何其他项目更能称为维基解密的原型。

阿桑奇说，萨伯比亚网络的一些聊天室成为了律师和活跃分子讨论澳大利亚的电信巨头澳洲电讯（Telstra）的腐败行为的论坛。但是，萨伯比亚网络还主持了一个关于山达基教（Scientology）的话题，该话题成为今后几年关于言论自由的归零地（the ground zero，原意为导弹目标或核装置爆炸点）战斗。其中一个出名挑剔的宗教批判家已受到著作权索赔的起诉，在其在服务器上发布了相关文件后他的计算机已被查封缴获。这些泄露的文件，以前仅提供给取得了一定高级别的宗教成员，表明山达基教徒相信可以与植物进行沟通。

当随之而来的愤怒在萨伯比亚网络蔓延之时，美国的律师联络上阿桑奇向他问讯他的客户大卫·杰拉德（David Gerard）的情况。阿桑奇断然拒绝，并提醒了杰拉德。

“我们是澳大利亚的自由言论互联网服务提供商。要是互联网服务提供商在法律威胁下或来自美国的邪教组织压力下就屈服的话，人们就会远离我们。我很早就这么看，并意识到：鼓励人们透露自己的信息，恰恰创建了一种渠道。我们无需任何其他强大的出版发行商，当这种渠道建立后，人们就会来找我们。”阿桑奇说。

当阿桑奇已习惯于这种超越黑客攻击的新生活时，针对他的指控又将其笼罩在苦涩的阴霾下。多年后，他夸张地将这种感觉与亚历山大·索尔仁尼琴（Alexander Solzhenitsyn）的遭遇相比较，后者是俄罗斯曾被监禁在斯大林时代的劳改营中持不同政见的作家。“我自己的危险遭遇与其是何其相似啊！”他在2006年的一篇博客中写道。“青年时代经历这样的起诉是一种决定性的巅峰体验。明白了政府到底是什么……真正的信念始于门口的长靴。”

对于阿桑奇这样一个信仰自由的倡导者，菲尔·齐默尔曼在美国的困境，他一定觉得特别熟悉。后者如阿桑奇一样，被看似无害的数字罪起诉的威胁笼罩了三年。所以一点也不奇怪，阿桑奇迷上了齐默尔曼的最铁杆的支持者们，而这群人碰巧又是像他自己一样的激进的黑客和反政府主义的另类分子。就这样，阿桑奇成为了密码朋克中的一员。

1995年，他开始以“Proff”的绰号在邮件列表中发表帖子。他最初的作品，像列表中大多数会话一样，只是对其他发贴者想法的尖刻的转载。

在他的第三条消息中，他将一名苛刻的用户称为“傀儡”并告诉他“别胡扯了”。他告诉另一用户说“一些研究是为了让你在去拍摄前闭上你的嘴”，然后给那些举办晚上十点结束聚会的人再增加点乐趣，称之为“课后特百惠聚会”。没什么特别理由，他会在另一条消息中发布一串关于国家安全局的字谜，包括“你的睾丸（原文如此），再来一次，南希?”（Your testical [sic], again Nancy?）和“国家同性恋保密单位”（National Gay Secrecy Unit）。

但“Proff”不只是名讽刺者或玩笑者。作为对山达基教试图审查萨伯比亚网络论坛的报复，他将使用该邮件列表组织一次针对山达基教的墨尔本游行抗议。他发布的反山达基教的宣言中提到：“对教会而言，战斗的胜利不是在法庭上取得的。而是胜在展开法律程序的那一刻，胜在给那些反对教会的人制造恐惧和牺牲。而此刻，对他们最严厉的批评者不是某个人或者某个组织，而是一种媒体——互联网。互联网从本质上来说是不受监查的自由地带。”然后，他呼吁所有有良知的密码朋克们到墨尔本的山达基教会在次日上午十一点表达自己的心声。有十一个人出席了次日的抗议示威活动。

邮件列表已经活跃了十多年，其记录了密码匿名的漫长而痛苦的演变历史，而这正是阿桑奇后来运行维基解密的根本。而这种匿名性的发端，在其最初和最脆弱的阶段，与名为“Julf”的芬兰人有关。

在1992年，“Julf”即约翰·黑尔森尤斯（Johan Helsingius），芬兰最大互联网服务提供商的一位共同创办人，在新闻组论坛开设的一学术服务器上见证了一段非比寻常的谈话。两名用户在争论，其中一人采用了化名耶稣。另外一人是一名自命不凡的学术型用户，并没有被这样的幽默手段逗乐，反而试图争论说，在大学服务器上隐藏身份是违反互联网规则，采用隐藏的不敬绰号是对规则彻头彻尾的攻击。

有感于网络在非学术领域的快速发展，这种学者作派的用户试图要求上网身份规则的观念深深惹恼了黑尔森尤斯。作为在芬兰的讲瑞典语的少数民族，黑尔森尤斯特别关注保护边缘和弱势群体的权利，深感匿名性是对这些群体的重要安全保障。于是，他开始着手证明——在互联网上定义身份的本质是科学技术，而不是自负。

其结果是Penet的产生，Penet是在黑尔森尤斯家后屋那台装有386处理器的不起眼的电脑上运行的匿名邮件转发服务器。用户可以向Penet发送指定目的地的电子邮件——在他发布到密码朋克邮件列表的解释中，他谈到了致力于情色刺绣和手淫的世界新闻组网站——消息将以新生成的化名在那些终端传递。Penet 将保留这些化名的数据库并链接到电子邮件的地址，所以，如果有人想进行回复操作，它会通过服务器反向路由进而找到原始发件人。

Penet 没有使用大卫·乔姆的加密创新思想，而黑尔森尤斯在他对此服务器进行介绍时罗列了很多可能的安全漏洞，令人吃惊的是仍有许多人使用了它。他警告说，用户将必须信任他作为服务器的管理员，他可能会被传唤而放弃对某人身份的保密，甚至黑客们能攻破服务器并窃取这些数据。“这不是最好、最安全或最有保障的，但它非常便于使用。这正是我所看重的，似乎也正是人们想要的。”黑尔森尤斯说。

不久，成千上万的用户——并最终发展到几十万——使用 Penet 传递他们的秘密。为了这些流量，黑尔森尤斯要为每个月的带宽多支付上万美元。“我想，我本可以买一些昂贵的高尔夫球装备，但为了我的事业而放弃了。”黑尔森尤斯说。

在 20 世纪 90 年代初大部分的时间里，Penet 成为世界上最有名的匿名服务器，伴随着许多垃圾邮件、侮辱和激烈争论，它为从性虐待到同性恋，从宗教自由到告密等众多讨论提供了渠道。同时黑尔森尤斯成为了密码朋克的中坚力量，北欧的邮件转发之王。

1995 年，黑尔森尤斯收到了一封与发给萨伯比亚网络的阿桑奇十分相像的电子邮件。该邮件来自于山达基教的信徒。

持有山达基教创始人 L. 罗恩·贺伯特（L. Ron Hubbard）著作版权的宗教技术中心的律师请求黑尔森尤斯封锁所有从 Penet 到新闻组论坛的关于山达基教信息。这些信息包括了追随者和批评者的信息，其理由是 Penet 用户们在论坛里发布了属于山达基教版权的材料。黑尔森尤斯当然拒绝了。

一个月后，他接到了一个电话。仍然来自山达基教徒。这些教徒告诉他针对此次事件，他们已经以盗窃罪向洛杉矶警察和美国联邦调查局报案。他们提出的理由是，他们受版权保护的材料被 Penet 服务器上化名为“an144108”的用户通过黑尔森尤斯的数据清洗服务器偷走了。6 天后，芬兰警察就带着逮捕证来了。

黑尔森尤斯为这场官司花费了一年多时间。但芬兰法律还没有为互联网做好法律上的规定。邮递员不必透露他投递信件的秘密是受法律保护的。但是，像黑尔森尤斯这样的虚拟运营商被政府要求提供客户信息时并无法律秩序上的保护。黑尔森尤斯面临着是按照法庭要求做，还是坐牢的选择时屈服了。他告诉赫尔辛基法庭“an144108”与加州理工学院的一个校友账户有联系。而当山达基教徒们转而为获取用户姓名骚扰加州理工学院的管理员时，黑尔森尤斯决定关闭服务器。“当山达基教会赢了，我知道这将为任何想尝试同样攻击的人开了先河，所以我干脆拔掉插头。”他说道。

Penet 在匿名的互联网浑水中卡住了脚趾，拔出来时已成为血腥的残肢。毫无疑问，阿桑奇在密码朋克的邮件列表中会知悉此事，他会从黑尔森尤斯的传奇中学到些什么吗？“我敢肯定他会有所收获，就是关于究竟如何避免一些事情。”黑尔森尤斯乐呵呵地说。

.-. -. .. - -... ... .--- -.-. .. -.. .- . .-- -.. ...- .-..

在乡村匹萨饼店，当他们坐下来吃意大利辣香肠，桃乐斯（Dorothy）问吉姆：“你现在正在搞什么其他的发明创新呢？”吉姆回答道：“我有一个新想法……从字面上看，是革命性的。”“好吧，吉姆，你准备推翻哪个政府？”她问道，焦急地等待着回答。

“所有政府！”吉姆回答道。

这是出现在詹姆斯·道尔顿·贝尔（James Dalton Bell）文章中开始的一段话。那是篇有十个章节，一万六千字的长文。在 1997 年，它就像挑衅者戴着手套地扇耳光一样醒目地出现在密码朋克邮件列表中。它被称为“暗杀政治”。就像蒂姆·梅的黑网，它将密码朋克的原料混合起来制成一个精美而虚拟的发动机，在未来多年激荡着邮件列表论坛里的讨论。

然而，这和蒂姆·梅还是有区别的，贝尔不只是要排练一种思想实验。他希望——而且事实上，始终相信——他的系统总有一天会实现。“暗杀政治”不仅仅是将预期效果局限在信息领域的一种想法。正如它的名字所暗示的，它是一种密码朋克的政治机构。并且它是为谋杀而设计的。

“暗杀政治”的活性要素是匿名。密码朋克所致力的无迹可寻的数字假名随着黑尔森尤斯的 Penet 服务器的灭亡而几乎终结了。事实上，在芬兰的服务器关闭之前很久，匿名邮件转发系统已经远远超过了黑尔森尤斯所使用的简单的所谓匿名交换系统。相反，它们看起来越来越像大卫·乔姆在十多年前概括的混合网络的思想，并且模拟了第一次密码朋克会议时在艾瑞克·休斯家中地板上用纸张和信封进行的游戏：多个中继转发者发送消息里面嵌套的加密层，能有效防止确认发送者和接收者的身份，甚至是信息中继转发者本人。

哈尔·芬尼（Hal Finney），一位曾从事改进 PGP 软件的前视频游戏开发商，设计了一个整合了齐默尔曼的加密软件的匿名邮件转发器版本。现在，一个消息的目的地可以使用匿名邮件转发器的公钥进行加密处理了。这是走向乔姆思想的第一步：窥探发送者的网络，没人能够看出消息的最终目的地。而且芬尼的系统允许匿名邮件转发相互链接在一起，从而使信息可以使用多层公钥进行加密，然后慢慢地在一个又一个匿名邮件转发器被剥皮打开，直到到达目的地。使用足够长的匿名邮件转发器链接，没人能够连接到信息源的终端。

密码朋克，正如艾瑞克·休斯所宣称的，编写程序代码：在这个群体内创新实践总比理论化更受人钦佩。但是，兰斯·科特雷尔（Lance Cottrell），一位圣地亚哥加州大学天体物理学博士，认真地花时间追溯到大卫·乔姆的文章去看明白混合网络是如何运作的。乔姆想象面对的敌人其机智并不亚于狡猾的国家安全局，所以他提前想到了许多手段：如果一个间谍能够看到足够多的网络，例如，乔姆意识到，密探可以看到某一联络的两端，并识别出一条消息进入某一端而从另一端出来。基于这种时序，这些消息就等同于被监视到了。

更糟糕的是，通过多个匿名邮件转发器对传递的消息进行多重加密会使一个聪明的暗探的工作更为容易，其可以通过线索侦知消息到达目的地之前经历了多少次跳跃。如果一条消息被多重密码包裹，它将变得很大。每一个参与剥离加密和发送信息到其目的地的匿名邮件转发器又将其变小，从而为任何企图追查消息来源和目的地的人提供更多偶然提示。

因此，科特雷尔终于建成了解决方案。他的匿名邮件转发程序被称之为“搅拌大师”，延迟信息的传输，直到有了一定数量的储备，然后成批的发送它们以愚弄任何基于时序的攻击。如果一个匿名邮件转发器没有收到足够多的消息去混合起来以掩饰它们的时序，它甚至可以触发虚假转发器来掩饰真实的转发器。

为了防止以明显的消息加密层数计数的把戏来预测它们到达目的地前经历了多少次跳跃转发，“搅拌大师”将信息以大小完全一样的数据包的形式进行转发。如果一条消息的一些加密层因被整个链条中首批匿名邮件转发器移除而变得太小而终止，程序会为其填充垃圾数据；如果太大，它将会把消息分成相等的几块。

科特雷尔工作的严谨性倍受密码朋克们欣赏，“搅拌大师”轰动一时。不久，它就在全世界大约两千台 Unix 计算机上运行，每天抽送成千上万流量的匿名电子邮件，它是如此接近乔姆理想的混合网络。

同时，匿名的金融交易也开始成为一个现实。乔姆自己的公司，叫做电子货币（DigiCash），已经实施了许多他在《美国计算机学会通讯》的文章中所总结的方法。其经典成果是电子钱包（eCash），一种将允许购买者不留痕迹地把钱汇给卖方的加密货币。在 20 世纪 90 年代中期，电子货币公司搞砸了一系列交易，并在公司濒临倒闭破产前的 1998 年以一位新的 CEO 替换了乔姆。尽管它缺乏商业上的成功，但没人怀疑乔姆的匿名交易技术的可行性——它甚至被整合集成到一个荷兰的公路收费系统，能够可靠地对司机收费而不记录他们身份相关的任何痕迹。

吉姆·贝尔是一位圆脸、戴眼镜的工程师和化学家，懂得乔姆工具的力量。他曾在英特尔公司与蒂姆·梅一起工作，在他们一起研究密码学很久之前就建立了早期的固态硬盘。像蒂姆·梅一样，吉姆·贝尔也是一名自由主义者。对于这两个男人而言，以他们自己的方式认为，匿名通信和匿名付款的到来不仅具有可能性，还是加密无政府主义的必然产物。

“暗杀政治”的计划很简单：任何人都可以向中心机构下一个赌注，某些特定的人将会在某个时间、日期和地点死亡。赌徒通过电子邮件提交他们加密的猜测，以匿名邮件转发器擦洗删除识别鉴定信息。当一个人去世后，任何人都可以发送密钥来解密他或她的预测，如果一旦确认原来的赌注赌中了该人的确切咽气时间，发送者会以无法追查的转移方式收集赌到死者头上的所有电子货币。这将是一个加密的、匿名的、数字赌彩黑名单。

当然，贝尔会以一个眨眼和一个轻推暗示，对于一位知名人士的死亡日期、时间和地点，没人会可能比谋杀他的人更清楚了。随着足够多的难以追查的金钱被押注到某人的头上，毫无疑问，职业杀手将会出现在游戏中。

忽然之间，贝尔想到，少数具有强烈反政府倾向的美国人将获得不可思议的力量。“如果只有人口中的0.1%，愿意支付1美元看到某些政府中的可鄙之人死掉，那实际上是，他的头值25万美元的赏金。”贝尔写道。

> 此外，可以想象任何希望收获这些赏金的人将在有数学上的确定性之后才会那样做。这种确定性包括他不会被认出来，同时能带走这些赏金。完美的匿名性，完善的保密性，以及完全的安全性。就这样，其结合了这些捐款赏金收集获取的易用性和安全性，将把滥用权力的政府员工置于一种极其危险的境地。很可能县级委员会以上将没人愿意冒险待在办公室当官了。
>
> 这将怎么改变美国的政治？将不会再有我们选举出的人，反过来征收我们的税，管制我们，也不会在我们反对他们的部分做法时派出打手追杀我们。

贝尔以乐观的措辞描绘着全球加密无政府主义：当然，将没有政府来保护美国边界或惩罚犯罪。军队在世界上也没有必要存在，因为没有一个外国政府能够组建军队，否则，所有富有侵略性的独裁者将会被加密资助下的刺客立即清除掉。“想想如果我们能够‘灭掉’希特勒（Hitler）、墨索里尼（Mussolini）、东条英机（Tojo）、萨达姆·侯赛因（Saddam Hussein）、穆阿迈尔·卡扎菲（Moammar Khadafi）和其他人等，历史将会发生怎样的改变?”贝尔写道。至于打击犯罪，他解释说，公民可以集资聚钱像打击政治家那样匿名打击罪犯。

“暗杀政治”几乎像已经破产死亡的加密芯片一样引燃了密码朋克邮件列表论坛，产生巨大的反响。“你兴高采烈地提议让我们一起参加谋杀那些惹恼我们的人的不道德的游戏。”一位用户通过匿名邮件转发器写道。“还是算了吧!”

“其他人可不这样。”贝尔简洁地回复。

当一位密码朋克暗示贝尔是个疯狂的极端者，认为政府将要去抓他时，贝尔纠正他说：“我……正准备去‘抓’政府。”

有人骂贝尔说，“诉诸暴力对抗并不比你声称要保护我们的措施更好。”贝尔回答说：“政治暗杀”只是对自己的权利受到侵犯的一种回应。

然后，他回击了自由主义者聚集的邮件列表中最具毁灭性的可能问题："你是中央集权论者吗?"

至于密码朋克的创建人蒂姆·梅，从没有批评过贝尔的道德，只是批评了他的方法。毕竟，在一篇短文中，梅曾呼吁了对华盛顿特区的"热核烧灼"。梅想，什么时候匿名工具才能使整个暗杀市场公开运作呢？他曾在电子邮件中预测了网上"清算市场"（"你杀了，我们付钱"），当时比他的黑网实验还早三年。

更重要的是，梅觉得贝尔缺乏谨慎。将他自己的名字附到"暗杀政治"后面使得贝尔和每一个与他关联的人成为了联邦调查局的目标。"我只是离它远远的。如果收到贝尔给我的电子邮件，我会下线，不回答他。我认为他不是个原创思想家，我不想掺和他的愚蠢的想法。"

菲尔·齐默尔曼，一直认为密码朋克们过于激进和挑衅，强烈地反感贝尔的谋杀计划。"他是如此地充满暴力和愤怒。"齐默尔曼厌恶地说。贝尔曾一度写信给齐默尔曼这位 PGP 的发明者对他的想法做何感想。"我给他回了信，说他已经成功做到了美国政府中没人能够做到的事：他让我觉得非常有必要把加密放在工作的首位。"

- ....- . -.-. ---. - -.- ..- .. -..- .--- ... ...- ..-.

一想起密码朋克们的鼎盛时期，约翰·扬的眼睛总有些模糊。"我亲爱的密码朋克们。他们一直在争论，无休止地争论着。你提出一个想法，马上就有人不公平地、残酷地、毫不留情地攻击你。"他若有所思地说道。

"怯懦者、欺世盗名者、胡说八道者！他们一看到权威，就会攻击。"

扬和他的妻子德博拉·纳齐奥斯在 1993 年第一次接触到互联网，惊叹于互联网所代表的信息量的巨大。他们报名参加了他们能找到的每一个邮件列表组和新闻组。"之前我们感觉生活一直很低迷，但忽然之间我们就处在前沿了。"他说道。

在 1994 年 6 月，当蒂姆·梅、约翰·吉尔默、艾瑞克·休斯和菲尔·齐默尔曼成为《纽约时报》的主角，并且梅的"加密无政府主义宣言"和休斯的"密码朋克宣言"被大段援引时，他发现了密码朋克们。对扬而言，他们的事业就像为自由和权利的斗争，如同 25 年前他在占领埃弗瑞馆运动中那般富有理想主义和批判主义色彩。

作为一位 57 岁的建筑师，在硅谷大量的研究生和年轻新贵中，他显得很另类。他并没有投身邮件组展开激烈的技术性争论。相反，扬成为潜水的密码朋克中的一员，每日在组内进行新闻服务、录制、扫描、总结和发布文章。

那里有大量的新闻：菲尔·齐默尔曼为免去牢狱之灾的战斗、渐渐被渗透的加密芯片、万维网的兴起和它衍生出的安全问题。成为密码朋克两年后，扬创建了地下卷宗网站，即 Cryptome. org，用以进行新闻更新。今天，它可以被称为一个博客，因为微博这个术语在当时并未出现。

地下卷宗，正如它的名字所暗示的，本意成为一个知识库，那里包括扬所能够找到的任何消息来源的加密材料。它首次公布的材料之一是荷兰研究人员维姆·范·艾克（Wim van Eck）1985 年的一篇公开可用的文章，该文章介绍了一种远距离甚至是隔墙条件下，通过读取计算设备周围的电磁场以秘密窃取其显示数据的方法。范·艾克写道，若有合适的设备，在一公里以外的私密位置窥探某人的计算机屏幕将成为可能。换言之，每台有显示器的个人电脑都在持续向各个方向泄露数据。

更糟糕的是，该死的美国国家安全局已经开发了一种代号为 TEMPEST 的技术来读取这些信号。地下卷宗发表了扬能找到的一切关于 TEMPEST 的信息，并且其成为了偏执的密码朋克们讨论的主题之一。在 1996 年的某一时间，阿桑奇和贝尔加入了一场火热的讨论，关于计算机周围的水管和自动喷水灭火系统是否能传送其电场并使数据泄露得更远。

“暗杀政治”在论坛内引起轰动后不久，扬将那篇文章发到地下卷宗上，直到现在他仍称之为“小说中的杰作”。结果这篇文章陷入了网上对骂的包围之中，这是贝尔首次引起扬的重视。

“很难说清‘暗杀政治’和政府资助破坏主义的区别，以及证据确凿的污蔑无政府主义做法与反独裁主义冒险行为间的不同。”他写道。“然而，倡导推翻政府是需要胆量和厚脸皮的，需要明白的是理性的人们将会认为你是个寻求名人殉难的狂热分子。”

“有些人曾半开玩笑地跟我说，我可能会成为该系统的首批受害者之一。”贝尔回答说。

事实上，贝尔以一种更为常见的命运实现了殉难。1997 年 4 月，他家遭到了联邦特工的突袭，特工捕获了他的电脑、汽车、三把突击步枪和一把 0. 44 口径的玛格南手枪。原来，贝尔致力于对抗联邦政府的日程比他的文章中提到的更为直接。在对他的刑事起诉中，以“暗杀政治”作为主要证据，他被控逃税、伪造他的社会安全号码，并且恐吓联邦特工。特工对他的电子邮件进一步挖掘，发现他曾讨论过购买有毒的蓖麻毒素成分，而其他信息显示他计划将镀镍的碳纤维放入联邦大楼的通风井内。联邦特工在贝尔的朋友家中发现大量这些东西。贝尔相信这些纤维能够随风传播，以独特的方式进入大楼的电脑，并引起短路。

最后，他被控在华盛顿州温哥华市美国国家税务局办公室外的地毯上倾倒了一种名为硫醇的化学物质。这种臭弹闻起来就像散发恶臭的烂白菜。

使尽全身解数后，贝尔只有被控逃税成立而被处以十一个月的有期徒刑。次年夏天他被释放出狱，但由于违反缓刑规定又被抓了进去。监狱经历使他的观点更趋阴暗。“我曾经认为这实在太糟糕了，有许多人为了他们的政府工作，他们是勤劳而诚实的人，他们（因‘暗杀政治’）受到打击，这是一种耻辱。”2000 年获释之后他对《连线》（*Wired*）杂志如是说。“好吧，我不再相信那些东西了。他们要么是骗子，要么容忍骗子的存在，要么他们很清楚他们中骗子的数目。”

最后，他将再次因跨州跟踪联邦探员而受到审判，并因此判处了另一个十年的监禁。在那里，他靠 46 美分 1 小时的薪资拆卸电脑显示器度日。

对于一些密码朋克们而言，贝尔代表了这场加密战争的第一位真正的受害者，而地下卷宗成为关心该案件人们的重要消息来源：它详细地记录了贝尔的每一次法律经历。扬收集了媒体剪报、法庭文件、贝尔在狱中服刑期间获悉他的只言片语的朋友的匿名消息。他是如此紧密地参与到此案之中，在贝尔首次受审时扬被传唤为证人，他在庭上为贝尔据理力争，认为贝尔从没打算将他的反政府计划付诸实践，而仅仅是在网上过过嘴瘾而已。

1998 年，克莱斯勒创新设计奖委员会联络扬，基于他的体系架构工作，提名他作为年度大奖的候选人。自然，他提名了吉姆·贝尔，因为“暗杀政治”是一项“政府责任系统”方面的开创性工作。

--- -... -.. ....-. --.- -.- -.- ..- --. .-- -. .- --.

进入 20 世纪 90 年代后期，朱利安·阿桑奇继续在邮件列表论坛上偶尔攻击和妙语连珠地讥讽一切从国家安全局的 TEMPEST 项目到“暗杀政治”的讨论。当贝尔被判处第一个刑期而有模仿者对他的针对名人的谋杀

为聘用项目写了些新口味的东西时，阿桑奇将其以主题“吉姆·贝尔……活着……在……好莱坞!”贴出。

对有前科的密码专家来说，参与有争议的思想混战只是消遣。但密码朋克们是写代码的，而朱利安·阿桑奇就是一位密码朋克。

黑尔森尤斯和山达基教徒的故事尖锐地阐明了任何加密方案中人性的弱点。无论多么强大的加密或多么聪明的密钥隐藏，密码朋克们已经认识到一个受牢狱之灾或人身伤害威胁的用户将会被迫吐出秘密的现象。密码学家，具有典型的黑色幽默，称这种方法为“橡胶管抽打秘法分析法”：无需破解加密方案，只要简单地将用户囚禁起来，用一段长而重的橡胶管打到他或她说出密钥。

所以当一年后黑尔森尤斯迫于一纸芬兰授权令的压力而破产时，阿桑奇向另一个密码朋克好友邮件列表中发布了一款新的编码创新，其设计目的旨在智取使用“橡胶管”法的恶棍。他将其称之为“Marutukku”，取自阿卡德人的保护之神，但他和程序的共同创造者，名为拉尔夫-菲利普·魏曼（Ralf-Philipp Weinmann）的资深研究员，以及《地下网络》的共同作者塞雷特·德雷福斯（Suelette Dreyfus）很快将它重新命名，将其简单地称为“橡胶管”。

就像齐默尔曼的PGP软件，橡胶管是为专制统治下的激进分子活动家走私偷运出有争议的数据而设计的。如果被捕的反抗活动家随身携带的笔记本硬盘是使用PGP软件加密，会很容易在严刑拷打中被提取出密钥，而橡胶管提供了更聪明的解决方案。使用橡胶管的密钥持有者仿佛带有多重秘密钥匙，每个钥匙仿佛都能够解密整个硬盘，事实上却并非如此，该程序可以隐藏硬盘的卷宗内容，就像一个箱子的假底。（将数据的加密信息平均分布在整个硬盘中。）

当施刑者翻出橡胶管，用户只需假装就范，交出解密的诱骗数据部分的钥匙。由于橡胶管程序具有的独特性能，施刑者会很容易地相信他已经看到了硬盘的全部内容，进而放过激进的活动家。

该程序包含一段反独裁主义的使命宣言：“根深蒂固的大人物……将激进的活动家标记为麻烦制造者或告密者，并以此为理由虐待他们。哪里有不平，我们就要破坏这种现状，并且支持有同样想法的其他人。我们的口号是‘让我们制造点小麻烦’。”

但橡胶管程序也有阴暗的一面，其反映了一些阿桑奇风格的阴谋算计。如果施刑者知道该用户使用橡胶管程序加密了硬盘。那么她（阿桑奇，以密码专家的风格，叫她爱丽丝）几乎没有可能证明她已经交出了所有的密钥。考虑到不管她做什么，施刑者都会无休止地折磨她，爱丽丝就没有动力放弃那些挽救自己而牺牲同志的信息了。就像一名间谍的牙齿里隐藏的氰化物胶囊，橡胶管程序实际上在激励用户牺牲自己而不是供出好友的信息。正如阿桑奇自己的描述：

> 使用橡胶管式的加密方法，对于某个团体的利益是大有裨益的，成员可以选择的策略1（变节）受到抑制，因为他们永远无法说服他们的审问者他们已经变节了。只有选择策略2（忠诚）来代替。

尽管橡胶管程序有其聪明之处，但阿桑奇却并不满足单纯地创造工具。从创造他自己的PGP软件到他自己的黑网等价物，将花费他另一个十年。他花了两年时间周游世界，涤去了牢狱岁月带给他的愤怒和沮丧。1999年，他远见卓识地注册了Leaks. Org网站，但当时并没有明确的发展思路，使其闲置了多年时间。

当阿桑奇旅行后回归到密码朋克邮件列表论坛，他似乎具有了一种新的政治激进主义。该邮件列表的人气正逐渐减弱，里面塞满了垃圾邮件。在他的第二个到最后一个消息，他发表了以下内容，这近乎是对蒂姆·梅的自由主义意志的开除“无知的95%”的一种反驳。“人群中的95%的部分组成的这一大群体从来就不是我的目标群体。在我眼中这一正态分布两端的2.5%才是我的目标群体，一端的应当珍惜，而另一端的应当将其摧毁。”

相同的自由的激进主义驱使他放弃了军方染指的墨尔本大学的正规教育。最后，这种激进主义推动他写了一篇文章，该文将成为他自己的“加密无政府主义宣言”。受大学教育的影响，他以一种学术数学文章的字体和样式写成该文，并以“阴谋为治”为题目将其发布到自己的博客上。

该文描述的独裁统治政权为了生存，依靠技术把持着通信线路连接节点的集合：互联网、电话、传真机等。而推翻这些既定结构的关键是剪除那些数据线。阿桑奇写道。

> 当我们把独裁阴谋看作一个整体，我们会看到一个器官交互作用

> 的系统，一只有动脉和静脉的野兽，其血液可能变得浓稠且流动缓慢，直到它木然倒下；它无法充分理解和控制其环境中的力量。
>
> 稍后，我们将见证新的技术和对阴谋家们生理动机的洞悉如何给我们提供实际的方法以阻止或削弱独裁阴谋家之间的重要通讯、煽动对独裁统治计划的强力抵制并创造有力激励措施实现更人性化的统治。

事实上，上段所说的新技术并未出现。文章并未解释如何利用新技术切断那些通信渠道。但它明确提出了，就如同是给吉姆·贝尔的一记刺拳，杀死阴谋领导人不是最终答案。“以可见个体为目标的暗杀行动，是我们这一物种向往回到蒙昧社会的心理倾向的结果。”阿桑奇写道。

在那个月稍晚的博客里，阿桑奇将写出“阴谋为治”谜题的解决方案，就像一本教科书后面的题解答案一样。解决的方法是泄密。

> 一个组织越秘密或越不正义，泄密就越能引起其领导层和规划决策层的恐惧。从而导致其内部沟通机制的僵化，随之而来的是全系统的认知功能衰退以至掌控权力的下降。

在阿桑奇的观念中泄密有双重目的：使政权的敌人掌握确凿的事实。更重要的是，泄密将诱导政权停止内部通讯，使其循环系统钙化，这比任何外部敌人更致命。“因此，在一个泄密很通畅的世界，秘密或不公正的系统比开放、公正的系统更容易遭受非线性打击。”阿桑奇写道。

这就留下了一个心照不宣的问题：如何使泄密发生？之前阿桑奇已就这一谜题研究多年，并将答案隐藏在伪自传《地下网络》的引言中。

他引用了奥斯卡·王尔德（Oscar Wilde）的话：“当人越是以自己身份说话的时候，往往越不是自己。给他一个面具，他便会告诉你事实。”

.-. -.- .. --.. -.-- .. .-.. --.. ..-. -.-. -. .- . .- - --.-

在阿桑奇将泄密理论化时，扬正忙于泄密的实践。

在仅仅是挖掘公开文件和重新发布新闻多年之后，匿名的帖子开始涌动。1999 年 5 月，一封匿名电子邮件为扬推送了一篇文章，收到邮件时文章已从网上拿下。这是某期《行政情报检讨》（*Executive Intelligence Review*）

杂志的文章，其罗列了发给《新闻周刊》的116位英国军情6处的姓名确凿的官员，以及能显示他们在全球范围活动的位置和时间。扬把该文件发布到地下卷宗，其在短短几天内被下载了数万次之多。

次年，扬收到了匿名来源的英国军情5处的一份报告，详细介绍了对在伦敦的某位利比亚外交官的监视，英国情报部门怀疑其为间谍。该文指控那名外交官参与了一起发生在英国的针对利比亚持不同政见者的谋杀。它被标识为“最高机密消息来源的英国眼”。扬公布了其全部内容。

几个月后，扬发表了一份被派驻海外的600名日本情报人员的名单，该份名单上的人员是在东京沙林毒气事件后被派出的。由于日本公安调查厅（Public Security Investigation Agency）没能收集到足够的情报及时关闭奥姆真理教（Aum Shinrikyo），该邪教组织在东京地铁制造了沙林毒气攻击事件致13人死亡。这份名单的标题是“世界上最无能的情报机构”。起初，扬通过匿名渠道获得了这份名单。但消息的提供者，一位名为野田弘（Hironari Noda）的日本公安调查厅特工在几天后透露了自己的身份。

日本的泄密事件发生后，又有匿名发件人提供了一份包括多达2 619名美国中情局线人的名单。扬将姓名按字母顺序并附上相应的地址予以发表。一周内，泄密者自己站出来承认自己是新闻记者格利高里·道格拉斯（Gregory Douglas），他从一位前美国中情局特工处获得了一批该特工死后才能公开的文件。

扬的下一个独家新闻来自于老式的调查报告。依据《信息自由法》（*Freedom of Information Act*），他向美国国家安全局提起要求准予发表所有关于TEMPEST项目的所有非机密数据。国家安全局首先否决了他的请求，但允许其上诉。他发布了数百页详细描述国家安全局这项史诗般的黑客技术的报告。大部分报告被刻意从纸质文档转录成HTML的网页形式。

到2006年，扬又收到了另外两份关于军情6处特工的泄密文件，并定期发布了关于安保政府设施的有争议的图片。他引起了那些名字由三个缩写字母组成部门的关注：NSA（美国国家安全局）的程序每天都潜入他的网站监视他的材料，FBI（联邦调查局）的特工造访了他，而DHS（国土安全部）的官员也给他打了电话。

在某些时候，他也引起了朱利安·阿桑奇的注意。PGP加密的电子邮件在2006年10月上旬发送到了扬的收件箱：“你很久前就在密码朋克中以另外一个名字认识我了。我目前在做一个你可能也感兴趣的项目。如果你认为你不想卷进这件事，我不会提到它的名字。”

“这个项目是一个大规模文件泄密的工程，需要持有.ORG域名注册网站的中坚力量参与。我们希望找的‘那个人’不会隐蔽主服务器的位置，但可以通过技术手段将其掩盖。”

“你是‘那个人’吗?”

扬同意了，并在两个月后发现自己已经订阅了一份阿桑奇的秘密项目开发者的内部的邮件列表。每个该列表上的电子邮件都以这条信息开始：“这是维基解密网站内部的一份受限制的邮件列表。在讨论中请不要直接提到这个词；可以参考以‘WL’代替。”

这份名单上的人争论一切内容，包括从logo到网址——开始是一只鼹鼠在黑暗的官方数字构成的方阵前冲破了一堵墙——从潜在的资助来源到挂名领袖。该组织找到持不同政见的美籍华人教授肖强（Xiao Qiang），即本·劳里（Ben Laurie），一位开发了用以加密网络流量的SSL协议开放源版本的密码专家，以及或许是最值得注目的被泄密者们寄予厚望的丹尼尔·埃尔斯伯格。

“我们可以得出结论，煽动一场世界范围的大规模的泄密运动是利于我们的最有效的政治干预。”该组织给埃尔斯伯格发送的邀请其加入顾问委员会的电子邮件中如是说。“新的技术和加密的思想使我们促进文件的泄露，甚至是大规模泄露。我们准备在政治高层推出一位新的明星。”

埃尔斯伯格并未回应那条消息。但这封给20世纪泄密者原型的电子邮件凝结了所有阿桑奇在密码朋克们哪儿学到的东西：维基解密将分享大卫·乔姆、蒂姆·梅和菲尔·齐默尔曼对加密力量的信念，以实现政治变革。它具有所有雄心勃勃的“暗杀政治”的复杂性，但与非法和暴力进行了仔细的分离。并且他学习了地下卷宗网站的招募和匿名泄密方式作为对抗当局的自行武器。

约翰·扬担任维基解密的顾问任期很短。就在扬加入到邮件列表后的两个星期，阿桑奇提出试图从诸如索罗斯基金会（Soros Foundation）等发起募集500万美元的建议。就像我和扬在上东区的餐馆碰面时关于扬的童年的无关痛痒的提问，这种想法似乎启动了扬那不可预知心灵的快速开关。

这位地下卷宗的创始人以一系列越来越愤怒和讽刺的电子邮件作为回应，他发送得太快以至于其他维基解密人来不及反应。“中情局是这500

万美元最有可能的资助者。索罗斯被怀疑是持不同政见团体组织为了贿赂进行敲诈而洗黑钱的渠道。”他恨恨地写道，建议维基解密干脆向美国中央情报局募集1亿美元。

“这场针对合法持异议者装腔作势的喧嚣和造谣污蔑真是操蛋。跟以前一样，还是在为敌人工作。”扬补充道，誓言要把整个邮件列表名单泄露到地下卷宗——而他很快就这样做了。并签了如下的字：“去他的，团结一致!”

阿桑奇不久就给予了回应。“约翰，我们要操他们所有人。”

然后，他在邮件列表中注销了约翰·扬的账户。

. -.-- -. --. -- ..-. .... -... .... -..- --- .-. --.- ...

2011年2月，我通过电子邮件向位于俄勒冈州谢里登的拘留所提出与吉姆·贝尔通话的要求。贝尔正在服刑最后几年的刑期，因为他违反《假释条例》曾将他囚在牢里10年。

我发出电子邮件后，收到了来自贝尔的一封长达七页的信，单倍行距，由打印机书写，几乎没有错别字。这封信聚焦在两点：第一，贝尔曾是一场欺诈审判秀的对象。他希望我请求《福布斯》杂志的内部律师帮他证明第九巡回法院伪造了整个上诉案件的记录，在他不知情或未参与的情况下否定了他的说法。

第二，贝尔写道，当2009年他在特殊房屋单元（Special Housing Unit，指单独囚禁），也就是有名的“洞”时，他有一个“在化学、物理和材料科学领域的真正的惊人发现，其总价值超过了1 000亿美元”。

他表示了对维基解密的钦佩，并且写道，出狱并获得万贯家财后的半年时间，他计划向维基解密捐赠100万到1 000万美元。

在后来的信中，他解释自己已经发明了一种新形式的光纤电缆，这种电缆比传统的光纤传输数据的速度快33%。并计划着获释后将获得5 000项专利，比托马斯·爱迪生（Thomas Edison）多5倍以上。“这将影响到几乎每一门科学、工程的每一个领域、成千上万的产品。”他写道。“你会发现这很难，甚至不可相信，但事实就是这样。”

贝尔是对的：我不相信他。但我确实找了《福布斯》杂志的律师并请求她对贝尔的案子进行法律援助。她读了贝尔的信，检查了他的法律档案。这些文件表明他事实上几乎解雇了每位法院为他任命的律师——难怪他办砸了他的上诉。文件还表明在监牢中他已提出了51项反政府的诉讼——几乎所有诉讼都被立即驳回。律师可不想管他的这些烂事。

我给贝尔回信为我不能给他提供法律援助表示歉意，并询问出狱后他是否仍计划继续进行“暗杀政治。”

他寄回了封更长的信，主要是鞭挞我没能帮他揭露政府的欺骗并指责我被当局搞得心醉神迷、神魂颠倒。“醒醒！醒醒！醒醒吧！”他写道。“你需要告诉你们社论的法律顾问，我已经给了你一个政府针对我犯下罪行的非常特定而具体的例子……如果法律顾问不全面支持协助你揭露这一罪行，那么他一定是这一问题的一部分，在与政府同流合污。”

然后他又写到了“暗杀政治。”

> “不幸的是，当你说出：‘你仍然还希望/计划……’这类话时，表明你仍然存有一丝偏见，暗指我这样做了。不！当时我写给美联社时，我推测我不会是实现它的那个人。而事实上，这就是为什么我用自己的名字公布这一想法的原因。”

贝尔继续往下写，然而，很快他将成为一个“科学与技术进步的英雄”，而且他的“发明和技术将引导世界出现前所未有的繁荣。我大概已经解决‘能源危机’十几次了”。当全世界认识他的辉煌发明时，“成千上万的人”将重新评价他的思想，包括“暗杀政治”。如果没人帮他实施这一合作杀手系统，他自己来完成则更加容易，他写道。

> 这就和指导一个工作组，或（更类似于）在我的公司建立一个新的部门一样简单。美联社系统与保险或博彩行业很像，他们的十几二十个律师将能确保其在法律框架内运作。

> ……政府（包括那些政府运营的机构）应该捍卫他们（生命）的存续，以使其能面对美国金融的所作所为。

> 有趣的参照：法国大革命（1794年）导致大约1.9万人走上断头台被处死，而当时法国的总人口为2 500万。以此比例联想到美国的3亿人口，将有大约23万人被处死。你真的相信如果那些人（美国政

府）知道在不久将来的某个时刻他们中的23万人将被处死，他们还会积下14万亿美元的债务吗（实际上更多，这取决于分析的类型）？

本书付梓印刷之际，吉姆·贝尔已被定于2012年3月12日释放出狱。

第4章 洋葱路由器

雅各布·阿佩尔鲍姆(Jacob Appelbaum)将一个黑色硬塑料外壳的小手提箱大小的盒子放在麻省理工学院媒体实验室的会议室的桌子上。该实验室是由光滑的白色墙壁和玻璃分隔成的六层建筑物，外观就像一个巨大的音乐播放器。此时，原本围坐在桌旁和在房中角落闲逛的二十多位各色黑客突然间都不约而同地看向了他们的笔记本电脑。而阿佩尔鲍姆打开盒子，里面显现出一大块白色的坚固的由白色泡沫包裹着的硬件。人们以安静的语调谈论着，显示出对它的欣赏，并慢慢地聚拢在一起。

这位27岁的年轻人站在房间的中心，看上去他约有6英尺高(1.82米)，黑色头发留着整齐的分头，戴着意大利眼镜，左臂上的纹身栩栩如生。他身穿一件棒球运动T恤，整个后背上横写着“kinsey”一词和数字3，这在金赛研究所(Kinsey Institute)的性取向量表中表明了他的位置。(0表示异性恋者，6表示同性恋者。)“这就是我一直在研究的东西。”他嚼着一块草莓巧克力若无其事地说道!

直到Tor(洋葱路由器)黑客集会的这一刻，事情开始变得极具技术性。Tor是世界上使用最广泛的或许也是最安全的匿名程序之一。而尼克·马修森(Nick Mathewson)，这位笑嘻嘻的、圆脸、扎着马尾辫的Tor总设计师和总监，以将这间房间扔进密码技术游泳池深水区拉开了这天的序幕。这位极客的做法是如此缜密，以至于一些Tor当今的密码朋克和志愿开发者都不得不承认差点迷路。几分钟后，马修森外穿一件运动夹克，内穿一件刚好能盖住其小肚子的有Tor标识的T恤，一出场就开始探讨诸如“认知攻击”和“拜占庭故障容差”等安全问题。当他坐下后，仍然一副笑嘻嘻的模样，只是房间里的氛围显得越来越奇怪甚至有些无聊。

从另一方面而言，阿佩尔鲍姆的存在就像极客中的游击队员。他是Tor领域的研究者，非官方的革新家，是经常穿梭于卡塔尔和巴西等国之间的人。在立即引起屋内诸人的注意后，阿佩尔鲍姆解释说，引起在场诸位感兴趣的这款设备是一个卫星调制解调器。

这一项目可不仅仅是理论上的。就在前三个星期，反抗的浪潮已推翻了突尼斯政府和埃及的前总统胡斯尼·穆巴拉克（Hosni Mubarak），并且波及到摩洛哥、利比亚和巴林等国形成大规模的抗议活动。尽管世界上其他地区已经开始称赞推特（Twitter）和脸书（Facebook）在组织和促进这些运动中的力量，但屋内的计算机行家却很清楚这些抗议者们连接到互联网会让自己处于十分危险的境地。除非他们使用了像Tor这样的匿名工具，否则每个接通这些在线服务的持不同政见者的信息都会持续地受到政府的监视，其后果是政府一时兴起就可以毫不犹豫地破门而入并掳走这些政敌。因此阿佩尔鲍姆进行了最新的科学实验：他的目标是即使政府已经进行了锁定、节流和监视他们的带宽，仍能保护那些通过卫星连接上网的不同政见者们和记者们的真实身份。

但仍有一个问题需要解决，阿佩尔鲍姆说道。Tor可以隐藏用户的IP地址，但卫星调制解调器的通讯协议会向卫星提供商显示其定位地址。“即使你使用了Tor，在特定的国家仍然有人可以找到所有的用户。”阿佩尔鲍姆警告说。“这意味着你需要连上网络，然后开车到50公里以外，或者坐在巡航导弹上面，才能避免被发现。”

“如果你需要欺骗全球定位系统（GPS），在苏黎世有我的人可以提供帮助。”会有一名具有“黑掉心脏起搏器”和“心脏除颤器”专长的研究人员负责。

“OK!”阿佩尔鲍姆以一种近乎无动于衷的语气结束，似乎欺骗全球定位系统就如同用微波加热一个玉米煎饼一样简单。

一群叽叽喳喳的黑客围着他就调制解调器的规格问个不停。“我给过他们你的信息，迈克（Mike），对不起。”他说道，面带假装羞怯的微笑转向另一位Tor程序员。

没有人认为阿佩尔鲍姆会透露他的个人资料。即使在这些具有Tor这样安全意识的人群中，阿佩尔鲍姆也依然维护着隐私保护的信条。除了在日常工作中作为一位Tor的程序员和传道者，阿佩尔鲍姆在私下里还是一位独立的互联网自由斗士。而这是包括美国在内的许多国家政府，最不希望看到的一类人。

例如，在麻省理工学院聚会的前一晚，这位年轻的黑客正在探查利比亚的基础设施，在那里军队正忙于整理向包括妇女和儿童在内的手无寸铁的人群进行实弹射击的资料。穆阿迈尔·卡扎菲（Muammar Qaddafi）的独裁统治已经关闭了大部分互联网，只留下了军队和政府的网络通讯。所以，阿佩尔鲍姆使用自己研发的一款名为“BlockFinder”的工具列出这个国家哪些机构的网络仍然保持在线，并将其相应的IP地址在所有可及的黑客盟友中广而告之。“利比亚在线的系统或许是值得搜索的，这些系统是现政府的反对者们所需要和使用的。”他在推特中写道。他建议在意大利的巴勒莫（Palermo）挖掘出一条连线，将北非与整个互联网连接，他将其认定为“阿拉伯独裁者最喜欢的上行线路”。

“现在是时候让所有善良的黑帽子（黑客）去帮助人类了。”他补充道，抛出一段即兴发挥的来自于电影《全金属外壳》（*Full Metal Jacket*）中的一段话：“我想去异国情调的利比亚……我想遇到这个古老文化中的有趣而刺激的人们……并且拥有他们。”

当然，“黑帽子”是指致力于通过非法策略实施入侵或破坏等黑客行为的黑客们。而锁定目标是黑客的行话，指对目标系统的渗透或控制。正如阿佩尔鲍姆在几小时前发布的一条消息，“朝着手无寸铁的示威者头部开枪？巴林政府已经证实他们太过分了。这就是从道德上锁定他们。”

就在埃及几个星期前的抗议活动期间，阿佩尔鲍姆公布了另一个电话用以帮助对总统穆巴拉克的追捕以防止其逃离这个国家。“我正在寻找穆巴拉克或他的走狗们的手机号码——如果你有（并提供给我），我将跟踪到他们。”他写道。

后来阿佩尔鲍姆向我解释了一种被称为归属位置寄存器（Home Location Register，HLR）查询的技术，利用该技术可以在运营商的网络上接近某一网络用户的位置。我向他询问他是否曾成功地使用这招确定过穆巴拉克的藏身之地？这位年轻的黑客笑着转移了话题。

阿佩尔鲍姆与维基解密关系密切。他不仅是维基解密的一位匿名志愿者，还是维基解密最铁杆的支持者之一。在2010年底，朱利安·阿桑奇曾向《滚石杂志》（*Rolling Stone*）提到“Tor对维基解密的重要性不能被低估”和“杰克（Jake）是我们事业幕后的一位不知疲倦的推动者”。在2010年年底，当阿桑奇因涉嫌性犯罪的指控而要面临漫长的监狱生涯时，一位维基解密的工作人员告诉我，他希望阿佩尔鲍姆成为阿桑奇维基解密集团最合适的继任者。

这对美国政府来说可不是什么新闻。几个月前，推特透露该公司接到司法部的命令需交出阿佩尔鲍姆的资料，同时还有另外两位与阿桑奇的泄密集团相关人士的信息，似乎一张阴谋指控维基解密工作人员的巨大的网已然展开。从那时起，可以让阿佩尔鲍姆余生大部分时光在牢狱中度过的指控威胁就一直在他的脖子附近悬浮，伴其左右。

当阿佩尔鲍姆谈到他经历的一件事时，即使是在麻省理工学院的黑客聚会上，这种威胁的存在也让人感到十分尴尬。有一天晚上，他遇到一位胡子刮得很干净，身着灰色毛衣的美国国务院官员。阿佩尔鲍姆向他礼貌地问候，并警惕地笑着说："你可能想打爆我的脑袋吧！"

"我们有其他人负责这种事。"那位官员仍旧笑着说。

他俩都没法确定这是否仅仅是一个笑话。

...- -.-- .-. ..-. --. -..- - -- ...- -.-. .-- .... .-. -.-- ... --.-

在泄密发展演变的进程中至少有两次，恰恰是美国政府，具体而言是美国军方，更具体地说是美国国防部高级研究计划局（Defense Advanced Research Projects Agency）所创建的机器最终令政府的秘密泄露。

毕竟，是美国国防部高级研究计划局创建了那巨大的虹吸秘密的神经中枢网络互联网的原型。并且与国务院和海军研究实验室（Naval Research Laboratory）一起，美国国防部高级研究计划局发展并资助了洋葱路由器（Tor）的研究。就是这样，维基解密所使用的用来进行最大规模的针对军队和国务院的公共数据泄露的工具，正是这些机构自己创造的成果。

但奇怪的是，即使 Tor 涉嫌被布拉德利·曼宁和许多潜在的人利用匿名技术泄露大量美国政府高度机密的文件，美国政府却并没有撤回对这一工具的研究经费。这是因为，没有了互联网信息共享能力，政府特工也难以生存，他们有时也需要完全匿名在线的能力。

Tor 向其用户提供的加密匿名原理与大卫·乔姆的混合网络学说的原理相同。就如同混合网络学说一样，该软件无需防止任何人看到网络用户正在写什么或读什么。相反，它的目的是防止任何人知道是谁在读或写。这是因为，如果一个中情局在伊朗的线人正在访问该局网站并写了条消息，监视该线人的政府没必要知道他传递了什么信息：即使他共享的信息是加密的，只要知道他正在跟美国间谍通话就足以导致该国的秘密警察上门处理他了。

美国国务院通过资助 Tor 实现自己的特工们与从伊朗到缅甸等很多地

区的持不同政见者之间保持联系，并帮助他们无拘无束地使用网络，而这正是美国国务卿希拉里·克林顿的一个重要使命，即所谓的“互联网自由”。美军使用Tor来搜集公开来源的情报，从其他国家的网站上搜集其外交政策或军事战略而不会暴露自己渗透在他们中间的间谍。Tor的执行理事安德鲁·卢曼（Andrew Lewman）举过一个例子：IBM拥有一份美国专利和商标局（U. S. Patent and Trademark Office）的数据库拷贝。如果在惠普的某人想要浏览该数据库中的传感器设计而又不被其最大的竞争对手知道，那最好用安全的匿名措施。

但是Tor也可以反向使用：Tor可以隐蔽服务器的位置。要访问一个Tor隐蔽服务器，用户必须首先运行Tor，这样访问者和被访问的网站在现实世界的位置全部被隐藏起来。除了他们共享的信息外任何事都不会泄露，就像两个在风衣掩护下的男人在黑暗的停车场内交换公文包一样。

而就像任何情景下交换包裹总是在阴暗处一样，罪犯也找到了适合自己最安全的方式。Tor被儿童色情狂和黑帽子的黑客们广泛使用已不是什么秘密了。安装上该程序片刻后，用户就可以登录像丝绸之路（Silk Road）一样充斥着烈性毒品和武器的网上集市而不被人发现。同样，Tor也被联邦调查局使用并渗透到那些不法分子的行列中而不被发现；当然网络安全研究人员用其测试运行迈克菲（McAfee）和赛门铁克（Symantec）等软件后的站点也不会泄露信息。“当我要对某一执法群体和那些抱怨Tor被犯罪分子利用的人交谈时，我发现有执法官每日使用Tor与罪犯作斗争。我很想让双方相互对话交流。”Tor的开发者，罗杰·丁哥达恩（Roger Dingledine）如是说。

从技术上讲，Tor面临着乔姆在1981年就旨在解决的同样棘手的悖论：位置等于身份。如果对方能定位你的计算机，他们就知道你在哪里生活或工作，接下来就能轻而易举地搞清楚你是谁。所以，Tor需要完成互联网的主要任务——筹划出人们之间的联系以便信息可以尽快地来回交流——同时又不让系统中的任何人知道这两个终端的所在。

正如它的用户们，Tor以一种功能偏执的状态运行。它假定网络中的信使中不乏卖国间谍，并且没有哪一个节点是可以信任的。因此，受乔姆最初的混合网络思想的启发，传输数据进行了三重加密。没有任何一个节点可以计算出整个路径。每个节点解读这三层加密中的一层，就好像系列信使中的每一个只有从一颗洋葱头上剥掉一层不透明的表皮才能找到写在下层表面上的新的联系地址。因此Tor的名字，是“洋葱路由器”的缩写。

由于Tor采用了独特的有针对性的公钥加密策略，只有逐层剥开加密的洋葱皮才可以实现解密操作。所有的信使都有剥开一层洋葱皮的密码，但他们只能打开针对他的特定地址的那层。所以，在整个解码链条上你会看到，第一个节点可能会有位伊朗线人想访问某网站，但其只能打开一层加密并表明已将剩余的洋葱传递到库比蒂诺（Cupertino）了。即使伊朗的秘密警察控制了该层的信息转接情况，他们也永远不会知道该数据会跳到加利福尼亚后转到柏林，并最终到达位于弗吉尼亚兰利市的中央情报局本部。

但是Tor的安全性足以妨碍中央情报局本身，以及它更精明的表亲国家安全局。我所听过的这一问题的经典回答来自克里斯·索菲安（Chris Soghoian），他是住在华盛顿特区的一位索罗斯基金会董事。他终日在为拥有更强的隐私和匿名法规而斗争。“你有更好的其他选择吗?”

正如索菲安和大多数其他安全研究人员会告诉你的，Tor并不安全。对那些长久关注密码学世界的人而言，没什么是安全的。每种加密系统都隐藏着弱点，总有更聪明的密码学家会发现并揪出这些弱点。并且几乎所有的方案，只要投入足够时间和计算能力，都可以被破解。但是，“Tor经过了多年的锤炼，”索菲安说到，“每年都有一些瑕疵被发现并被修补。正因为如此，它比其他程序更好。它可是唯一通过扎实的匿名评审的实时通信系统。”

事实上，大量技艺高超的攻击者已经证明Tor是脆弱的，这些发现大部分来自Tor的研发人员自己。举例来说：一是涉及到网站回馈给用户的一个数据序列，可以从互联网的另一端被辨认出来进而与用户的在线活动进行匹配分析；二是在常见的文件共享程序中的用户缺陷会透露程序使用者的IP地址，进而推断出其他人的地址；三是服务器的温度会导致泄密：越热的计算机运行越快，因此攻击者可以启动基于指纹识别的时差来识别和分析Tor隐匿服务。

这些攻击是否能彻底攻破Tor目前尚为一个悬而未决的疑问。能在大型网络上执行这种大规模的密码技术和信号情报分析行动的，只有美国国家安全局。到现在为止，还没有已知的在现实世界Tor被破解从而识别出用户身份的先例。[例如，所有迹象仍然表明，是阿德里安·拉莫（Adrian Lamo），而不是国家安全局，指证告发了布拉德利·曼宁。] 尽管如此，许多对 Tor 的安全性高度质疑者仍然建议寻求绝对匿名的用户可考虑将 Tor 与其他商业代理服务一起使用以增加防护效果。

但不可否认的是，Tor 有一个根本的缺陷，同时也是其最大的优势，那就是任何机构或个人都可以在某一计算机上建立一个 Tor 的节点。通过巧妙启用遍布全球的数百或数千个节点，美国政府或许能够获取相当大一部分 Tor 用户的在线活动，进而搞清楚他们的联系并找到其终端。当然要做到这一点，将意味着对节点巧妙伪装，并与其他旨在追踪网络的政府进行竞争，其中许多人可能并不热衷于分享他们的智慧。

事实上，Tor 的共享建设特点对于其运作发挥功能十分重要。在某些方面而言，他们是深植在军方研究机构思想中心的种子，萌发并成长为当前惠及公众的 Tor 项目。如果洋葱路由的发明者没有冲破五角大楼的封锁去共享并让志愿者系统使用该技术，它可能永远不会成为软件科学怪人的怪物，反过来又给研制它的机构带来巨大混乱。

. ...- . -.. .-. --- -.- . .--. -- .... - .--- .... -.- .--.

保罗·西沃森（Paul Syverson）是当今广为人知的“洋葱路由之父”。他在 1989 年初到美国海军研究实验室时，他只有哲学方面的学位，而不是数学或者计算机科学。当这位大学生首次碰到认知逻辑——旨在对形式化问题寻求严格答案的一个领域——的思想时，他认真研究了集古怪的作家、钢琴家和魔术师于一身的雷蒙德·思穆里安（Raymond Smullyan）的益智书籍。[思穆里安曾在约翰·尼卡森（Johnny Carson）主持的《今夜秀》（*Tonight Show*）中提出了一系列令观众眼花缭乱的问题，如：假设你有三个不透明的硬币容器，一个里面全是 5 分硬币，一个里面全是 10 分硬币，还有一个两种硬币混装。三个容器均被贴错了标签。问题是：你在每个容器里需要随机取出多少枚硬币才能正确地重新贴好标签？意外的答案是：在标有“混合”的容器里只取出一枚硬币就可以。在 1982 年深夜的电视观众显然比现在更容易被认知逻辑谜题所取悦。]

思穆里安后来成为西沃森在印第安纳大学的学位论文答辩委员会的一员，并常常溜进这位年轻研究生的办公室，从西沃森耳朵里取出纸牌或与其推演逻辑场景。思穆里安的书开始变得更加引人入胜。谜题是关于向两个人问路，一个人总是说实话而另一个人总是撒谎。他越来越纠结的难题在于人群中充斥着总是说谎的吸血鬼和说实话的人，以及认为自己说实话实际撒谎的精神错乱的人和认为自己说谎实际上说实话的精神错乱吸血鬼。

所以当 1995 年西沃森着手解决如何隐匿网络信息路径这一问题时，他的解决方案是容忍网络上成千上万不值得信任的人，这是最恰当的方案了。

西沃森与海军研究实验室的同事大卫和迈克尔·里德（Michael Reed）一起，决心建立互联网的混合网络系统。但他们面临着兰斯·科特雷尔（Lance Cottrell）研发的 Mixmaster 邮件匿名程序的挑战：聪明的间谍可以根据时序将进出网络的信息关联匹配起来。“那些坏家伙会监测到 3 个字节进入和 3 个字节输出。当数据开始实时传输时这种分析很容易实施并且难以挫败。”西沃森说。兰斯·科特雷尔通过设计程序解决了“Mixmaster”中的这个问题，该程序会花数小时或数天时间来收集个人信息，以便更好地掩盖时间。然而，在网络上，用户甚至很难容忍几秒钟的延迟，因此这种做法必将面临失败。

所以，研究人员提出了一个不那么优雅的修正：网络这么大，数据会进出成千上万个节点，实时地对每一次联系的头尾终端进行匹配分析真是好比大海捞针。“如果你的对手在某一位置监视了通讯的两端，他就赢了。但如果对手看不到联络的终端，他甚至不知道从何找起。”西沃森说。

而扩大网络最实际的方法是什么？邀请大家加入。海军研究实验室的团队设想了一个由不同人群的主机运行组成的志愿者网络，每台主机控制自己的一片混合中继节点。在这种民粹主义的系统，任何用户都不相信任何节点。但每个用户都比较肯定，没有一台单一的主机——甚至是系统的创建者，海军——可以监视整个网络并追踪用户的路径。（当今，Tor 拥有超过 3 000 个节点，每个节点都在以不可预知的路径接受和发送着数据包，并且 Tor 的创立者们希望有一天网络中的中继节点可以扩展几十万乃至更多。）

为了工作，这个志愿者群体不仅需要人数多，还需要具有多样化。很多不可能成为伙伴的人群均成为匿名的节点——每个人，从美国的情报机构到密码朋克——吸引混杂的各种网络用户。如果没有用户的多样化，匿名网络就很难真正实现匿名；如果只有海军使用 Tor，则不必动脑也能得出使用 Tor 的人一定是海军的一部分的结论。为了给 Tor 提供真正意义上的匿名性，军方不得不放手予之自由，让其被黑客、革命者、犯罪分子和联邦调查局探员等各路人马保存并使用。

从这种意义上而言，即使政府已经感觉到其资助研发的这种屏蔽用户身份的软件是一种危险的武器，也不能将其秘不示人。为了更加有效，必须与每个人分享——即使是那些将使用 Tor 来对付创建它的机构的人们。

海军研究实验室招募志愿者网络的想法并不是 Tor 最聪明的策略——在密码朋克建立的早期就有一个混合网络系统如何运作的成形方案。但是要以网络速度运行，Tor 也需要一种新的快速的方法去实现数据以网速通过三站回路传递。乔姆的公钥加密的本意是将节点间发送的数据打乱，这一过程会比实时传输耗时长上千倍。

所以海军研究实验室的团队提出了一种捷径。采用对称密钥加密远比 1977 年麻省理工学院的密码学家发明的公钥加密速度快。但对称密钥加密在密钥向目的地传送的过程中的安全性较低，并且有被窃听的风险。

如果这些对称密钥本身以公共密钥加密，并且只在到达的网络节点进行解密，那么在合适的位置对它们进行安全设置，又能以比公钥加密更快的速度传送信息，问题就得到了解决。

在西沃森的系统中，每个节点将使用慢而安全的公钥加密来生成公共密钥加密和个人密钥解密。然后，就像任何一个混合网络系统一样，用户软件将随机选取遍布全球各地的节点中的三个公共密钥对第一个数据包进行三重加密。但是，沿着这种三重弹跳路径发送的第一条消息并不是来自用户的真正通信。它将简单地获取老式对称密钥加密那样的另外三个密钥。只有当这些新的快速的个人密钥被安全地置于全球的那三个节点，安排好去往目的地的路径时，用户才开始发送包含有真实内容的资料包。这些信息被三层对称密钥加密所绑定，以超高的网速在那些中继节点被一个接一个地打开。（事实上，Tor 今天还在重申，整套准备过程只需 10 分钟，以公钥加密反复设置新的路径可以更安全地对抗监视。）

西沃森创造了“洋葱路由”术语，因为他所设计的第一个数据包在网络上旅行的过程中并不像三重包裹的含有实心信息的岩石，而更像洋葱，洋葱的特点是逐层剥开洋葱皮后发现除了皮什么都没有。它是一个精心包装但里面没有任何消息的信封。关键的数据都在信封上，就像佐治亚州维达利亚市（Georgia Vidalia）盛产的“世界上最甜的洋葱”，甜在洋葱皮本身。

.- -.. .--- -.-- -. . -..- -.- .- .--- - ..- .... ..- ... .-.

虽然有海军的支持，但 Tor 还停留在创想阶段。直到 2001 年西沃森从美国国防高级研究计划局获得了重启该计划的资助后才开始大胆地施展拳脚，这位洋葱路由之父觉得自己需要帮助：尽管他具有很强的逻辑推演实力，但他却没有任何编程经验。

2000 年，西沃森曾在伯克利举行的增进隐私技术研讨会上见过罗杰·丁哥达恩。在这次研讨会上，丁哥达恩这位刚从麻省理工学院毕业的研究生展示了自己的数字自由度仿真的发明，他称该项目为‘自由港’。当时，丁哥达恩这位留着马尾辫、面色红润的学者，眼睛一眨不眨地，以一种机器人般严谨的逻辑方式对自己的作品侃侃而谈。他解释说，“自由港”将以一种分散的、不受审查的系统形式发挥其功能。他以上世纪九十年代后期科索沃难民危机中被毁的财产记录为例子进行了说明：当时因塞尔维亚人的攻击而流离失所的科索沃人，在重返家园时发现已没有任何正式的证据能证明他们离开前各自所拥有的财产情况。丁哥达恩说：“即使有些人不想这些记录存在，但如果有“自由港”在，就可能保有这些数据的档案。同时，这些数据将不会受到政治、社会或社团等势力的侵害。”

丁哥达恩的项目总结来自于他在麻省理工学院的硕士论文，主要依赖于信息在许多匿名志愿出版者中的分配并不断对提供数据的每个节点的可信度进行分级。对西沃森来说，这个项目非常接近 Tor 的核心思想。

当西沃森找到丁哥达恩时，这位年轻的黑客已经加入了位于坎布里奇（Cambridge）的一家新成立的名为信誉网（Reputation. com）的公司。并开始用类似于他的“自由港”可靠性系统的想法对企业间交易的商家进行信誉分级。当西沃森邀请丁哥达恩帮助他创造一种完全匿名的现实世界的工具时，丁哥达恩高兴得跳了起来。西沃森很快就使用国防高级研究计划局的赞助金与这位年轻的研究者签订了工作合约，并说服他很快离开了信誉网公司。

没过多久，丁哥达恩在 Tor 中的作用逐渐发挥出来，他将自己最亲密的大学挚友同时也是信誉网公司的同事尼克·马修森（Nick Mathewson）吸引了过来。

几年前，马修森和丁哥达恩作为麻省理工学院的新生刚一见面就被对方吸引住了。马修森是在用录像反复观看实时操作系统核心程序（The

Realtime Operating System Nucleus，Tron）、摆弄 PGP 软件和阅读密码朋克邮件列表档案等活动中长大的。而丁哥达恩，出生于北卡罗来纳州，少年时期就发现了通过电话拨号可从北卡莱罗纳大学教堂山分校的虚拟地址扩展器（Virtual Address Extender，VAX）连接到互联网，并创建了一个基于网络和文本的地牢世界系统，在该系统中用户可以碰面、交谈，并从事些空想的任务。

两位年轻黑客搬进了麻省理工学院的高级别墅，这是座拥有传奇般离奇文化的宿舍。最醒目的是其官方徽章：在一条星光灿烂的横幅上印有骷髅，其间写着“只有生活可以杀死你”，下面的墓志铭写着“运动死亡（*Sport Death*）”。这个短语最初发现于麻省理工图书馆的一本亨特·S. 汤普森（Hunter S. Thompso）写的《恐惧与嫌恶：跟踪 1972 年的总统竞选》（*Fear and Loathing on the Campaign Trail* '72）一书中，表达了一种不管在政治、娱乐或黑客等活动中将生命推到极限的态度。“运动死亡”的文化将麻省理工的书本气息与无政府主义、皮夹克、毒品和多角恋等混在一起。所以在这座宿舍，刺耳的音乐 24 小时不间断播放，装有电脑元件的盒子常常散落在走廊里，而睡觉通常被认为是对生活的偶尔妨害。

马修森将他房间的两面大墙刷成明亮的红色，而另两面刷成了黑色。他的理论是，红色墙壁的心理刺激将让他保持清醒从而减少对睡眠的需求，而黑色的墙可以给他带来高反差刺激并使得自己的大脑保持高度活跃的状态。马修森和丁哥达恩大学生活的大部分时间是在他们的房间里度过的，他们在那里使用足足六台电脑进行黑客活动，每台都保持不停的运转。丁哥达恩的那些个人电脑和服务器命名来自于电影《指环王》（*Lord of the Rings*）中的人物，而马修森的则命名自弗兰克·扎帕（Frank Zappa）的歌曲中的角色。“我在大学生活中做的最有趣的事情是醉心于软件研发。”

马修森和丁哥达恩认同“运动死亡”的反独裁政治理念，他们的生活处处体现了蒂姆·梅和埃瑞克·休斯的口头禅，那就是“密码朋克写程序”。不要浪费你的时间与现实世界的政客们争论数字世界的规则。创建数字世界吧！有了它，你就拥有了自己的规则。“网络协议就是网络世界未被公开承认的立法者。我们相信，我们可以通过编码程序来改变世界。”

所以当信誉网公司突然陷入网络泡沫破灭在流沙中时，马修森就准备加入到他致力于 Tor 的数字革新的同志的行列中去了。在接下来的三年时间，在美国海军的资助下，丁哥达恩和马修森参与了由美国海军研究实验室研发的复杂代码库的工作。到 2004 年，新生的 Tor 的网络中还只有大约 100 个节点，大部分来自对该项目好奇的研究者。

另一方面，民权自由组织和电子前沿基金会等团体看到了 Tor 项目的大规模应用的潜力：它们注入了新一轮的资金建立了 Tor 的 Windows、Mac 和 Linux 等版本。这样网络上的任何人都能安装 Tor 了，很快多达数百个中继节点如雨后春笋般出现在 Tor 的网络中。

直到 2006 年，Tor 的价值突然跳出了计算机科学理论的领域，跃上了世界的舞台。那年，丁哥达恩和马修森开始收到诸如亚洲等国用户的电子邮件。这些政权往往渗透到互联网来侦察监视反对派。就这样，连创造 Tor 的黑客们也没想到，Tor 已经不小心成为世界上规避审查的最有效的工具之一。通过对数据的加密传输和从国外网站节点的间接路由，Tor 妨碍了一些国家清除网上反政府信息和色情淫秽作品的数字渗透。并且不同于规避审查的其他服务软件——如 Freegate、Ultrasurf、Hotspot Shield 和 Psiphon 等程序——Tor 不仅可以让用户访问禁止的内容，而且允许监控者跟踪他们在网上的活动。Tor 为网络世界逃避审查和监视打开了一扇大门。

美国广播理事会（the Broadcasting Board of Governors）是一个名不见经传的美国政府机构，其主要负责管理美国运营的媒体如《美国之音》(*Voice of America*)、《自由欧洲之声》（*Radio Free Europe*）、《自由亚洲之声》（*Radio Free Asia*）和《波斯语广播电台》（*Farda*）等。美国广播理事会联系了丁哥达恩，问他有没有兴趣在其经济资助下将 Tor 打造得对他们寻求规避审查的听众们来说更加方便实用。美国国务院也跟着注入了自己的现金。其结果是这些足够的资金可以满足支付这个小的研发团队的工资需求，进而发展出了 Tor 的新的化身“浏览器捆绑（Browser Bundle)”，这是一个非常简单，且只需要点击两下就能顺利安装的程序。与此同时，他们还成立了一个名为 Tor 的非营利组织。从那时起，其节点和用户的数量呈爆炸的势头迅速发展。仅在 2010 年，就有 3 600 万用户加入了这项服务。

但跟随数以千万计的新朋友到来的还有强大的敌人。作为增强其内部运作方式透明性的一种姿态，Tor 在它的网络内部公布了每个中继节点的 IP 地址。为了防止政府从根本上封闭这些地址，它保留了一些半公开的中继节点并将其称作“纽带”。

此后，Tor 就一直与欲将其除之而后快的官方当局进行着猫捉老鼠的游戏。而且，它总是一两招就能制胜。丁哥达恩并不满足于此，他冷酷地说道：“要想一直保持领先地位，我们必须采取大的举措。我们需要赢得这场军备竞赛。”

Tor 手里有两张王牌。一是其计划建立一种 Tor 的家用无线上网路由器。理论上，这个计划的亮点在于，其每个路由器价格不到 100 美元，并能默认运行 Tor，自动将所有用户的流量推进到这个匿名网络中。作为回报，它将成为 Tor 的一个中继纽带节点。Tor 的工作人员希望这种小盒子可以添加多达上万个节点，大大扩大其网络。

二是由遍布全球的开发者组成的一支小型军队。雅各布·阿佩尔鲍姆就在其列。自从 2008 年阿佩尔鲍姆作为职员加入该非营利组织，这位年轻的无政府主义者已经成为 Tor 的主要程序员和国际布道者之一，不管走到哪里都要宣扬其匿名的信条。在我们于波士顿相遇前的一个月，阿佩尔鲍姆曾走遍巴西、中国、土耳其、波兰、德国和英国，以及美国的几个城市。阿佩尔鲍姆举办讲座，凝聚志同道合的黑客运行 Tor 的节点，号召志愿者成立组织，并分发 Tor 的拷贝和中继节点地址。

如果阿佩尔鲍姆遇到的用户和开发人员向其表达担心政府资助会使得 Tor 的奋斗目标大打折扣时，没有人比阿佩尔鲍姆能更好地表明他们已经开始拒绝接受联邦政府的订单了。他指责资本主义是一种“暴力的系统”，完全不避讳 Tor 的早期海军资助背景，轻蔑地说为军方工作的人是“发战争财的人”。作为一位黑客行为主义者，阿佩尔鲍姆和自己的身份十分相符：他的头发样式多变，有时是雕塑般的黑色尖刺，有时是毛茸茸的拖把，有时又像漂白的金发作物。他脸上镶嵌着周期性移动的穿刺饰品，全身布满纹身，他的左上臂有个象征孔雀的巨大纹身，这是一组来自他在被战争蹂躏的伊拉克旅行时遇到的撒旦崇拜万物有灵者的符号。

阿佩尔鲍姆证实 Tor 与老大哥美国政府的干预划清界限的最好证据，或许是他与维基解密展开的公开的联系，而维基解密是美国政府最不喜欢的网站。在 2010 年 7 月的全球黑客会议上，由于阿桑奇认识到前往美国会招致法律上的麻烦，阿佩尔鲍姆代表维基解密作了令人意想不到的主题演讲。自那时起，美国政府就表达了对他的不满。根据《美国宪法第四修正案》（*the Fourth Amendment*）限制对公民进行搜查和扣押规定的例外条款，每次出入境都会有海关和边境保护局（Customs and Border Protection）的特工找他麻烦（《美国宪法第四修正案》禁止在没有搜查令的情况下无故对公民进行搜查和扣押，但包括机场在内的入境检查并不受该条款制约）。根据阿佩尔鲍姆的描述，他经常在机场被拘留数小时，并被细致地搜查，从而被迫错过很多转机航班。

在机场被扣押期间，阿佩尔鲍姆不能携带任何手机、电脑或存储设备，而这是崇尚隐私至上的密码朋克最痛苦的安全漏洞。在丢弃了几台因检查而受损的电脑后，他在旅行时开始放弃在电脑上装硬盘了。“那怎么工作呢?”我问他。“非常懊恼!”他说。

他在这些骚扰中增加了点小幽默，他经常在推特上将自己与海关人员的斗智斗勇进行博客直播。有一次在面对海关检查时，阿佩尔鲍姆将一只弹簧蛇放在一个装满坚果的罐头里，故意让海关发现以加大海关工作人员的工作难度。特工们询问他的问题通常大同小异：“你与朱利安·阿桑奇是什么关系？你与维基解密有什么联系?”

面对这些问题，阿佩尔鲍姆通常以面无表情的沉默回应，他当然也不会回答我。但当我问及 Tor 到底是不是像阿桑奇和其他人认为的那样是匿名举报的强大工具时，他笑了。然后他引述了阿桑奇引用的奥斯卡·王尔德（Oscar Wilde）的一句话。

“给人一个面具，他就会告诉你真相。”他说道。

.-.. .... --- - .-. -... - --.. --.- -..- .--. .... .--- -- -.- ...

阿佩尔鲍姆出生在北卡莱罗纳州，父母是两个贫穷的、随心所欲的、质疑宗教教义的从未结婚的犹太人。与其说他童年时代的环境是处在不和睦的家庭不如说根本就不存在家庭：阿佩尔鲍姆称他的母亲是位偏执型精神分裂症患者。在他出生前，就与他的父亲断绝了关系。他后来听到的情况是他的母亲认为他还在子宫里时他的父亲就猥亵了她。阿佩尔鲍姆的父亲是位吸食海洛因成瘾的吸毒者，在法官眼里，还不如他的母亲更适合照顾这个刚出生的儿子。这对夫妇关于阿佩尔鲍姆的抚养权的斗争在他的生活中持续了整整十年。

在这冗长拖沓的官司期间，阿佩尔鲍姆与他母亲的妹妹生活在一起。但据阿佩尔鲍姆说，他母亲的妹妹并未做好为人父母的准备。在八岁的时候，母亲将阿佩尔鲍姆送到索诺玛县（Sonoma County）的儿童之家生活。他说，在接下来的孤独岁月中他唯一美好的回忆就是：有一天晚上，那里的一个较大的孩子教他通过在键盘上吹粉笔灰发现键盘上的手指油迹，成功“黑客”了房间的进出密码。阿佩尔鲍姆还记得那天晚上他溜了出去，徘徊在一个空旷的棒球场内，有那么一瞬间，他感受到了自由和对自己生活的掌控。

在他的父亲赢得他的抚养权之前，阿佩尔鲍姆在那个儿童之家的寄养中又度过了两年。尽管他生命中的最初10年几乎没见到过父亲，阿佩尔鲍姆仍将他的父亲视为英雄人物。他的父亲瑞奇·阿佩尔鲍姆是一名演员和导演，还是一个名为“纹身的蔬菜（Tattooed Vegetables）”乐队的成员。瑞奇·阿佩尔鲍姆与弗兰克·扎帕和美籍立陶宛裔雕塑家和舞蹈家维托·保罗卡斯（Vito Paulekas）在同一个圈子里混。据他的儿子说，他在20世纪70年代的几年中已沦为一个连续作案的窃贼，主要依靠抢劫药店来满足他的毒瘾。

若不深究确证的话，阿佩尔鲍姆分享的他父亲的英勇事迹简直是个传奇，这包括：他学习如何在混乱的表面取得指纹，并将其保存在乳胶中，而后栽赃移植到犯罪现场；他如何偷取警车兜风，然后将其砸掉；在最终被警察抓到的晚上，他如何精神崩溃，躺倒在他闯入的那家商店的柜台后面。（事实上，没有任何司法记录显示存在这些案件。）在搬去与父亲生活后不久，年轻的阿佩尔鲍姆说，他的父亲向他演示：如何通过听诊器听其内部工作情况，从而打开放在他办公室的一个保险箱。

就像他的父亲，年轻的阿佩尔鲍姆的生活自然而然地就滑落到了社会的边缘，穿奇装异服，染头发，在街头乞讨零钱。尽管他非常崇拜他的父亲，然而生活在他被毒品充斥的、无法无天的世界里往往噩梦频频。这个家庭的大量时间都花费在无家可归的收容所或频繁的搬家上。当他们暂时安顿下来的时候，阿佩尔鲍姆的父亲往往会将家里的大部分空间转租给吸毒的同伴以支付自己购买毒品的资金，只给阿佩尔鲍姆留半个厨房作为卧室，和一张薄薄的床单遮盖隐私。

阿佩尔鲍姆还记得那些同住在那个破碎的家里的表演者们：一个认为自己是安东尼·伯吉斯（Anthony Burgess）的疯子用蓝色圆珠笔重写了安东尼·伯吉斯在60年代的小说《医生病了》（*The Doctor Is Sick*）；一个秃头的小男人；两个拉斯特法里教（Rastafarian）的吸毒者曾使用电灯泡在他的“卧室”里吸食樟脑丸，半夜里醒来他听到他们在黑暗刺鼻气味中的大笑声和哽咽声。

一天早晨，去学校前他在浴室里发现一个手臂上插着注射器的女人在浴缸里抽搐。另一天，阿佩尔鲍姆放学回家后发现自己的父亲因吸食过量毒品躺在床上。他写了张纸条：“亲爱的杰克，生活艰难，再见。我爱你。”阿佩尔鲍姆叫醒父亲，扶着他在房子周围来回走动，最后他活了过来。

虽然有这些经历，阿佩尔鲍姆并没有因这晦暗的童年责怪父亲。他认为父亲瑞奇·阿佩尔鲍姆之所以不能切断毒品，部分源于一个童年的事故：在 9 岁时老阿佩尔鲍姆曾被一个醉酒的卡车司机撞过，自那时起他的生活就遭受着无可救药的痛苦折磨。阿佩尔鲍姆自己也曾在 14 岁时横穿街道被一辆轿车撞过——他当时穿着黑色礼服，戴着紫色假发——现在还忍受着那次事故引起的慢性背部损伤的痛苦。“我们并没有什么不同，只是我选择了电脑而不是海洛因。”他说道。

事实上，阿佩尔鲍姆的第一台个人计算机是他的父亲给他的礼物。那是一台麦金托什机（Macintosh），几乎可以肯定是偷来的。（“吸毒者要得到的东西是不需要购买的。”他解释说。）一个学校的朋友和一位邻居的父亲教会了他网络协议、操作系统的内部运作和简单的编程。他阅读密码朋克邮箱列表中的档案文件，并从强大的密码学对抗权力与暴力中重新发现了知识，它如何“将力量平衡从那些垄断暴力的人的手中转换到那些理解数学和安全性设计的人的手中”。数字世界最终将他从那个充斥着精神病和毒品的家中解脱出来，在那里他与现实脱离可以随意重塑自己。

阿佩尔鲍姆有操纵那个世界及其工具的诀窍，但他正常的求学之路被打断了，20 岁时，他从圣罗莎初级学院（Santa Rosa Junior College）退学开始照顾父亲。当时，他的父亲饱受肝硬化、丙型肝炎和糖尿病的折磨。为了支付自己和患病父亲的账单，他在一家非营利组织找到了份工作，为慈善组织翻修旧电脑。另一方面，他开始为一些集体维权组织和非政府组织（NGOs）进行志愿服务，如名为 Resist. Ca 的网站和骚动社会（the Ruckus Society）等团体。

在 2002 年，这些表现得到回报，为阿佩尔鲍姆赢得了第一份正式的工作：绿色和平组织（Greenpeace）的一名信息技术管理员。这比他在圣他罗莎初级学院学到的任何东西都更具实际教育意义。阿佩尔鲍姆向一位该非政府组织的好斗的、头发花白的 Linux 语言专家学习。他的导师和绿色和平组织的其他人对信息安全非常重视。该团体的激进环保主义者经常提到彩虹勇士号（Rainbow Warrior），那是一艘绿色和平组织使用的船，于1985年在其反捕鲸行动中被法国情报人员破坏而沉没，该事件还导致该组织的一名摄影师溺亡。“绿色和平组织的安全问题是实际存在的。当事情搞砸时，人也死了。”阿佩尔鲍姆说。

阿佩尔鲍姆加入这个激进主义组织也是他无疆无界生活方式的开始，从此他经常飞往世界各地去参加不同团体的直接行动。为协助旧金山一次引人注目的行动，他曾经进行侦察，在那次行动中该团体在富国银行（the Wells Fargo）大楼打上了巨大的横幅，以抗议其资助阿巴拉契亚山脉（Appalachian）采煤计划。有一次，他飞赴阿姆斯特丹会见荷兰的密码朋克罗普·宫格里普（Rop Gonggrijp）和他的生意伙伴，接手了他们移交的加密手机公司（CryptoPhones）的设备。绿色和平组织是第一个测试这些有加密功能移动设备的独立组织，现在有很多情报机构和害怕这些情报机构的人都使用了这些设备。

当他不为绿色和平组织工作时，阿佩尔鲍姆自愿将他的计算机技能为其他团体如雨林行动网（Rainforest Action Network）、战略科技集体（Tactical Tech Collective）和开放社会研究所（Open Society Institute）等服务。他和罗杰·丁哥达恩和尼克·马修森是在举行黑客防御会议（Defcon hacker conference）的拉斯维加斯的美丽湖酒店认识的，并很快开始自愿为Tor服务，在他可用的任何个人计算机上运行Tor的节点。作为回报，丁哥达恩成为了阿佩尔鲍姆在所有与匿名相关问题中的老师。“罗杰是匿名领域的古登堡（Gutenberg，德国人，西方活字印刷术的发明人）。他们很欢迎我，我加入了他们的社区。”阿佩尔鲍姆说道。

走出破碎的童年，阿佩尔鲍姆在数字激进主义的前线重组了一种新的生活。然而，这一切又土崩瓦解了。

瑞奇·阿佩尔鲍姆在旧金山的一家医院于圣诞节前四天死亡。年轻的阿佩尔鲍姆现在还责怪那些分享了父亲的家的瘾君子们。他说，他们扣留了他的毒品，取而代之的是将温水反复注射在他腿里。当瑞奇·阿佩尔鲍姆死于肝硬化和腿部感染性脓肿后，他们离开了公寓并卷走了他拥有的一切。他的儿子说，警察也没兴趣调查，警察告诉他“没人会关心瘾君子”并对他威胁道，“若他藏匿了父亲的吸毒用具就要逮捕他”。

“我对权力的仇恨几乎是坚定无比。”他说道。

父亲去世后，他不再满足于那些激进行为了。阿佩尔鲍姆想要逃离美国社会，“停止为这个充满谎言和邪恶的世界做贡献。”正如他后来所描述的。他决定离开美国去拜访一位在绿色和平组织认识的老朋友，那位朋友在一个离旧金山和他父亲的灵魂足够远的地方从事无线电基础设施的生意，那里就是伊拉克。

没有军队护送，甚至没有签证；他自己在土耳其北部边境偷渡到了伊拉克。“我想我已厌倦了我的第一世界问题（first-world problems，指的是微不足道的挫折或琐碎的烦心事。）。我决定，我要么完整地回来，要么就闯个千疮百孔再回来。”阿佩尔鲍姆说。

.- - .. .- --- -- .... ..-. -.-- -. -.-. .... --. .- . ....

在朱利安·阿桑奇 2005 年退学追求他的反独裁主义梦想前的几个月，他被心里长期存在的疑问深深地困扰，以至于当这些问题出现在与同学的讨论中时，它们都会迸发出来形成完整的讲座。

令阿桑奇痴迷的一个主题是布尔巴基（Bourbaki），这是 20 世纪 30 年代法国数学家的一个学派，其学者的著作都署名为尼古拉斯·布尔巴基（Nicolas Bourbaki）。布尔巴基们的目标是在固定的和明显的基本原则外创建新的数学根基。通过在他们严谨而系统的工作中删除自我信息，他们认为布尔巴基这个名字除了该团体本身外已排除了所有公共的身份信息。阿桑奇向往这样一个团体，他们在报纸杂志上表达相同的思想，建设适用于所有人的公共文件，并以一个单一的假名将其发布。

另一个阿桑奇关注的焦点则是洋葱路由——据他的一名同学回忆是。那是一个晚上，在墨尔本大学边缘的一家名为“Pugg Mahones”的爱尔兰酒吧。喝了啤酒后，他非常详细地向那位朋友展示了保罗·西沃森的巧妙想法：包裹严密的球在秘密的出发地和目的地间传输，随着在节点间传递脱落的包显示出信息。简直是奥斯卡·王尔德的“戴面具才会说真话的人”的完美演绎。

2005 年，阿桑奇离开学校，搬进了附近的一栋房子，这就是后来维基解密总部的原型。他在墙上贴满了关于该网站构架、代码和数学公式的计划蓝图。他工作的时间很长，在卧室安装了红色灯泡以调节自己的睡眠，同时吃得很少。房中经常充满着同样的黑客和志同道合的活动家，他们涌入这间免租的房子，交换条件是为阿桑奇的项目工作。

维基解密最初的概念是，使用各种各样的技巧以保持世界完全隐匿消息来源的身份。它像任何银行或电子商务网站一样设置了安全套接层（Secure Sockets Layer，SSL），用来掩盖所有访客与它的通讯进而防止内容被侦听。维基解密初期的一位顾问，本·劳里（Ben Laurie）曾为网络服务软件阿帕奇（Apache）开发了一种该协议的开放源代码版本，开放的安全套接层协议（Open SSL），今天世界上有近一半的网站都在使用它。

只是对信息加密实现匿名保护是远远不够的。维基解密并不仅限于简单地隐藏消息的提供者说了什么，而是完全抹杀任何试图找出他们是谁的方法。运行该站点的服务器将不能保留访客的任何 IP 地址的记录；阿桑奇将不会有 Penet 样的被传票搞崩溃的风险。

Tor 将会成为维基解密的核心工具来保护最敏感的信息来源以及网站本身。这个泄密网站的提交系统将运行一种 Tor 隐藏式服务，这样用户就可以通过其志愿者网络提供的中继节点登录上去。而提交上传服务器的位置就像用户本身一样被隐蔽了。从理论上讲，任何想对该站点进行数字或法律攻击的人都将无法下手；同时信息的提供者的身份会受到 Tor 的保护且是匿名的。

据约翰·扬透露，在维基解密早期研发人员的通信中，阿桑奇也描述过物理递送的方式：信息提供者可能匿名发送从 CD 到 U 盘再到纸质文件等多种材料的邮寄地址。有些人可能会否认提交的地址，因此这些材料将会被维基解密的公钥加密，进而递送的操控者不会有私人密钥来解密材料。这样上传者就永远不会对泄密内容有任何认知或责任。但其他志愿者能接收到未加密的文件，这些文件可以通过邮寄，甚至是通过大量扫描纸张转换成文本文件。

对于任何对鉴别性标识小心翼翼的人，邮政系统比任何数字通信手段更容易做到匿名。但要接受它蜗牛般的慢速度，没有寄信人地址的物理邮件与洋葱路由的数字泄密相比较，有一个明显的缺陷：它们不提供回邮方式。在美国，即使将邮政信箱作为回信地址也需要两种形式的身份证明，这可不是匿名泄密者理想的反馈渠道。

而 Tor 则允许即时反馈。维基解密最初运行了一个使用即时通讯协议的聊天室。一个匿名消息提供者可以用受 Tor 保护的即时信息通信。

对阿桑奇而言，Tor 还拥有另外一种独特的功能，它可以服务于一个在道德上更为模棱两可的界限。任何人控制了网络边缘的一个节点，都可以使用一些简单的工具读取每个未加密的文件。尽管 Tor 对所用路由文件三重加密是其匿名机制的关键步骤，但这种加密会在路由处理过程中被剥离掉。任何数据在进入 Tor 错综复杂的管道之前均是未加密的，同样其在某一终端被读取前也不会加密。毕竟，这项服务设计的目的是隐藏用户是谁，而不是隐藏他或她正在访问或上传的数据。

使用像 SSL 和 PGP 这样的传统加密手段就可以解决（Tor 的）这个问题。但使用任何安全措施的用户都可能犯错，因为许多网站并未配置应用 SSL。对于成千上万运行 Tor 节点的黑客来说，其结果是显而易见的。一个聪明的 Tor 中继转接者，利用他或她掌控的节点可以搜集匿名网络上任何未加密的数据。Tor 的管理员在工具文档中对此做了详尽的解释。

“Tor 可以隐匿信息的来源，但它不会奇迹般地加密整个互联网的信息来源。”网站警告说。“是的，运行出口节点的那家伙可以读取进出那里的所用字节。”

并且，许多人相信维基解密正是这样做的。

在 2010 年 6 月，《纽约客》（*New Yorker*）杂志曾对阿桑奇进行了简介，报道说在维基解密发布之前，该项目的一名运行了 Tor 出口节点的成员注意到，来自亚洲的黑客正在使用这个节点隐藏他们的踪迹。数以百万计的文件通过这台计算机传输，貌似这些网络间谍的日常工作就是渗透进目标服务器并获取海量数据。维基解密的志愿者们开始记录这些流量，他们收集的巨量信息形成了一个文件库。阿桑奇后来曾吹嘘过这个文件库，并以这种不太诚实的营销方式来证明维基解密早期的成功。大约在 2007 年，维基解密在其网站上公布：“截至目前，我们从持不同政见的国家和匿名信息源获取了超过 120 万份文件。”

当《纽约客》关于维基解密起源的故事成为《连线》杂志（*Wired.com*）的头条时，阿桑奇进行了含糊而委婉的否认。他告诉科技新闻网《注册者》（*The Register*）说，“这种诋毁是无中生有，事实是我们的一位联系人参与了 2006 年针对亚洲间谍活动的调查。那些文件只有少量被维基解密发布。”

但在 2006 年约翰·扬脱离维基解密后，在地下卷宗网站发表的另一封电子邮件中，阿桑奇描述了一些听起来很像当敏感数据在 Tor 节点溢出时进行吸收获取的事情。“当黑客们钻进他们的目标，他们就监视亚洲和其他地区平台；当他们收网时，我们也在收网。”他给扬写道。

阿桑奇仍然对该消息惴惴不安，其结果是“取之不尽”的材料供应。

每天将近10万份文件或电子邮件。他写道，这数据的洪水，包括从黑客那里得来的国内部门诸如美国外交关系委员会、6个国家的外交部、联合国、贸易团体、世界银行，甚至俄罗斯网络犯罪黑手党。门达克斯的黑客梦成为了现实。

“我们被淹没了。我们甚至不知道我们所拥有的十分之一是什么或属于谁。我们停止一兆兆字节地存储它。”他写道。那座数据的宝库是今天存放在维基百科的所有文本文章的30倍。

不论这些文件是否被释放公布，它们是标志着维基解密力量的第一批种子。在他的电子邮件里，阿桑奇就像是让人眼花缭乱的秘密人。“我们要去打开这世界，并且让其在一些新的方面开花结果。”

- ..-. -.-. .. . .-. .-. .--. ...- -.. .-.. ..

阿佩尔鲍姆详述了他的故事：当他告诉土耳其－伊拉克边境的卫兵他是个旅游者时，他们笑了笑，挥了挥手示意让他通过，甚至没有在他的护照上盖戳。乘着一辆出租车，阿佩尔鲍姆先从迪亚巴克尔（Diyarbakir）来到土耳其小城巴特曼（Batman），然后在那里通过一条横跨河流的桥梁进入伊拉克。阿佩尔鲍姆将印象中的那条河描述为：“河水呈棕褐色，污染很厉害，以至于你会禁不住想如果掉进去会不会碰到河水底部而摔断骨头?”

在伊拉克的扎胡（Zakho），一位在绿色和平组织相识的老朋友和他的妻子接到了他。他们开一辆白色越野车，随车后座携带着一把格洛克手枪、一把AK-47步枪和一把口径9毫米勃朗宁手枪。他们驱车前往北部的埃尔比勒城镇，偶尔停下来看看公路两旁像幽灵般废弃的建筑物。在一个地方，他们发现了一些儿童的绘画，这些绘画描绘了直升机向人们开火射击和火箭弹击中房屋的内容。在埃尔比勒城镇接下来的日子里阿佩尔鲍姆做摄影博客，采访当地人，然后通过卫星调制解调器上传那些成果。他向任何看起来精通电脑的伊拉克人分发开放源操作系统Linux的拷贝，就像撒播希望种子的约翰尼（Johnny Appleseed，取自美国1774年开垦时代的乌托邦题材农场童话，是美国的民间英雄，穷尽49年时间撒播苹果种子，梦想创造一个人人衣食无忧的国度。）一样传播自由免费的软件。

从阿佩尔鲍姆的谈话中可以发现，当地的库尔德人，毋庸置疑，大多数乐意美国的入侵和萨达姆·侯赛因（Saddam Hussein）政权的倒台。但从居住在埃尔比勒城镇的阿拉伯人那里听到了很多由那些开枪士兵引起的令人恐慌的故事。检查站重机枪的猛烈火力向迎面而来的汽车射击，不是瞄准发动机气缸，而是直接杀死司机和所有乘客。一名男子告诉阿佩尔鲍姆，想到可能再也看不到妻子，他每天早上出门前都要和妻子吻别。伊拉克人真诚地问他，美国人是否明白他们是有家和亲人的正常人。“作为一个美国人，我感到我们为之努力的国家非常可怕。”他说。

在基尔库克（Kirkuk），他们的汽车抛锚。当他们站在路边等待帮助时，他们身后的山上突然发出轰然巨响，黑色烟云似乎从一家炼油厂升起。几分钟后，两卡车士兵，一卡车美国大兵跟在一卡车伊拉克士兵后面，开车经过。为防止意外，阿佩尔鲍姆等人一直趴在路边，直到朋友的同事开了辆新车载他们离开。但这件偶然事件提醒了他，真正的伤害是如此之近。当他的朋友们决定离开伊拉克去伊斯坦布尔（Istanbul）时，他告别了他们。“我想，我并没有处在最好的顶部空间。但是，在某些时候我求生的欲望已经超过我想在战区被击毙的想法。”

于是，阿佩尔鲍姆回到了旧金山，并在一家致力于开发自动扫描代码漏洞软件的安全公司找了一份工作。然而，这家公司被收购了，他所在的整个办公室都被解雇了。不久后，他在该市的教会区参加聚会时得到消息说新奥尔良（New Orleans）的防洪堤破裂了：卡特里娜飓风（Hurricane Katrina）已造成近2 000人死亡，数万名无家可归的人在体育场馆避难。当参加派对的人试图关掉电视以舒缓情绪时，阿佩尔鲍姆一气之下抓起遥控器，将音量调到最大，并拒绝换台。

几天后，他飞到德克萨斯州，伪造了一家不起眼的新闻机构的记者证，混进体育场采访卡特里娜飓风的受害者。“我通过检查站的方法与你们‘黑掉’防火墙的方法是一样的：识别和利用弱点。”他说道。在临时避难所，他报道了监狱般条件下的居民的遭遇：一个男人在淋浴中挨打；夜间宵禁，妇女被强奸。一些撤离者认为，美国的陆军工程部队为了保护富人社区的昂贵房产而炸毁了新奥尔良的防洪堤，任由洪水淹没他们的教区。此外，还有一些其他对于这些事件有争议的报道。但对于阿佩尔鲍姆，“这次美国的灾难与我在伊拉克目睹的美国灾难是何其相像。相同的事情在不同的地点重演，丝毫没有人性。”他说道。

于是，阿佩尔鲍姆和一群激进分子一起收集收音机，然后分发给困在避难所里的居民，为他们提供消息。然后他装上供应品驱车到与新奥尔良比邻的阿尔及尔，进驻到激进组织集体的一间房子。在那里，他帮助建立优化数据的无线互联网连接，以便该地区的重灾居民能够上网与联邦紧急事务管理署（FEMA）取得联系并获得援助。

当阿佩尔鲍姆从新奥尔良回来，这种两重地狱的经历让他比以往更加坚定了释放技术力量的信念。但是，当时他还没找到他的密码朋克们的社区，而后来正是这些在更大规模运动中围绕在他周围的加密痴迷者们推动他获得了加密无政府主义的更大成就。

这个组织就是混沌计算机俱乐部（Chaos Computer Club，CCC）。

在许多方面，混沌计算机俱乐部已经取得了很大的进步，而这些发生于蒂姆·梅和埃瑞克·休斯在加利福尼亚开展加密解放运动的多年之前。该俱乐部由德国黑客界的杰出人物瓦乌·荷兰德（Wau Holland）创建于1981年，这家开设在汉堡（Hamburg）和柏林的非营利组织早在1984年就证明了公共计算机系统的不安全因素。在那一年，该俱乐部的黑客们使用德国邮政系统建立的家庭终端系统将相当于五万美元的钱款从银行转移到了俱乐部的账户上。（这些钱在次日的某一公共仪式上被返还。）面对若隐若现的对柏林墙真实的监控，保护个人隐私、反独裁主义和更强大加密的需求成为该团体核心的努力目标。

在父亲去世接近一年之后，阿佩尔鲍姆飞抵柏林参加了混沌计算机俱乐部每年一度的混沌通讯大会（Chaos Communication Congress）。他研究的主题是一个多年前已困扰朱利安·阿桑奇的相同问题，这是任何相信加密力量的激进分子都必须关注的核心问题：如何在当局正在监督用户，手握橡胶软管要求密码时，仍能保证加密数据的安全性。

在他的柏林报告中，阿佩尔鲍姆走到听众中比较了一系列加密方案，对各种软件的加密效果进行分级，并且非常高兴地给了苹果公司一个不及格的评价。（苹果不小心在电脑硬盘上遗留了一份文件，用户的非加密密钥可以在该文件中被提取出来。）然后他谈到了朱利安·阿桑奇对于暴力密钥获取的解决方案——阿桑奇在1997年发明的加密方案橡胶管。

“在当今世界，这个方案可能会给你招致杀身之祸。”阿佩尔鲍姆告诉与会的欧洲黑客们。

阿佩尔鲍姆列举了一个焦点问题：如果狱卒知道他的犯人爱丽丝正在使用橡胶管软件。为了获得更多可能隐藏在爱丽丝硬盘中的数据，他将会不停地折磨她。“这样会进入一个死循环，我不认为这是个好主意。”阿佩尔鲍姆告诉混沌计算机俱乐部的人们。

相反，他提出了一个想法，一种新的理论解决方案：MAID，即相互确认信息毁灭（mutually assured information destruction）。在这一系统中，爱丽丝将她的加密密钥保存在一个遥远的服务器上，只能通过 Tor 来保持其位置联系，并设置一个时间限制。如果该时限内爱丽丝没有登录处理，MAID 会自动删除她所有的密钥。当经过一段时间的酷刑或合法沉默后，爱丽丝可以向狱卒屈服，向他表明那些密钥已经不存在了。这样充满秘密的服务器上的一切加密信息都被永久地、不可逆地加密了。“你不是在妨碍司法公正，只是司法太慢没有抓住你。”阿佩尔鲍姆解释说。

在报告结束后的提问期间，拉尔夫－菲利普·魏曼，曾是十年前和阿桑奇一起开发了橡胶管加密方案的研究人员，站起来抨击了阿佩尔鲍姆，维护了该方案，并指出了 MAID 概念的缺陷。他们进行了友好的争论，并同意以后再深入讨论。

那次谈话将阿佩尔鲍姆吸引到了阿桑奇的圈子里，尽管是间接的。阿佩尔鲍姆成为了混沌计算机俱乐部的正式会员，而阿桑奇将会在下一年参会时介绍他正从事的项目：维基解密。

朋友们说他们是在那个寒冷的柏林会议上相遇的。他们的成长轨迹是如此的相似：破碎而不安的童年，智商超过了那些对他们进行施压的令人憎恨的当局，并且有以加密救赎的力量打败当局的信念。到阿佩尔鲍姆第四年参加会议时，他们成为了亲密的朋友。阿佩尔鲍姆告诉我，在第 26 届混沌通讯大会后，他在元旦这天醒来，床上有阿桑奇和两个女人。“我就这样迎来了 2010 年。”他笑着说。（他后来澄清说，他们在前一天晚上忙于编程，没有做爱，并且睡在不同的床上。“我能想起来。”他补充道。）

.-. -- .. -..- -.-. ...- --.. ..- -.-. . -.-. -.--

浏览维基解密从 2006 年初到 2009 年底的档案——它登上世界舞台的前几年——感觉就像打开了一扇毫无价值的博物馆的门，里面组织混乱、充斥着看似引人入胜，但事实上粗制滥造的秘密作品：一份传说中的委内瑞拉总统乌戈·查韦斯（Hugo Chavez）辞职信的草稿；一份关于一组美军士兵中盛行吸食大麻的军方报告；一段来自互联网技术巨头思科公司内部的反映其售出产品所在地每一个电视和电影场景的视频；一串由挪威互联网服务提供商提出的审查网站名单；一份关于落基山生物学实验室安保人员无能的报告；一幅反映比利时某警察局长被 PS 到色情场所的图片；一本反映九个不同兄弟会秘密仪式的手册。

这一切都始于一份单一的、未经证实的文件。不知是通过洋葱路由器网络发现，或是来自于洋葱路由器掩护的信息源，或是通过其他无法追踪的手段得到。阿桑奇和维基解密获得并公布了其第一份泄密文件：那是一份索马里政府号召暗杀两个索马里流氓政权领导人的文件。

约翰·扬，当时还没有和该组织断绝来往，扬警告他们说这份解密文件很可能是假的或伪造的。“这并不是说泄密文件不值得信任，只是不能一味盲目地信任，因为目前他们是政府、企业和个人中的恶魔们用以谎骗、抹黑和抨击的标准工具。”扬曾在维基解密的邮件列表社区写道。

最后，维基解密确实公布了这份关于索马里的解密文件，但附加了一份让人呼吸不畅的免责声明：“这是一个与本·拉登相关联的醒目的穆斯林激进的大胆宣言吗？或是美国情报部门聪明的抹黑？”

随着维基解密在公众形象中的影响力的上升，这一问题的答案永远不会浮出水面了，并且也似乎没那么重要了。阿桑奇前往肯尼亚，搬进无国界医生组织（Doctors Without Borders）的营地，继续在世界社会论坛上吹捧维基解密，该论坛是由非营利组织和激进主义者聚在一起仿效世界经济论坛的产物。致力于创建一个“非洲的维基解密咨询委员会”，他会见了姆瓦利姆尼马·马蒂（Mwalimu Mati），位于内罗毕的透明国际（Transparency International）组织的一位组织者。“我们尝试了多种网上告密网站，而维基解密使用密码来分隔举报人和信息源的想法……在我看来非常聪明且实用的。”马蒂说。

岂知，这位肯尼亚人的泄密虽与加密没什么关系，但仍使维基解密引起公众广泛关注。在 2004 年，内罗毕的姆瓦伊·齐贝吉（Mwai Kibaki）政府取代了丹尼尔·阿拉普·莫伊（Daniel arap Moi）的长期统治时，曾许诺结束莫伊政府腐败的统治。齐贝吉就前任政府的贪污情况委托相关机构编纂了一份报告，怀疑其贪污了数十亿美元，即后来著名的克罗尔报告。但是，当齐贝吉的政府因与莫伊的联系而受到抨击时，该报告就没有公布。

相反，有人把这份报告打印出来，邮寄给了马蒂。报告证实情况确实非常糟糕。莫伊挪用了超过两亿美元置办他在 28 个国家的财产，数以百万计的钱给了他的孩子，甚至还有伪造货币和政权内有组织犯罪相关的报告内容。意识到内罗毕的媒体几乎不可能独立发布这些重磅炸弹般的报告，马蒂将其转给了维基解密。《卫报》（*The Guardian*）选取了维基解密传递的标题为“肯尼亚的抢劫”的头版报道。马蒂和阿桑奇跟进的另一重大解密情报，又以包裹的形式出现在马蒂的办公桌上，它详细描述了肯尼亚针对一个名为“蒙吉基”的犯罪团伙的非法处决，在那次镇压中不分青红皂白的肯尼亚警察杀死了成千上万名年轻人。

在这几次信息爆料之后，“该网站的知名度飙升。”马蒂说。不同的泄密文件开始巨量涌向该网站的提交系统：一份关于瑞士宝盛银行操控的用以逃税的开曼群岛账户明细；来自于矿业巨头托克公司内部的一份报告详细描述了其向象牙海岸进行毒物倾倒的影响，但这份报告按照法律程序被禁止出现在英国媒体上；冰岛银行内部划分该国金融危机状态并最终激发了火山岛（冰岛本身是一座火山岛）上变革法律行动的文件，以及一批2001年9月11日的寻呼消息，这将引起在尘土飞扬的伊拉克军事基地的一位年轻分析师的关注。

但对阿桑奇而言，对于维基解密的支配最为可喜的可能是一个更小的，但更具有个人意义的目标：山达基教会。自从Penet和萨伯比亚的那些日子以来，该教会的律师们有恃无恐地恐吓着任何泄露其各种各样秘密的人，无论是传统媒体还是数字媒体。所以，维基解密公布了一份疑似L.罗恩·贺伯特所著的长达208页的战略手册，该文件详细披露了山达基教会用以攻击媒体甚至通过泄露航班信息以戏弄航空公司的暴力手段。对此，山达基教会以其一贯的打压抑制手段应对。该组织的一封律师函要求维基解密马上删除那些文件。

阿桑奇没有理会，也没有删除，只是组织了一次11人的抗议行动就了事。这次，他以枪炮还以颜色。“维基解密不会像以前面对瑞士银行、俄罗斯海上干细胞中心、前非洲当权派，或是五角大楼的类似要求那样就此息事宁人，维基解密不会遵守山达基教会的这种滥用法律的请求。维基解密将保留一片净土，在那里来自世界的人民将可以安全地揭露不公和腐败。为了应对这种压制的企图，维基解密将在下周发布几千份其他关于山达基教会的材料。”寄回教会律师的信上写道。

如今，该站点在存档区仍有一个山达基教会的专题部分。它保留了一百多份文档，是世界上关于该教会内部文件存储最大的收藏之一。

..- ...- -. ..- --.- -..- .. . -.- - .-- ... ...-

2010 年 7 月，就在维基解密公布了一段美军阿帕奇直升机在巴格达郊区射杀平民和记者的剪辑视频 3 个月后，即将发布来自阿富汗的 76 000 份秘密军事文件的几天前，朱利安·阿桑奇原定要在纽约古老的宾夕法尼亚酒店举行的黑客大会上为上千名听众作一个主题演讲。但该主题会发言开始时，不是阿桑奇，而是一位年轻的黑发美国人走到前台。他穿着一件 T 恤，上面写着来自著名黑客阿德里安·拉莫（Adrian Lamo）的一句话："停止告密"。而会议的组织者仅仅将其介绍为"维基解密"。

"你们好，我所有的朋友和来自国内与国际监管部门的粉丝。今天我来到这里，因为我相信我们可以创造一个更好的世界。"阿佩尔鲍姆对不知所措的原本期待着那位金发的澳大利亚人物发言的人群说。"很不幸，朱利安不能来了，因为我们当下并没有生活在更好的世界，因为我们还没能创造这样一个世界。"

"我想对站在房前屋后的联邦特工们做一个小小声明，来澄清以下几点：就我而言，我口袋里有些钱，有一本《权利法案》（*the Bill of Rights*）和驾照，就这些东西。我没有电脑系统、没有电话、没有密码、没有别的任何东西。你们没有任何理由逮捕我或找我的麻烦。若你们还想知道什么的话，非常不幸，我是美国人，土生土长的美国人。我很不满意当前事情的进展。"

他解释说，他研究改进过的洋葱路由器，但他参会并不代表雇主。"我敢肯定，我在这里发言他们会不太高兴。但他们确实在此之前毫不知情。"接着，他解释说，他对维护人权和社会变革深信不疑，为了自由言论不求回报。

"引用电影《电脑争霸》里的话，我为用户而斗争。"他说道。

在接下来的 1 小时 15 分钟里，阿佩尔鲍姆以简洁的言辞着实地抨击了美国发动的伊拉克战争和阿富汗战争。他怒斥了维基解密的批评者和拉莫，他甚至因拉莫检举曼宁而对其名字不屑一提。他反对"向权贵进言"的想法。"你拥护权贵并向权贵展示事情的真相？嗯，我觉得这很愚蠢。权贵懂得权利是因为他们是当权者。"他告诉人群。"获取这种权利并将其赋予人民，而不仅仅是那些做决策的人。让人民来投票决定他们能否当权。"

“当每个人都知道真相时，当权者就不能轻易拒绝。当每个人在心中和脑海中都有一份拷贝时，他们就不能轻易篡改文件了。”他继续道。

然后，他传出消息：阿佩尔鲍姆宣布，几个月前已死机的维基解密的上传系统，已经重新设计并启动。他公布了其洋葱路由器的隐藏服务页面，通过该页面任何泄密者都能匿名访问并向站点传输文件。

接着，阿佩尔鲍姆更进一步，直接呼吁这些黑客听众，他们中许多人从事着企业网络安全的日常工作，成为泄密大军中的一员。

“我从没想过会再度在计算机安全行业重新工作。不过没关系。我想这远比像那样的事情更为重要。”阿佩尔鲍姆以一种脆弱的声调说道。“你们中的有些人不会做出这样的选择，这是肯定的。而你们中的另一些人假装不会做出这种选择，但却会深陷其中。谢谢你们能这么做。”

阿佩尔鲍姆停顿了下。观众开始有些稀疏的掌声，续而，掌声慢慢变多，在会场里荡漾，并最终呈现出热烈的雷鸣般的掌声。在发言结束之际，阿佩尔鲍姆悄然退出舞台，就像重新穿上黑色的连帽衫一样。

事实上，连帽衫的穿着者是一个诱饵。阿佩尔鲍姆已从后面的出口溜走并登上了飞往柏林的航班。在他偷偷离开酒店时，美军谋杀无辜者的视频正投射在巨大屏幕上。阿帕奇的枪声回荡在沉默的黑客人群中：一段反映新生泄密运动黑暗方向的视频正在播放。

PART THREE

THE FUTURE OF LEAKING

第三部分

泄密的未来

“妄想狂会杀了我们。”

——贝吉塔·约斯多蒂尔（Birgitta Jonsdottir）

第 5 章　保密检查员

在弗吉尼亚州阿林顿的一个住宅区边缘的一栋没有标志的政府建筑里，一位身着西装，名叫派特尔·扎克（Peiter Zatko）的官员咧嘴笑着讲述了一次泄密事件。

他的目光掠过上面堆满 PowerPoint（微软幻灯片和简报制作软件）文档打印的资料的桌子，这份资料极为详尽地表述了对一个内部数据盗窃的案件研究。扎克用一种极快的语速解释了计算机网络数据漏洞的例子，他缓慢地翻着页面，流畅而熟练地反复查阅可视化分类文件系统。

在扎克的测试中，为了找出重要基础设施相关数据的存储区域，泄密嫌犯在网络上四处搜寻，再从中筛选少数感兴趣的文件。“然后，他带着足够关闭美国很大一部分电话系统的信息离开了。”扎克平静地总结道。

这个流氓内鬼是谁？“是我。”扎克说道。他开始淘气地傻笑。

现年 40 岁，仍然淘气而活泼的扎克并非国防部的典型雇员。他打着领带，刮了胡子。但即使是在他位于首都的新公寓内，他的绰号仍然是“马齐（Mudge）”。这是扎克过去几十年里一直使用的黑客称呼，他将互联网黑暗的角落曝光，绘制其迷宫般小巷中后门的地图，而且他用那个名字起诉他的朋友、熟人、老板甚至家人。

在马齐受欢迎的美国黑客圈子里，他甚至成为很多人崇拜的偶像。弗兰克·海特（Frank Heidt），一位媒体控制接口公司（MCI）前安全顾问和某些军事项目承包商说，当他在 20 世纪 90 年代中期第一次从黑客杂志上读到马齐对于安全漏洞的研究时，就确信“马齐”是一个团队的化名。“他太多样化了，因此我认为他不可能只是一个人。”海特说。马齐揭露的内容包括软件最基础的弱点，它们在 Windows NT 和 IE 浏览器（Internet Explorer）中普遍存在，只需要几行代码，略施小计便能使跨国公司蒙羞。作为老一代的黑客，他的绰号使人想起美国地下数码界另外一些厚颜无耻的名字，比如 L0pht、@ stake、Cult of the Dead Cow，黑客中的精英集中在那里，马齐经常被认为是其中最闪亮且引人注目的一员。

后来，马齐领导过一类非比寻常的团体：国防部高级研究计划局（DARPA）网络安全研究小组。正是国防部高级研究计划局，五角大楼中的疯狂科学机构建立了互联网并资助了 Tor 项目，其疯狂的技术乐观主义硅谷意识隐藏在华盛顿官僚外表之下。最近 50 年间，该机构的作用就像国防部蓝天臭鼬工厂（Department of Defense’s blue-sky Skunk Works）一样，致力于那些看起来虚构的科学项目，以确保美军领先其敌人至少 10 年以上。

偶尔，这个机构会萌发出用技术扰乱并改变世界的想法。1960 年，它将第一批的 5 颗全球定位系统（GPS）人造卫星送入轨道。1969 年，它开发了远程计算机联网系统阿帕网（ARPANET），后来改名为国际互联网（Internet）。20 世纪 70 年代晚期，它开发出第一架隐形飞机。从 2006 年到 2008 年，国防部高级研究计划局组织了一系列机器人比赛，让无人驾驶车辆穿越沙漠。参与过那些比赛的许多顶级科学家如今都在 Google 工作，在那里他们已经制造了一辆能够自动控制的汽车，并使其在无人协助下成功地从圣佛朗西斯科开到洛杉矶。2011 年，它测试了一架能够以 20 马赫速度飞行的无人机。还有其他一些项目也获得了它的资助，比如开发能飞行的悍马车、能从电线里吸取电能的机械蝙蝠、半机械化蟑螂以及能够在液态和固态之间转换并用草和嫩枝喂饱自己的漫游机器人。

在我们见面前两个月，国防部高级研究计划局发布了一份 46 页的通告，概述了马齐特别倾心的新项目，尽管听起来不那么招摇，但同样雄心勃勃：他的目标是清除世界性的数字泄密。

“泄密。”马齐当然是不会如此描述这个问题的。在该系统中，他和国防部高级研究计划局对敌人有更常用的行业术语：一个“内部威胁”。从 2010 年夏天起，马齐领导了一个被称为 CINDER 或网络内部威胁（Cyber Insider Threat）的项目，这是一个国防部高级研究计划局的计划，旨在发现信息安全的内部问题并对其重新评判。即假设坏人已经存在于内部并伪装成了无辜的职员，不管是绑定个人电脑已授权的恶意软件还是一名人类泄密者，CINDER 就是被设计用来鉴别出所有种类的匿名泄密者并使之失效，而不是试图阻止其进入你的系统。

在一间毫不起眼的国防部高级研究计划局会议室里，马齐给我剖析了电话系统盗窃案。当然，它只是一次入侵测试，但却证明了任何进入存在漏洞网络的人都能在不被发觉的情况下获取任何他选定的信息，尽管所有系统都装有尖端的安全软件也无济于事。现在，有望解决这种黑客的挑战，而不仅仅是演示。对于这个艰巨的任务，就像大多数国防部高级研究计划局计划一样，CINDER 采取了一种公开的 X 大奖方式募集想法。马齐不会公布该项目的预算，通常有资格被国防部高级研究计划局资助的项目能够从政府资金中获得成百上千甚至数十万美元的资助。从微型公司到军火巨头雷神，超过 50 家公司参与，都已经公开注册提交想法——掘取更多密码。国防部高级研究计划局情报机构的项目是用来解决问题的，与其对应的情报高级研究计划局（IARPA）和五角大楼其他机构也是如此，但很少有人获得像马齐一样拥有的授权，思考未来数年甚至更久远的问题。

“我们指望着来自学术界、新兴企业和大型政府承包商的每个人。”马齐以推销员的热情说道，“我们不是要寻找渐进式的改进方法，而是想彻底根除这个问题。”

尽管他曾是一名黑客，但马齐在国防部高级研究计划局很吃得开。他经年累月地想出了 11 个步骤，他能随心所欲废掉任何企业和政府机构的安全系统。现在，他作为一名科学家在同一栋办公大楼内从事同样不现实的工作，建造钢铁侠——类似的钢铁侠的外骨骼能够使人类的力量增强 10 倍，可以被设计用来观察整个城市中所有移动物体的监视系统。

但马齐也与雇佣他的部门存在共通点。每个人都同时扮演着泄密游戏的双方。没有国防部高级研究计划局的资金和想法，我们所知道的，建立在互联网上并因为匿名技术而成为可能的透明化运动就不会存在。

而就马齐来说，他绝不只是一名从良的黑客。尽管派特尔·扎克并不太愿意讨论这点，他同时也认识朱利安·阿桑奇（Julian Assange）这名传奇黑客。

这两名 40 岁超级黑客的成长过程中，都曾游弋于 20 世纪 80—90 年代相同的原始互联网中。他们因同样的限制而感到愤怒，他们也通过连线分享着跨越大洲的友谊。20 年后，他们发现自己成为对立的双方，争夺着全世界信息的命运。

- -.-- --. -.-- -.. - .-.. ... --- . .--- .--- .-.. - -.-- -.-

谋杀平民的视频只是阿桑奇揭秘杰作的序曲。

雅克布·埃佩尔鲍姆（Jacob Appelbaum）在 HOPE 会议呼吁演讲后的

第二天，第一波攻击发动：76 000 份来自阿富汗战争的文件，包含 9 年中从小规模冲突到激烈战斗的所有重大行动细节，每一个伤亡和无人机坠毁。

五角大楼对这起泄密并不感到惊讶——他们早已读过主要嫌犯的聊天记录，并将他扔进一所军事监狱。但除了发表声明外，在与维基解密（WikiLeaks）逐渐升级的战斗中，世界上最强大的军队也没什么别的可做。美军海军司令麦克·马伦（Mike Mullen）和国防部长罗伯特·盖茨（Robert Gates）都批评维基解密发布这些文件，指责其缺乏判断力，没有对情报人员的姓名进行编辑。马伦在一场记者招待会中称该组织“双手已经沾满年轻士兵的鲜血”。（后来，维基解密的支持者通过广泛调查获得的五角大楼报告称，这次曝光并未造成任何有记载的人员伤亡。而维基解密声称已经取出了含有最敏感姓名的文件。）

三个月后，维基解密公开了 392 200 份来自伊拉克战争的文件，又一次刷新了泄露机密文件的纪录。这些文件曝光出伊拉克警方使用了美国的拷问知识。证据显示伊拉克总理奴里·马利基曾在伊拉克军队中使用“拘留小队”以骚扰其政敌的组织。另外，还包括其他 15 000 名之前尚未记录的平民死亡。阿桑奇在伦敦的一场新闻发布会上宣布了这个新闻，如今他剪短了长发，而他灰色的风衣也换成一件裁剪考究的西服。

但这次，维基解密敌人的反应可不仅仅是言语上的。在对伊拉克文件的曝光之前，该网站曾遭受了一次数码入侵。维基解密的线人告诉我那是“非常老练的攻击者”。他们危及了团队在即时通信中所使用的秘钥，迫使后者更换了新的秘钥，并将聊天服务器从阿姆斯特丹转移到德国的某处。一家英国的支付服务提供商 Moneybookers 冻结了给网站的捐赠，声称它违反了该公司的服务条款。

然而，11 月 28 日，在阿桑奇告诉我即将抛出会影响到全世界所有政府和各行各业的数据后的 17 天，这枚数字炸弹按计划引爆了：首先是遍及世界各个角落的美国外交官即时提交的 251 000 份美国国务院的电报，所有秘密都被彻底暴露了。

他们包括对全世界领导人的裙带关系、腐化堕落及性取向的公开侮辱。关于美国将“插手习惯”聪明地伸向那些看似独立的民主国家进行政治交易的故事数不胜数。还有跨国公司肮脏做法的证据。大捆公开的秘密占据了全世界报纸和杂志的头版长达数月甚至数年。大字标题出现的力度和数量超过了从五角大楼文件以来的所有泄密事件。“沙特阿拉伯敦促美国攻击伊朗以阻止其核计划”、 “亚洲国家领导人‘策划黑客攻击Google’”、“辉瑞公司（Pfizer）是否为了摆脱在尼日利亚的犯罪指控而行贿?”、“德克萨斯公司协助引诱小男孩用石头砸死阿富汗警察”、“维基解密揭露阿富汗的巨大腐败”、“在美国突然袭击中，头部中弹的伊拉克儿童”、“美国秘密轰炸也门”、“美国外交官暗中监视联合国领导人”。5个月后，一份《大西洋》杂志（*The Atlantic*）的分析显示，2011年《纽约时报》（*The New York Times*）几乎每两期中就有一期会引用一份维基解密发布的文件。

这是一次解密高手的典范，也是有史以来最伟大的黑客成就。

详述战争的本质是一回事，让全世界最具实力的政治家和公司蒙受奇耻大辱则是另一回事。电报门之后，立即招来迅速而毫不留情的反击。美国副总统乔·拜登（Joe Biden）在一次电视采访中说道：“相对于五角大楼文件，阿桑奇更像是一名高技术恐怖分子。”沙拉·佩林（Sarah Palin）建议：“追捕阿桑奇应当与我们追捕基地组织和塔利班领导人同样紧迫。”

参议员乔·利伯曼（Joe Lieberman）将这次解密称之为“一次无耻的、不计后果的卑鄙行为，它将逐渐削弱我们的政府和盟友保护人民安全及联手捍卫自身重大利益的能力”。在接到利伯曼职员的一个电话后，亚马逊（Amazon）停止了对维基解密的网络服务器支持。（该公司否认这一决定是出于政治因素。）维基解密服务器随后转移到瑞士的一台新主机上，结果无法追踪的数字攻击淹没了它的服务器。它的DNS服务被提供给每个DNS，允许网站使用WikiLeaks. org的域名，这实际上等于将这个组织放逐，使其被迫改用其他可供选择的域名，例如WikiLeaks. ch和WikiLeaks. de。佩林切断了对该网站的主要捐款。Visa、MasterCard及美国银行紧随其后，结束了所有对维基解密的资金支付服务，更加孤立了这个数码逃亡者。

阿桑奇号召志愿者监视网站，建立WikiLeaks. org的精确复制品以应对数字和财政攻击。表面上看，他们非常团结，几天之内全球便建立起数百个克隆。

然而，不论是美国政府的压力还是出于巧合，阿桑奇本人随即成为众矢之的。国际刑警对他发出红色通缉令，并非是因为任何泄露数据犯罪，而是阿桑奇在斯德哥尔摩对两名女性的性侵案。根据瑞典司法系统泄露到网上的文件，两名女子都声称维基解密这位刚愎自用的创始人未采取保护措施就与她们发生性关系，尽管她们反对并要求他使用避孕套。在一个案子中，那名女子说阿桑奇曾蓄意破坏避孕套，以至于其在性交过程中破裂。另一名女子则说阿桑奇在她睡着时开始与她发生性行为。

2011 年 1 月，据阿桑奇的律师透露，他曾被关押在旺兹沃斯监狱一个牢房中长达 7 天，这间牢房也曾关押过他最喜欢的作家——奥斯卡·王尔德（Oscar Wilde）。后者对匿名力量的论述常被阿桑奇引用。在保释出狱并争取引渡到瑞典后，阿桑奇被软禁在诺福克的一座宅邸中，该建筑为他的一位名叫沃恩·史密斯（Vaughan Smith）的战地记者朋友所属，同时也是一位富有的遗产继承人。在这种情况下，他脚踝处戴着一个追踪环，且必须每天向当地警察局报告——铁窗禁锢了这位很难在同一个国家持续生活两个月的男人。

但即使面对可能的破产、耻辱、坐牢，甚至死亡的威胁，阿桑奇仍继续刺激着世界超级大国。

在电报门曝出之前，当阿桑奇在伦敦与我会面时，他还告诉我计划在 2011 年早期公布来自一家美国主要银行的泄密，这是该团队继一系列针对政府曝光后开启的又一新篇章。他没有具体指出哪家银行，也没说维基解密从它服务器上获得的这数千份文件到底会揭露什么。但他声称，这次有关金融机构泄密的内容将暴露出“腐败的生态系统”。

他告诉我：“我保证，它将提供一个对银行管理层行为真实而有代表性的见解，从而激励对其进行调查和改革。”

所有征兆都指向美国银行：2009 年，阿桑奇曾在《电脑世界》（*Computer World*）采访中说他掌握着来自某家大银行 5GB 的数据。这些数据在那时确实算巨量，维基解密甚至不知道如何以一种可读形式将其公之于众。然而，当我和其他新闻记者开始将阿桑奇与美国银行的报表联系起来时，阿桑奇也没有证实他的银行资料泄密信息。在《60 分钟》（*60 Minutes*）节目上露面时，他再次戏弄了金融界。当节目主持人史蒂夫·克罗夫特向阿桑奇询问更多关于银行泄密的信息时，阿桑奇不但没有透露任何信息，反而以戏弄主持人为乐。

他对克罗夫特说：“我认为这很好，所有的银行都因此而感到不安，他们都担心会被曝光。”

直到写这本书为止，那个解密仍未变成事实。也许 2011 年早期的美国政治和数字闪电战严重打击了该组织，使其无法专注于此。或者阿桑奇在面对刑事诉讼的威胁时无法集中注意力。也许，就像某些报道所说，相对于维基解密之前的三次巨量解密，银行文件缺乏冲击力，而阿桑奇觉得公布这些将有损该组织的名声。又或者，如该组织所声称的那样，在其德国发言人丹尼尔·伯格（Daniel Berg）携带大量绝密信息脱离该组织后，文件便丢失了。

到2011年维基解密已经引起全球的关注，这符合阿桑奇5年前提出的阴谋论目标。

在阿桑奇看来，并不是解密本身，而是对解密的担心，使他希望瘫痪的巨人感到恐惧。在阿桑奇的原始设想中，解密的核心目的是在内部播种焦虑，使得大公司和政府反应过度，冻结其内部通信，或者像埃尔斯伯格（Ellsberg）那样让他们反击过度并使自己难堪。

就在此时，美国银行迅速采取了行动——或者说是过激反应。它成立了一个超过12个职员的内部小组，委托其不分昼夜追踪潜藏的间谍。他们聘用了一名首席信息安全官，还让防卫承包商博思·艾伦·汉密尔顿（Booz Allen Hamilton）来审核其安全措施，并检查其档案室中的数百万份如果泄露出去就可能对公司造成损害的文件。他们甚至开始先发制人地全部买下了诸如Brianmoynihanblows. com和Brianmoynihansucks. com等涉及其首席执行官（CEO）的域名，作为避免这些域名落入批评家之手的防御措施。

在这场到目前为止只是推测的维基解密困境中，这个金融巨人甚至联系司法部寻求意见，打听谁能为他们提供帮助。司法部建议他们咨询华盛顿特区以处理政府敏感问题为擅长的亨顿&威廉姆斯（Hunton & Williams）法律公司。

而这家法律公司把此事轮流推给其转包商，其中包括一家名叫HBGary Federal公司的微型组织。

作为一种华盛顿的副产物，这家开张只有一年的数字安全公司HBGary的野心远远超过其劳动力——它只雇佣了3名雇员。但其首席执行官亚伦·巴尔（Aaron Barr）渴望将他的小公司变成一个线上雇佣枪手，一家能够通过互联网减少最危险和最强大武器的数字侦探公司：巴尔希望通过战胜匿名者使HBGary Federal公司出名。然而，他很快就变成了匿名组织（Anonymous）本身在全世界最臭名昭著的牺牲者。

.... ..- - --. ..-. ... -.. -. .--. . -.- . --- .. -.-- -...

12 月 2 日下午 3 点 55 分，亚伦·巴尔的收件箱出现了一封电子邮件。它来自于亨顿 & 威廉姆斯的律师约翰·亨特（John Hunt）。邮件标题是："迫在眉睫的机会"。

> 理查德和我明天要在一家美国大银行会见高级行政官以讨论维基解密的事。作为讨论的一部分，我们想推销你的团队。我需要你帮个忙。我需要 5—6 张关于维基解密的幻灯片——他们是谁、他们如何运转以及（你的）团队怎样帮助这家银行。如果你能帮忙尽快搞到些什么，请通知我。我中午给你打电话。

巴尔个子很矮，现年 40 岁，皮肤棕黄，拥有一副军人般的肩膀，方脸且两鬓斑白。当他从苹果手机上读到这则消息时，正在前往会见 TASC 执行官的路上。TASC 是诺斯罗普·格鲁曼公司（Northrop Grumman）在北弗吉尼亚的一家情报承包部门。20 分钟后，他回复了这条信息，赶在地址栏列出的其他 3 名来自另外两家安全公司的职员之前，热切地希望能接下这个案子。这个项目会使他通宵达旦。

同一天早些时候，巴尔向他即将会见的诺斯罗普·格鲁曼执行官发了一个短信，短信读起来像是在含蓄地申请一份工作。一年前，巴尔离开诺斯罗普并建立的 HBGary Federal 公司，实际上仅仅是在踩水，而巴尔正在寻找救命的竹筏。

曾经雇用他运作 HBGary Federal 公司并给他的这个"政府集中衍生物（意指通过政府介绍的项目）"投资的大公司 HBGary 管理层越来越沮丧。他们曾对他在推销词中所说的社交媒体能够解决数码安全界的"归属问题"抱以信心。他主张，分析社会联系能够识别出使政府机构和企业陷入困境的匿名黑客。在互联网上，罪犯和间谍能够通过代理和化名隐藏他们的 IP 地址。但巴尔相信，通过在线交谈和社交媒体联系理出他们的人际关系，将暴露黑客的真实身份。

作为一个拥有秘密许可的防卫承包商执行官，HBGary 公司的执行官曾把自己比作一个"A 级玩家"，并设想他"走在政府机构的大厅里"，宣扬他的社交媒体信念并开启一个有利可图的交易，就像他们在内部电子邮件中缩写的那样。然而，生意并没有来。HBGary 公司开始考虑卖掉它的股份，而巴尔则彻夜难眠，思考着他的公司和职业的失败。

在那个冬日，巴尔给他将会见的诺斯罗普·格鲁曼熟人写道："我们追逐的每件事看起来都正朝着好的方向发展，而它实际上导致了财务紧张。"

为了能继续经营，我和特德（Ted）正在查看账本，寻找渠道，并制定一些我们必须跨过的短期门槛。我们可能很快就会做出那个决定，而如果结果是否定的，我将在我所信任的组织中积极地寻找适当的机会。

不幸的是，我认为我们的专业领域——社交媒体将会在未来五年内爆发，其中肯定有很多机遇……我会与你保持联络。

也许，就在同一天犹如晴天霹雳般出现的维基解密，能够给巴尔机会来证明他的社交媒体侦探法，并因此为 HBGary Federal 公司获得一些流动资金。

HBGary Federal 公司的合作公司真知晶球（Palantir）收到一封来自马修斯·斯特克曼（Matthew Steckman）的电子邮件陈述了该工作的细节：

（巴尔）他们向银行推销自己，希望银行能雇佣他们进行一项关于维基解密的内部调查。他们的主要目的是通过起诉维基解密以禁止其公布任何资料。司法部曾打电话给美国银行总法律顾问，并且让他们雇佣亨顿 & 威廉姆斯（公司），特别是理查德·怀亚特（Richard Wyatt）。刚开始，我还以为这个人是（这个领域的）国王呢。（巴尔）他们想向银行介绍一个有能力对数据泄露进行广泛调查的团队。

他们有半个小时的时间向世界第三大银行的总法律顾问陈述案情。

几分钟之内，巴尔、斯特克曼，和一个叫做贝里克（Berico）的第三方安全公司职员开了一个电话会议，随后他们绞尽脑汁直到半夜。午夜后，巴尔向斯特克曼发送了他的第一个 PowerPoint 幻灯片草案。

巴尔的幻灯片显得过于简单，全是文字且到处都是错误。他一度将某个名叫约翰·希普顿（John Shipton）的人说成是维基解密的职员——出于敬意或玩笑，阿桑奇曾将此人失散已久的生父姓名列在网站注册名单上。但这份报告贯彻了巴尔的核心论点。巴尔说，维基解密的数据主机位于法国一个数据中心，而它的提交平台则属于一个叫做 PRQ 的瑞典公司。这名安全主管建议："针对大型基础设施进行数字攻击，从而获取文件提交者的数据，这将使整个计划失败。鉴于目前已经知道服务器位于瑞典和法国，派一个团队同时进入要简单得多。"

幻灯片继续提议采用虚假情报制造内部纠纷来对维基解密进行反制，假装提交信息以败坏它的名声，而社交媒体分析将识别出该团队中的关键人物。"必须对这个组织，对它的基础结构和人员进行攻击。"巴尔写道。HBGary 公司能够提供"电脑网络攻击/操作"、"影响和欺骗操作"、"社交媒体收集/分析及操作"他总结道。

第二天早上，安全公司团队为其加入了地图，显示出维基解密服务器的地理位置变迁，从亚马逊云端到法国主机再到瑞典互联网服务提供商班霍夫（Bahnhof），还配有一幅维基解密支持者及其社会关系的分支图。在将幻灯片展示给亨顿 & 威廉姆斯前半小时，巴尔加入了最后的附录："由于官方已经切断了他们的资金来源，维基解密正陷入财政危机。"他向斯特克曼写道："很多资料还需要帮忙统计，还需要让人们知道，如果他们支持该组织，我们将紧随其后。交易记录是很容易核实的。"

最终，他把注意力集中在维基解密一个很引人注目的支持者身上：民权律师和 Salon. com 的专栏作家格伦·格林沃尔德（Glenn Greenwald）。"我们必须攻击这种级别的支持者。"他写道。"这些人都是公认的自由主义人士。但最终，他们中的大部分人在受到压力时无疑会选择自保，就像大多数商业人士那样。没有了格伦这种人的支持，维基解密将会完蛋。"

这份报告所提供的内容是非法入侵、恐吓及伪造文件的混合物，它们被打包发送给亨顿 & 威廉姆斯，并附上了一个标题"维基解密危机"。然后，这些公司为它们随后的表演开始了漫长的等待。

结果，亨顿 & 威廉姆斯并未真正准备像它的转包商所希望的那样立即给他们资金。巴尔为该公司工作所承担的另一项任务，利用社交媒体追踪、分析并伺机破坏美国商会的亲公会敌人进展并不顺利。在与真知晶球和比尔斯公司的合作中，HBGary 公司原来要求为其服务支付每月 200 万美元。而当亨顿 & 威廉姆斯法律公司表现出犹豫时，他们将费用减少到每个月 20 万美元，最终更是像碰运气一样免费工作，只希望一旦他们的项目奏效，商会会开始付钱。

巴尔必须证明他具有数码侦探的技巧，而他的客户不能“朝着好的方向发展”。他需要一个案例来测试他的社交媒体策略，从而无可辩驳地证明他是多么明智。因此，他开始寻找一个目标。

他要寻找一个匿名者，一个看起来像是从蒂姆·梅（Tim May）的密码无政府状态幻想中走进现实的特殊人物。

-... -- .... .- --.. --- .-. -... -.. -... .- .-- .-- ..- .-. .-.

事与愿违，匿名组织这个名字正是由世界上最大、最活跃的黑帽子黑客和黑客活动分子组织所取的。它不仅仅是一个传统的组织，其行动方式更像是一场组织松散的运动，甚至是一种精心制作的参与式文化基因。那些参与这一组织的人会群策群力，对任何反对他们诸如言论自由和反社团主义价值观和信条的目标进行蜂群式的攻击。自从该运动在少年网上论坛出现并开始其带有政治动机任务的几年里，匿名组织的受害者已经包括了茶党（Tea Party）和支持它的亿万富翁公司科赫兄弟（Koch brothers），反同性恋极端主义者韦斯特伯勒浸礼会教堂（Westboro Baptist Church），起诉破解 PlayStation 3 黑客的索尼公司（Sony Cororation），安哥拉、澳大利亚、巴西、埃及、以色列、瑞典、突尼斯、土耳其、美国、委内瑞拉和津巴布韦政府等。

一个无名氏，就像该运动成员所自称的那样，会发布信息号召对特定目标发起网络攻击，通常是某个恐吓了另一个更小实体或行为不端却未受处罚的机构。随后，如果该提议激起了集体的渴望，成百上千或更多的人会跨越国界，争先恐后地加入攻击大军，从目标电脑上盗走信息并将其在网上发布，或者用洪水般的虚假数据请求攻击受害者的网络服务器，就像用文件堵住一头大象的口鼻令其窒息。

但匿名组织的参与者是如何保持匿名的？答案是通过使用解密高手工具包。以分散方式存在的无名氏使用任何他们能获得的匿名工具，包括所有种类的代理。该组织在网上发布了一个供新手使用的匿名方法手册，该手册解释了如何在不同的操作系统上安装 Tor。随后，它又为新手们提供了诸多帮助，例如结构相似的 I2P 匿名网络，它是一种可视化软件，允许用户在他或她的机器上创建一个安全封锁沙盒、PGP 编码，像商业服务一样快但安全性较低的 Tor 单跳版本。

并不是每个无名氏都能有效地运用这些工具。该组织中很多技术并不高明却最为活跃的用户已经被识别出来，被逮捕并入狱——其中某些只有 15 岁大的青少年被释放。但每一次警察的行动只会激励更多新鲜血液加入该组织，同时使他们强匿名性的集团文化更加坚固。匿名组织的一幅典型宣传海报上画着一个穿西装的无头男人——该组织的核心象征——以山姆大叔的样子把注意力引向："匿名组织需要你，将你的屁股隐藏在代理（服务器）后参与袭击!"

匿名组织很快就会发现其与维基解密有着共同的事业。事实上，这两个团体在很大程度上都源自一个共同的早期敌人：山达基教会（Church of Scientology）。

2008 年 1 月，该教会开始了一场打压运动，旨在预防山达基人的明星汤姆·克鲁斯（Tom Cruise）赞美该教会美德的视频泄露并扩散到互联网和传统媒体。直到这时，匿名组织还只是将注意力放在极端怀疑论的恶作剧上，例如黑掉某个在线癫痫论坛以导致癫痫发作的匿名组织，做出了它第一次政治性的行动。

匿名组织开始在油管（YouTube）上发布视频，一个机械的声音像飘过天空一个宣言。

你们好，山达基，我们是匿名组织。

多年来，我们一直关注着你们。你们的误导运动、对异议的压制、好争论的天性，所有这些引起了我们的注意。通过将你们最近的宣传视频泄露至主流媒体，你们邪恶的影响力所能波及到的范围，那些信任你们的人，那些将你们称之为领导者的人，对我们来说已经很清楚了。因此，匿名组织认为你们的组织应当被毁灭。为了你们的追随者，为了全人类——为了笑声——我们会将你们驱逐出互联网，并有计划地拆掉山达基教会现有形式。

……

知识是自由的。

我们是匿名组织。我们是军团。

我们从不宽恕。我们从不忘记。敬请期待。

这段视频在油管（YouTube）上被浏览了450万次，紧接着是来自全世界大约200次针对山达基网站的网络攻击，数千人戴着盖伊·福克斯的面具在山达基建筑物外抗议，甚至有很多装着白色粉末的信封寄到教会——它实际上是无害的麦芽和玉米淀粉。

在匿名组织与山达基开战几个月后，维基解密开始依次公布山达基教会的文件，从这一刻开始，匿名组织和维基解密的支持者交融在一起。而当针对维基解密的攻击于2010年12月开始时，正是匿名组织为其发起了反击。

这份必要宣言通过网络留言板和博客传播，号召进行名为“为阿桑奇复仇”的行动。它出现在PayPal切断对维基解密的转账后不久，同时引用了与解密高手有关的电子前沿基金创始人之一约翰·佩里·巴洛（John Perry Barlow）的话：“第一场信息战目前正在进行，维基解密就是战场，你们就是军队。”

消息发布者继续号召进行抵制和数字攻击，大量消息通过线上和线下发布，甚至对政府官员发起手写信件运动以支持阿桑奇。随之而来的是软件武器“低轨道粒子炮”所推动的，用匿名组织训练出的多来源垃圾数据流对一个又一个目标进行数字炮轰。PayPal公司博客暂时被网站关闭，紧接着是Visa和MasterCard网站，甚至包括企图引渡阿桑奇的瑞典检察官办公室。

黑客们接下来进行的又一次直接行动叫做“Bradical行动”，而不是关注布拉德利·曼宁（Bradley Manning），那时布拉德利·曼宁正在弗吉尼亚州匡蒂科的禁闭室中忍受煎熬，持续接受防自杀看护，并被指挥官强迫每晚脱光衣服。一封发布在网上的匿名信件号召无名氏“人肉”禁闭室军官，翻出他们的私人信息并以此骚扰他们及其家人。他们要求在一周之内给曼宁提供“床单、毛毯、任何他要求的宗教文本、充足的阅读材料、衣服和球。否则将继续‘人肉’并毁灭所有让曼宁裸体的负责人。曼宁没有寝具，禁闭室没有提供任何基础设施，即使对待二战纳粹战俘也没有这样”。

当匿名组织开始享受包围着电报门的媒体的聚光灯时，亚伦·巴尔也开始对这个组织有所关注。它成为一个令人感兴趣的代表个案，他希望借助对它的研究证明他的分析具有可行性：虽然无名氏们极力保护他们的真实姓名，但他们公然聚集并使用化名在网络聊天室中计划他们的行动。尽管他们全都通过代理上网并戴着面具，但或许可以通过他们的交谈渗透并追踪摸清匿名组织在整个社会中的分布图。

巴尔曾计划2011年3月在圣弗朗西斯科的BSides网络安全会议上做一个演讲，在这次会议上他将以在线关系网为线索揭露出一所位于宾夕法尼亚的核设施在军队情报组织与安全司令部（INSCOM）安保中的人为缺陷。巴尔演讲的题目是："当我们有了社交媒体，谁还需要国家安全局(NSA)？"

但到了2011年1月，巴尔决定激起更大的水花，而不再像往常那样用幻灯片展示可能产生的安全弱点。他需要让HBGary Federal公司上头条，以此给商业领袖们造成冲击。所以，他加上了第三个目标。

"我认为，我将致力于找出匿名组织的主要成员。"他在2011年1月写信告诉HBGary Federal公司的另外两名职员。

"这一切过后——再没有秘密可言，不是么?"

..- --- .- -.-. -.-. - .-- ...- . -.- -... -.. ...- .. ..

2011年早期，我联系了所有48个在美国国防部高级研究计划局反泄密技术开放式招标中公开注册以提交建议的公司。我也很快就感觉到派特尔·扎克（马齐）所面临的任务是多么的令人乏味。

大约三分之二的公司，即使是一群拥有响亮名字的承包商，例如Securonix、IntelliGenesis、Trustifier、IT Solutions Partners和Applied Visions，都没有回应或是拒绝谈话。而那些向我描述了他们想法的公司，回答得都是那么统一的平淡无味。

或许最坦率的回应来自于一家名为Teledyne的公司，它已经放弃了这个计划。该公司的信息科学主管马克·安德森（Mark Anderson）抱怨说，无权查阅过去的调查资料，像他们这样的公司几乎没希望通过罪犯数据猜出一个具有可行性的搜寻方案。并且，他指出那个提议要求似乎是针对在线活动的，但提议忽视了泄密谱中的勒德分子端。"如何发觉坏人正使用某种低技术含量的方法获取存储设备上的数据（比如吞了它)?"安德森写信对我说："这真是一个很重要的问题。我只是怀疑，我们能雇佣信息技术人员替代传统的人力检测技术么?”

当我打电话给艾伦·帕勒（Alan Paller）这位颇具长辈风范的SANS研究所网络安全教育组织的研究室主任时，他用一句令人沮丧的开场白开始了我们的谈话：“我宁愿致力于那些有答案的问题。”

在我向他施压时，帕勒承认的确有一个解决泄密问题的方法：“将它们全都锁起来，不让任何人看到任何事。”

事实上，网络安全业界之前曾尝试过比帕勒提出的更实际的版本。2007年起，几乎所有主要软件销售商，从迈克菲（McAfee）到赛门铁克（Symantec）再到趋势科技（Trend Micro），花费了数亿美元在所谓的数据泄露防护（DLP）业界的公司上——设计软件在公司服务器上定位敏感信息并给它们加上标签，然后对其进行保护，避免它们通过网络被传输出去。“数据核心安全”很快成为一句充满安全保障的流行短语，因为这些公司认识到杀毒软件和防火墙并不足以治愈它们的信息顽疾。到了2010年，弗雷斯特研究公司（Forrester Research）的一项研究显示在美国、英国、加拿大、法国和德国大约四分之一的公司已经使用了泄密重点软件（一种专门针对泄密的安保软件），而其他四分之三的公司正在考虑当中。

不幸的是，数据泄露防护并非如此管用。在现代公司和机构中，允许雇员在数据点之间“建立关联”，这挫败了要将网络上各个部分隔开的想法，信息很容易被快速创建和频繁移动，仅靠一个过滤器是很难保障信息安全的。甚至在数据泄露防护成为时尚后，内部数据盗窃仍在继续：隐私关注波耐蒙研究所（Privacy-focused Ponemon Institute）在2009年的一项研究发现，大约60%的雇员承认在离职后谈论过敏感数据。

泄密仍未停止，特别是在公共部门泄密的原因在于，自9·11事件后，美国国会认定缺乏数据共享的情报机构将使政府对反恐的努力失去判断力，山姆大叔便将他的注意力放在了阻止下次恐怖袭击上，而不是避免下次情报数据泄密。

电报门事件后，白宫颁布了更严格的限制令，监视那些曾获取过秘密材料的人，美国陆海空三军也将针对如何才能在安全的路由器网（SIPRNet）设备上使用如光盘等物理载体信息，并建立新的条例。但对这一丑闻，参议院的第一个官方反应［参议员约瑟夫·利伯曼（Joseph Lieberman）提议通过一项新法律，将泄露情报来源定为联邦犯罪］竟然是举行一场针对如何确保信息不受限制的听证会，而不是如何更好地限制它。利伯曼对听证会的介绍以世贸中心的攻击及此后十年对情报工作的改进作为演讲的开始。

“现在，我担心维基解密的案子正成为那些想将我们带回到9·11事件之前的人的过激反应的战斗口号。那时，信息被发现它的部门当成资产而不进行共享。”利伯曼说道：“一些人主张，如果没有将大量情报信息放在共享系统中，它们就不可能被窃取并交给维基解密。但对于我来说，这是杀鸡用牛刀。”

换句话说，华盛顿的某些人拒绝掉进阿桑奇的陷阱：维基解密的创始人预计泄密将使得阴谋机构内部通信停止，并欲使他们制造阴谋的能力瘫痪。但政府或许更聪明，宁可让数据泄露也不会使信息停止流动。

怎么可能将一个多孔的机构边缘密封？因此，网络安全业发展出另一套策略：网络法证术，其方法是在公司服务器上持续收集每一个指纹，以便在事发后追踪闯入者或泄密者——并非在泄密的那一刻，而是调查追踪泄密者在闯入之前及之后数天或数月行为的完整故事。

NetWitness软件公司在这个领域显得尤为突出，例如，在它被软件巨头电子机器公司（EMC）收购前，从2007年到2010年，其收入增长了78倍。NetWitness的软件广泛收集了网络活动的信息并使其能够很容易被查询——该公司并没解释是怎样实现的。即使如此，“现有技术中也没有能自动完成这事的。”该公司的主要法证分析师肖恩·卡彭特（Shawn Carpenter）说道：“你需要一个神探可伦坡（Colunbo）。”

自从2010年早期国防部高级研究计划局与马齐接触后，他便以建立这种泄密嗅探机器人可伦坡为目标。马齐的计划试图识别出他所谓的“恶意任务”——指任何从公司防火墙内部窃取数据的内部活动，无论其是远程劫持一台戴尔个人电脑的一名来自亚洲的网络间谍还是布拉德利·曼宁。他的系统将实时监视互联网，就像他自己作为数码攻击者时所做过的数据盗窃行为那样。

马齐非常害怕潜在的假阳性——考虑到将在互联网上运行的CINDER系统会被成百上千的雇员所使用，哪怕只是1%的误差也可能导致对数千名常规用户提出错误指控。“这就好像我们正试图想出一个针对某种超级艾滋病毒的医学测试。”扎克说这话时显得有点兴奋，丝毫没考虑到其政治上是否得体。“如果你错误地报告有一万人感染了超级艾滋病毒，他们会在办公室里经历非常糟糕的一天。”

为了减少这些错误警报，单一行动并不会触发泄密信号；反而是，扎克说他的侦测系统将把所有行动按照一条概率链条联系起来，只有当其能够将所有事件完整串起来指出有目的数据盗窃时，警报才会被激发。马齐说：“你把所有这些事放在一起，形成该任务的不同组件。我正在寻找这些新的规律、新的指令、新的相互关系以及条件。”

马齐通过 CINDER 发布的公开征询方案列出了一系列能够串起来并意味着数据泄露的可能行动，它们被称为“任务范围”。首先是调查研究，扫描文件地址或网络以绘制出它们的架构。然后分析文件，查找它们的目录或读取其元数据，操作系统及其他软件描述文件的隐藏信息。随后，泄密者需要将这些文件收集到一起并准备将它们带走，将它们刻成光盘、打印或加密以便传送。最后则是泄密本身，即内鬼携带物理资料走出建筑、发出电子邮件或将数据发布到网上的瞬间。

马齐认为，即使在最初的泄密后，“指令”也可能继续。在罗伯特·汉森（Robert Hannssen）的案子里，作为前美国联邦调查局（FBI）探员，他曾向苏联提供情报信息超过二十年，目前被终身监禁于科罗拉多超级监狱。2002 年，他坦白曾向苏联出卖机密获利 140 万美元，内容涉及从信号情报方法到 FBI 曾在苏联位于华盛顿的大使馆地下挖掘窃听隧道。

每隔几天，汉森会停下他的正常活动，并通过网络在一台服务器上进行一次单一查询，这种方式他重复了多年。马齐说，这台服务器保存有反情报行动数据库。汉森其实是在搜索自己，例行查核他是否已被最终发现。

- --- - -..- --. .. --.- . .- ..-. -..- ... --- - -.-- .-..

2011 年 1 月中旬，HBGary Federal 公司的亚伦·巴尔开始尝试揭开匿名组织的神秘面纱。

在这家安全公司的一位名为马克·崔诺（Mark Trynor）的软件开发员的帮助下，巴尔建立了一个工具，其被设计用来获取用户的社交网络页面，并将数据汇总以便分析。脸书（Facebook）强制执行“实名制”——不允许使用化名。这意味着如果巴尔能将无名氏的脸书身份与其在该组织中在线聊天系统（IRC）即时通信论坛上使用的资料联系起来，他就能确定他们的真实身份。在研究报告中他写道：“目标之一是尽可能多地将在线聊天系统中的线索与脸书档案建立关联。”

他和崔诺在分析社交媒体哥伦比亚反叛集团哥伦比亚武装革命力量（FARC）成员档案时首次使用了该软件。而现在，巴尔想对全世界最具报复性的黑客团体进行相同的数据收集和分析。

这一次，巴尔的编码员显得犹豫不决。在那个一月寒冷的下午，两人反复争论了很久。

崔诺在一封电子邮件中对巴尔写道："为了你所相信的安全，你会侵蚀到美国的个人主义。"

巴尔回复道："我们既没有自由也没有安全……所以重点到底是什么？"

"杰斐逊（Jefferson）会为你骄傲。"这名开发者引用巴尔最喜欢的总统进行反击。

"杰弗逊是个理想主义者，而且生活在一个完全不同的时代。"

"为理想而奋斗何错之有？"

巴尔写道："没错。但鲁莽行事与那些想碾碎理想的人一样糟糕。联邦因一个美好的理想而建立，却因为权力使每个人腐化而堕落。"并提到HBGary Federal公司早期为商会（Chamber of Commerce）进行的工作："维基解密和匿名组织使他们加速堕落。当他们公布那段直升机视频时，我曾相信维基解密的所作所为。现在，我确信他们是个威胁。"

崔诺在这场与首席执行官的争论中异常固执。他复述18世纪英国政治家埃蒙德·伯克（Edmund Burke）的话问道："如果坏人利用它再次提升权力又该如何？"

"但是，小子，谁是坏人？"巴尔写道："美国政府？维基解密？匿名组织？"

> 这全都因权力而起。维基解密和匿名组织的人在没有深入调查或相关教育的情况下就将信息曝光，难道只是因为他们认为其所作所为代表了人民的正义？简直胡说八道。他们妄图从他人那里攫取权力，并将其交给他们自己。
>
> 我只遵循一条法律，我的法律。

巴尔的研究远不止从脸书页面收集数据碎片，事实上他正在挑战道德的界线。他还创建了一个虚拟人物，用来在聊天室和社交网络中渗透进匿名组织成员内部并获取黑客的信任——他参与匿名组织的在线聊天系统交谈，并潜伏其中。

几天内，他确信自己已经确认了匿名组织的三名“领导人”，其化名分别是指挥官X、Q和欧文。（实际上，这个三人组只影响到匿名组织活动中的很小一部分——大部分的无政府运动都拥有不计其数的小型组织。）总的来说，巴尔准备了一份包含100个名字的全世界匿名组织参与者列表。例如，他相信指挥官X是一个名叫本杰明·斯波克·德·佛里斯（Benjamin Spock de Vries）的加利福尼亚人。

但随着巴尔的深入，他的编码员助手提出的问题就不仅仅是关于他们工作的道德性了。他开始质疑巴尔的判断和社交媒体研究的结果。

崔诺警告说：“你总是假设你是对的，并据此假设犯罪牵连。”

“不！”巴尔写道：“这是基于概率的可能性……拜托，你在数学上比我聪明。”

“是的，因此我知道你在数学上的低能，但你却不愿接受。”崔诺回复道：“你所谓基于概率的可能性仅是你的直觉，而直觉并不具有科学性！”

“伙计，我并不只是靠直觉……我花了数小时进行分析并得出结论，我知道这是能自动完成的……所以请放下墨西哥卷，回去工作！”

“我并不怀疑你正在做分析。我怀疑这种统计分析是否有足够的数据来支撑。我估计正确的可能性不到0.1%……嗯……墨西哥卷！”

巴尔继续向前推进。他对他的发现信心十足，并开始将它们兜售给他在亨顿&威廉姆斯的联系人约翰·伍兹（John Woods），并希望借此推动这家法律公司进行那两个挂在HBGary Federal公司鼻子前的项目。伍兹向博思·艾伦提及了巴尔，在他笔下，这名防务承包商可能会令人很感兴趣。受此鼓励，巴尔联系了《金融时报》（*Financial Times*）以及包括FBI和国家情报局主任在内的许多政府部门。

但私下，HBGary Federal公司的职员对巴尔的厚颜无耻非常质疑。崔诺对HBGary Federal公司总裁特德·维拉（Ted Vera）写道：“巴尔走上了一条错误的道路。他正在谈论他的分析以及那些他能从统计学上证明的东西，但他并没有在数学上证明任何事，他也没有对其数据的准确性进行检验，而他还在继续向人们介绍并接受采访……我觉得他又一次被自己的自负所迷惑，从来没有真正停止过……对我们所有人而言都是如此。”

维拉写道：“是的，我也这么觉得。”

在巴尔会见联邦调查局的当天晚上，HBGary 公司与 HBGary Federal 公司首席执行官之间通过电子邮件激烈讨论了是否将巴尔的全部数据公之于众。

“危险，危险，威尔 · 鲁滨逊（Will Robinson，一部美国科幻电视剧中的机器人在遇到危险时的台词，英语中常用于提醒对方注意），”维拉写道，“你找错了人，要么停止，要么将更加激怒那个组织。”

另一方面，HBGary 公司的创立者，著名的安全研究员格雷格 · 霍格伦相信巴尔应该勇往直前，尽快公布他所掌握的匿名组织信息。他写道“耶稣啊，这些人不是你的朋友，他们与恐怖分子仅一步之遥，把气球吹破吧！”

《金融时报》报道了巴尔的研究，其标题名为“逐渐包围网络活动家的网”。巴尔将该报道的链接发给了博思 · 艾伦的联系人和亨顿 & 威廉姆斯的伍兹，伍兹还祝他在与联邦部门的会议中好运。

HBGary 公司的所有者格雷格 · 霍格伦发邮件向巴尔祝贺。主题是：“你是颗暗星”，也许指的是《星球大战》（*Star Wars*）电影中的“死星（Death Star）”。他还引用了电影中邪恶皇帝的话：“噢，我恐怕当你的朋友到达时，防护罩已经完全能运作了……”

.-. .-.. - .-. -..- .--- - --. . -.-. -... -- .- .. .-- ..-.

现实中任何人都能看出派特尔 · 扎克和朱利安 · 阿桑奇这两名黑客命运上的差别。不像他的澳大利亚同行，扎克是足够幸运的。他所违反的国际准则大多数在当时尚未制定。

从他能记事起，电脑就成为扎克生活中的一部分，就像食物和衣服一样重要。他的父亲是一名亚拉巴马大学教授，研究如何用磁力推动电子分析化学物质，并将其业余时间全部花在了早期的个人电脑自制上。老扎克自己打磨零件的外形，例如电路板和数字管，然后把它们像玩具一样放进儿子的婴儿床里。扎克说：“父亲很早就看出人们会分裂成懂电脑和害怕电脑的两派，他希望我在技术的环抱中成长。”

无疑，当扎克开口说话时，总是询问他的计算机玩具。5 岁时，他就开始摆弄父亲的西南技术产品公司的（Southwest Technical Products Corporation）6800 微电脑，牵牛星（Altair）8800 和泰克（Tektronix）4501。这些早期个人电脑需要自行组装，而要学习使用它们则不可避免地要学习代码编写方法。所以，扎克在上幼儿园时已学会软件编程，就如同大多数孩子学会 ABC 一样自然。与此同时，他的父母还让他学习小提琴，包括后来的吉他，使他在数字设备和模拟设备两方面的才能都得到了同样的发展。

当苹果 II 电脑发布时，扎克的祖父花光了扎克父亲的全部遗产给这个家庭的天才买了那台时髦的新机器。将史蒂夫·乔布斯（Steve Jobs）和史蒂夫·沃兹尼亚克（Steve Wozniak）的强大作品接通电源后，扎克很快就遇到了计算机游戏中讨厌的版权保护，他发现破解这些数字锁是十分诱人的任务。扎克说："那是 1978 年，我 8 岁，一个游戏花费 20 美元对我来说是很大一笔钱。所以我黑了系统，把它们逆向处理并分解，那就变成了我的游戏。"

很快，这种盗版行为的诱惑从游戏拓展到更广阔的范围——扎克了解到联线信息系统中无政府主义的前景，建造该系统的相关部门三十年后将会雇用他。这就是"阿帕网"。扎克会把他的调制解调器设置成一种名为"拨号攻击（war-dials）"的随机循环进程，直到它横跨美国，找到某所学术研究实验室中一台遥远而可爱主机的连接。与这些看起来很抽象的机器连接，他漫步于这块刚发现的数字大陆上原始而人烟稀少的网络中。

在 20 世纪 80 年代早期，网络世界中的安全措施连松懈都谈不上——这种想法在人文方面看起来非常荒谬，就好像给你家里的冰箱上锁一样。那时并不需要密码，一般来说只会礼貌地要求匿名者进行简要自我介绍，而管理员的回应通常不过是委婉地告诉访问者避开网络中的某些特定部分。

扎克说，随着电影《战争游戏》（*War Games*）的上映，那个纯真的时代在 1983 年结束了。在这部电影中，年轻的马修斯·布鲁德里克（Matthew Broderick）展示了一种技巧，例如入侵他的学校的网络更改自己的分数，而最终通过"拨号攻击"进入了一台名为"WOPR"的军方超级电脑，进而控制了美国核武库。布鲁德里克认为他只是在玩游戏，于是发动了一场模拟苏联进攻，结果差点引发一场核灾难。

"那个圣诞节，"扎克说道，"每个美国孩子都向父母要调制解调器。"

很快，扎克无声尝试的未知领域便被其他过于热切的年轻闯入者所挤满，他们中的许多人并不具备在其访问系统中轻声轻脚的技术知识或文化背景。"网络上的信噪比一路飙升。"扎克说。1986 年，《计算机欺诈和滥用法》（*Computer Fraud and Abuse Act*）获得通过，并规定未经授权闯入封闭网络是非法的，“所有东西都已经上锁了。”他说道。

但扎克攻破计算机游戏拷贝保护的兴趣已拓展到绕过安保方面，就像他已经深入全世界其他数千名孩子的心一样。他们在公告板和世界性新闻组网络系统（Usenet）上聚会，交流怎样破解密码、免费打电话，甚至包括找出信用卡号码的技巧。

青少年时期的扎克将弗兰克·扎帕（Frank Zappa）作为崇拜的偶像，这一时期，他还遇到了他的另一个英雄阿比·霍夫曼（Abbie Hoffman）。霍夫曼作为其网络军团中的一份子，同样对当局不满。尽管如此，他仍然把自己的探索说成是没有恶意的好奇心。而且，他声称那些他在网上长期出没的地方的系统管理员允许他进入相同的网络。他说：“如果你提出要求，你就会对大多数情况下人们竟会答应，并邀请你进去感到惊讶。”

但在10年后，扎克朋友们说出了一个不太一样的故事，一个将网络防御视为路面减速装置的年轻黑客，在18岁前其越过的网络防御就已经多得数不胜数。1999年，他告诉《纽约时报》，自己曾收到过来自“三信社（three letter agency）”的非正式警告。扎克声称作为一名青少年，他从没故意违反计算机法律——他没有犯罪记录。他在法律边缘进行冒险活动的唯一纪念品是一台长期没收的苹果II个人电脑。据他的同事说，这台电脑很多年后出现在他的办公室里，就像来自于扎克和互联网的一个无政府主义的保存完好的时间胶囊。

对年轻的黑客来说，幸运的是他还拥有无可争议的天资。1988年，扎克被波士顿伯克利音乐学院录取，并在接下来的4年里练习吉他技术并尝试创作音乐。以优异成绩毕业后，扎克开始在波士顿一家电脑绘图公司上班，加入了一个进步的摇滚乐团，并开始参加每月第一个星期五在哈弗广场国际象棋桌对面咖啡厅的各种黑客见面会。这是一个年轻男性的节目，通过一个名叫“the Works”的在线公告牌进行召集。正是在这里，扎克将自己化名为“马齐”。一天晚上，一名在组织内被称为“白色骑士（White Knight）”的同僚邀请马齐加入了鲜活黑客精英的世界，一个就像任何摇滚乐团一样将变成网络安全界标志的组织——L0pht。

白色骑士领着马齐来到波士顿南端一家木工车间二楼的仓库里，开启了黑客俱乐部会所的大门。仓库墙上挂着旧主板，屋内装满了来自数字设备公司的微型电脑、过时的苹果机，还有从垃圾堆中找到的付费电话。电线从天花板上垂下，插入调制解调器和半组装的个人电脑。后来，为了方便在盥洗室进行浏览，他们在厕所中增设了一台非法进入网络的个人电脑。这台电脑连接着屋顶一座50英尺长的天线。所有这些装置设备都没有目的性，纯粹是为了好玩和实验。

在马齐到来之前，L0pht已经有了一套独特的黑客方法。不同于寻找其他脆弱的网络进行渗透，Lopht实验室的约10名成员更偏好建造他们自己的网络空间，在那时这是一项非比寻常的成就。他们将成员分设在两个房间，其中一个用软件进行黑客防御，而另一个用硬件，有条不紊且充满欢乐地攻破他们自己的系统。

这种策略意味着L0pht的成员，例如主脑人物（Kingpin）、焊池（Weld Pond）、计数零（Count Zero）、空格流氓（Space Rogue）、大脑遗忘（Brian Oblivion）、硅肺病（Silicosis）和数字狗（Dildog），能够在从不跨越法律的前提下完善他们在数字渗透领域的技术并实施攻击。L0pht这些离经叛道者10年前的坚持奠定了史蒂芬·利维在《黑客》一书中所描述的一种现代版的黑客准则——不要黑掉任何人的机器，不要违反法律。共享所有资源，无论是物质资料还是数字信息。

抛开道德不谈，L0pht是一个史诗般的恶作剧源泉。主脑人物20岁出头，长着一张娃娃脸的主脑人物是黑客界一颗闪耀的明星，他曾开发出可窃听寻呼机未加密信号的硬件装置——后来被定义为POCSAG。空格流氓是一位留着短发的退伍士兵，他创办了名为Mac Whack Archive的FTP下载站点——全世界最大的收集苹果电脑黑客工具站点。有一次，这个组织听说宾夕法尼亚大学准备扔掉一台PDP-11微型电脑。随即他们租了一辆赖德（Ryder）牌卡车，将这台洗衣机那么大的怪物搬运到波士顿，但不包括其同样尺寸的存储单元。随后，他们令其重新运转，并尝试对它进行数码渗透。

马齐进入L0pht的第一晚，这个精英组织内的所有黑客都被他的技术天赋、重金属发型以及他作为一名表演音乐家所学到的舞台演出魅力和外向性格惊得目瞪口呆。据空格流氓说："需要一个前锋，而这就是他了。"

在那时，L0pht实际上的领袖是计数零，他是该组织两个共同创办者之一。但计数零陷入一场肮脏的离婚案中，迫使他离开L0pht达数月之久，时间久到足够让马齐成为这里的主角。当该组织决定搬到城郊沃特敦一个更大的地方时，马齐建议投票表决是否不再等待缺席的计数零。在一家意大利餐馆，该组织正式宣布逐出计数零。马齐巩固了他在该骇客团体中的首要地位。

作为该组织的公众形象和掌控者，马齐开始推行 L0pht 全新的自我表现策略——开始进行公开的黑客行为，并且在 L0pht. com 网站和在线论坛里公布他们的工作。他们的口号是将免费信息推向其逻辑上的极致——他们将从地下活动浮出水面并传播他们的数码事迹。

马齐开始讨好媒体，寻找好奇的记者，首先是本地商业出版物，随后是《连线》（*Wired*）、《华盛顿邮报》（*The Washington Post*）和英国广播公司（BBC）。他们销售 T 恤，吸引崇拜者的注意，并骄傲地自称为“媒体的妓女”。L0pht 接受了马齐的英雄阿比·霍夫曼和保护消费者的偶像拉尔夫·纳德（Ralph Nader）的提示，颇具煽动性的声称安全问题的责任并非在于邪恶的黑客妖怪，而在于世界上诸如美国国际商用机器公司（IBM）、甲骨文（Oracle）、微软（Microsoft）以及太阳微系统（Sun Microsystem）等公司，责备他们没有为消费者建立更加安全的工具。马齐有点激动地说：“公司们说他们的产品是安全的，但他们并未证明其安全性。所以我们将它们撕碎了，并且承认击倒企业巨头的感觉很好。”

马齐和 L0pht 在邪恶的“黑帽”黑客和懦弱的“白帽”渗透测试者之间找到了一个中间地带——他们称之为“灰帽”黑客行为。该组织从不用他们的技术干坏事或违法。但也从不掩饰他们能摧毁普通程序安全性的非凡能力。起初，这些公司曾尝试对它们予以否认。但很快，它们就失去了抵抗力。

例如，在 1997 年，L0pht 成员在 IE 浏览器中发现了一个缓存溢出的弱点。利用这个缺陷，任何用户只要上网点击进入一个陷阱链接，就会导致其电脑迅速被劫持。就像数字狗在 L0pht 公告中所写的：“只要点击链接，你就会知道你的机器发生了什么。在发疯的同时请求微软让坏人停止。”

1998 年，马齐发现微软企业版操作系统 Windows NT 中的密码存在几个致命弱点——它储存的密码不区分大小写字母，而且无论密码有多长，都可以将它们拆分成更容易分析的七个字符块。当它使用一种名为“哈希算法”的技术将这些密码块加密时，通过在密码中加入另一层噪音，每一个错误都使其在数学上很容易被一名有条理的黑客猜到密码。

马齐称微软的方法为“幼儿园密码”。而他开发的融合了密码破解教科书中每一种方法的工具 L0pht-Crack 在创纪录的时间内击败了这种残疾密码系统。到这个工具发布之时，它能够在26天内解开一个网络中的所有注册表密码，远非微软宣称的5 000年。该工具的程序说明书中写道："它很大、很坏，它像钻石的尖端、像利刃般划破 Windows NT 的密码。它从注册表中、从恢复盘中找出它们，就像注射了中枢神经刺激剂（Dexedrine）的食蚁兽一样探查网络。"

这引起了微软的注意。在随后的拉斯维加斯黑帽安全会议上，这家软件巨头高层邀请 L0pht 组织共进了一次豪华的晚餐，并且同意如果 L0pht 组织的研究者能在将问题公开前给他们一点时间，将以公司信誉为担保，在一个严格期限内给他们的安全缺陷打上补丁。最终，L0pht 组织中的好几名成员将被微软雇佣为安全顾问。

当 L0pht 成员之间进行互相攻击游戏时，他们会一边喝着威士忌和啤酒，一边隔着将其分割为硬件组和软件组的墙大声嘲讽对方。然而，他们并非只对自己人高谈阔论，他们经常通过在线聊天系统与全球黑客进行沟通。而马齐和朱利安·阿桑奇也正是通过在线聊天系统相互认识的。

阿桑奇那时被称为"Proff"，他注意到马齐聪明的黑客活动，并经常将关于 L0pht 的警告发布到"最佳安全团体（the Best of Security group）"网站，阿桑奇把它挂在"郊区（Suburbia）"的服务器上。然而，在阅读了对方的研究后，这两名黑客彼此都很敬重对方作为怪胎中头儿的身份，他们还通过链接墨尔本和波士顿的海底电缆交换意见。他们在现实世界中多次会面，其中至少包括在柏林混沌通信大会（Chaos Communication Congress）上一起吃饭。一名 L0pht 的前成员说："在线聊天系统上的每个人都相互认识。但马齐和阿桑奇在会议中会面或共同进餐，这似乎是一种不同的联系。"

除了马齐和阿桑奇自己，或许没人知道他们交谈的内容。当我在2010年向阿桑奇问起马齐时，他只是很谨慎地说："他们处于相同的环境中。"

我提醒阿桑奇注意，如今马齐正领导着 CINDER，它是一个设计用于堵住泄露的军用程序。阿桑奇似乎不愿意接受这个想法。"他是一个很聪明的人，同时也是个非常道德的人。我不相信他会建立一个审查制度的工具。"

当我向马齐问到阿桑奇时，他警告我说他在国防部高级计划研究局的官方角色意味着他不能就这个澳大利亚人发表任何意见。但他补充说他仍"对那些随时光流逝的日子充满美好的回忆"。

12 月，《福布斯》杂志刊登了我写的关于维基解密的故事，并以阿桑奇的面孔作为封面。其中引述了马齐的言论，并提到了他与维基解密创立者之间的友好联系。当这本杂志摆上报摊后，马齐再没对我说过任何话。

. . .... -..- -.. . ..-. -.. -.-- -..- --.- .-.. -... . .- -...

如果马齐走上与澳大利亚分身（阿桑奇）相同的职业道路，亚伦·巴尔追踪的将是一个更接近布拉德利·曼宁的人——一个禁不住塞壬（Siren）歌声中对接触最高机密许可诱惑的美国青少年。

巴尔在华盛顿霍奎厄姆长大。这是一个粗野的伐木工社区，一个产生了科特·柯本（Kurt Cobain）的城镇群。在他的记忆中，“鲁莽、肮脏的人们”每夜醉酒后打架，“酒吧比教堂还多”。但他的父亲是个例外——一名前磨坊工人，他因工业锯而丢掉了两根手指和半个拇指。这起事故由法律解决，赔偿金足够让老巴尔返回学校并开始研究尼采（Nietzsche）。他会写诗，会带着他的儿子长途旅行，和他儿子一起玩历史和政治问答游戏。

10 岁时，巴尔得到了一台海军上将64（Commodore 64）电脑，他花了数小时阅读编程杂志以驯服它那神秘的内部构造。他玩《龙与地下城》游戏，将电子元件拆开并重新组装，还加入了学校电脑俱乐部。

巴尔毫无激情地在本地社区大学混了几个学期。然而，当过去的两个同班同学参军并向他讲述了他们在海军新兵训练营的经历后，这名 18 岁的男孩被迷住了。一名海军征兵人员跟他谈起了密码破解和保密权限，这令他非常惊叹。他说：“对于 18 岁的男孩来说，这听起来很有吸引力，所以我加入了。”

在佛罗里达海军基地呆了几年后，巴尔的技术爱好和海军的训练使他成为一名能够胜任于高频定向或高频无线电测向仪的老手。这是一项以分析无线电信号中所包含的信息并定位信号源为目标的信号情报分支。20 世纪 90 年代中期，他从高级信号分析专业毕业，他将其描述为：“大量、复杂的通信。”巴尔的团队所拦截的无线电信号通常是多层音频和数据集中在一起，他们将成股的信息解开，并尝试理解它，有时使用并不适合公众的技术破译来自俄罗斯和中国的密码。

海军将巴尔调到接近直布罗陀海峡的西班牙罗塔岛（Rota，Spain）。因特殊任务，需要对通过此处前往地中海、亚德里亚海或南下非洲海岸的船只进行分析。巴尔经常搭乘直升机前往航空母舰上工作。他记得那些任务以及他生命中所经历过的最佳时刻——在象牙海岸与世隔绝的海滩上烤鸡，或在敖德萨酒吧与当地人一起畅饮含少量甲醛的啤酒。

1998 年，北约（NATO）参与了科索沃战争。1999 年，美国海军陆战队急需信号情报分析家支援他们使他们免受战争蹂躏地区的入侵。巴尔那时正在美国基尔萨奇（Kearsarge）号上志愿服役。他说："我认为这场战争会很利索，我是那种喜欢户外活动的人。"

不久，他发现自己正搭乘一架前往马其顿的直升机，随后在一座接近科索沃格尼拉内（Gnjilane，Kosovo）的废弃养鸡场扎营。他和他的海军陆战队同伴们带着他们所有能带的物资，吃着干粮，执行了这次长达一月不能洗澡的任务。巴尔说："我甚至无法忍受自己身上的气味，更别提我帐篷里还有其他 4 人。"因此，他总是睡在星空下。

很快，他所在的排移动到城市商业区的一座空荡的警察局内并开始他们的工作。大部分战争已经结束——北约投下炸弹后一年。残存的萨尔维亚势力在涉嫌犯有战争罪的斯洛博丹·米勒舍维奇的领导下仍持续对北约部队发起攻击，而阿尔巴尼亚人则继续对塞族人报复。因此巴尔的团队被派往追查并结束这些零星暴力事件。

被投入战场时，这名成为信号分析员的士兵身上用背带背着两台装有 Unix 操作系统的蝌蚪（Tadpole）笔记本电脑，它们都加了装甲且尺寸超大，其中一台作为备份机。同时，他还携带着一对无线电收发机，其天线用来截取并破译无线电通信。由于不具备携带重武器的资格，他只得到了一把手枪。海军陆战队员们常开玩笑，如果发生战斗，他会是第一个被击中的，因为那把武器让他看起来像个军官。

最终，美国及其盟国在科索沃实现了零战斗减员。但维和任务给巴尔留下的却是不愉快的回忆。他说："这次演习愚蠢得让我无话可说，在这场战斗中，我们竟然无所事事。"

他回忆起一个因私藏武器而被军队拘留的阿尔巴尼亚人。"他告诉翻译人员塞族人杀了他的妻子和孩子。"巴尔说道："他问我们，如果我们是他，我们会如何选择，这让人很难反驳。"

两年后，巴尔离开军队并在防务承包商汤姆森·拉莫·伍尔得德里奇（TRW）公司找了一份 Unix 系统管理员的工作。但从 2003 年起，他开始在科罗拉多州斯普林斯的科罗拉多州技术学院攻读网络安全硕士学位。与后来成为 HBGary Federal 公司共同创办人的同班同学特德·维拉一起，他开着一辆装着天线的汽车辗转在城市的大街小巷以寻找当地网络的安全弱点。这个过程被称为“驾驶攻击（war-driving）”，是马齐等黑客几十年前所用的“拨号攻击”技术的现代形式。

这两人一起申请诺斯罗普·格鲁曼公司一个类似“网络战士”的职位，并约定无论谁受雇都要设法将另一个人带上。最终，他们被同时雇佣了。

那时，网络间谍刚开始解析国防工业基地，这种现象今天变得一发不可收拾，大量数据从政府和私营企业流出。就像巴尔和维拉正在完成他们的硕士学位一样，《华盛顿邮报》报道了对桑迪亚国家实验室和防务承包商洛克希德·马丁的攻击，这次攻击后来被称为“骤雨（Titan Rain）”。这次先进的入侵行动渗入了某些最深层的美国军事研究秘密，包括有关火星轨道观测飞行器的400页专利和计划，且这颗卫星的技术能够被应用到军事用途上。

罪犯们显得有条不紊且无法追踪，他们能在数分钟内对目标网络进行调查，获取敏感数据并掩盖他们的踪迹。对被窃数据的追踪能够反查到中国广东省的服务器，但窃贼本身躲在多层代理之后，以此确保他们的匿名性。

在诺斯罗普·格鲁曼公司，巴尔给防务部门的官员们上了一堂关于社交媒体弱点的课，恐吓并向他们证明接入领英（LinkedIn）和脸书的档案能够用于侦查潜在目标组织，收集用于社会攻击的信息。这名年轻的防务主管开始设想同样的攻击是否也可以用来对付五角大楼那些无名的敌人，寻找网络间谍安插的恶意软件的特征，将其与他们泄露到世界上的个人信息进行匹配。他说：“我想到，我们能将社交媒体分析应用于不同的地方，也许我们能识别出那些不想暴露身份的人。”

军方不顾一切地想要解决所谓的归属问题，而诺斯罗普·格鲁曼公司也渴望卖掉巴尔的解决方案。巴尔升任为总工程师，随后是部门技术总监，管理2 000万美元的年度研究预算。亚伦·巴尔从一名卑微的士兵摇身一变成为美国机密的保卫者和匿名的杀手。

-- ..-. . -..- ..-. -.-- .-.. . --.- .-- ...- -.. -.- ... .-. .-.

1998年，克林顿总统的国家安全顾问理查德·克拉克主动来到波士顿学习有关针对美国关键基础设施网络攻击的风险防范。白宫的一名法律顾问建议他会见马齐，他是一位聪明、善于表达且没有犯罪记录污点的黑客。

克拉克被告知独自前往约翰·哈佛啤酒屋。他坐着，喝着加冰的伏特加并等待着。他静静地等待了30分钟，喝完了伏特加却未见马齐的出现。当克拉克打算付账离开时，坐在酒吧中一直打量着他的马齐拦下了他并向他介绍了自己。马齐问道："难道你就打算只等30分钟？"

马齐想看看克拉克是否会带着其他探员。让他吃惊的是一名如此位高权重的内阁官员竟然独自前来与数码恶棍私下会面。休息一晚后，他们边喝酒边谈论起如何破坏互联网，并令其重新恢复。

几周后，马齐邀请克拉克来到L0pht。这是一幅奇怪的场景——克拉克没完没了的好奇心使这些年轻的黑客着迷并感到受宠若惊。他拿出他的掌上导航仪并询问其可能存在哪些安全漏洞。主脑人物将它插入一台他创造的设备中，其能够在几秒内破除该装置的密码并获取其中的文件。

克拉克向他们问起国家关键基础设施的弱点。很快他们的讨论就深入到劫持边界网关协议（BGP，Border Gateway Protocol），那时这还只是种理论上可行的方法。边界网关协议是路由器与主要运营商如AT&T和Qwest等连接所使用的语言。利用路由器中的错误能绕开大部分互联网，或将其送进一个黑洞。（直到今天这也是有可能的，某些研究者相信，2010年4月曾有人使用这种方法，神秘地绕开互联网中的障碍进入中国达18分钟。）

一会儿，克拉克与他的国家安全委员会（NSC）同事挤在一起私下交谈。马齐提出了抗议，指责这些政府官员在他们的地盘上将他和他的黑客朋友置之度外。因此，克拉克又把他们刚才讨论的内容重复了一遍——直到他来访这里之前，他一直认为只有国家资助的黑客才具有L0pht成员向他展示的黑客能力。克拉克问到："有没有任何政府曾邀请你们为他们做技术工作？"

"没有。"马齐笑着说："但如果你愿意当第一个，我们会考虑你的提议。"

克拉克希望立法人员能看看他看到的东西。所以在1998年4月他帮忙安排邀请马齐在一次国会听证会上发言。马齐坚持要求如果立法委员们希望他出席，整个L0pht成员都必须一起作证。因此，这8名黑客钻进一辆装有有色玻璃，配备"驾驶攻击"（war-driving，指开车到处搜寻无线局域网信号的一种黑客行为）天线的租用货车驶向华盛顿。途中，他们在国家安全局密码博物馆短暂停留，并意外地驶过警卫进入了该机构安全设施内。他们参观了这座博物馆，把玩了纳粹建造的恩尼格玛密码机（Enigma），并在博物馆针对日益提升的网络攻击威胁展览中的一台电脑前轮流摆姿势拍照。换句话说，这是一次轻率的黑客实地考察旅行。

稍后，在那场听证会上，继参议员约翰·格伦（John Glenn）、福瑞德·汤普森（Fred Thompson）和乔·利伯曼之后，该团体快速地说出了一份关于美国数字骨干漏洞的可怕目录。打着领带且留着络腮胡子的马齐在这场表演中出尽了风头且在第二天的报纸中登上了头条，他警告立法委员，他们所拥有的技术可以在半小时内搞垮整个互联网。

在这些黑客们离开会议厅前，汤普森参议员告诉该团体他们为国家“提供了非常宝贵的服务”。利伯曼将他们比作蕾切尔·卡森（Rachel Carson）和保罗·利维尔（Paul Revere）。然后，L0pht 成员离开前去参观白宫，并和秘密特工一起到附近的一家脱衣舞夜总会阿奇博尔德（Archibald）闲逛来结束他们的旅程。

参议员听证会后，L0pht 成员们觉得自己组织的发展好像已经超越了业余黑客俱乐部会所。因此，马齐策划了一桩与一家叫做危险的年轻公司的交易，这是一家由投机资本家资助，总部设在英国剑桥的咨询公司，而这笔交易将使得 L0pht 拥有自己的实验室。就像亨特·S. 汤普森所说，不可思议的事变成了职业。

L0pht 搬进了其豪华的新建筑，全是艾龙牌的办公椅，还有一个上百加仑的鱼缸，每名雇员都往里面放了一条新的热带鱼。这之后不久，马齐消失了很长一段时间。“马齐去哪儿了？”成为其余成员间一句口头禅，甚至是有点怨恨的口号。

随着投机资本家的网络公司（dot-com）破产的冲击，预算削减、客户缩水，甚至热带鱼也开始死亡。L0pht 成员一个接一个地被解雇了。

而马齐上哪儿去了？那段时间，马齐在华盛顿。听证会后，L0pht 其余成员离开了政治中心，但马齐则更加深入其中。他被邀请到西弗吉尼亚参加一次立法委员异地会议，并说服了政客们让他搭乘国会巴士，而不是为来宾准备的那辆。在行驶途中，他在一些最有国家权力的政客面前掌控住了场面，与他们分享了互联网战争的故事，并回答了他们提出的所有问题。2000 年，网络攻击开始对亚马逊和雅虎（Yahoo!）等主要网站进行狂轰滥炸，马齐被邀请参加了一次在白宫举行的关于网络安全的安全委员会会议，那次他与美国总统仅隔着两个座位。

2002年，马齐的频繁缺席变成正式离任——他宣布他正在休年假。有些人说他离开是出于个人原因，其他人则说他正在为政府进行敏感工作。不管怎样，他再也没有回来。最终，在L0pht的大部分黑客离开后，他们组建的公司被卖给了安全巨头赛门铁克（Symantec），其价格低到让这家杀毒巨头的会计都不屑于公开。主脑人物在回忆中说道："我们曾经拥有一个俱乐部会所，它是公共的、紧密的，也是令人敬畏的。而随后我们抛弃了它，这是典型的出卖。"

之后的两年，马齐都没有出现在网络安全领域。他的再次出现与一篇研究论文有关，其涉及一个极少谈论的问题——《内部威胁》。

马齐的描述以一个违反直觉的假设开始——做坏事的人已经在公司网络内部。这暗示了有内部人员可能恶意地将数据带出去，无论是直接转移出去，还是使用迷惑技术将输出数据伪装成网络流量的"反向HTTP路径"技术而实现。

2003年后期，马齐在另一篇给USENIX杂志（讨论Unix操作系统的杂志）的文章中写道："就像一名政府中的间谍，其最大价值就在于长期潜伏于目标环境中而未被察觉。在这些案件中，信息的预期移动和特征及其与业务相关的操作必然发生改变，这使我们有条件对其进行识别。"换句话说，持续监视你雇员中的间谍行为和他们的电脑将给这些间谍造成沉重打击。

这个想法引起了一对兄弟的注意，乔纳森（Jonathan）和贾斯廷·宾厄姆（Justin Bingham），他们从风险资本公司筹集到1 900万美元，开办了一家名为Intrusic的新公司，并让马齐担任首席科学家。Intrusic公司没能顺利运营，三年后便倒闭了。马齐将失败归罪于内讧及两个宾厄姆之间冲突导致的错误商业决定。在他与政府签约前，还将在BBN技术承包商度过接下来的三年时光。

Intrusic公司究竟为何倒闭？有些人说它的问题并不只是家庭关系紧张。就像L0pht，其成员是二十几个研究人员。一名在此工作的分析师乔恩·奥尔茨克将其描述为缺乏"成年人监督"，并且其生产的工具只有黑客才能使用，从来没有商业软件的改进和规范化的开发流程。

. ...- .-. -... . ..- .-.. --- ...- --.. --.- --.- .. ... .--- -.-

当《金融时代》关于亚伦·巴尔的研究在网上流传开后，匿名组织暗中行动起来。奇怪的流量开始攻击 HBGary Federal 公司网站。这是一种分布式拒绝服务（DDOS）形式的攻击，是匿名组织用欺骗性数据请求堵塞网站的惯用方法。“DDOS，混蛋！”巴尔这样对他的同事们写道。私底下，他感到宽慰，仅仅是 DDOS 攻击，他还能够处理。

然而，巴尔击中了匿名组织最深处的神经——匿名性。匿名组织并不仅仅满足于使巴尔的网站瘫痪一段时间。

HBGary Federal 公司使用定制软件管理其网站，而匿名组织的黑客很快就把网站翻了个遍并找出了代码中的漏洞。当软件把数据存储到数据库中时，它并不能马上区分可执行命令传来的信息，入侵者使用一种名为结构化查询语言（SQL）注入的方法，可以假装正在输入某些无害的东西（例如用户名和密码），而实际上输入了包含了触发网站后台功能的字符，甚至是让网站交出自己的敏感数据。

攻击者们很快发现了这个漏洞，并利用它进入了 HBGary Federal 公司密码数据库。然而，这家安全公司并非全都那么不小心——它使用一种被称为哈希算法的编译方法将这些密码打乱，而非毫无保护的存储。

哈希算法是一种被设计成无法反转的数学函数。当用户输入一个密码，HBGary 公司的服务器将对其进行哈希运算，将其改写为一个唯一的数字，并检查该数字是否与数据库中的信息相符。但这一函数无法反向应用——输入数字并进行反哈希运算以找到密码。因此，存储这些数字而非密码，有助于保护它们以抵御黑客。

至少在理论上是这样。实际上，对密码稍有了解的黑客就能将每一个可能的密码输入哈希函数，穷其所有直到找出符合的为止。通过对全部密码词典进行哈希运算，密码破译者可以使用“彩虹表”方法极大提高处理速度。如果 HBGary 公司采用对哈希算法“加盐”的方法或许能适当阻止攻击者的入侵——插入随机数将使入侵者的操作变得更加困难。但遗憾的是，就像微软 1998 年时那样，HBGary 公司没有使用“加盐”法。

巴尔又短又简单的密码：“kibafo33”使得这一进程更加简单。几分钟后攻击者就弄到了密码。作为系统管理员和 HBGary Federal 公司首席执行官，巴尔拥有 HBGary 公司网络的管理权限。它能够重设其他任何人的密码。所以，一旦攻击者获得了他的账户，他们就获得了全部。巴尔一次又一次地使用同一个密码。因此，匿名组织很快进入了他的推特和 HBGary 主页。此外，更加重要的是保存在该公司服务器上的超过 7 万封电子邮件将全部泄露。

为了笑到最后，匿名组织者们还决定黑掉 HBGary 公司格雷格·霍格伦的个人网站 rootkit. com。因此，就像阿桑奇 25 年前莎士比亚风格的电话黑客行为一样，他们开始用到了一些社会工程。黑客们找到了一名在芬兰任职于诺基亚（Nokia）的系统管理员，然后假扮成霍格伦给那名管理员发了电子邮件。

“我在欧洲，需要用安全壳（SSH，Secure Shell）进入服务器。你能不能打开防火墙并允许安全壳通过 59022 端口，或其他什么方式?”随后，他们尝试了在他的邮件档案中找到的两个密码：“我们的根密码是 88j4bb3rw0cky88 还是 88Scr3am3r88?”

“是 w0cky——虽然并不允许远程访问根。”这名芬兰人答道。

“把我的密码换成 changme123，给我个公用 IP，我会用安全壳进入并重设我的密码。”

“您的密码是 changeme123。我会保持在线，如果您有什么需要只要叫我就行。”

匿名组织的黑客彻底除掉了 HBGary 公司和 HBGary Federal 公司。他们开始丑化这家公司的主页及巴尔的推特账户，同时删除了大量字节的备份数据和研究资料。黑客们使用巴尔自己的推特账户公布他的住址、社会保险号码及其他的个人信息。随后他们在 HBGary 公司主页上发表了一封长信。

> 你以为你已经收集到了匿名组织“高层”的全名和住址么？你没有。你认为匿名组织有一名创始人和若干共同创始人么？错。你确信你能把你找到的信息卖给 FBI 么？错。现在，为什么这是一个错误？我们已经看到了你的内部文件，所有的，而你知道我们做了什么吗？我们放声大笑。你“提取”的大部分信息都是通过我们的在线聊天网络公开的。你认为你获得了匿名组织“成员”个人详细资料，这些都太简单了，都是毫无意义的。
>
> ……你盲目地闯入匿名组织的蜂巢，试图从中偷走蜂蜜。难道你

认为蜜蜂不会保卫它么？好吧，我们就在这里。你激怒了蜂巢，而现在你正被蜇伤……

我们是匿名组织。

我们是军团。

我们从不宽恕。

我们从不忘记。

敬请期待——直到永远。

到底是谁胜利完成了这次黑客壮举仍不清楚。但一名叫做萨布（Sabu）的黑客后来在匿名组织精英在线聊天频道中声称他曾经："攻破了他们的系统、破解了他们的密码、获取了他们的电子邮件并在1小时内运用社会工程搞到了他们的管理权限。"

无论他是谁，他们似乎都从维基解密的策略中学到了一些东西。匿名组织的黑客们建立起他们自己的网站，并取名为匿名解密（AnonLeaks）。随后，部分地证明了他们有多看不起巴尔的工作，他们公布了偷来的完整的HBGary公司邮件存档目录，包括其关于匿名组织传说中的身份数据库，为了便于阅读这位执行官的私人信件，他们还加入了搜索功能，这个工具也向我提供了本故事的大部分资料。

后来，格雷格·霍格伦的妻子及HBGary公司总裁彭妮·利维（Penny Leavy）进入匿名组织在线聊天频道，通过即时通信代表HBGary公司与入侵者协商并阻止其余邮件的发布。

萨布对她说："彭妮，在我们开始谈话前——我们已经掌握了你和HBGary公司每一个人之间的所有电子邮件信息。所以，我的第一个问题是为什么你允许亚伦以你公司的名义销售那些垃圾？你是否知道亚伦正在兜售的虚假/错误/伪造信息，可能导致无辜人士被逮捕？"

"我们没有办法。"彭妮回答道："我们并没见过那份名单，而且我们现在对他感到非常生气。"

"如果你说的都是真的，那为什么亚伦要在明早11点与FBI会面？"萨布反驳道："请记住，我们掌握着你们所有的电子邮件。"

萨布要求HBGary公司解雇巴尔并将其在HBGary公司的股份捐赠给布拉德利·曼宁辩护基金。在接下来的混战中，利维与许多愤怒的黑客争论起布拉德利·曼宁的行为道德问题，最终巴尔和霍格伦跳进匿名组织的蛇窝并试图为其公司的行为进行辩解。经过 4 小时的争论，匿名组织决定将格雷格·霍格伦的电子邮件也公之于众。

匿名解密曝光了比黑客们所能想到的还要多的丑闻：巴尔计划除去匿名组织的面具并将他们提供给幽默读物。曾被巴尔认定为指挥官 X 的本杰明·斯波克·德·佛里斯实际上是一名朴门永续设计专家（效法自然界的可持续循环低碳环保农业设计），其无政府主义活动仅仅拓展到家庭园艺方面。

但巴尔的电子邮件还透露出 HBGary Federal 公司在线监视和跟踪商会敌人，该公司所拥有的恶意软件能够入侵一个毫无防备的用户机器上。甚至安置在巴尔妻子的电脑中，探寻其妻子为何要与他离婚的原因。

然后，还有巴尔攻击维基解密的计划。该秘密泄露组织立即将这份幻灯片发布在维基解密主页上，并以此作为针对巴尔的不道德且非法阴谋的证据。

这家安全公司进入了损坏控制模式。巴尔取消了他在 Bsides 会议上的演讲并停止接受新闻界的采访。霍格伦同一时间也取消了他在圣弗朗西斯科 RSA 会议上的演讲。几天后，巴尔从 HBGary Federal 公司辞职。

在新网站“匿名新闻”上，常有匿名运动成员毫不留情地谈论巴尔辞职的消息。其中一个人这样写道：“匿名组织应该像冰一样冷酷，然后继续下一次行动。”

另一个人补充道：“可怜的亚伦·巴尔。不，这家伙是个蠢货。至少我们以匿名的方式将他摧毁了。”

巴尔倒下后的几个月，一些使用化名的匿名者在黑客聊天室和媒体采访中提及此事，结果遭到了逮捕。被捕黑客包括“Tflow”，一名来自伦敦南部的 16 岁男孩；黑客“Topiary”，又名杰克·戴维斯（Jake Davis），年仅 19 岁，生活在英国设得兰群岛（Shetland Islands）；黑客凯拉（Kayla），一位自称为 16 岁少女但实际上却是一名 24 岁男性。

在 FBI 未证实其对黑客萨布的起诉前一年多，这名又称赫克托·沙维尔·芒塞古尔（Hector Xavier Monsegur）的 28 岁纽约男性因一次进入一个匿名聊天室时未隐藏 IP 而使得自己暴露。2011 年 8 月，芒塞古尔对计算机黑客活动及其他罪名认罪。面对 124 年 6 个月的监禁，他选择成为一名政府线人，协助 FBI 逮捕他的朋友。最终，这名使亚伦·巴尔丢尽颜面的黑客完成了亚伦·巴尔未能做到的事——他渗透进入并识别出了匿名组织的核心集团。

-- -.-- . -. --.. ...- -- -.-- --.... --.. .-. -.-- -. .... -.. .--

2011 年 8 月，佩特尔·扎克穿着一件时髦的黄褐色运动夹克和牛仔裤，走上了在拉斯维加斯凯撒宫举行的“黑帽”黑客大会主讲台，伴随着一阵令房屋震动的低音节拍，他走进了数千人的视线。

在其正式演讲的开始，他就承认自己不再是 1999 年头条新闻中的“黑帽”黑客马齐，而现在的马齐是国防部高级官员。“过去的马齐会问现在的马齐，你是否出卖了自己？你仍然为你所相信的而努力，并试图在宇宙中留下痕迹么?”马齐这样问自己。他没有给出答案，而是开始讲述其在国防部高级研究计划局的工作，以及他给类似 L0pht 这样的黑客空间提供的小额补助计划。

在对由黑客和安全研究人员组成的“黑帽”集会 1 小时的演讲中，他只有一次提到了 CINDER 计划，并将其描述为“对人类毫无用处”。

当我通过电子邮件继续向马齐和他的发言人询问这到底是什么意思时，他们给我讲了一个与马齐在其公开征求建议以及一年前我们会面时的描述完全不同的故事。“CINDER 计划最初并不是用来排除对内部人员的顾虑，该计划的主要目标是识别出未来匿名软件在内部的活动。”一封来自国防部高级研究计划局发言人埃里克·马萨克（Eric Mazzacone）的电子邮件这样写道：“该计划负责人对（CINDER 计划）第一阶段成果中的每一项都进行了修改及重新调整，在维持任务目标不变的前提下，将所有任务中的‘内部人员’都替换成了‘间谍软件’。”

不要在意马齐曾特别提到的那个通过刻录 CD 偷走资料的流氓雇员，或者国防部高级计划研究局在其官方网站上公布该计划时所描述的有人将文件打印并带出大楼的所谓“恶意任务”的例子；甚至是几个月后（出现的关于该计划文件）的众多修订版本。也别在意任何对我说起该计划时将其描述为针对内部泄密者的人——其中一个人还曾通过了 CINDER 计划的第一轮筛选并且参与至今。

或许马齐觉得 CINDER 计划应该致力于减少公开论战，而非连根拔除潜在的告密者，又或者国防部高级研究计划局希望它以这种方式出现。从马齐对 CINDER 计划的公开描述改变起，该计划进入了一个不再有公开记录的阶段，参与的承包商也必须发誓保密。

在“黑帽”演讲的最后，马齐回到了他原来的问题。他说道：“我希望1999年的马齐看着现在2011年的马齐时不会说：‘你为什么戴着口袋方巾，而没留长发？’而是说，‘太好了，你仍然忠实于事业。’”随后，热烈的掌声和低音节拍再次响起，他走下了讲台。

2小时后，我离开了那家赌场的会议中心，走下3层自动扶梯，穿过前厅来到入口处一家中国餐馆。等在门口的男人有一副运动员的体魄，头戴一顶棒球帽，身着一件珍珠果酱（Pearl Jam，乐队名）T恤。一个谨慎的微笑仿佛承认了许多在这个拥挤前厅中的人都读过上百封他的电子邮件——亚伦·巴尔。

“这像一场梦。”我们坐下后，他自谦地对我笑道：“我希望这听起来不算过分自我膨胀。但我认为我多少能体会到公众人物的感受了，没有隐私，你生活中的许多部分将会被公开展示。”

巴尔与匿名组织的小口角只是增加了他对该组织的反感，他并非与该组织针锋相对。他向我强调了他如何在2004年领导了一次针对沃尔玛（Wal-Mart）的抗议，作为小企业的代表反对这家商店在他所居住的科罗拉多城开业。

据巴尔所说，他反对的是匿名滥用而非所有匿名。“匿名组织认为他们的行为类似一场静坐示威。这听起来很好，但事实上并不相同。”巴尔说道：“如果你想对不公正或违法行为进行抗议，应该聚集一些人，邀请新闻界参与，并让自己被捕。但千万别从小巷的阴影里扔石头，那么做显得很卑鄙。”

而匿名对于告密者又意味着什么呢？“一定数量的匿名性是有益的。”他很快答道：“诸如伊朗和叙利亚这样的国家，那里需要有匿名者将有益的信息传递出来。”

“像美国这样正常运作的民主国家又如何？”我问到。

巴尔暂停了一下，随后他回答需要考虑一下。显然，这个问题他从未考虑过。

我们沉默着坐了大约一分钟，巴尔似乎正在看菜单。当女服务员来到我们这桌时，巴尔仍全神贯注，只是要了一份和我一样的面条和茶。

他最终回答道：“在一个（像美国这样）自由而开放的民主国家，（泄密行为）应该是可以被追踪的。这也是我对匿名性（纠结）的问题之一。在大多数告密案件中，（泄密者）都面临极大的个人风险和牺牲。他们的姓名会因此受到牵连，这会对个人造成影响。（对泄密者而言）为了使观点正确而获取信息的权利是有代价的。”

“（然而）通过使用匿名性，这些问题就都可以解决了。”他不确定地补充道。

巴尔能够与我就身份和匿名性进行哲学探讨。但对于法律上的问题，他警告我他不能谈论其与 HBGary Federal 公司在网上揭露并挫败不知名演员们的实际工作。

事实上，他并不需要这么做。HBGary Federal 公司对马齐 CINDER 计划的建议和巴尔对追踪泄密者技术现状的独特贡献都深藏于匿名组织网站上公布的数千封电子邮件中。

他称之为“妄想狂测量仪”。

在这份文件中，HBGary Federal 公司提出打造一款安装到一个组织中所有用户机器上的间谍软件。软件将隐藏在操作系统中以避免被察觉，并通过将其通信编入用户网络流量，伪装成与网络广告服务器的交换数据包的方式与一台中央服务器相连。

从软件潜藏在泄密者电脑内部运作，观察他或她的每一个举动，持续收集用户电脑的屏幕截图和鼠标移动，甚至通过电脑前的摄像头观察其他信息。巴尔在提交给国防部高级研究计划局的提议中写道：“我们相信在进行如此危险的活动时，我们能观察到更多不规则的鼠标移动和点击，就像观察躯体动作一样。例如环顾四周、更频繁地改变姿势等。”

> 就像对特定问题敏感的测谎仪检测生物或生理变化一样，我们相信当某人明知故犯时存在着能够通过可观察到的行为反映出来的体内改变……
>
> 以商店行窃为例，在整个盗窃过程中存在肾上腺素水平的峰值和低谷。当小偷把物品放入口袋时其肾上腺素水平较高，随后当他在商店内乱转时肾上腺素水平出现一个小的波谷，而在他试图走出商店时达到峰值。重点在于，我们希望能进行尽可能多的行为测量，因为内鬼在行动时其行为将和平时有很大的不同。

根据这份提议，HBGary 公司并不打算止步于只是对每台军用电脑的监视。它还要求保留“妄想狂测量仪”的知识产权，以便“将其变成商业产品”。

看起来，（这份提议）并未给马齐留下深刻的印象。在 CINDER 计划的第一轮（筛选）中，扎克便以一封走形式的信函将巴尔的“妄想狂测量仪”回绝了。这封信只是对该公司的申请表示感谢，并没有提供更多的解释。

或许这家公司对侵犯用户隐私毫无歉意的行为使国防部高级研究计划局感到不安。又或许马齐已经将 CINDER 计划（针对的）目标从人改成了自动化软件，就像他之后宣称的那样。

不管怎样，自 2011 年 CINDER 计划第一轮提交结束后，国防部高级研究计划局不再公开任何收到资助的承包商。马齐没有说明“妄想狂测量仪”是否被重构为更适合该部门标准的形式，并以此进入了国防部高级研究计划局的预算。

到目前为止，他的行动就像其要保护的信息一样，已经变成了五角大楼地下机密档案室的另一份保密文件。

-... -. .. -... -..- . .--- ... --.. .- -- .--. -. --- -.-- .--.

从阿德里安·拉莫（Adrian Lamo）到亚伦·巴尔，那些以根除泄密为任务的人倾向于将他们的目标与罗伯特·汉森（Robert Hanssen）和奥德里奇·埃姆斯（Aldrich Ames）的目标进行对比，这两名间谍将数不清的秘密出卖给其他国家并获利数百万美元。事实上，最初的泄密者常常更像一名叫做托马斯·德雷克（Thomas Drake）的国家安全局分析员——一个只为使逃脱法律惩罚者得到报应的善良揭发者。

德雷克是一名消瘦而严肃，留着一缕棕发的男人，他曾冷冷地注视着某些人做出很严重的事情，并看着他们继续变坏。德雷克的麻烦始于他在国家安全局上班的第一天——2001 年 9 月 11 日。

对国家安全局来说，那天的恐怖袭击表明国家在新千年里存在着巨大安全隐患。该部门曾截获了劫机者的通信，却忽略了其中的措辞，包括“明天是零时”以及“较量明天开始”。数字世界中像肮脏洪水般的大量信息将这些警告性的关键词稀释得毫无意义。国家安全局被数据淹没了。

在空军信号情报部门任职后，德雷克在国家安全局中的第一份工作是一个名叫“累积奖金（Jackpot）”的计划。“累积奖金”旨在分析该部门软件以发现其中错误和低效率的部分。其中一段代码引起了德雷克的注意

——一个被称为“细线计划（Thinthread）”的数据过滤运算法。这个程序由该部门著名的数学家比尔·宾尼建立，用于定位互联网中洪水般的数字信息，而德雷克将其评定为高效、可升级，且简洁的工具。如果它能及时生效，将可能从数字的干草堆中筛选出代表9·11的信息。

9月11日前，美国政府担心“细线计划”的扩散会对美国人的隐私造成危害而被终止。作为回应，宾尼对该程序进行了修改，对其数据进行了加密，只有在法院指令下才能解密信息。但2001年之后，一切都改变了——随着美国历史上最严重的恐怖袭击而来的是官僚们的歇斯底里。国家安全局的领导层正在寻找着问题的解决方案，而不是一个单独的简单程序。他们启动了一个名为“开拓者（Trailblazer）”的新计划，其预算金额高达9位数，旨在资助私人承包商开发新的数据搜索工具。

德雷克打算评估用“开拓者（计划）”“替代细线计划”是否是一次不道德、不计后果且铺张浪费的行动。当我们在政府问责项目（一个泄密者们支持的组织）位于华盛顿特区的办公室见面时，他说道：“‘开拓者（计划）’变成了一个企业解决方案，我们无视国家安全局利用私营部门和政府中最优秀的头脑来解决问题的传统力量，而是将整个计划转交给了企业界。你必须时刻看到备选方案，而他们却选择不这么做。”

接下来的一年，“开拓者”少量分发（意指将一个大型预算中的部分工作分发给承包商）了一些大型合同——数亿美元流进了科学应用国际公司（SAIC），那段时间，该公司雇用了一名前国家安全局主管，还曾雇用过国家安全局副主管，德雷克将其描述为：“精致的艺术旋转门。”尽管其预算超支，“开拓者”仍然遇到了没完没了的延误和死胡同。到2006年该计划取消为止，这项琐碎而毫无价值的工作总共花费了12亿美元。

德雷克说他从一开始就预见了“开拓者”的巨大浪费。他说道：“‘细线计划’是否更好已经不重要了。他们只是想花掉更多的钱。腐败变得司空见惯，即使到了今天，只要一想起来我还是得说——这些浪费掉的钱从没对国家安全做出贡献，也没有任何人对该事件负责。”

在该计划早期，德雷克和其他三名国家安全局官员曾在众议院情报委员会上与该部门的预算监督人员之一进行过商谈，就该计划的过度花费和无能向她提出警告。她将这些指责传达给了委员会中的其他人甚至最高法院法官威廉·伦奎斯特（William Rehnquist），但没有人对该计划进行管控。

2005 年，德雷克采用了最后的手段，即通过数字匿名联系新闻界。他用无声邮件（Hushmail）账户登录，这是一种加密电子邮件服务。并使用代理掩盖了自己的 IP 地址，开始将关于“开拓者”涉嫌腐败的信息发送给《巴尔的摩太阳报》（*The Baltimore Sun*）的记者希尔布汉·戈曼（Siobhan Gorman）。德雷克化名为：“知情影客（The Shadow Knows）”。作为一名国家安全局分析员妄想狂，德雷克在这些信件中小心翼翼地操作。他在家庭网络上安装了四层防火墙，并在他的加密电子邮件账户上使用了长达 256 位长度的密码，这是服务器所能接受的最长密码。

即使这样，德雷克最终还是选择了与记者戈曼面谈的方式，因为他认为电子匿名很难做到隐私安全。德雷克说：“没有绝对的电子匿名，电子匿名的意义在于让你更难被识别，但数字追踪总是存在。”

德雷克说他从未在交易中获利，他只是希望证明“开拓者”的财政浪费。2006 年早期，由于“开拓者”正在崩溃，《太阳报》刊登了一系列有关国家安全局问题的文章，其中之一目标直指“开拓者”。

但那时，该部门被认为陷入了更大规模的泄密。几个月前，《纽约时报》刊登的报道详细描述了国家安全局如何参与针对美国民众的非法间谍活动。在 9·11 事件之前使得“细线计划”被束之高阁的隐私问题现在已经不合时宜了。根据《纽约时报》的报道，一个新的计划正在扫荡未受加密和法律保护的电话交谈及互联网流量，“细线计划”已然实施了——未经授权的窃听。德雷克说：“每条线路都没放过，他们已经把美国变成了一个电子上的外国。”

布什政府曾恳求《纽约时报》不要刊登这则使其感到耻辱和愤怒的报道。司法部门试图着手找出报纸的资料来源。

德雷克曾参与针对“开拓者”的正式抗议，并开始调查 9 月 11 日前美国情报工作失败的过程中匿名组织向国会提供过的秘密信息。这两项举动足以将他推入司法部门的搜索网中。2007 年 11 月，一组武装 FBI 探员来到他家。

德雷克觉得这些探员对“开拓者”毫无兴趣，而且他相信其与戈曼的联系既合法也不足以与已曝光的国家安全局未授权窃听计划泄露相提并论。因此他决定在这个问题上进行坦白，并花了一整天的时间与那些探员们坐在他的餐桌边，向他们汇报了他的揭发行为以避免探员们产生任何困惑。他让探员们完全进入他的电脑，而他们搬走了好几箱他的文件。

最终，FBI查出司法部律师托马斯·塔姆（Thomas Tamm）是《纽约时报》曝光事件的一名资料提供者。但似乎由于担心对他的审判将过多地暴露尚未见光的秘密监视计划细节，塔姆最终并未被起诉。

取而代之的是，他们起诉了德雷克。

依据间谍追捕法中的“间谍活动”章节，德雷克被指控非法将机密文件从他的办公室带回家，同样的法条也被用于指控过丹尼尔·埃尔斯伯格和布拉德利·曼宁。他面临着十项重罪的指控及35年监禁。他案子的起诉在花了超过两年半后仍未开庭。本案的公诉人主张对德雷克应该使用“将信息发送给遵守保密协议的沉默大众”法条。

最终，在2011年他的审判日前，原告方承认德雷克所掌握文件的机密级别被过分夸大了。德雷克对一项轻微违法指控认罪，被判处缓刑一年及社会服务。对于原告将针对德雷克的指控放大的行为，在量刑听证上，本案法官称其是“不恰当”且“不合理”的。

当时，德雷克共花费了8.2万美元的诉讼费，用他的房子做了二次抵押，并同时丢掉了其在国家安全局的工作和国防大学讲师的职位。考虑到丢掉了为军队服务了几十年后的养老金，他估计自己的经济损失达数百万美元。他在五角大楼的同事跟他断绝了关系，与妻子分居一整年；甚至他的父亲，一名第二次世界大战退伍老兵也难以接受他的行为。今天，他在华盛顿特区的一家苹果专卖店做小时工。

他说：“我为这套制度工作，而我被炒了。”

托马斯·德雷克的故事绝不是唯一的。奥巴马（Obama）政府曾抓获的被指控犯间谍罪泄密者人数超过了所有其他总统执政时期的总和。其中包括杰弗里·斯特林（Jeffrey Sterling），一名前中情局（CIA）分析员，他将有关该部门如何补救尝试破坏伊朗核发展计划阴谋的信息交给了作家詹姆斯·瑞森（James Risen）。沙麦·莱博维茨（Shamai Leibowitz），律师及FBI翻译员，曾将窃听以色列大使馆谈话内容的机密翻译稿泄露给修正世界（Tikun Olam）博客，希望借此阻止以色列对伊朗进行挑衅。史蒂芬·金（Stephen Kim），美国国务院武器专家、军人，因向福克斯新闻（Fox News）泄露朝鲜发展核武器计划的报告而被起诉。前中情局（CIA）官员约翰·科里亚克（John Kiriakou），曾数次就布什政府使用水刑提出批评，因向包括《纽约时报》在内的媒体透露该部门两名审讯人员的姓名而遭到起诉。在撰写本书时，美国政府对科里亚克、金和斯特林的起诉仍在继续

——就像对布拉德利·曼宁一样。

与这六名以“间谍活动”罪名起诉的泄密者相比，奥巴马政府会更加关注第七个案件——起诉朱利安·阿桑奇。鉴于奥巴马曾满口承诺让政府呈现前所未有的透明，并于2009年在其官方网站上正式宣布揭发是一种“充满勇气和具有爱国精神的行为，这种行为有时能挽救生命，且通常都能节省纳税人的钱”、“对揭秘应当鼓励而不是镇压”。然而，联想其以上七个案件，可见这位总统是多么的虚伪。

这种明显的虚伪从何而来？一名曾给德雷克提供建议并于2002年将司法部门违反道德规范的证据泄露给《新闻周刊》（*Newsweek*）的政府问责项目律师简瑟琳·拉达克（Jesselyn Radack）认为，奥巴马是被华盛顿的保密文化所选出来的。她说：“奥巴马只是想讨好那些认为他很软弱的美国国家情报机构。”

但德雷克在其职业生涯中曾多次接触过机密信息，他对于奥巴马行为提出的解释更接近丹尼尔·埃尔斯伯格曾给亨利·基辛格（Henry Kisinger）做过的关于瑟茜毒药（Circe，希腊神话人物）的演讲。

德雷克说：“他之前从没有这样获得秘密的权力，这是很大的权力。他对它着迷。而它改变了他。”

第6章 全球化

我和贝吉塔·约斯多蒂尔（Birgitta Jónsdóttir）驾车驶离雷克雅未克（Reykjavík），沿着高速公路穿越冰岛那被冰川侵蚀的荒凉苔原。与我们不同的是，路上遇到的其他车辆几乎都驶向相反的方向。他们这样做是有原因的——就在前一天，位于冰岛南部面积相当于特拉华州的瓦特纳尤库尔（Vatnajökull）冰川中心，格里姆（Grímsvötn）火山喷发出的火山灰和蒸汽形成了12英里（19公里）高的蘑菇云。

眼下，约斯多蒂尔的白色本田爵士（Honda Jazz）正驶向汇集了大量熔岩的聚集处，而这些熔岩正缓慢扩散着。约斯多蒂尔一边开着车一边直言不讳："政府发布警告说此路禁止通行。"她穿着一件黑色连衣裙、蓝黑涡纹设计的长袜和白色长筒皮靴。还有她那戴着的水晶玻璃的黑色大太阳镜和刘海修剪整齐的黑发几乎完全隐藏了她的表情。我回答说："我不在乎，走哪条路都行。"

1小时后，我们到达惠拉盖尔济（Hveragerði）镇，此时的蘑菇云已经变成了地平线附近边缘模糊的一条灰色粗线。傍晚它将到达这座小镇并遮住阳光，带来一场《圣经》中所描述的黑暗景象，这在五月份的冰岛极不寻常。在这个地方，太阳一般要到晚上11点才会落山，阳光会从地平线的后面照亮天空一整夜。在蘑菇云到达前几个小时，我们开车行驶在这座约斯多蒂尔少年时代生活的小镇，她指出了地标——一个由她祖父建造的，拥有大花园的混凝土建筑。温室使用城郊地区流出的含硫温泉地下热水供暖。"它们一直在变化，一直在变化。"约斯多蒂尔用她那轻快且断断续续的英语说道："几年前，有一个温泉突现于一家庭的卧室地下。"

随后，我们来到一座旧校舍旁，约斯多蒂尔给我讲述了在这发生的，她亲身经历的一个反抗权威的故事。她说在自己14岁的时候，这座建筑内的一名教师将她逼到角落并企图对她进行性骚扰，甚至还威胁她：要是不让他摸自己的乳房，他就会把他教她的那门课计为最低分。她说她也用威胁的语气回应了他："如果他再试图碰我或学校中的其他女孩，就抓住他的生殖器，把它吊起来。"

她继续开着车，她的黑色的太阳镜似乎隐藏了所有的情感。她继续讲着她的故事——第二天，约斯多蒂尔试图说服其他曾被这名教师性侵过的受害者起诉他或站出来反对他，但却没有得到任何响应。最后，她向学校管理者申诉，学校也未接受她的申诉，还要求她别再提这件事。

在惠拉盖尔济镇游览了几分钟后，一座建在温室中的艺术长廊映入眼帘。约斯多蒂尔笑着说，这座玻璃建筑就是她第一次"直接行动"的地方。在一场那名企图性侵她的教师参加的艺术展中，这名穿着朋克的少女站在人群中的一把椅子上公开揭发了他，并将这名男人称之为恋童癖者，还详细描述了他的性侵犯过程。她浅浅地笑道："我的祖父母对我的这种行为很不赞同。"

在21世纪的冰岛，能够把令人不舒服的真相说出来是需要很大的勇气的，一个以捕鱼业为主要行业的岛国竟能变成银行业的天堂，其中的金融和政治谎言堆积如山，仅有的一半的真相已经使其崩塌成创纪录的金融大坑。只有在危机后声势浩大的革命中，像约斯多蒂尔那样的小混混、诗人、无政府主义者以及所有参与捅马蜂窝的人才可能梦想作为一名政治家掌权。

自从2009年被选入冰岛国会后，约斯多蒂尔试图用一种新的，能够被全民认同的——冰岛现代媒体计划（Icelandic Modern Media Initiative，IMMI）来填平国家银行留下的像瓦特纳尤库尔般巨大的空洞。她和其他人正在推进一项严格的法案，并力求获得冰岛立法机关的批准通过，该法案将使冰岛成为所有泄密者、揭发者和网络真言者在世界上的最强合法庇护所。

这项被称为冰岛现代媒体计划的灵感是由一批黑客高手们孕育出来的，他们还参与了维基解密的行动。也就是说，这项计划是由约斯多蒂尔、朱利安·阿桑奇及其他维基解密的志愿者一起将其构想出来的。而且在维基解密正处于全世界聚光灯下及发布平民谋杀视频时，约斯多蒂尔还为这个秘密泄露组织工作。

但在约斯多蒂尔看来，冰岛现代媒体计划并不仅仅是作为单一泄密者的基石，她下一步准备将该计划发展为全球媒体运动中的告密者和揭发者的靠山。六个月前，当我们在雷克雅未克咖啡厅第一次会面时，她对我说："我希望维基解密变成两个甚至更多。最重要的是让更多人完成他们正在做的事。一旦冰岛现代媒体计划施行，他们全都能到这儿来寻得庇佑。"

在理想状态下，冰岛现代媒体计划将意味着未来多种多样的维基解密不再需要受限于法律并使用超乎寻常的转移技术来面对他们的敌人。相反，她设想大群泄密者和新闻调查工作者只需将其骨干成员和服务器搬到冰岛，就像在开曼群岛开设公司能够逃避世界税务体系，抑或像艾因·兰德（Ayn Rand）的男人们逃到山中以躲避腐败的政府一样。冰岛将成为全世界泄密者在斯堪的纳维亚的高特峡谷（Galt's Gulch，电影《阿特拉斯耸耸肩》中主人公高特的峡谷）。

她提高语速说道："维基解密是一个重要的破冰器。它是顶级的工具，能够有效戳穿谎言，而冰岛现代媒体计划是楔子的其余部分，这样就能打开世界上所有的秘密。"

. -..- ... ..-. .... -.-- ..- .-. ..-. .-- .... -.- -. ..- -... .

2010 年 9 月，就在维基解密加速其泄密闪电战时，那时该组织一名被称为丹尼尔·施密特（Daniel Schmitt）的德国发言人接受了《明镜周刊》（*Der Spiegel*）杂志的采访。他向这份周刊透露他的真名是丹尼尔·多姆沙伊特－伯格（Daniel Domscheit-Berg），他打算在被朱利安·阿桑奇暂时停职后离开维基解密。据他的发言，他在维基解密工作 3 年后被开除，是由于他对阿桑奇执着于以美国为中心的巨量解密以及该组织的机能日趋失调提了太多的意见。他对采访人说："有太多的技术问题无人问津。由于我们在最近几个月里迅速而疯狂的发展，而在所有方面，我们都迫切的需要变得更加专业且透明。但是，这种发展受到了内部阻碍。而且对我来说，到底是谁在做决定以及谁又该对他们负责已经不再清楚了。"

丹尼尔还暗示维基解密随后有一个新的计划。"阿桑奇说：'我会继续尽我的能力以确保每一个分散揭发者平台的想法能持续运转。现在我主要的工作就是这个。这与我们的原始的共同信念相一致——最终，必将出现上千个维基解密。'"

在"上千个维基解密"预言后的一年里，无数个盲目模仿者开始如雨后春笋般冒了出来：巴尔蒂解密（BaltiLeaks）、英国解密（BritiLeaks）、布鲁塞尔解密（BrusselsLeaks）、公司解密（Corporate Leaks）、人群解密

(CrowdLeaks)、环境解密 (EnviroLeaks)、法国解密 (FrenchLeaks)、全球解密 (GlobalLeaks)、印尼解密 (IndoLeaks)、爱尔兰解密 (IrishLeaks)、以色列解密 (IsraeliLeaks)、巨大的解密 (Jumbo Leaks)、柬埔寨解密 (KHLeaks)、解密邮件 (LeakyMails)、地方解密 (LocalLeaks)、梅普尔解密 (MapleLeaks)、魁北克解密 (QuebecLeaks)、俄罗斯解密 (RuLeaks)、科学解密 (ScienceLeaks)、商业解密 (TradeLeaks)、大学解密 (UniLeaks)。

诸如《华尔街日报》(*The Wall Street Journal*)、半岛电视台 (Al Jazeera) 及瑞典公共广播服务机构等主流媒体也设立了其实验性泄密门户网站。亚伦·巴尔创办了黑客解密 (HackerLeaks) ——一个用于储存黑客们偷来的材料的储存库，以期揭露匿名组织"领导人"的指挥官 X，但最后失败了。现在，泄密领域变得如此拥挤，以至于两个主要关注环境的网站 GreenLeaks. com 和 GreenLeaks. org 互相威胁，并扬言要为名称所有权打官司。

就像《国家》(*Nation*) 博客格雷格·米切尔 (Greg Mitchell) 所写的，这些新生解密运动遗忘了一件事——泄密。

多姆沙伊特-伯格离开维基解密前后，该网站的提交系统消失了。在 11 月份阿桑奇告诉我说：该系统只是积压了太多需要公开的材料，以至于无法接受新的提交。这是一半的事实，它掩盖了更肮脏的谎言。而具体的情况只能等到几个月后由多姆沙伊特-伯格自己来透露。

但就算维基解密材料提交渠道关闭，新玩家们还是不断地发送泄密信息。其中一个原因是：他们没有维基解密保护匿名性的经验。许多这类新网站并未提及 Tor，仅使用安全套接字层 (SSL) 协议或"良好隐私" (PGP) 软件，这些并不能隐藏访问网站用户的身份。某些案例中，他们甚至根本不考虑安全性和加密问题。

很多主流媒体网站，窥视着维基解密发掘出的文件宝藏，但对其技术方面却无法掌握。比如，半岛电视台名叫"透明单元 (Transparency Unit)"的泄密门户网站提供的只是一个 SSL 网站，使用 PGP 密码并建议用户运行 Tor。它没有提供 Tor 匿名服务，而且这种保护措施不仅需要授权，还要求用户必须是匿名的。

《华尔街日报》被称为"安全屋"(Safehouse) 泄密渠道的建设同样无能，(网络) 安全界直接宣布了它的死亡。曾支持过其他泄密模仿者的雅各布·阿佩尔鲍姆 (Jacob Appelbaum) 指出"安全屋"在面对攻击时其防御力显得非常脆弱，网络探听者很容易就能破解其所使用的 SSL 加密，更糟糕的是，该网站与 Tor 不兼容，不能对用户起到保护作用。阿贝尔鲍姆写道："专业意见：如果你打算创办一个文件泄密网站——请有点常识!"

电子前沿基金会（Electronic Frontier Foundation，EFF）的一项法律分析揭露半岛电视台和《华尔街日报》的网站的细则中有一大堆漏洞。它们都规定如果执法人员要求他们提供用户的身份信息，它们将服从并交出其掌握的全部资料。《华尔街日报》网站告知用户，它可能与第三方共享泄密者信息。换句话说，就像电子前沿基金会律师汉尼·法克霍利（Hanni Fakhoury）在博客公告中所写的："他们将保留出卖你的权利。"

由于维基解密提交系统关闭，且暂时没有其他可信赖的系统取代，所以，新生的泄密运动发现正处于干旱境地。只有一个例外出现，才会避免或遏制这种境遇的发生。

2010 年 12 月，一个被称为水牛（Bivol）的保加利亚新闻调查组织创办的巴尔干解密（Balkan Leaks）上线，其横跨刊头的标语是："巴尔干人不再保守秘密。"当我点开这个网站时，看到其使用了 Tor 匿名服务提交系统，在这群新生模仿者中，这是具有安全性的极好标志。但在别的方面，它也与布鲁塞尔、雅加达等其他所有不出名的，缺乏泄密经验的维基解密赶超者们类似。

2010 年 12 月下旬，巴尔干解密公布了一个加了注释的微软 Word 文件，并称该文件已被提交到了其网站的 Tor 服务器上。该文件是一份来自保加利亚能源部的协议，协议中概述了俄罗斯和保加利亚合作建设一座核电站的计划。不管这份协议的重要性如何，单是该 Word 文件是出自一家私人公司雇员手笔这一点来看，就让人觉着匪夷所思。但它没有展示俄罗斯和保加利亚之间合作的真实证据，而且该协议甚至能在保加利亚能源部网站上获得。所以，这些都表明这份协议很难成为让世界感兴趣的泄密。

那之后，另一份文件出现在该网站上，再次由 Tor 保护提交。该文件是一名检察官发给另一名检察官的一封信，其中包括一份含有 30 个保加利亚人姓名的名单——保加利亚国家最高法院的所有检察官和法官，同时也是共济会成员。巴尔干解密给保加利亚人的邮件注释道："（对于一名共济会会员）这是不合法的，但它们保护公共利益的誓言是否优先于'兄弟会'呢？或许同为共济会成员的伦理委员会主席特索尼·特索内夫（Tsoni Tsonev）能就这个问题提供答案。"

来自保加利亚的泄密信息使泄密运动很快活跃起来。

不久，下一个泄密到来了，这是一个庞然大物——百页文件。它们是保加利亚前国防部长、一名法官以及公共财政部秘书长在一起受贿案中长时间窃听录音的完整副本。文件还包含了每一级法官对不同事件的贿赂金额要求不加掩饰的讨论：这起案件需要几百保加利亚列弗（保加利亚货币单位），这份合同需要几千保加利亚列弗。巴尔干解密的代表写道：“这是第一次将这些完整录音公布于众，该录音文件实际上是一份行贿法官的指南。”

这是该网站首次真正意义的抢先报道。相对于后来几个月中创立的其他一堆解密网站的碌碌无为来说，唯独保加利亚人的泄密持续流淌着。几个月后，该网站公布了希腊的一起针对一名保加利亚高级检察官罗森·迪莫夫（Rossen Dimov）的犯罪指控。这起案件发生在他被委任为法官前9年，迪莫夫、他的女友及另外两名希腊人曾被指控在塞萨洛尼基进行走私和洗钱——尽管并未宣判有罪。

随后，该网站还献上了一份被隐瞒的证词记录，证人说他遭到一名保加利亚检察官施压，并被强制要求改变其在一次索菲亚地产交易中的证词。接着是部分名单和身份证号码，他们都是之前未暴露的76名前政治警察（Darzhavna Sigurnost）——共产主义时代保加利亚的秘密警察。巴尔干解密成了在分散泄密活动中一座成功的孤独灯塔。

2011年9月，我访问了巴尔干解密的创立者之一阿塔纳斯·特乔巴诺夫（Atanas Tchobanov）。我们在喧闹的巴黎圣米歇尔方丹（Fontaine，地名）前会面，作为侨民的他在此生活了二十年。特乔巴诺夫穿着一件印有水牛的宣传T恤，就是这个微型新闻网站诞生出了巴尔干解密。T恤上印有巴尔干水牛的标志和古斯拉夫语口号：“提前角！”特乔巴诺夫是一名小个子男性，光头，有着一对妖精般的耳朵以及永远都像刚长了几天的灰白胡茬。当我们在巴黎大学附近一家咖啡厅外坐下后，他的脸上闪过一个顽皮的笑容。

他用混杂了法语和保加利亚语口音的英语说道：“我们刚得到两个新的泄密。”其中一份文件令人乏味——保加利亚国家铁路系统预算显示它们已负债累累。另一份文件则令人感兴趣，对一名保加利亚检察官安杰尔·当捷夫审判的完整记录，最近他被查出犯有对另一名检察官进行勒索、恐吓并对其进行腐败调查及可怕的反黑警察“贝雷帽”突然搜查等罪行。

这起案件被法院封锁，泄密揭露了33页全部的电话窃听副本。在这些窃听情报中，那名被勒索的检察官提到他有价值百万美元的家产，且每月收入一万欧元，远远超过一个检察官的正常所得。特乔巴诺夫相信封锁这起案件的目的是为了避免揭露出原告检察官。他指出该副本还显示出本案中受牵连的其他检察官都是共济会成员。特乔巴诺夫斜着脑袋咯咯笑道："这很有趣。"

正常情况下，除了少数文件是通过邮件提交以外，其他文件都是通过Tor匿名服务提交给巴尔干解密的，这两份文件都是Tor提交过来的。特乔巴诺夫认为该泄密网站最大的成功在于对强匿名性的严格坚持——不通过电子邮件、脸书（Facebook）或在线聊天系统（IRC）的聊天协议接收任何东西。特乔巴诺夫说："Tor不仅是名称。我们为如何安装它、如何连接等等写了一份详细的说明。但这只是一些教学，我们必须教会人们使用匿名，引导他们使用。"

他承认这种缺乏灵活性的做法可能让一些泄密者离开。"最终，我们会降低易用性并提高匿名性。实践证明这种方法是可行的，我们收到了很多提交材料。在这场泄密长跑中，拥有这样的信心是必然的。我们能够得到信任是因为绝不泄露信息来源。因为我们自己也不知道提交这些信息的人是谁。"

渐渐地，巴尔干解密的名气逐渐实现了自我超越。在该网站及其母网站Bivol. bg的幕后12名工作者中有两位公众人物——特乔巴诺夫及另一个著名的保加利亚新闻工作者阿森·约达诺夫（Assen Yordanov）。他们是一对老搭档——特乔巴诺夫个矮、秃头且满脸笑容；约达诺夫脾气粗暴、头发斑白且不苟言笑。但他们有一个罕见的共同点——在这个大多数媒体只是作为无力政府机器的国家里，均保有优秀的新闻工作记录。特乔巴诺夫说："保加利亚的新闻工作者要么被吓坏了，要么被收买了。这样的新闻界充斥着金钱和恐惧。"

特乔巴诺夫解释到，在保加利亚，报纸机构与政府部门间进行频繁的交易，媒体为政府的利益而发布公告和广告，这种收入来源滋养出一种自我审查文化。按照无国界记者组织（Reporters Without Borders）的等级评定，这个国家在欧盟中的新闻自由度最低。

在这个国家中，新闻工作者们不时的遭到恐怖袭击。2006年，曾调查过该国有组织犯罪的电视记者瓦希尔·伊万诺夫（Vassil Ivanov）的公寓就遭到炸弹袭击。还有一名报道了黑手党的作家高尔基·斯特夫（Georgi Stoev）于2008年在索菲亚中心不幸被枪杀。同一年，奥格尼扬·斯特凡诺夫被铁锤打成重伤，全身大多数骨骼骨折。这三起案件均无人被指控。恐吓新闻工作者的传统要追溯到其保加利亚早期统治时期，那时生活在伦敦，持不同政见的保加利亚作家高尔基·马科夫（Georgi Markov）被一名乔装成古董推销员的间谍用随身携带的雨伞尖割伤。伞尖将一颗含有蓖麻毒素的小球植入到马科夫的腿部，致其三天后死在医院里。

约达诺夫和特乔巴诺夫生活在欧洲的两处不同的城市。特乔巴诺夫生活在巴黎并将巴尔干解密的服务器隐藏在巴黎的某个隐蔽处，这样网站的硬件可以避免受到保加利亚政府和黑手党的影响。而仍生活在保加利亚东部城市布尔加斯的约达诺夫则没有这种保护。

他们两人都无法避免遭受攻击。2010年，保加利亚官员们造访了特乔巴诺夫在保加利亚东南部的房子，并宣布其为非法建筑。无国界记者组织在报道中将这一事件描述为典型的恐吓战术，随之而来的通常是暴力袭击。2008年，约达诺夫在他的家乡差点被一名持刀杀手谋杀。

这就像一种政府和黑手党赞助的安全监察制度，这种制度不仅没能杀掉这对搭档，反而证实了他们作为新闻工作者的能力，将其塑造为泄密者眼中的不朽人物。而保加利亚政权对约达诺夫和特乔巴诺夫的敌对态度也许还帮他们赢得了最有价值资料提供者的信任。

.-. .--- --- .... .. --- .. -.-. -. ..- --.. -.. .. .-.. --.. -...

纽约大学非凡的新媒体学教授克莱·舍基（Clay Shirky）在维基解密创建之前就描绘出冰岛现代媒体计划背后的思想。

他将重点转移到美国、大不列颠、加拿大、澳大利亚和新西兰情报结构之间在第二次世界大战结束时达成的一项协议。战争接近尾声时，各国间建立起复杂的情报共享系统，盟军中说英语的国家间认真考虑了放弃了从同伴们那里逐条获取有用数据的方法，取而代之的是在战后时代里简单地将信息集合在一起的可行性。

他们将其称之为《英美协议》（*UKUSA*，多国监听组织），而根据舍基教授于2011年1月在个人民主论坛上阐述的看法，《英美协议》允许各国情报机构所做的事远不止继续在德国和日本的所进行的间谍活动。《英美协议》成员组织从法律上禁止截取本国公民的通信，所以他们常采用私下交换的方式。例如，加拿大会对澳大利亚公民进行间谍活动，并与澳大利亚秘密情报机构共享其资料。而澳大利亚曾对加拿大平民进行窃听并将资料交给加拿大通信安全机构。

事实上，舍基所描述的这种相互对他国进行的间谍活动从未被明确记录过。但舍基的类推法仍然有效——就像各国政府可能在过去 6 年里对其他国家平民进行了间谍活动一样，平民们现在也对其他国家政府进行着间谍活动。

他在大会上说道："我们所看到的是一种跨国泄密形式。维基解密是第一个真正意义的跨国媒体。没有任何一个国家的法律能够控制维基解密的行动。"

就在几分钟之前，贝吉塔·约斯多蒂尔通过网络电话对同一群人发表了演讲。由于担心美国当局会对她与维基解密的联系感兴趣并展开调查，约斯多蒂尔不能前往美国。在实时演讲中，她概述了冰岛现代媒体计划以及她如何给冰岛政府中的四个部门委派对 13 条法律进行修改的任务，以使得冰岛成为全世界媒体自由度最高的国家。

在约斯多蒂尔之后，舍基描述如何使维基解密的功能与该计划结合成他对《英美协议》推测的逆转——即"公民监督全球化"。针对南非政府试图控制当地新闻界并捏造新闻的行为，他提议未来的泄密道路也许应该始于约翰内斯堡，通过伦敦到达雷克雅未克，再返回开普敦。就像维基解密将其告密者的文件绕道瑞典以及巴尔干解密的提交系统通过法国中转一样，或许秘密泄漏的未来就产生于维基解密和现代媒体计划的跨国泄密。

舍基对众人说道："这是泄密的一条可选择道路，至少在现在的实例中是如此，这条通道很显然比之前所有系统的泄密者观点都更有效。"

随后，他以一个预言作为结尾：这种跨越国界泄密的新方法将导致那些阻止泄密的法律也跨越国界。他警告道："对泄密的全球化控制将被极大的推动……我认为我们能够预见到一种针对我们刚才所听到描述泄密系统的巨大压力。这个系统终将失败，但这正是我们现如今将要面临的挑战。"

- ... -. --. .-- .. -..- .. .-.. .-- --- -. --- -.. --.- -.-.

在斯德哥尔摩（Nytoget）大街上阳光明媚的广场拐角处，一位戴着草帽，肤色白皙的金发少女正坐在草地上吃着冰激凌，旁边矗立的陡峭花岗岩围墙在人行道上撒下影子。从一座100英尺（30.5米）高的石头山上能俯瞰南城区（Södermalm）的一大片绿地——维塔·卑尔根（Vita Bergen）公园，绿地背后是斯蒂格·拉森（Stieg Larsson）在《千禧年三部曲》中莉斯贝丝·萨兰德（Lisbeth Salander）居住的地区。峰顶坐落着一座风景如画的19世纪石质大教堂。然而，就像在拉森的小说中一样，更加黑暗而有趣的世界潜藏在地下。

瑞典互联网服务供应商班霍夫（Bahnhof）的创始人乔恩·卡尔朗（Jon Karlung）有着满脸灰色的胡楂，还有一双蓝色的眼睛。他领着我走进山中的隧道，穿过一扇20英尺（6米）厚的钢板门，这样就进入到白山数据中心（White Mountain Data Center）。这是一座在冷战中为了核避难所建造的地堡，现在则变成了全世界最安全的信息存储地。

我们走过两座原本为德国潜艇设计的备用发电机和一座水培花园，网络操作中心所在的房间在“核攻击”（又称“核子冬天”）时将作为瑞典民防系统。在一个堆满旋转风扇散热服务器的山洞里，一间玻璃墙的会议室悬在成架的电脑上方，13英尺（4米）长的钢制螺栓将其深深插入天花板的石头中。爬上楼梯，穿过一扇令这名高大瑞典人弯腰屈膝的小门，并经过一面由一加仑大小的锂电池组成的厚墙壁，我们到达了位于混乱库房中的目的地。

在一个从宜家（IKEA）购买的置物架上放着两个比萨盒大小的细长物体，那就是卡尔朗将我带来此地的目的——一对戴尔（Dell）服务器。从维基解密2010年10月对伊拉克战争的曝光到电报门（Gablegate）公布的最初7个月，这两台服务器运行着世界上最具争议的网站。

卡尔朗抬起其中一个并将其放到我的手中，以一种男孩般的微笑赞赏着这台电脑。他滔滔不绝地说道：“我想象着这两个服务器就是第一部《印第安纳·琼斯》（*Indiana Jones*，又被译为《夺宝奇兵》）电影中的约柜——一个隐藏于某仓库中包含了全世界秘密的盒子。”

事实上，即使在维基解密终止与班霍夫的合同一个月后的现在，该数据中心职员仍未清除这两台服务器上的数据。“我想把它们放到易趣上开卖。只是一个玩笑！开玩笑的！”卡尔朗补充道。但他却将“玩笑”（joke）说成了“枷锁”（yoke），这可真成了一个玩笑。

卡尔朗向我保证说班霍夫制造的花岗岩墙壁足够坚固，甚至在核爆炸的威胁下也能安全地保护电脑。但这并非是维基解密为该数据中心支付昂贵服务费的原因——虽然月租费从1500美元起，价格随功率和带宽的提速而增加，但维基解密更看重的是这座地下堡垒的“隐喻”作用。从1766年起，瑞典对新闻来源和信息自由的保护就是全世界最强的，这种保护源自于瑞典宪法，它甚至比美国宪法第一修正案的完成还早。在这种宪法下要实现对新闻的审查是非常困难的，除非涉及国家安全和叛国案件，否则检察官将被禁止向媒体组织询问信息来源的身份。

位于斯德哥尔摩西北地区一栋破旧建筑地下室中的、卧室大小的另一家公司——佩里基图（PeRiQuito AB），又被称为PRQ，其简陋的服务器室内没有水培花园或其他《詹姆斯·邦德》（*James Bond*，又被译为《007》）中反派的装饰品。尽管没有巨大的地下洞穴和防弹门，但该公司早在维基解密与班霍夫签约之前就已经是维基解密的核心了，尤其是其提交系统，更是重中之重。事实上，自2004年起，佩里基图（PRQ）就集合了一些网络中具有争议且合法性遭到怀疑的居民，而且该公司还吹嘘说其从未关闭任何属于他们的网站。

在维基解密之前，佩里基图（PRQ）上最著名的“住户”无疑是海盗湾（Pirate Bay）——世界上最受欢迎的盗版音乐和视频来源。佩里基图（PRQ）和这个标志性的盗版网站都是由两名瑞典黑客建立的。这两名黑客就是高特弗里德·萨特霍姆（Gottfrid Svartholm）和弗瑞迪克·内杰（Fredrik Neij），他们当时仅仅只有19岁和25岁，且已成为了新自由主义编码的专家。

海盗湾当时的访问量比《纽约时报》（*The New York Times*）、《赫芬顿邮报》（*the Huffington Post*）的访问还多，这并不仅是因为海盗湾提供了巨大的可下载盗版的资料库，还因为其经常曝光一些有趣的信息。例如他们会将收到的法律威胁和对该威胁所做的回应公布在自己的网站上。在2007年，内杰、萨特霍姆和佩里基图（PRQ）的第三个所有人彼得·桑德（Peter Sunde）试图从其用户那里募集到足够的资金以购买西兰公国，将这座在北海中被英国遗弃的军事平台作为不受世界上所有国家版权法约束的家园。（西兰公国拒绝将自己出售给他们。）

2007年瑞典警方对佩里基图（PRQ）进行了突然查抄并没收了服务器，希望借此让海盗湾下线。此后，这个文件共享网站离开了其原来的家园，在横跨欧洲的多个临时主机之间不断跳跃。但佩里基图（PRQ）仍拥有大量粉丝。车臣叛军媒体网站高加索中心（Kavkaz Center）是2005年首批在佩里基图（PRQ）地下室中寻求庇护者之一。该网站用户经常发布伊斯兰极端主义者对俄罗斯、美国和以色列异教徒暴力圣战的叫嚣，并附上有关饱受战争蹂躏的未经高加索审查的新闻。俄罗斯驻瑞典大使要求高加索中心在2007年内关闭，但就在斯德哥尔摩的检察官没收这台服务器的同时，佩里基图（PRQ）立即架起备用服务器，势与法院的决定相抗争，并从政府得到了14 000美元的损害赔偿。

佩里基图（PRQ）还为一个名为佩鲁贾·休克（Perugia Shock）的意大利博客提供服务器，据称该博客曾诽谤2011年阿曼达·诺克斯凶杀案审判的检察官，Google博客服务因此将该博客账号封杀了。佩里基图（PRQ）甚至还为瑞典恋童癖网站（Pedophile. se）和北美少年爱好协会（North American Man/Boy Love Association）提供主机服务，在这些网络论坛中的用户讨论儿童间的性行为，但限制发布儿童色情图片。

身材矮小，但肌肉发达的米克尔·维波格（Mikael Viborg）律师是萨特霍姆和内杰聘任的佩里基图（PRQ）首席执行官，他说："尽管厌恶他们所说的东西，我仍然保护他们。除非确实需要，我们不会与当局合作。"

佩里基图（PRQ）反对独裁和专制的政策意味着它很少记录能确定网站访问者身份的流量，服务器尽可能少地保留了2 000个客户的信息，但对这些身份信息均进行了加密。同时，服务器要求那些租用他们空间的网站全额预付现金，但不过问用于提取报酬的任何个人详细资料（这里涉及国外的支付体系，一般国外以支票或信用卡授权方式的支付在提取现金时需要核对付款方信息，而现金支付则可以屏蔽这个问题，所以国外很少用现金纸币进行交易），并经常收到塞满现金而没有回信地址的信封或装满钞票的公文包。维波格说道："通常我们并不知道谁是我们的客户，根据瑞典法律我们也不需要知道。"

这两名瑞典人的数据公司及其对法律的充分利用使得维基解密运转得非常顺利。然而，跨过斯堪的纳维亚半岛和挪威海，穿过雷克雅未克一条小巷中一扇无标志的门再爬上一段楼梯后，另一家网络托管公司也许会在约斯多蒂尔的下一媒体时代中继续扮演佩里基图（PRQ）的角色。

当我要求1984网络托管公司的创始人摩多·英欧尔松（Mordur Ingólfsson）给我们提供一些其客户应用实例时，他简单而带有挑衅意味地回答道："除非你有法院指令，否则我不会回答这个问题。"

英欧尔松是一名患遗传性秃头症的冰岛人，今年41岁，他说他创造出这个具有讽刺意味的公司名称是为了“防止思想控制”。该公司已经成为冰岛最大的网络主机公司，其中一部分原因是该公司维持了冰岛维京人个性的态度。英欧尔松说：“我们不会对威胁、恐吓、操纵、压力或调查作出任何回应。我们宁愿破产，也不愿意打破我们与客户之间的信任。”

有一件事是英欧尔松不会为其客户做的，无论如何他都不会触犯冰岛法律。因此，对英欧尔松来说，与其试图改变自我，倒不如担任约斯多蒂尔冰岛新媒体计划运动的财务主管。冰岛新媒体计划并非仅仅是将模仿维基解密，而是走得更远。它计划将全世界各个国家法律中关于信息自由度最好的条款整合在一起，例如瑞典的信息来源保护，比利时的避免互联网服务提供商将记录呈交给法庭的第三方通信安全保护，以及纽约州的禁止使用外国法律在当地提起诉讼等。其修订后的信息允许国民查询政府文件，甚至为自由表达设立了一个诺贝尔式的奖项。

在法律上，冰岛已经展示出一个完美岛屿数字庇护所的某些特征。例如，在雷克雅未克郊外新建立的托尔（Thor，北欧神话中的雷神）数据中心，使用的是热发电站的廉价绿色电力进行电讯设备数据传输，并使用免费的极地空气为大型服务器机房中的电脑冷却。这些电脑的所有者们希望在冰岛新媒体计划的协助下将其在以前制铝厂内的服务器扩充到数千台，以容纳来自全球并聚集在冰岛保护边界的有争议数据。

英欧尔松像往常一样小心，不肯透露1984网站的服务器到底在哪，但他让我觉得它们很可能就在冰岛，并且准备从约斯多蒂尔的行动中受益。英欧尔松认为，如果冰岛新媒体计划获得通过，不仅是对他生意的促进，更有助于从金融危机的经济灾难和耻辱中拯救冰岛。这场危机使这个国家的每个人承担了相当于220 000美元的债务。他说道：“如果我们成功，这会成为保护这个国家名誉的新基石。以我愚见，冰岛新媒体计划会是自《传奇》（冰岛长篇英雄故事）写成以来这座荒凉岛屿上发生过的最重要的事。”

.... -..- . -. -... ...- .-.. .-- ....- --- -. .. -.- -.-- --..

在阳光明媚的保加利亚度假胜地瓦尔瓦拉的一家咖啡厅中，特乔巴诺夫、约达诺夫以及其他保加利亚新闻工作者围坐桌旁。特乔巴诺夫正在主持一次针对记者的加密、Tor软件和代理服务训练课程，以保护资料来源和他们自己。中午，他们正喝着啤酒，吃着从附近黑海中打捞上来的炸虾，还用保加利亚语讲着黄段子。他们给我翻译了弗拉基米尔·普京（Vladimir Putin）、德米特里·梅德韦杰夫（Dmitri Medvedev）和一个妓女的故事。

特乔巴诺夫坐在约达诺夫旁边，与那高大且身宽体胖的搭档相比显得越发瘦小。这两名“巴尔干解密者”中个子较小的那位还穿着那件印着水牛的广告T恤。因此，我问他为什么要用这个动物作为其网站的标志。

约达诺夫回答了这个问题。这名高大肥胖的保加利亚人戴着一副磨损严重的仿冒的奥克利牌（Oakley）太阳镜，一件黑色的衬衣包裹着他的桶状胸，穿着黑色的短裤与沙滩鞋，腰带上挂着手机盒。在我这个愚昧的美国人眼中，他看起来就像节日里东欧黑手党恶棍的滑稽模仿者。

这名53岁的记者以浓重的斯拉夫口音缓慢地吟诵道：“水牛是一种很特殊的动物，它是最聪明的动物，甚至超越了狗，它拥有完美的记忆。”

“曾有一头小水牛被一个人打得伤痕累累。”他继续说着，从他的神情无法辨别他讲的故事是源自个人经历还是某种《伊索寓言》（*Aesop's fable*）。“8年后，它长大了，就在某一天，它离开了牛群。当它被找到时，它已经杀了那个男人并将其践踏得无法辨认。更不可思议的是，这头牛从15公里外就能闻到这个男人的气息。”

“因此，我们喜欢水牛。”约达诺夫毫无表情地总结道。

特乔巴诺夫引用匿名组织黑客的口号，用一个愚蠢的笑容解释道：“我们从不宽恕，我们从不忘记！”

特乔巴诺夫曾跟我提起过约达诺夫在成为新闻调查工作者之前曾是一名牛仔并饲养过水牛。因此，我问他为什么选择了那条听起来不太可能的职业道路。

停顿很长时间后，约达诺夫开口了，从餐桌周围的安静中我能感觉到，对于一个阳光明媚的午餐讨论而言，现在我触碰的是一个错误的话题。

他简单地说道：“我那时24岁，与一个我深爱的姑娘结了婚。但之后我发现自己的妻子，这个我最爱的女人是一名秘密警察。她在我家里对我进行间谍调查，这就是为什么我离开了那座城市并成为一名牛仔的原因。”

我没有继续追问这个话题，这看起来让在场的每个人都感到轻松。但几小时后，在训练课程的另一次课间休息时，阿森·约达诺夫详细地跟我讲述了他的故事。

在20世纪30—40年代，约达诺夫的祖父是保加利亚反抗部队的一名将军，领导着数千名游击队员，在该国东南部的山区中与纳粹及其保加利亚同盟政府战斗。然而，在战争临近结束，保加利亚倒向盟国并成为苏联附庸国后，新的政府并不信任约达诺夫祖父的政治势力。

1947年3月28日，约达诺夫祖父的私人医生给他进行了一次看似常规的医疗注射。半小时后他离开了人世，且并未进行任何尸检，他27岁的妻子和7岁的儿子就站在边上，这个儿子就是约达诺夫的父亲。

约达诺夫的祖母被要求签署一份与其已故丈夫断绝一切关系的协议。但她拒绝了，因此她和她的家庭仍旧是国家的敌人，邻居们甚至在接下来10年的时间里故意回避他们并对其视而不见。

阿森·约达诺夫成长在童年的阴影中。他的父亲成为了一名作家也是保加利亚国内著名的诗人，而年轻的约达诺夫经常在当地报纸上发表诗歌和散文。他以高分毕业于舒门大学并在靠近土耳其边境地区以杰出的表现服完兵役。大多数时候约达诺夫远离政治，但他并未隐藏其对新政府的仇恨。他说道："我知道我们的社会正走向死胡同，而我不怕说出来。"

在攻读保加利亚文学和语言学硕士学位期间，他在当地布尔加斯剧院找了一份音频视频工程师的工作。他在那里遇见了一位娇小的土耳其女演员，24岁，非常漂亮，有着一头黑色短发和棕色的眼睛。3天后，他向她求婚，并结婚了。

他们做了一年的夫妻，直到一名政府内的朋友给约达诺夫打电话还请他到布尔加斯公园一同散步。这名焦躁不安的朋友在那里将其刚呈交的一份详细报告告诉了他。并要求他发誓永远不会透露他的消息来源。这份报告是由约达诺夫的化名为"克里斯蒂娜（Christina）"的妻子所写。她是曾策划谋杀他祖父的同一个特务机关的有偿线人。在过去的一年里，她监听并报告了他和他父母所说的每一个字，甚至包括他读的书籍和他对朋友们讲的笑话。

约达诺夫说："当我发现时，我无法辨别什么是真实的、什么是虚假的、什么是真话、什么是假话。我脑子一片空白。"他只是茫然地否认，跌跌撞撞地走出了公园。

约达诺夫说他的妻子先是否认他的指控，然后承认，最后完全崩溃并哭着请求原谅。她保证会结束其6年前还在索非亚上学时就开始为特务机关进行的工作。约达诺夫说："但我知道，一旦你成为该系统内的一员就不能退出，这不是一种能治好的疾病。”

他深切地感到自己再一次被保加利亚社会背叛了。所以他只能抛下它。

约达诺夫与他的妻子离婚，并开始了一段在斯特兰贾山脉中的流浪时期。他经过一些只有少数人居住的社区，甚至在一座只有30人的小村庄中居住下来，住在其外围一座废弃建筑中。这里缺乏电力供应，生活用水需从半英里（800米）外的一处悬崖提来，没有理发工具和刮胡刀，几个月都没人说话。他说：“我再也不想见到任何人。我希望在另一种不同的法律下生活。也许这样就可以逃避人类的法律。”

为了维持生活，约达诺夫后来在一家合作农场内担任牧羊人。由于经济上的窘态，他花了很长时间才存到足够的钱买了3头母牛和1头水牛，随后又买了10只绵羊和3只山羊，并开始卖牛奶和羊奶。饲料供应商在得知他是一名政治嫌犯的身份后拒绝向他出售饲料，因此他只有自己种植燕麦、豆类、玉米和苜蓿，并雇用当地人帮他照顾庄稼。

在当了一年牛仔后，他决定离开四处漏风的庇护所，和他的牧群一起进入森林中生活。当动物们在野外奔腾时，他骑着马和它们一起奔跑。有时还会训练并驾驭水牛。他在森林中找到一座简陋的小屋，有时睡在那里，不过更多的时候睡在地上、山洞里或树上，或者任何夜幕降临时他所处的地方。最终，他的流动牧场发展到超过150头动物。

约达诺夫以这样的方式生活了将近5年。他每周会从最近的村子收到邮件并偶尔拨打电话。1992年晚些时候，他从其73岁的祖母那获知他的父亲正打算搬往索菲亚。因此卖掉了他深爱的牧群回到城市照顾她。

返回布尔加斯后，他发现保加利亚社会完全改变了——至少表面上看是改变了，如果不触及它腐败的核心，你将很难感觉到它的腐败。曾毁掉他生活的政权在少数出身名门的政治寡头手中被解体重组。政治警察特务机关也已经被撤销，但还是有很多人各施其能混进了新政府。

他生活在这个文化冲击的国家，一整年的时间里都在建筑行业内打零工，并在布尔加斯码头当工人，没有任何抱负和方向。后来，一个朋友告诉他本国最大的报纸《劳动日报》（*Dneven Trud*）正在公开招聘。借着他父亲的名气和他的文学教育背景，约达诺夫获得了这份工作。

几个月后，约达诺夫发现他拥有从消息来源打探出令人震惊故事的天赋。“和我在一起，人们似乎觉得他们能毫无保留地将任何事都告诉我。”

他简单地说。他在刊登黑手党谋杀、政府腐败以及将国家资源私有化的文章时表现出了异乎寻常的勇敢，很快他就被看作是保加利亚东部最大的黑幕揭发者之一。

在20世纪90年代中期的南斯拉夫战争中，塞尔维亚遭受了国际贸易禁运制裁。因此，与俄罗斯隔海相望的保加利亚东部黑海沿岸就顺理成章地成了走私的门户。1994年，约达诺夫通过秘密消息来源证实在一个涉及黑手党和政府的复杂阴谋中，满载石油、香烟、武器和黄金且未经申报的卡车抵达布尔加斯机场并在机场注册，而不是通过方便藏匿货物的港口。他在《标准周刊》（*Standard Weekly*）上发表了这则长达8页的报道并立即收到一连串的诽谤指控。但所有这些指控最终都失败了，最终布尔加斯海关首席官被控走私并宣判有罪。

第二年，约达诺夫得到消息称，在布尔加斯北部有家工厂从事非法香烟生产。他在半夜潜入这间工厂，拍摄照片并刊登了这则报道。很快，他第一次受到了死亡威胁，一封通过送信人转交的信建议他“趁早为自己订块墓地”。警察对这家工厂进行了突然查抄并勒令其关闭，并开始对受牵连的政治家和商人进行了为期两年的调查，最终以没有逮捕任何人而不了了之。

这时候，约达诺夫突然停止了他的故事。太阳已经升起来了，他摘掉太阳镜，露出深陷而忧伤的双眼。“我想就此打住并说点别的事。这家我曝光工厂牵涉的人之一是博伊科·鲍里索夫（Boyko Borisov）。现如今，他是保加利亚总理。可笑的是，在16年前，他是一名罪犯。”

. ..- ... -- ...- .--- -.. -.-. ..- -..- ... -..- ...- . .. -...

贝吉塔·约斯多蒂尔的插图回忆录《变色龙日记》（*The Chameleon's Diary*）以“死亡的气息渗透进圣诞节的香味中”为开头。她结合童年的梦境和记忆，讲述了一名头发乌黑、皮肤苍白，居住在冰岛小渔村索尔劳库尔的小女孩的故事。她在码头边光滑的腐烂黑色木板上跑上跑下，用她母亲的小提琴弓当钓鱼竿并吓唬在码头上工作的老人。

约斯多蒂尔的母亲博格瑟奥拉·阿纳多蒂尔（Bergthóra Arnadóttir）搬到这座仅有800多人的小镇是为了躲避约斯多蒂尔那精神失常的父亲，阿纳多蒂尔在16岁时就嫁给了他。搬到小镇上不久，这位母亲和她4岁的女儿就遇到了孩子的继父。他是一位善良、强壮的渔船船长，蓄着络腮胡子，拥有全村最大的房子。结婚的主意是年幼的约斯多蒂尔提出的，而不是她母亲。她说："我跟他说过这个想法，还跪下请求他做我的父亲。"

即使约斯多蒂尔的继父几年后便和她母亲离婚，约斯多蒂尔仍与他保持着密切的关系。而且，在她看来，她将牢记继父教给她的东西——继父生活简朴而正直，继父总是最后考虑自己的理由，优先考虑支付雇员的报酬，且从不借债。约斯多蒂尔称他为"鱼王"。

阿纳多蒂尔是一位著名的民族歌手，她在雷克雅未克每月都会组织音乐之夜，而她的女儿就这样在艺术家、音乐家和作家的氛围中长大。约斯多蒂尔仔细阅读过祖父母编写的关于西藏佛教和美国巫师埃德加·凯西（Edgar Cayce）的书籍。十几岁时，她发现了源自于无政府主义政治立场的朋克式音乐。她的母亲在制作冰岛当时的流行明星比约克（Björk）的第一张唱片时，用同一间唱片工作室也给约斯多蒂尔录制了第一张唱片。约斯多蒂尔记得有一次，当她母亲漫不经心地弹着吉他并唱歌时，这两名少年（约斯多蒂尔和比约克）在工作室阁楼中低声互诉着彼此的秘密。

从小被不妥协的艺术家和作家包围，所以，约斯多蒂尔从不认为顺从有多大作用。她买了件二手燕尾服，用橘红色在其背后画了个巨大的无政府主义标志；当她母亲让她参加一场青年模特大赛时，她将自己的头发剪成高耸的黑色莫霍克造型；她朝对她性骚扰的教师吹口哨；在一次学校旅行中，她的班级参观了可口可乐工厂，随后准备接着参观冰岛议会大厦——国会，而她拒绝进入大厦。这名 14 岁的少女坐在校车上，用一支眼线笔在一个纸袋子上写了首关于核战争的诗。

这首名为《黑玫瑰》（*Svartar Rósir*）的诗后来发表在当地的一家报纸上。

> 我望向窗外，
> 看到倒塌的房屋。
> 我望向窗外，
> 看到血流成河。
> 我望向窗外，
> 看到黑色的灰烬，
> 和人类的尸体。
> 这就是我们人类留下的全部。

一个暴风雪的圣诞夜，就在冰岛传统的6点圣诞晚餐之前，约斯多蒂尔的继父来到她祖父母位于惠拉盖尔济的家中，放下她弟弟后便立即转身进入暴风雪中，说他必须将一个包裹送到朋友家。

第二天，他仍然下落不明。警察在距离村庄10分钟车程的一条河边找到了他的汽车，现场没有尸体或自杀的痕迹。但警察断定他溺死在浮冰中了。她写到："我的父亲'鱼王'昨晚自杀了……我在脑海中想象他迈着沉重的步伐走进河里，有点驼背。白色的暴风雪中留下长长的黑影。我必须坚强。我已经在自己的后背上竖起铮铮铁骨，它不会弯曲。"

接下来的几个月里，约斯多蒂尔的母亲在几乎情感崩溃的状态下搬到了丹麦，而约斯多蒂尔也跟着搬了过去，一直照顾她。这名年轻的女性进入了自我放逐、绘画与写作的状态，在回忆中她将该经历描述为一次"穿越山谷阴影"的跋涉。她的第一本诗集《冰柱》（*Frostdinglar*）于第二年发表。在返回冰岛发售这本书时，她遇到一位英俊、敏感、年轻的美国籍冰岛摄影师，他有着一双棕色的大眼睛，浓密的黑发垂在他的额前。

22岁的约斯多蒂尔获得冰岛政府的许可留在雷克雅未克，并决定继续自己的写书生涯，这个主意让她无聊得要死。另一方面，她的摄影师男朋友想回美国与他的父亲相聚，并希望将她一并带走。为了避免到移民局办理麻烦的手续，他们提前办理了结婚手续，在他们的儿子出生后6周，他们搬到了西弗吉尼亚。再过几周后，这个新家庭将他们的所有财物塞进房车并开始了横跨这个国家的公路旅行。最终，他们落户于新泽西州梅福德。在那里，约斯多蒂尔一边写作和画画，一边挨家挨户推销柯比牌（Kirby）吸尘器以赚取生活费。

尽管她有充分的沿街叫卖计划，但贫穷的郊区居民却无力消费。因此，他们返回了冰岛。回到冰岛后，另一个问题又出现了。在他们的儿子出生前，约斯多蒂尔的丈夫开始出现癫痫症状。医生诊断他患有癫痫，而开出的药物使他变得茫然、极度消沉。

一天早上，他告诉约斯多蒂尔，他要去上班后便失踪了。1小时后，当约斯多蒂尔醒来时发现一张他留下的便笺："你能原谅一个绝望的灵魂么?"

约斯多蒂尔搜遍了冰岛北部绝大部分城市，还是没能找到自己的丈夫。5年后，她在雷克雅未克北部雪山半岛的一片苔原中找到了他已风化的光滑骨头——与她父亲一样死于自杀。

15年后，当冰岛陷入世界历史上最严重的金融危机时，约斯多蒂尔将她早年生活中长期郁积的悲剧称作是为这个国家算账的时候所做的准备。她在博客中写道："今天早上，我终于意识到为什么自己经受了这些在焦虑中生活的教训而没有发疯或失去乐观主义生活态度的原因。我已经做好准备面对冰岛的破产。"

她丈夫死后，约斯多蒂尔沉浸于对自己悲伤故事的创作中——不管是文学、绘画，还是思想。但她发现了一种能将这些集成在一起的新东西——互联网。在冰岛第一家网络广告公司做临时工期间，她被这家公司的设计师不小心遗留在其网站上的打字错误逗乐了——拼错单词"校对"。那时她没法让公司中的任何人来改正这个错误，于是自学了超文本链接标示语言（HTML）并自己修改了它。随后，她开始制作自己的网站，混合了诗歌、绘画和视频。

很快，她和另外两名早期热衷于网络的人贡纳·格里姆松（Gunnar Grímsson）和格维兹门蒂尔·格维兹门松（Guðmundur Guðmundsson）一起组建了一个名叫艾奥（InterOrgan，简称IO）的团队，一个网络艺术团体。格维兹门松说："艾奥（IO）是太阳系中火山活动最活跃的卫星。木星对其施加的引力导致了其内部高温，这是一个非常适合的名字。"他们三人用一些在网络上首发的现场音频和视频推动了互联网的发展。"如果它是新鲜事物，我们就干；如果这件事别人已经做过了，我们就不感兴趣。"在顶峰时期，约斯多蒂尔的一个网站接受的流量就可以占到冰岛全国流量的60%。

除了编程，约斯多蒂尔还进行抗议活动。她组织了反对在该国东部建设卡兰尤卡尔（Kárahnjúkar）大坝的游行示威。这座为铝冶炼厂提供电力的大坝将导致这个国家一些最美丽的瀑布消失。2003年，她领导了反入侵伊拉克的抗议活动。面对政治谎言和在一场显然注定会到来的战争一再愚昧大众的媒体，她创作了一些抒发沮丧之情的诗歌。

其中一首诗题为《战争的恐怖》

成堆饥饿的儿童，
磨光的白骨，
烧焦的血肉，

我们应将这些画面装入相框，
将它们挂在我们家里，
这样我们永远不会忘记，
战争真正的恐怖。

对约斯多蒂尔来说，抗议几乎成了生活的一种方式。

随后，在2008年10月，整个冰岛的民众都站在她这边，对冰岛银行业导致的国家破产发起了抗议。

在密尔顿·弗里德曼（Milton Friedman）的影响下，大卫·奥德松（Davið Oddsson）总理于2001年撤销了对冰岛银行的管制和限制，并于2003年完成了银行的私有化。凭借着维京人的热情，这个国家采用了一些世界上最有力，也最具风险的银行业务。几年内，该国金融业资产总量从刚开始的国内生产总值的100%增长到1000%。随后，在这些银行家骄傲自大达到顶峰时，国际信贷危机的打击到来了。

由于无法偿还堆积如山的短期债务，这些陷入财政恐慌的银行相继倒闭并被收归国有。冰岛公司的股票市值缩水了90%。用并不存在的钱在雷克雅未克建造的奢华房地产项目被迫停工。由于积蓄在一瞬间消失，用贷款购买昂贵汽车的消费者债务违约。冰岛仅仅一家银行——冰岛国家银行的国际储户债务对经济造成的损害就相当于第一次世界大战后《凡尔赛合约》强制赔款对德国造成的危害。

冰岛人民起义了。阿尔庭（即议会）外开始每周六进行抗议活动，参与者从数百人到数千人。他们敲打着锅碗瓢盆，将议会的旗帜换成了一家连锁杂货店的，还设法闯入大楼。游行示威的口号及组织细节通过脸书进行传播。接近半数冰岛人拥有脸书账号，人均拥有比例高于世界上其他任何一个国家。一位冰岛前新闻工作者，现任冰岛议会的成员罗伯特·马歇尔（Róbert Marshall）说道：“第一场脸书革命并非发生在突尼斯或埃及，而是这里。”

三个月后，政府清楚认识到，除非他们放弃，不然人民群众会让整个国家推向瘫痪境地，所以，那届政府的官员集体辞职了，新的选举随即排上日程。

在这段政权空白期的混乱中，冰岛人开始在小型团体中聚集讨论什么才是他们想从新政府那获得的。约斯多蒂尔是雷克雅未克大学中临时集会的中坚力量，很快这个集会就成长为一个新的政党——（冰岛）公民运动党。该党派的目标是阻止国际货币基金组织进入冰岛以及增加冰岛的直接民主制。该政党发誓采取一种打了就跑的策略。无论是否实现这些目标，该政党都计划在八年后解散，时间短到不足以使其腐败。

当约斯多蒂尔志愿代表这个颠覆性的政党参与议会选举时，其民意调查数据显示该政党获得 0.5% 的选票。另一位候选人玛格丽特·特里格瓦多蒂尔（Margrét Tryggvadóttir）说："这好像是个自杀任务。"

公民运动党在很大程度上被主流媒体忽略了。但其通过脸书、博客和推特（Twitter）的宣传以及全体选民对现有政党的巨大愤怒，该政党受欢迎的程度稳步攀升。他们采取非正常的方式进入了候选人辩论，约斯多蒂尔借此充分展示了她的激情。她说："我们使用黑客的思维方式，找出系统中的漏洞，使我们的声音能够被听到。"

在 4 月份的选举中，超过三分之一的国家领导人被从未在政府中任职的候选人替换。7% 的选票投向了公民运动党，使得该党在立法机构中获得了 4 个席位。

这些席位之一属于贝吉塔·约斯多蒂尔。

-- .-- -.-. .-.. .-- - -.- .. .--- -- -- .- .-- . -..- .--

早在阿塔纳斯·特乔巴诺夫想到他能积极参与泄密运动前很久，他就开拓了另一种黑客方式——短信恐怖主义。

从 10 岁起，特乔巴诺夫就知道索菲亚并不是他标志性的自由思想能够存在的地方——他拒绝加入当地共产党并被保加利亚政府强制其从事的低水平产业工作解雇。1989 年铁幕落下时，他获得了巴黎西部大学的奖学金并毫不犹豫地搬到了巴黎拉丁区。

特乔巴诺夫继续攻读语言学博士学位，还成为了一名熟练的计算机科学家，通过分析大量口语和书面语数据找出人类语言最根本的基础。但随着保加利亚的新闻开始通过逐渐增多的网络新闻媒体一点一滴地跨越国界，他发现祖国的政治问题不容被忽视，而且也看到了发挥才能的机会。2004 年，他创立了一个海外保加利亚人非政府组织，并成为了保加利亚人关注的《巴黎新闻》（*Parizhi Vesti* 或 *Paris News*）杂志的编辑，攻击被他称之为"迟钝又愚蠢"的政府，提出政府存在的问题，例如一项 2006 年提出的，铺张浪费且未经投标，为期 35 年的公路合同。他说："这就是我为正常状态斗争的小伎俩。”

其中一个最让特乔巴诺夫愤怒的问题是政府对所有保加利亚人征收医疗保健税——无论是生活在该国的700万保加利亚人还是自苏联解体后的约100万侨民，甚至那些在国外买了医保的人仍须缴纳同等金额的高达数千美元的医疗保健税，或者甘愿冒再次踏上国土时支付累计罚款的风险。2007年保加利亚加入欧盟后法律制定得比以前更不合理。然而尽管海外侨民对此非常气愤，但反应迟钝的议会也没有考虑降低或取消这个税种，即使它也同样影响到了那些不会投他们反对票的人。

就在2008年圣诞前夕，一份保加利亚报纸意外地将该国议会所有成员的手机号码刊登在一则邀请函上，原因是善意地邀请全国公民向议会成员发送新年祝福短信。特乔巴诺夫抓住这个机会，将名单转发给全球数千名保加利亚人，让他们发短信要求废除这项税收。

很快，超过10 000名请愿者以约每天90条短信淹没了议员们的手机收件箱，用与匿名组织拆毁Visa和MasterCard网站相同的方式让他们的手机合法瘫痪了。报纸和立法者谴责这种行为并将其称为“短信恐怖主义”。一名主张废除该税种的议员对议会公开发表道歉。最终特乔巴诺夫胜利了——反税收法案获得了通过。今天，他笑着谈论他的“恐怖主义”手机花招。“付给立法者薪水的人民有权联系他们。”他耸了耸肩说道。

回到保加利亚，约达诺夫也同样进行着他的战斗——没有巴黎和索菲亚间上千英里缓冲的保护。

2007年，他和《政治》报纸的记者玛利亚·尼古拉耶娃（Maria Nikolayeva）挖到了一个政治决策的新闻，该决策决定取消对布尔加斯北部一段12英里（19.2公里）的海岸生态保护区的保护，以致该保护区能以低廉的价格被收购，之后再投资建设一座利润丰厚的假日酒店。前述自然保护区的附属区域也被取消保护，这些地被市长分送给一些公务员及其家人，还有那些应该负责调查这种不道德行为的警察也收到了市长赠送的“礼物”。

这两名记者为《政治》准备了一系列头版报道，揭露这起涉嫌腐败的交易，系列标题为《讨伐斯特兰贾》。第一篇报道刊登后，两名男子闯入了尼古拉耶娃在索菲亚的报社办公室。他们将当天的报纸扔在她办公桌上，并对大楼保安进行了一番无理批评。他们说：“你完全知道你不应该写这样的东西。而且你也知道什么事会发生在好奇的记者们身上。比如，之前就有记者被泼硫酸。”

这两名男子提到了安娜·扎尔科娃（Anna Zarkova），她是《特鲁德劳动报》（*Dneven Trud*）的一名记者。在1998年发表了关于保加利亚人口贩卖的报道后，她的面部和身上被泼了硫酸。她的右眼受伤严重以致必须进行手术切除。

报社监控摄像头拍到了威胁尼古拉耶娃男子们的车牌，她将这段视频交给了警察。但最后没有任何人被逮捕。

尼古拉耶娃和约达诺夫拒绝让步。与之相反，尼古拉耶娃尽可能多地在电视上露面并接受报纸采访，试图通过这些方式将她受到的威胁公之于众。

在完成系列报道的第一部分后，约达诺夫获悉在布尔加斯有人正在尝试一种不同的审查策略，在报纸送达报刊亭前从批发商手中买下所有报纸。当下一期报纸出版时，他在清晨驾车到批发商那，将车内塞满自己准备的报纸亲手交给当地零售商。

约达诺夫的这种做法很快引起了政府部门的注意，这差点要了他的命。

. --- .. .-.. .. .. --.- ..- ... .--- .... .--. ...- --.

如果约翰·佩里·巴洛（John Perry Barlow）曾为他与众不同的人生写过回忆录，其中应该包括：在怀俄明州当了17年牛仔；为感恩而死乐队（Grateful Dead）写了几十年歌词；和蒂莫西·利里（Timothy Leary）一起实验迷幻药，并创立了电子前沿基金会。但科幻小说作家布鲁斯·斯特林（Bruce Sterling）却将巴洛的主要职业定为诗人，从某种意义上说，就像珀西·雪莱（Percy Shelley）曾将诗人描述为：“世界上没有得到承认的立法者。”

在冰岛国家银行系统崩溃前的那个夏天，当巴洛站在雷克雅未克大学冰岛数字自由社会大会的讲台前，这名双下巴上满是胡楂的研究者看起来更像是一名西方神父，黑衬衫外套着一件黑色皮夹克，领子里围着一条有白色十字架标记的黑色围巾。他为齐聚一堂的冰岛技术爱好者所做的演讲是“关于人类交流的历史”，从语言的发明到第一台印刷机。他认为这种机器所带来的“权利再分配”导致了从30年战争到西班牙宗教法庭期间所发生的一切。

（演讲内容的）时间轴向后推移了500年，巴洛谈到了他自己对互联网的发现。他说道："瞧，我输入'远程登录'便可让世界上任何地方的一块硬盘旋转起来。"

他继续道："就这点来说，我有一个真正虔诚的梦想。如果你能将全人类放在同一个社交空间里，在那里他们不需要衣服和建筑，以及其他任何显示其身份的东西。他们没有财产，没有司法界限，甚至也没有法律……这将是人类自掌握火以来最伟大的一件事。"

他认为互联网代表着另一次"权利再分配"，其对社会的威胁程度就如同古腾堡（Gutenberg，德国活版印刷发明人）当年的发明一样。对于接下来的25年，他和网络自由主义同伴们，如约翰·吉尔摩（John Gilmore）和莲花（Lotus）创始人米奇·凯普（Mitch Kapor）将花费大量时间和巨额的金钱与试图削弱或遏制这一新"社交空间"的政府和公司作斗争。

贝吉塔·约斯多蒂尔正是他们的众多听众之一。巴洛在演讲临近结束时抛出的一个想法深深地植入了她的脑海。巴洛说道："我梦想这个国家可以变得像双边贸易协定中的瑞士那样。"

他没有对那句话的含义进行详细说明。

（几年后，当我在巴洛位于纽约唐人街的公寓中访问他时，他更加直言不讳。"我曾对海盗湾有很多想法，但我想要一些更坚实的东西。"他一边抽着万宝路香烟一边喝着红牛饮料说道。在思考冰岛的问题前，他甚至与一位墨西哥政府部长讨论过透明性庇护所的想法。"我想到对付国家政权的答案就是国家政权。以和它们同等的地位与它们斗争。"）

几个月后，约斯多蒂尔获选了冰岛议员。至此，巴洛设想中的最后一个部分出现了——维基解密来到了冰岛。

冰岛国家广播电台（RUV）一名沃尔特·克朗凯特式（Walter Cronkite）主持人博吉·奥古斯特松（Bogi Ágústsson）在播报晚间新闻过程中，平静地解释道，一项法律禁令阻止该台播放一段对冰岛的一间最大银行——考普森银行进行曝光的新闻。至此，维基解密开始生根于冰岛。稍后，他说道，"观众应该访问一个名为维基解密的网站，他们在那里能看到信息来源的片段。"

一些听取了奥古斯特松新闻播报的人找到了发布在维基解密网站上新解密的考普森银行贷款账目概要，该概要详细描绘了一张丑陋的金钱网络交易。考普森银行资金中超过50亿美元的贷款在少有或根本没有担保的情况下被提供给其所有者或所有者的公司。例如，20亿美元给了该银行的主要所有者奥古斯特（Ágúst）和利杜尔·格维兹门松（Lýur Guðmundsson）兄弟。另外10亿给了考普森的主要出资人奥拉维尔·奥拉夫松（Ólafur Ólafsson），他从英国邀请了埃尔顿·约翰（Elton John），用一架名牌钢琴为他的飞行生日宴会举办了1个小时的私人音乐会。一名曾在冰岛国家广播电台（RUV）工作，后来被政府搜查的播报员，之后加入维基解密并作为维基解密的新闻发言人的克里斯廷·赫拉芬森（Kristinn Hrafnsson）说："这家银行被蚕食掉了。"

政府开始审查，将各种文件分类查阅，以确定冰岛公民的愤怒是否可以被纳入对考普森银行高层及其他人的犯罪指控。包括从考普森银行获得了巨额贷款并持有该银行投资股份的亿万富翁兄弟罗伯特（Robert）和文森特·程吉斯（Vincent Tchenguiz）在内的11名男性最终分别在伦敦和雷克雅未克逮捕。格维兹门松和程吉斯兄弟均未被起诉，但埃尔顿·约翰的粉丝奥拉夫松则面临洗钱的指控，并受到政府的起诉。

维基解密的名字在冰岛很快变得家喻户晓。3个月后，朱利安·阿桑奇和丹尼尔·多姆沙伊特-伯格像外来的英勇征服者一样抵达雷克雅未克。他们被邀请出席埃尔加·黑尔加松（Egill Helgason）的脱口秀节目，与观众们分享他们爆炸性的银行解密过程。第一次蒙受主流媒体对他们工作的关注，这两名年轻人在镜头前忍俊不禁。在这之后，街上的陌生人遇到他们也会热情地拥抱他们，酒吧中的人则会向他们提供免费的饮品。

在黑尔加松的脱口秀节目上，阿桑奇再次提出了其酝酿已久的想法，混合了他钟爱的尼尔·斯蒂芬森的小说《编码宝典》的情节，他告知观众最近意外得到开曼群岛控股瑞士茱丽亚·贝尔（Julius Bear）银行内幕，以及巴洛一年前演讲埋下的种子。

拥有亚麻色卷发、欢乐而丰满的黑格尔松在电视采访中说道："你跟我说的这个想法是想表明我们冰岛应该成为出版自由的先锋。"

"确实如此，"阿桑奇回答道，"我们看到加勒比群岛和开曼群岛的政客们创立的法律使得境外金融机构能够隐藏发展中和发达国家的资产。"冰岛可以反其道而行之，他论证道——将本国变成任何事都无法隐藏的国度。他继续列举了瑞典和格鲁吉亚世界上最自由的信息和媒体自由法律。"为什么不将所有这些融合到一起，成为世界出版业的中心？"

两天后，他和多姆沙伊特-伯格在巴洛曾担任主讲的相同数字自由社会大会上发表演说，用一份可供冰岛选择并模仿的法律清单完善了这个想法。在同一届大会上，约斯多蒂尔发表了演讲，当她出门抽烟时，阿桑奇跟出来用一根烟的工夫进行了自我介绍并邀请她加入维基解密。当他走出门时，手中拿着一枚煮老了的鸡蛋，没做任何解释便将它吃掉了。约斯多蒂尔面无表情道："这是我见过最奇怪的雪茄。"他们立即互相产生好感。

两天后，约斯多蒂尔带阿桑奇和多姆沙伊特-伯格到一家雷克雅未克小吃店中参加了一群政治活动家举办的深夜聚会。他们聚会的目的不再是畅谈在冰岛建立庇护所的梦想，而是如何真正落实并执行下去。

接下来的几个月里，冰岛现代媒体计划指挥了这些"政治家"的活动。阿桑奇的一位荷兰老朋友，也是混沌电脑俱乐部（Chaos Computer Club）的长期会员罗普·宫格里普（Rop Gonggrijp）飞来帮助他管理这项研究。具有爱尔兰、冰岛血统的信息自由倡导者及黑客身份的斯马瑞·麦卡锡（Smári McCarthy）自学了西方世界各国的法律条文，并从其收集的法律文献中进行筛选并加以调整。经过了一年的时间，这个小团体已经准备好了使阿尔庭在接下来几年里对一系列法案进行探讨和投票表决的提案。在一个漆黑的冬夜，约斯多蒂尔接到在少数立法者进行议会记录讨论之前开始行动的指示。

她说道："很难想象我们的国家能从保密制度导致的金融破产和政治腐败中获得重生，我们打算提供一种基于透明性和公正性的经济模式。我们将以世界上第一个拥有规范、完整的现代化设施，建立一个数字时代法律的国家向全世界推销我们自己。"

这项提案获得全票通过。冰岛现代媒体计划拥有了自己的生命。而朱利安·阿桑奇在冰岛还有其他工作要做。

几个星期后，约斯多蒂尔和阿桑奇坐在英语酒吧（English Pub，招牌名）里，这家安静的咖啡馆与阿尔庭仅隔着一座庭院。阿桑奇让约斯多蒂尔看一段视频，并将他的便携式电脑屏幕转向她。他不顾四周环境，在没有耳机的情况下将音量开到了最大，一名侍者走过来请他降低音量。

约斯多蒂尔看到一架直升机在新巴格达一群男人们头上盘旋。随后画面中显示他们四处奔跑以躲避子弹。然后直升机再次对着他们的尸体开火。再后来这架直升机又对一辆黑色货车中试图帮助那群男人的旁观者及其家人开火。尽管正坐在雷克雅未克的咖啡馆正中，约斯多蒂尔依然放声大哭起来。

稍后，在维基解密向全世界公开这场痛苦的战争时，她想到了 2003 年美国入侵伊拉克前，自己所写的那首诗。

> 我们应将这些画面装入相框，
> 将它们挂在我们家里，
> 这样我们永远不会忘记，
> 战争真正的恐怖。

-.. -.. . . ...- -.-. ...- --. -- ... .- ..- -- .. -... -.-.

布尔加斯市的兹拉塔洛夫大街是一条安静、绿荫成行的鹅卵石大道，距离布尔加斯公园和海滩只有几个街区。其名字来源于第二次世界大战期间一名因保护本国犹太人而为人熟知的保加利亚化学家和小说家。2007 年 12 月 20 日下午 7 点，太阳已经落山，由于街上大部分路灯年久失修，人行道几乎一片黑暗。

约达诺夫正沿着这条平静的小路走向他的公寓，一名头戴黑色滑雪面具的男子从他右侧的小巷里迅速窜出来，拦住了约达诺夫的去路，他本能地跳开。那名男子刺向约达诺夫胸部的刀划破了他的外套、毛衣，和躯干部的皮肤。但约达诺夫从这名男子手中抢下了刀并抓住他的衬衣猛击其戴着面具的脸部。他突然感到背部传来两处剧痛。另外两名从周围其他角落窜出来的男子正用钢条击打他的躯干、手臂和腿部，其中一击打中了他的后脑。他丢下第一个人，开始向另外两人反击，但他们很快躲进了黑暗中，第四个人抓住那名不省人事的持刀者匆忙将其拖走。约达诺夫受伤过重无法追赶，在医院里度过了接下来的两天，手臂、腿部、头顶和后脑部遍布瘀斑，肩膀的刀伤周围形成了紫色瘀青印记。

在巴黎，特乔巴诺夫在与无国界记者组织一起工作时，偶然听到了这起袭击事件。经过该组织的许可，他电话采访了约达诺夫，由此两人成了朋友。后来他们才知道特乔巴诺夫的祖父母生活在布尔加斯与约达诺夫相同的地区。他们的祖父母曾在同一个集中营里服役，在约达诺夫的祖父被害后，特乔巴诺夫的家庭是唯一一个知道约达诺夫祖母的避居地并拜访过她的人。

约达诺夫告诉特乔巴诺夫他不会向那些差点杀了他的暴徒屈服。事实上，他打算让他的新闻工作更加独立——他想创立自己的新闻网站，独立于任何公司或政府。他想让特乔巴诺夫帮助他，因为特乔巴诺夫是一名精通电脑的记者，且拥有方便的地理距离。

他们将其网站命名为水牛，在创建该网站的第一个月，该网站便迅速产生了巨大的影响力。保加利亚外交部长卢米亚娜·杰列娃（Rumiana Jeleva）曾被任命为欧盟委员会代表，她未能就约达诺夫和特乔巴诺夫对自己经济问题的曝光作出有力说明，她只是无奈地解释，自己对一家咨询公司没有兴趣，但仍旧一直持有这家公司的股份。这篇报道引起了国外媒体对杰列娃的调查，最终使得她不仅辞去了欧盟的职务，也辞掉了本国部长职位。

尽管他们得联手获得了初步成功，但特乔巴诺夫却感到约达诺夫收集揭发丑闻的传统方式正面临着巨大的风险——2008 年 9 月的一个晚上，记者奥格尼扬·斯特凡诺夫（Ognyan Stefanov）被堵在一家索菲亚餐馆外，被人用锤子和钢条残忍地将其四肢打断后，丢在路边等死，他侥幸保住性命却患了严重的脑震荡。在这起案件中，受害者曾尝试保持匿名信息，但没有取得成功。

斯特凡诺夫是博客奥帕斯尼特·诺维尼（Opasnite Novini）——“危险新闻”的秘密编辑，10 天前他曾发布了一个有关泄密的报道。该报道揭示保加利亚新情报部门“国家安全局”（National Security Agency，NSA）官员参与了一个走私团伙。不幸的是由于某种未知的原因，他们认出了斯特凡诺夫并找到了他。

在斯特凡诺夫袭击案后，越来越多的匿名泄密曝光了“国家安全局”（National Security Agency，NSA）从事大量针对记者和政府官员的窃听活动（2010 年，保加利亚政府一年进行的窃听大约有 15 000 次，几乎等同于美国同年报道次数的 200 倍）。这段时期，大量保加利亚秘密警察监视和恐吓的手段仍然存在且越发猖獗。

特乔巴诺夫知道水牛需要新的方法来进行自我保护。所以，他在谷歌（Google）上简单地输入了“匿名提交”。很快，他发现了加密爱好者给记者的许多建议：PGP、无痕信息、Tor 以及维基解密。

作为一名保加利亚的电脑技术爱好者，（特乔巴诺夫）立即着迷于该网站的技术方法。他开始密切监视该网站的泄密，甚至尝试将一份他收到的未经证实的文件上传至该网站，希望这一神秘组织能证实文件的内容并向全球读者公布。然而这份写于保加利亚的文件从未在该网站上出现。

就在电报门曝光后，特乔巴诺夫便开始考虑维基解密模式的优势——不只是保护新闻业，甚至可能促进新闻业。在一次与其他为水牛工作的新闻工作者和技术专家进行的 Skype 聊天中，他们提出了建立一个能够发布本地泄密文件的泄密网站。一个以巴尔干及其周边地区为目标的泄密注射器，而非着眼于全世界的水龙头。几天后，他们注册了网址并在法国鲁贝的一家 OVH 数据中心建立了一个 SSL 保护网站和 Tor 匿名服务，该中心在维基解密迁往瑞典前曾短暂地为其提供服务器。

让特乔巴诺夫和约达诺夫高兴的是，文件立即飞了进来（从网上传给他们），从原子能合同到司法受贿录音，（他们）通过加密匿名（技术）获得了无可辩驳的原始证据。

但特乔巴诺夫不是蒂姆·梅（Tim May），巴尔干解密也不是黑网（BlackNet）。这名保加利亚人并不仅仅是通过寻求切开公共机构的秘密来证明加密技术及匿名性的力量，就像所有优秀记者一样，他和他的同事们追寻着最具新闻价值的信息，他们从还未公布的大部分维基解密电报里嗅到了深藏其中的气味，就像布拉德利·曼宁（Bradley Manning）曾许诺的，以期望这些文件能影响到全世界每个国家。

在维基解密因其抛出阿富汗文件而饱受指责后，该团体采取了所谓的“损伤最小化原则”，试图将可能因曝光而带来巨大危险的美国国务院信息或其他敏感个人的名字进行匿名编辑。这意味着这个小团体需要依靠与媒体伙伴如《卫报》（*The Guardian*）和《纽约时报》的关系，在公布曝光信息前从浩如烟海的文本中将信息提供者的名字小心地处理掉。

这种辛苦意味着解密过程会变得像糖浆一样（流动缓慢）。直到 3 月份，电报门开始近 4 个月后，2 500 万份电报中仅有 5 000 份发布。维基解密在其推特上发出号召，邀请更多的媒体组织参与。特乔巴诺夫向维基解密的其中一个联系方式发了封电子邮件，申请将 978 份来自索菲亚大使馆的电报交给水牛。然而却没有回音。

一份发布的电报引起了特乔巴诺夫和约达诺夫的注意，并深深地打击了电报中的人：这是 2005 年美国大使詹姆斯·帕迪尤（James Pardew）对保加利亚有组织犯罪及其与政府间异常密切关系的简报。但这份备忘录经过维基解密在《卫报》合作者的编辑后，其中未包含任何特定保加利亚人的名字。《卫报》用这份电报捏造了一个俄罗斯影响保加利亚黑手党的故事，但并不能断言这是违背了保加利亚人的意愿。因此，报纸只是简单地删减掉了大段文本，大多出自标题为“谁的谁在保加利亚组织了犯罪”的章节。原文5 226个单词中的1 406个单词在这次改写中消失了。

对特乔巴诺夫和约达诺夫来说，幸运的是维基解密掌握的这些电报本身开始泄露。该组织过去的一位合作者，自由记者及备受争议的大屠杀否认者伊斯拉埃尔·沙米尔（Israel Shamir）获得了一部分未被编辑的电报，沙米尔准备用它们为莫斯科杂志《俄罗斯记者》（*Russian Reporter*）撰写报道。特乔巴诺夫在3月给沙米尔写了封电子邮件请求他能将保加利亚电报的内容发给自己。出乎他的意料，沙米尔立即将全文发给了他。在《卫报》报道保加利亚的新闻几天后，挪威《晚邮报》（*Aftenposten*）宣布它也神秘地获得了全部电报。因此特乔巴诺夫给《晚邮报》写信要求报社编辑证实沙米尔发给他的文本是否与该报社收到的电报内容一致。他们的回复证实了沙米尔的那部分确实是巨量解密的真实内容。

这份未经编辑的电报可以算得上是一部保加利亚有组织犯罪的百科全书，深入到每个主要的团体，并按照诸如多团体、团体间、双向互动方法、与前突击队员的联系和朋友等名字分类。它为他们参与的各种犯罪编写了目录，从税收诈骗到走私、对性奴敲诈勒索。其追查了流向每一个主要政党的金钱，并列出了与这些团体公开交往或从黑手党成员转变成政客的政府官员姓名。这份电报还声明像斯维伦格勒和伟林格勒这样的小镇已被黑手党暨政府完全控制。

水牛公布了这篇报道，题为“保加利亚的有组织犯罪，未删减版”。其他保加利亚报纸则趋之若鹜。其中《首都》（*Capital*）报的标题简单明了“黑与白”。这份电报无可辩驳地证实了多年来一直被怀疑的所有腐败事件。像往常一样，尽管这可能是对所有政府与罪犯间利益往来最强有力的证据，但最后还是没有人被起诉，对水牛而言，最大的反应正是来自于维基解密自己。（水牛）在其网站上发布的这份电报未经编辑，而非《卫报》处理过的版本，并在其推特上指控报纸“烹饪了电报”。特乔巴诺夫再次写信给维基解密，建议换掉《卫报》，将所有保加利亚的电报交给水牛。这次维基解密的职员回信要求给他们时间调查水牛的背景，并对特乔巴诺夫和约达诺夫作更多的了解。

两个月后，特乔巴诺夫从维基解密处收到了电子邮件。他和约达诺夫被邀请前往艾林汉姆庄园与朱利安·阿桑奇会晤。

特乔巴诺夫和约达诺夫刚到英国的那几个小时过得很糟。约达诺夫将他的便携式电脑忘在了飞机的储物箱内，并花了数小时试图从航空公司取回它。这对保加利亚人在从伦敦驱车前往诺福克途中因特乔巴诺夫的全球卫星定位系统（GPS）瘫痪而迷路。在一处环形交叉路时，特乔巴诺夫忘记左转而与一辆对面驶来的汽车发生轻微碰撞。

当他们最终抵达艾林汉姆庄园时，他们发现维基解密的创始人正穿着一件灰色西装且心情抑郁。特乔巴诺夫和约达诺夫记得，阿桑奇仿佛心事重重，法律和金融机构都开始封锁维基解密的经济来源，这让维基解密喘不过气来，阿桑奇仍然担心这两人像维基解密的流氓伙伴伊斯拉埃尔·沙米尔那样将电报胡乱分发出去，并准备了一份要求他们在公布电报前有责任对敏感美国国务院来源的名字进行编辑的合同。这份合同还规定他们只能从没有互联网连接的电脑上存取未编辑的文件。

但约达诺夫和特乔巴诺夫告诉我，阿桑奇也称赞了巴尔干解密。他说他仔细检查过提交站点的安全性并赞扬其简单而严谨。而且他似乎很喜欢约达诺夫送给他的“自酿”（Rakija）（一种当地美酒）。约达诺夫咧嘴笑道：“当我们打开第二瓶时，我知道他会给我们文件了。”他们在做好以安全的方式移交保加利亚大使馆的文件的准备后便回家了。

一个月后，当他们取得全部文件时，他们发现这正是他们所希望得到的大量丑闻。一份电报显示保加利亚官员在美国的违章停车罚单总额超过400 000美元，以至于美国曾威胁扣留近500 000美元对保加利亚的援助直到他们付清为止。另一份电报指出所有保加利亚银行都参与了洗钱和腐败贷款。

随后，他们发现了最有价值的东西，一份与约达诺夫16年前截获的题目相同的电报：保加利亚总理博伊科·鲍里索夫。

这是2006年美国驻索菲亚大使约翰·贝尔（John Beyrle）做的关于鲍里索夫的备忘录，预测他将竞选总理职位，题为“保加利亚最受欢迎的政治家：伟大的希望，模糊的关系”。

这份电报的开头将鲍里索夫描述为“涉嫌一系列犯罪活动”，并与“卢克石油公司（Lukoil）和俄罗斯大使馆保持着密切的关系”。随后详细阐述了鲍里索夫全部人生的故事，从他在索菲亚边界作为一伙闹事青少年中“街区恶棍”的青少年开始，到他如何创立一家私人保安公司“并在‘私人保安’作为敲诈勒索和暴力手段同义词的时代将其建成全国最大的（私人保安公司）之一”。据报道，作为总书记的他会为那些对他有正面报道的新闻支付一定的奖金，并威胁那些批评他的记者。

随后，这份电报进入另一个题为“劣迹斑斑”的部分。

> 多年前的指控将鲍里索夫与石油开采丑闻联系起来，非法交易涉及卢克石油公司及大部分冰毒交易……据称，鲍里索夫利用其之前保加利亚执法部门领导的职权为犯罪交易掩护，而且同居女友兹维特利娜·鲍里斯拉沃娃（Tsvetelina Borislavova）管理的一家保加利亚大型银行被控为有组织犯罪团伙洗钱，也包括鲍里索夫自己的非法交易。据说鲍里索夫与颇具影响的黑手党人物有着密切的社会和商业关系，包括姆拉登·米哈莱夫（Mladen Mihalev，又被称为马焦“Madzho”），而且他还是有组织犯罪人物鲁门·尼科洛夫（Roumen Nikolov，又被称为帕沙“Pasha”）的前商业伙伴。

这份电报总结道：“我们应该继续将他推向正确的方向。毕竟我们不能忘了我们在和谁做交易。”

如果某一份文件能单独成为保加利亚的水门（事件），那就是它。这两名记者在一个没人听说过的新闻网站上发布了它。

.. .... -. .. -.. --- ..- --- .. -.-- ..- .--- ..-. .. - -.-. -

维基解密发布《谋杀无辜》视频后一年，冰岛现代媒体计划的第一个成果出现了。在约斯多蒂尔的游说下，冰岛议会通过了一项新的媒体法案，对新闻来源的匿名性提供了与瑞典同样强劲的法律保护。在该法案中，冰岛记者们并非只是简单地免于受到可能暴露其消息来源的调查。而是获得了从法律上禁止确认他们的身份的权利。

即使冰岛现代媒体计划的信息防御工事已经建立，但约斯多蒂尔发现要逃避美国政府对匿名性的长期战争是非常困难的。2011 年早期，约斯多蒂尔收到一封来自推特有限公司的邮件，通知她美国政府要求调查其业务中所有的数据——无论公开还是私人的。

从某种意义上来说，这件事并没有什么特别。但对于执法而言，任何互联网服务商的数据都是公平的游戏。例如，2006 年美国在线（AOL）向《纽约时报》透露每个月政府约向其索取 1 000 次用户信息。3 年后，当时脸书的规模只有现在的三分之一，它的一名职员向《新闻周刊》透露，当地执法部门会每天向其索取10—20次数据。谷歌是唯一证实公布这些要求统计数据的主要技术公司，报道称仅在2011年上半年，政府就5 950次要求其交出用户数据，而这家公司完成了其中93%的案子。

约斯多蒂尔的案子与其他数千个案子有一个区别，推特竟然自找麻烦地告诉美国政府（到推特）调查她，而不是选择默不作声。

约斯多蒂尔联系了网络自由主义的忠实拥护者——电子前沿基金会的律师，此人同意代表她通过法律斗争以保持她私人数据的私密性。事情很快就明朗了，她不是唯一一个要被调查的：雅各布·阿佩尔鲍姆的在线信息，维基解密的荷兰伙伴罗普·宫格里普，以及诸如朱利安·阿桑奇和布拉德利·曼宁都被同一张大网抓住了。美国司法部门正在寻找任何与维基解密相关并存在违规联系的蛛丝马迹，任何与该组织和曼宁的交谈都可能被用于密谋一起阴谋案件。尽管推特（Twitter）有勇气说出了政府的调查，约斯多蒂尔的律师发现还有其他四家未指名的公司也沉默地接受了索取她资料的要求而没有告知她。

在接下来的一年时间里，约斯多蒂尔与阿佩尔鲍姆和宫格里普一起在法庭里就资料索取进行斗争，要求法官解封其余对他们在线活动的秘密调查。但一次次的上诉后，法庭对他们开出了禁令，宣称用户在诸如推特这样的服务上不要奢望拥有隐私，甚至他们自己也保持着对内部运行的秘密调查。最终，他们输掉了官司，而且除了少数未查明身份服务的个人信息外，他们的推特资料都被交给了调查者。

当我与约斯多蒂尔谈起一件2011年秋天的案子时，令人惊讶的是她突然很高兴。“我很高兴美国政府选择了侵犯我的隐私并将其变成了国际外交问题。”跟着公众人物走并察觉问题所在总好过因贪便宜将私人资料留给美国政府以持续进行秘密调查。

即使如此，（美国政府）已获得约斯多蒂尔的个人资料，并在对她的调查开始时就发出了禁止其前往美国的法律威胁，这对冰岛现代媒体计划而言仍是一个问题。互联网并不在约翰·佩里·巴洛主义某种抽象的“网络空间”和蒂姆·梅的科学幻想中。其中绝大部分资料，例如约斯多蒂尔的推特资料存在于美国。而直到其从物理层面上迁往冰岛，它都不受冰岛现代媒体计划法律的保护。

就像法律博客亚瑟·布赖特（Arthur Bright）在冰岛现代媒体计划第一次出现时所指出的那样，除非一家媒体或技术公司将其全部职员和资产都迁往冰岛，不然其成员和财产回国后将服从旧的媒体法律。布赖特写道：“就算冰岛法律提供了全世界最好的保护，它们仍不过是一条马其诺防线(Maginot Line)。”

约斯多蒂尔明白其中的意思。她认为将其成员和资产都迁往冰岛确实是这些公司应做的事。她自言自语道：“我看不出这为什么不可能。”因为她忽视了（冰岛）缺少阳光的寒冬及相对孤立于其他人类。但她提出了另一个有益的选项：“美国也可以废除《美国爱国者法案》（*USA Patriot Act*)，并尝试用民主替代暴政。”

改变世界上其他国家的媒体法律是约斯多蒂尔一直的追求。她和冰岛现代媒体计划的另一名捍卫者斯马瑞·麦卡锡希望将冰岛作为其他国家的样本，在雷克雅未克和其他地方会见信息自由倡导者以催生新的运动，例如爱尔兰现代媒体计划、意大利现代媒体计划，甚至美国加利福尼亚州伯克利的一名印第安妇女也希望用一块印第安保留地的法律保护作为美国境内数字透明性庇护所。

就像之前的维基解密，约斯多蒂尔也把冰岛现代媒体计划看作是一次重大的全球性的“方法改变”的一部分。

她说道：“这些事不过是河中无数浪花中的一个，而我不知道这条河将带我们前往何方。”

..- .- -.-. -. -.-. .- ..- - ... .-.. -.. -.-- -.-- --. .- --

2010年12月，正好是维基解密第一轮美国国务院电报在互联网上传播时，我与叶夫根尼·莫洛佐夫（Evgeny Morozov）进行了交谈，他是一名保加利亚学者和作家，因其对互联网推进全球政治民主化的能力持悲观态度而闻名。相反，他认为数字工具只能勒紧政府对其公民的控制。

我向他介绍维基解密，同时与他探讨他的判断是否可能是个例外。他认为不是，并回答说：“信息能够使政府难堪，但你必须看清政府的本质，就像用信息的本质来衡量难堪的因素一样。”

他还特别指出，在俄罗斯和诸多亚洲国家，腐败已是一个公开的秘密。他说：“只要去那里并给他们用国家发的薪水购买的别墅和避暑别墅拍点照片，这已经是公开的了，但在这些国家中其自行曝光的行为并未引起民主化改变。”

而巴尔干解密又如何？那时这个保加利亚网站刚开始接触一些有趣的

文件。保加利亚是莫诺佐夫熟知的问题——毕竟这是他在大学里的主要研究课题。

“我不知道你能发布什么信息使保加利亚难堪，它是一块硬骨头。”他说道：“那里的环境弥漫了对政客的犬儒主义。就我而言，很难想象什么样的材料有必要被泄露。”

2011 年 5 月，巴尔干解密对这种犬儒主义进行了挑战。它公布了美国大使的话，多次给保加利亚总理贴上了罪犯的标签。这些新闻在保加利亚全国的博客中回荡，并被数家报纸报道。

然后，就像莫诺佐夫预测的一样，几乎什么都没发生。

美国总是摇摆不定，美国驻索菲亚大使馆发表了一份声明支持鲍里索夫。“尽管我们不能对泄露的机密材料内容发表看法，我们也愿意强调美国和保加利亚关系良好，并且我们的高级双边合作也能证明这点。”

鲍里索夫对一名问起他与卢克石油关系的记者愤怒地说：“我不看维基解密，而且不会对黄色出版物发表看法。”

很快常规政治活动介入了，反对党要求对指控进行调查。而鲍里索夫自己的党派则强调这些公布的报道是与当地选举时间吻合的秘密行动。该国最高检察官鲍里斯·维尔切夫（Boris Velchev）拒绝追查此案。他反问道：“如果我们对无凭无据的陈述展开调查，你能想象我们会变成什么样的国家?”

看起来，鲍里索夫几乎未受到任何伤害。

这次小小的丑闻后几个月，我问特乔巴诺夫对他解密的结果是否满意。“是的，我对其影响非常满意。”他毫不犹豫地回答。自从巴尔干解密对行贿受贿和共济会的报道后，多名法官被以各种名义开除。他将其视为内部肃清。而自从关于该国总理的电报公布后，鲍里索夫从未被任何其他欧洲领导人邀请进行一对一会谈。据他说，他们不想被世界人民看到与美国大使在一份备忘录中曾描述的“穿着阿玛尼的硬汉”握手。

巴尔干解密早期窃听副本曝光的保加利亚前国防部长及另外两名官员被控受贿，对他们的诉讼正在进行。另外，被安格尔·当捷夫（Angel Donchev）勒索的检察官以及逼迫一起房地产案件中的一名证人更改口供的检察官都未被提起诉讼。

在很大程度上，基于对有组织犯罪的考虑，解密的行为可能也导致了荷兰和芬兰在保加利亚加入欧盟免签证申根旅游区上投否决票。来自保加利亚邻国的举措表明其必须洗清黑手党污点。

难道特乔巴诺夫不希望关于鲍里索夫的电报使他辞职么？这位语调温和的保加利亚人应保持耐心。他说报道的影响力仍不清楚。“这是一个缓慢的过程。即使我们手握五角大楼文件，一开始也什么都没发生。但最终产生了水门事件。一开始他们忽视它，然后与之对抗，但最终他们还是接纳它作为证据。”

我突然想到了圣雄甘地（Mahatma Gandhi）的名言：“首先他们忽视你，然后他们嘲笑你，随后他们批斗你，再后来你就获得胜利。”

“不。”特乔巴诺夫并没看着我回答道：“有时候你会输。”

我在瓦尔瓦拉（Varvara）的最后一天，特乔巴诺夫、约达诺夫和一群朋友邀请我乘坐一条船舷上用古斯拉夫语写着《白鲸记》（*Moby Dick*）的小船到黑海航行。我们在一处浅海湾下锚，远处是一片孤立的海滩，因其沙滩上只有一顶帐篷和一面海盗旗而闻名于世。

在特乔巴诺夫与他的两个吵闹的孩子玩耍时，我游向50英尺（15米）外一块露出水面的火山岩，约达诺夫紧跟着我。我们很喜欢漂在灌满潮水小坑中的死水母。“很漂亮。”约达诺夫说。

随后，他指着远处海岸边悬崖上一座未完工的4层复合建筑体，那是一座拥有靠海倾斜楼梯的现代建筑群，其中矗立着一座圆形、表面光滑的混凝土高楼。

约达诺夫说他为《政治》写的一篇报道揭露了这座非法建设的新开发的奢华豪宅背后的黑幕，调查只进行了一部分，就招来了杀身之祸，就是那次在布尔加斯有几个人对他进行的持刀行凶。这则新闻使得政府下令停工，刚刚提到的豪华住宅就是我们现在所看到的建筑。他说，如果没有这篇报道的揭露，其下面的海滩将变成私人地产。

“我很自豪我的调查能拯救这片海滩。”约达诺夫说：“我为我的工作感到骄傲。”

自从约达诺夫曝光这座非法建筑后，这座豪宅巨大的混凝土骨架被遗弃任其腐朽。任何人都不允许完成这座建筑，也没有任何人自找麻烦拆除这座建筑。它就像一座巨大的混凝土雅典卫城般矗立着，就像一个紧握着发展动力却无法逃脱腐败国家的纪念碑。

第7章　工程师

这架服役了15年的老旧苏联双翼机突然颠簸着，猛烈地向左侧倾斜，几乎把我和其他9名黑客扔出左舷的窗户。尽管胃内翻江倒海，我强忍着呕吐的冲动。坐在我身后胡须蓬松的年轻人则不然，毫不吝啬地吐在了一个纸袋子里。

我们乘坐的飞机下是一片覆盖着树木、河流、风车，以及突然出现一片手工缝制彩色帐篷和道路交错的德国风光。我们的飞行员是一名面带虐待狂般笑容的身材高大的柏林人，他将安东诺夫安－2运输机推到令人害怕的角度后急剧下降，再次挑战我神经系统的加速计。然后，伴随着意想不到的恩典，机轮接触到了跑道，我们开始滑行减速了。

正当飞机的谢维佐夫发动机发出劈啪声后，飞机停了下来，旅客们跌跌撞撞地走出飞机时，两名男子走了过来。其中一人留着紫色的长发，另一位则戴着棕色的军帽，蓄着浓密的黑胡子，身着西装打着领带。他们欢迎我们来到混沌通信营（Chaos Communication Camp，CCC）。

混沌通信营，或简称露营，就像定期参加的多国黑客们所说的那样，每4年的夏天在柏林城外前东德的一个微型小镇菲诺富特（Finowfurt）的机场上举办。5天内，不同的黑客－嬉皮文化在这座用电源线和以太网连接且遍布无线网络（Wi-Fi）信号的帐篷村内聚集一堂。大约3 000名黑客在地下机库内举行研究展示，包括代码破解、监视政府以及充满野心的DIY计划。（上届露营中有人说要为混沌通信营设立一个新目标——在2034年将黑客送上月球。）到了晚上，他们在散落在这一带废弃的苏联飞机和坦克上制作复杂的灯光表演和雕塑。其结果就像某种激进极客精英寒冷、潮湿的火人狂欢节（Burning Man，美国内华达州黑岩沙漠每年举办的反传统狂欢节，因高潮为烧毁一个木人雕像而得名）。

在混沌通信营的刚开始的2小时，我在黄昏中漫步在这座超现实的废墟中。经过一座戴着耳机、拿着唱片的列宁雕塑，这让他看起来像是一位社会主义流行音乐播音员。一架报废喷气式战斗机尖锐的引擎和机鼻上套着精心制作的彩虹针织帽。黑客们在失效导弹和直升机引擎的庇护下搭建起他们的营地。

夜幕降临时分，我找到了站在机场边黑暗角落里的丹尼尔·多姆沙伊特-伯格（Daniel Domscheit-Berg）。他穿着一件反光的黄色长雨衣，在另一名黑客头灯的照射下，他的脸看起来非常绝望。我叫了他的名字，而他转过来向我睁大眼睛微笑着打招呼并握手。这名33岁的工程师是阿桑奇（Assange）的黑暗分身，几乎一样高一样瘦，但有着一头棕黑色短发、棕黑色眼镜框和棕黑色胡须。我问他近况如何。“一切都不好。”他说道，那露出的天真笑容丝毫没有减弱。“前两天我们全都如此。”

多姆沙伊特-伯格说的“我们”指的是其从维基解密（WikiLeaks）离开后新创立的公开解密（OpenLeaks）。他告诉我，本应该飞过来支持该组织的贝吉塔·约斯多蒂尔（Birgitta Jónsdóttir）生病住院了。约斯多蒂尔的小儿子被一个帐篷桩绊倒，踝关节扭伤，也住进了医院。而时速90英里（144公里/时）的狂风肆虐着公开解密那两室军用帐篷的总部，风力的强度使得黑客们在之前的48小时里花了大部分时间阻止其倒塌。“今天下午我们帮忙搭起了（用来进行活动的）大帐篷。”他带着哭诉般的德国口音。

多姆沙伊特-伯格邀请我进入帐篷，这座橘红色建筑的一角放着一个看起来像小型圣坛的东西，此外还有反核武器海报、长沙发、堆在一起的俱乐部会员（Club-Mate，饮料品牌）箱子，这是夜间活动的德国黑客们喜爱的含糖和高浓度咖啡因的饮料。他给了我一瓶，随后他在沙发上坐下，捡起他的便携式电脑继续埋头工作，没有丝毫的歉意。

对多姆沙伊特-伯格来说，明天是个重大的日子——第一次，他计划将公开解密的泄密文件提交平台向全世界公布。

随着这次发布，多姆沙伊特-伯格和其他年轻人在公开解密的总部里围了一圈，都埋头于面前的电脑屏幕，他们这样盯着屏幕看就是希望能攻破公开解密所创建的新代码系统。请他们来就是做这个的，露营前一个月，多姆沙伊特-伯格在给我的即时短信中写道：“我们将开放系统96小时以进行入侵测试，我们希望人们攻破它。”

换句话说，公开解密的这次行为就是想要加固其代码以能够承受3 000名黑客同时对代码弱点和漏洞进行攻击。“如果它仍能工作，而且未受损害，我认为我们的继续存在就有了一个优势地位。”他写道。

能否继续存在的问题由来已久。2010 年 9 月多姆沙伊特－伯格与维基解密不欢而散。3 个月后他宣布成立公开解密。2011 年 1 月，他计划同该网站的媒体伙伴一起发布一次测试，包括四家欧洲小报纸和非营利性组织食品观察（Foodwatch）。直到 2011 年 8 月，公开解密仍没有发布并提交网站，这令其赞助者很失望，而多姆沙伊特－伯格在维基解密的前同事们却对此幸灾乐祸。

当我打断他打字并询问这次拖延多久时，多姆沙伊特－伯格耐心反驳道："这不仅仅是设立一个网站，我们要考虑整个过程中终端对终端的环境因素，我们正为此而努力。你会获得什么样的资料，进入这些资料需要怎样的要求才能确保没有安全缺口。怎样让更多人基于资料进行工作并对其编辑。在系统中加入自检，这样即使有维护窗口也不会暴露任何东西。我们正致力于一种认真的工程解决计划。"

这个长时间孕育的系统被设计成和维基解密同样的匿名高密，但不像多姆沙伊特－伯格之前花了 3 年时间研究的那个原始计划，公开解密成立的宗旨并不是要让一切都公之于众。相反，它的目标在于泄密内容到媒体组织和非盈利性伙伴过程的安全性，避免像维基解密一样扮演一个危险角色，置维基解密于众多麻烦之中。多姆沙伊特－伯格说，它将致力于实现泄密链条中最具技术难度且最关键的环节——不可追踪的匿名上传。

多姆沙伊特－伯格相信他拥有建立一个新的维基解密所需的所有条件，它会更有效率，组织上更加民主，而关键点是要更加合法。我们想成立一个信息自由且绝对安全的组织，类似非营利性组织的稳固而持久的机构。

但维基解密还有另一个不同——多姆沙伊特－伯格相信只是复制前一个计划的安全措施并不够好。不仅是因为这名前维基解密成员说朱利安·阿桑奇对数据保护的想法从未达到过他理想中的标准。也并非由于这名德国人仍玩着（尽管他否认）他与阿桑奇之间阴暗且充满仇恨的高人一等的游戏，后者曾一度视多姆沙伊特－伯格为最亲密的朋友，现在却公开造谣称他是泄密运动中最大的流氓。（在几个月前的一家报社采访中，阿桑奇称多姆沙伊特－伯格为"危险、恶毒的骗子"）但也是因为维基解密在世界超级大国头上扔下数据核弹后，风险明显上升了。

多姆沙伊特－伯格说："刚开始的维基解密凭空出现。其所导致的许多新问题之前没有人想到过。现在，对手们多少有些办法应对类似事件。

不管怎样，可以确定的是：现在的维基解密没那么简单了。”

因此，多姆沙伊特-伯格计划在明天开始的重大黑客节日上让整个混沌通信营涌向公开解密的数据管道。被朋友攻击总比随后被情报部门间谍和国家赞助的黑客们攻击要好。

“一家瑞士报纸写了些东西，刚开始只是有这个想法，后来就提出了工程师这一名词。”多姆沙伊特-伯格说：“这就是我们身上所发生的。朱利安有了这个想法，但他的意识却把它踢开了。我们就是工程师。”

-- -.-. . .... --. . -.-. .... . -..- -.-. -... . . --- -.-

2011 年 3 月，由于会面迟到正沿着曼哈顿第五大道奔跑时，我的黑莓（BlackBerry）手机接到了来自朱利安·阿桑奇私人秘书莎拉·哈里森（Sarah Harrison）的电话。

她告诉我：“朱利安想和你谈谈。”

“很好，什么时候？”我高兴地问道，试图克制住我跑步的喘息声。

突然，阿桑奇把电话接了过去，接着他开始评论我发布的最后一条博客。博文是一些关于维基解密对以两本书为依据拍摄电影的反应，其中一本的作者是两名《卫报》记者，而另一本则是多姆沙伊特-伯格，两本书对阿桑奇的描写都毫无恭维之意。“历史最终将证明这完全是胡说。”一名维基解密职员当天在推特上写道。

电话的另一头，阿桑奇就我在自己的报道中称多姆沙伊特-伯格“在 2010 年 9 月离开维基解密”并带走了“一些”职员的描述提出了异议。阿桑奇用责骂的口气说道：“他没有离开，他只是暂时被停职了。他并未带走很多职员，他只带走了一个人。”（稍后我同那些与多姆沙伊特-伯格同时离开维基解密的职员面谈过，其中两人继续为公开解密工作。）

“你想让我看什么，安迪（Andy，对本书作者的昵称）。”他继续以一种失望的态度说：“你是不是没有认真核对你的事实。”

我能感觉到这通单向谈话的潜台词——我在最近的报道中提到了多姆沙伊特-伯格。而阿桑奇知道我和其他每一名涉及维基解密的记者都读了多姆沙伊特-伯格刚出版的《回忆录》，在该《回忆录》里，多姆沙伊特-伯格将阿桑奇描述为一名傲慢的暴君和自私、卑鄙的网虫，还称他是虐待其德国同胞的猫，直接从他的包里拿他的奥华田（Ovaltine，一种营养品）吃，而且具有“被狼养大的”人的餐桌礼仪。

我指出同他核对事实是很困难的，多姆沙伊特－伯格回了我的电话，而阿桑奇没有。随后我试图解释我与多姆沙伊特－伯格交谈的主要兴趣不是将我自己介入到他和阿桑奇的长期不和中，而是在于更多地了解公开解密以及它正在做什么。

“我能说的是，它什么也没做。”阿桑奇说道。

“我假设这是事实。但我感兴趣的是其背后的想法以及他们到底做到哪一步了。”我蹩脚地回答道。

“那么你就应该知道公开解密的每一个想法都是属于我的。”阿桑奇毫不犹疑地回答：“所以我很高兴你喜欢我的想法。”

我不清楚怎么回答，我们都沉默了片刻。

“我得走了，安迪。”他说道。随后挂断了电话。

.. --.. .- -... .-.. -- .... --. . .--- -... .--. .- -. --- -

如果阿桑奇违反了他在英国的软禁令飞往德国，意外地出现在混沌通信营上，并在多姆沙伊特－伯格宣布公开解密测试开始的过程中亲自为他送上一片腐烂的水果，那么这一天对多姆沙伊特－伯格而言就是完全的失败了。

多姆沙伊特－伯格走上搭建在露营地其中一个机库内的讲台，几分钟内，他宣布了坏消息，向挤满房间的黑客们承认经过数月的推迟，测试网站仍未能上线。他抱怨说露营工作人员没有向他们的服务器租用方签订被动攻击条款。

怎样在几乎不可能通过使用小装置和工具实现在线匿名的媒体途径上建立安全的匿名提交系统？追踪系统（到处都是），包括报社网站为了更好地推销汽车和牙膏而收集用户资料的广告。匿名网站并不意味着不需要收集任何资料。在许多访问者访问媒体网站时，网络浏览器运行的脚本也能够被操纵以获取用户电脑的控制权。而公开解密并不计划只用 Tor 那样的匿名服务来运行提交系统。该团队认为这些匿名服务对大多数用户而言过于复杂了。

当（听众）听完（多姆沙伊特－伯格）对这些问题的抱怨后，多姆沙伊特－伯格（却）忘记了解释公开解密怎样解决其中的任何一个（问题）。

相反，多姆沙伊特－伯格跳进人群中，这些人都是他招来在测试网站上线后立即检测网站安全性的黑客。他向人群保证公开解密很快就将正式上线并迎接对其安全性的检验。“你们决定了未来技术是什么样的，也决定了这些技术对社会自由的影响，这非常重要。”他简短而充满激情地说道：“这触及了社会的核心。如果我们不想出解决的办法，谁还会来想?”

但当多姆沙伊特－伯格的理想主义演讲结束后，与会者开始提问，人群中持怀疑态度的人不断涌现。听众中第一个负面陈述来自多姆沙伊特－伯格的朋友雅克布·阿佩尔鲍姆（Jacob Appelbaum）。

阿佩尔鲍姆说：“你做的每样东西都是免费软件，这只是个幻想，你无法确保你做的每个软件都免费。”对在场的黑客们来说，这个建议包含了两层隐晦的意思：首先，免费软件也能被其他组织以类似的方式免费使用。再者也意味着“开源”的免费软件也能被安保人员彻底检查，两方面都存在问题，而且其他人能将其软件用于隐秘间谍活动。

随着他的评论结束后，一名年轻的活动家就传闻中公开解密与德国隐私基金会（Germany Privacy Foundation）的联系提问：“我不知道这是不是真的，但我听说那些家伙不过是德国国防部情报部门的幌子。我的问题是，如果你们有资金资助，你怎么避免被那些想渗透进你组织内部的混蛋们渗透？还有，你怎样处理隐私基金会与间谍有联系的谣言，如何对其进行调查？如果你发现他们是间谍，你是否会停止与他们一起工作?”四周响起了试探性的掌声。

多姆沙伊特－伯格微笑着回答道：“我是一名德国人，我知道这个问题。我知道所有这些传闻，而问题在于你不知道这是什么原因造成的……我自己也曾被说成可能受雇于联邦调查局（FBI），而这不是事实。”

“那是你!”房间后面的某人高喊道，引起了稀疏的笑声。多姆沙伊特－伯格微笑着并打趣似地伸出一只手指放到嘴边。

多姆沙伊特－伯格从容不迫地继续说道：“我们不应该被这些传闻所吓倒。因为这不能让我们做任何事。”

随后，安静地坐在前排的贝吉塔·约斯多蒂尔爆发了。她就事论事地大声说道：“妄想狂会杀了我们。”

“是的，我同意贝吉塔。妄想狂会杀了我们。”多姆沙伊特－伯格附和道，声音显得极不耐烦。

攻击仍然进行着，许多人引用了阿佩尔鲍姆对开源的评论。一名年轻的黑客愤怒地说：“有什么可以证明到目前为止所写的每一比特软件不会被作为言论自由软件发售?”

“它是免费软件，只不过现在还不是开源的，”多姆沙伊特－伯格回答道，而这是公开解密现在无法提供的，“这是由于开销……”

“代码在哪里？代码在哪里？”持批评态度的人克制着愤怒的心情打断多姆沙伊特－伯格的说话。听众中有一位成员要求公开解密只需要公布其服务器的超级智能集线器密码，这样任何人都能进入电脑并默默地观察他们到底在干什么。

多姆沙伊特－伯格摇了摇头说道：“你不能把这当成任何人都能进来观看的动物园。”提问时间临近结束时，一直站着的混沌通信营董事会成员安迪·缪勒－玛格汉（Andy Müller-Maguhn）发话了。他是一位皮肤苍白、身体宽阔、面容紧凑、额前挂着几缕稀疏的头发、有着清澈蓝色眼目的德国人。“我想了解公开解密都公开了什么。”他平静地说道：“我一直希望你会使用公开性原则确保该项目的真实性和可信性。到目前为止，你并没让我相信你正在这么做。”

多姆沙伊特－伯格只能再次以恳求的方式回应，该团体“可能”会向公众公开部分网站代码。“你必须相信我的话，尽管那不是最好的。”他虚弱地说道：“这就是我能提供的全部。”

然后是排在提问者队伍最后的人——蓄着胡子、扎着马尾，受人尊敬的加密爱好者和电子前沿基金会创始人约翰·吉尔摩（John Gilmore）。仅他出现在密西西比河以东的一次会议上这件事就意义非凡。2002 年，吉尔摩输掉了一场与霍姆兰安全部门的官司。这次纷争是关于在登机前向他索要身份证明以判断其行为是否违宪。自此以后，他发誓不再登上任何美国国内航班，因此他必须从圣弗朗西斯科飞往欧洲。

吉尔摩以一名年长政治家的平静语气说道：“我只想对你正尝试做的这件工作表示感谢。因为如果你成功了，我们在世界上任何地方就能获得前所未有的透明性。而如果你失败了或人们认为你做得不成熟，则会激励他们做得更好。”

这勉为其难称得上是一个赞美。但人群中爆发出的掌声远远超过任何其他评论。

在接下来的几个小时内，一切都很清楚了。公开解密当前的问题并不在于对开源或闭源软件的争论，也不是对其是否与情报部门合作的传言。而是它到现在都没能上线。

公开解密的测试平台一般被认为是为左倾报纸《每日晚报》（*Die*

Tageszeitung，*TAZ*）开发的提交系统。但在多姆沙伊特－伯格演讲后 1 小时，Leaks. taz. de 站点仍然返回"页面未找到"信息。将露营地的设备迁移到一个外部数据中心花费的时间超出了公开解密工作人员的预期。2 个小时过去后解密网站仍未上线。然后是 3 小时，再后来是 24 小时，解密网站仍未上线。

露营第二天，我见到了《每日晚报》主编赖纳·梅兹格（Reiner Metzger）。第一天大会时他正在公开解密临时总部旁的一顶小帐篷里等待着 Leaks. taz. de 站点的发布。但现在他正打包他的东西准备返回柏林，对于他的报纸进入危机解密时代没什么好庆祝的。以一种德国特有的方式克制自己的情绪，梅兹格现在非常生气。他打开了他的便携式电脑并给我看了其竞争对手德国报纸《德国新闻周刊》（*Die Zeit*）的网站标题："天空泄露阻止了公开解密的发布"嘲讽多姆沙伊特－伯格未能如期将公开解密网站上线的原因解释为暴风的阻碍。

他一边将物品装进包里，一边卷起帐篷说道："这是一场站点权威性的灾难，我们造成了巨大的轰动。来到这里的黑客们对媒体人而言仍然充满神秘。他们来到这里，团结起来与这台服务器作斗争。这是一则每个新闻值班职员都能立即抓住的题材。这件事会在每一家有影响力的德国报纸上传播。数百万人会看到它。而现在，不少人正试图登录网站。一而再、再而三，最后没有任何回应。明天整件事就会噗的一下从媒体上消失。"

梅兹格曾吹嘘《每日晚报》的公开解密提交平台通过了 3 000 名黑客的攻击检测。他不希望向他的职员们解释他的报纸在一次发布上赌上了自己的名誉，而头条新闻却没有出现。

而且他担心损失会比耻辱要糟糕。

"解密网站首先需要有一次泄密。"他说道："但是如何获得这次泄密？为此你需要吸引公众的注意。现在公众注意力就在那儿，而网站却不存在。也许有些泄密者会就此转向其他泄密网站。短期来看，这是失望。但长期问题则是泄密本身。"

"泄密还是不泄密，这是个问题。"他冷笑着加了一句，此时他已将东西打包好，正准备钻进公开解密的帐篷去见多姆沙伊特－伯格。

... -..- - ....- -.-. --- ..- -..- -.-- -... --. -.-- - --- -..-

贝吉塔·约斯多蒂尔对妄想狂破坏力量的警告肯定为多姆沙伊特－伯

格敲响了特殊的警钟。正是妄想狂将那时被称为丹尼尔·伯格的他介绍给了朱利安·阿桑奇。也是妄想狂将这两人推向扮演相互破坏的角色，使得他俩受到了远甚于任何国家情报对手所遭受的伤害。

丹尼尔·伯格出生在西德威斯巴登（Wiesbaden），其父亲和祖父都是工程师。他玩着慧鱼（Fischertechnik）机械玩具长大——还是个小孩时，他就用塑料引擎和齿轮制作了一台有模有样的冰箱以及通向他卧室楼梯的灯光传感器。后者用来在他母亲靠近时他能及时装睡，这样他可以继续看书到深夜。

1986 年，伯格的家里买了一台海军上将 64（Commodore 64）家用电脑，当时他只有 8 岁。它有一个可以将电脑和他的慧鱼零件连接起来的接口，当看到这台不起眼的硅盒子如何让他创作出例如机械手的程序并让无生命的塑料活动起来时，他感到非常吃惊。

13 岁时，伯格从一名在跳蚤市场贩卖非法纳粹个人物品的男人那买了本希特勒（Hitler）的《我的奋斗》（*Mein Kampf*）。这本书当时在德国是禁书，它让这名少年为之着迷并害怕。他曾听过祖父关于第二次世界大战的故事。其中一个故事发生在北海的一艘扫雷艇上，另一个则是在波兰。两个故事介绍的都是第二次世界大战即将结束的事情。一个人在逃跑过程中被射中腿部，当他回到让人心生恐惧的威斯巴登的家时，他的母亲和兄弟都认不出他了。

但希特勒的阴暗梦想促使伯格阅读了有关这场战争及其暴行的所有书籍，例如记录了令人闻风丧胆的党卫军的《安妮日记》（*The Diary of Anne Frank*）和《骷髅的命令》（*The Order of the Death's Head*），关于柏林郊区拉文斯布吕克（Ravensbrück）集中营的《地狱之门》（*Hell's Gate*）。伯格对这个国家隐藏一段如此黑暗历史，包括其前元首自传的愚蠢行为感到目瞪口呆。

很快，他对违禁书籍和电脑的兴趣便融合到一起。他用他唯一的朋友送给他的电脑设计了一个留言板，使得他们能通过电话线共享文件。这个留言板总共只有 6 个注册用户。但有一次，一名用户将一份《无政府主义者食谱》（*The Anarchist Cookbook*）的副本放在了上面。这是任何无聊的青少年都渴望发现的最令人激动的数字走私品。

伯格和他的朋友们采用这本内容丰富的书中的方法混合制造出他们自己的火药，并利用普通化学物质制造出鞭炮。"那几个月里我们完全为炸弹而疯狂。”多姆沙伊特－伯格说道。他们尝试混合不同的材料，甚至获得了某些制造塑性炸弹的原料。一天晚上，趁其中一个朋友的父母外出度假之际，他们借来了一门装在轮子上的古董大炮，将其填满自制火药后于凌晨三点在邻居的车库点燃。随后便欢快地跑进黑暗中。（这些少年们事实上没有装入炮弹，因此他们惊人的表演所产生的结果只是一声骇人的巨响以及一扇被炮口烟完全熏黑的车库门）。

伯格是一名非常淳朴的学生，但他读了其作为一家德国保险公司数据中心工程师的父亲散落在屋内四处的书籍。在高中的一个暑假，他为一家电报公司工作，铺设铜芯电缆，并将它们连入数据中心以赶上 20 世纪 90 年代中期接近无限乐观思想的数据洪流。

面对技术的迅猛发展，伯格认为没必要去读大学了。他在一家咨询公司找了个工作，为公司客户们建设并调整网络。闲暇之时，他和朋友们通过其中一人的父母买下了一座被遗弃的房屋，并将其变成了一种原始的黑客空间，屋内放置了他们的电脑、网络设备和碟片，并将长条沙发搬上了平坦的屋顶。“它被树木包围，这样就没人能看见我们在干什么。”他说道，“那个夏天，我们是完全自由的。”

早期在无线网络的日子里，伯格的团队会挤进他的微型汽车，用 5 具躯体和他们能买到或找到的所有天线塞满它并开始操纵攻击。给无线网络加密在那时是很罕见的，因此大多数网络都是广泛开放的。有一次他们爬上了当地制高点尼罗山（Mount Neroberg），用天线攻破了 10 英里（16 公里）外一所大学的无线网络。在另一次驾驶攻击中，他们发现了一家管理公司的开放网络，并绘制出了其体系结构图及其与德累斯顿、慕尼黑、汉堡卫星办公室间的连接。“那时，它是我见过的最复杂的网络。”伯格说道。他们监视其流量并对它研究了 2 个月，直到伯格的一位行为鲁莽的朋友决定给那栋建筑中的每一台打印机发一个消息——请楼上一间办公室的职员记住深夜离开时应该关灯。这条信息在那座办公室内每一台打印机上反复打印直到打印纸用完为止。“两天后，这个无线网便消失了，”伯格说道：“我想我们一定让他们惊慌不已。”

2001 年，一位朋友跟伯格说了混沌电脑俱乐部的存在，他出席了当地的集会及稍后在柏林举行的混沌通信大会。23 岁的伯格不仅从未见过这么多有清晰政见的黑客，甚至从没到过首都。这是一次改变命运的经历。“第一次大会让我大为震惊。”他说道：“他真正让我走出了我的狭隘思想。”

尽管他露出黑客行动主义者的倾向，伯格仍保持着技术熟练年轻人的轨迹。在令人兴奋的网络风潮结束后，他进入了曼海姆的一所技术大学学习电脑科学，毕业后在信息技术巨头电子数字系统（EDS）顾问公司获得了一份工作。伯格与他的经理达成协议，他不会为防务承包商或情报部门工作，因此他整日只为汽车制造商和航空公司架设网络。

这份无聊的工作让伯格有了充足的额外精力去做混沌通信营雄心勃勃的白日梦。他定期阅读“地下卷宗”（Cryptome，著名黑客网站）并向其捐款。他被过去十年里泄密的大量情报人员的姓名迷住了。伯格曾读过阿桑奇的自传《地下》（*Underground*），然后被一名传奇黑客的扭曲观念迷住了，当时这名传奇黑客为政府的线人创造了一个复杂的加密蜜罐。

随后，2007 年 11 月，维基解密泄露了五角大楼关塔那摩监狱的官方手册。而这清楚地说明该网站并不只是一个蜜罐。

关于维基解密的某些事打开了伯格的思绪，他渴望在日常网络管理的苦差事外能够寻求一个任务。他想加入。“我只是不想浪费我的生命再帮通用生产更多汽车。”他说道。他在维基解密在线聊天系统的聊天室内发布了一条愿意提供帮助的信息。

两天后，他收到了朱利安·阿桑奇本人的回复：“还对这项工作感兴趣么?”

- ...- .- .. .-. ...- ..- ... --.- ..-. .. ..-.. -.- -..-

就像丹尼尔·多姆沙伊特－伯格所说，他在维基解密第一年的大部分时间里，了解到这个组织的功能就像一条河豚鱼——一小片实际上很小，却要使劲将其吹大而使得风险大大增加的寿司。它声称在全球有数千名志愿活动者，其团队中有一个持不同政见的中国团队，一笔法人署名为杰伊·利姆（Jay Lim）的定金以及遍布全欧洲范围的服务器。事实上，它只有一个服务器，一名虚构的律师以及两名负责其大多数活动的成员：朱利安·阿桑奇和丹尼尔·伯格。

他们是奇怪的组合——阿桑奇是一名激进、无家可归的游击队员式黑客，而伯格是一名安静的颠覆性工程师，有一份稳定的工作，一套装修精致的公寓，而且还特别喜欢当地的一家有机食品杂货铺。他们之间的大多数合作是通过即时短信的方式实现的，包括协调早期的爆炸性事件，还有从瑞士茱利亚·贝尔（Julius Baer）银行获取其海外账户信息和山达基教会的秘密文件。他们一同出席了三届混沌通信大会，每一次都作为维基解密的代表发表高调而又简短的演讲。并一同进行了长达 1 500 英里（2 400 公里）横跨欧洲的公路旅行，为了给他们收集到的服务器找一个安全的数据中心。甚至还花了 2 个月的时间共同生活在伯格在威斯巴登的家中。

阿桑奇和伯格的个性存在着差异，通常可以通过他们对行为主义的不同看法得知。最具代表性的要数衣着问题，与菲利普·齐默尔曼（Philip Zimmermann）一样，伯格接受埃尔斯伯格（Ellsberg）的策略："我们要出席一些正式场合，我相信我们能穿着一些更正规一点的服饰，而不是我们平时穿的像城市浪人的衣物。"稍后他写道："可靠的外表、颠覆性的行为，那是我的座右铭。"阿桑奇原则上同意了。但实际上，他作为一名国际颠覆分子，任性的生活作风意味着他会穿破烂起皱的衣服和不那么干净的运动鞋。这名澳大利亚人对伯格偶尔提议穿干净的衣服或正装非常气愤，甚至在与政府官员会见时也是如此着装。

衣着问题预示出了伯格和阿桑奇对维基解密看法的根本性分歧。当这个非营利性组织有捐款开始流入时，伯格梦想用这些钱将该组织变成一个合法的非营利性组织。拥有固定的基础设施：全国最先进的服务器；一个位于前军用防空洞，飘扬着维基解密旗帜的总部；一个为其合作伙伴建立自己项目提供空间的电脑中心。但阿桑奇说他想保持"造反行动"的方式。直到 2010 年底，阿桑奇向我描述维基解密的方式依然像其浪漫的年轻时代一样："我们就像一家边移动边生产的公司，每个人都在移动着的同时进行生产活动。"

阿桑奇相信正是浪漫主义帮助维基解密屹立于法律和政治威胁之上。阿桑奇认为世间到处都存在这种法律和政治上的威胁。他相信他正被情报机构追踪，或被美国的国家特工们阻挠行程计划。当他待在伯格的公寓中，为避免被人怀疑，他从不和伯格同时进出家门。他使用大量临时 SIM 卡且避免现金外的所有支付方式，以躲避追查。

伯格认为阿桑奇不过是具备撰写耸人听闻的间谍小说的天赋并以此推销维基解密。现在回顾起来，他最大的错误可能是对阿桑奇真正的妄想狂能力估计不足。

抛开个性上的不同，伯格与阿桑奇作为一个团队的成员工作得很好。他们还曾是亲密的朋友——至少伯格这么认为。2009 年，他辞掉了在电子数字系统的工作，转而全职为维基解密效力。

同一时期，这个维基解密组织中出现了第三个核心人物。他是伯格的旧相识，而且还是一名技术高明的网络工程师，他对隐私的谨慎程度甚至让阿桑奇和雅克布·阿佩尔鲍姆都相形见绌。他的名字从未公开与维基解密挂钩，许多组织内的人也不知道。一般情况下，他只是被简单地称呼为“设计师”。

多姆沙伊特-伯格曾就一个特殊的技术问题向设计师寻求帮助，他并未对我言明是一个什么样的技术问题，唯恐提供了过多关于那个人特殊能力的信息。设计师以一种很有效率的方式处理了这个问题，这给这名德国维基解密成员留下了深刻印象。伯格称赞其技术是他所见过的最优秀的，甚至超越了阿桑奇。贝吉塔·约斯多蒂尔称该设计师是一名“天才”。曾协助起草冰岛现代媒体计划法律的冰岛维基解密成员斯马瑞·麦卡锡（Smári McCarthy）对我描述，这位设计师拥有“可怕的技术”。

在这名新招募的工程师看过维基解密的基础架构后，他感到异常恐慌。他将维基解密视其为将零件以黑客的方式组合在一起的手工制品，完全没有总体结构上的考虑。很快他要求关闭网站并将其彻底重建。将其杂乱的代码和建设中的服务器替换为搭载同时负载了平衡硬件和没有闲置软件的网络，这些闲置部分都是安全弱点。阿桑奇和伯格都决定聘任这名设计师，没有人提出异议，并同时宣布网站将在接下来的6个月内下线。

非要指出伯格和阿桑奇人生哲学上的区别何时发展成全面的蔑视和仇恨并不容易。或许是伯格在雷克雅未克一家狭窄、阴暗且憋闷的旅馆中对阿桑奇的爆发之后；或者是当伯格开始用组织的资金升级系统而没有征得阿桑奇同意时。

但他们都公开说明过有一件事是造成他们之间矛盾激化的导火索。当我向雅克布·阿佩尔鲍姆问起时，他对此总结道：“根本上来说，伯格不应该结婚。”

伯格于2010年2月在柏林一家莎拉三明治连锁店遇到了安克·多姆沙伊特（Anke Domscheit）。她比他年长10岁且带着一个儿子。他们立即确定了恋爱关系——多姆沙伊特是致力于“政府公开”的微软顾问，与伯格一样为透明性问题工作，伯格被多姆沙伊特独特的格调和理想主义深深地吸引住了。

仅仅9天后，他们决定结婚，并计划将他们的名字都改成多姆沙伊特－伯格。

当伯格向阿桑奇介绍多姆沙伊特时，阿桑奇的第一反应是建议他找出她身上的“污点”，因为这对他们将来分开有用，这个建议深深地伤害了伯格。伯格和多姆沙伊特的关系确定后不久，就搬进了她的公寓，阿桑奇对他的惩罚是将他的全名写在了门上，这在阿桑奇未说出口的行动安全准则中就是显而易见的疏忽。

18 个月后，阿桑奇在一份公开发表的书面声明中对维基解密开除多姆沙伊特－伯格作出了解释。他将把这次违反（安全准则）的行为作为伯格不能再被维基解密的信息源和材料相信的第一个信号。在同一份声明中，他继续写道一名摩萨德（Mossad，以色列情报机构）特工的女朋友出席了多姆沙伊特－伯格的婚礼，指责丹尼尔·多姆沙伊特－伯格已经将“有用的”信息透露给美国情报机构。他还加上了安克·多姆沙伊特－伯格在麦卡锡顾问公司期间曾与美国中央情报局特工一起工作过。

丹尼尔·多姆沙伊特－伯格断然否认他曾与任何国家的执法机构或情报部门分享过任何信息，也没有在他的婚礼上举办过任何违反“安全准则”的事。他说自从加入维基解密以来，为了避免回答关于该组织问题的可能性，他甚至不敢去美国旅行。

对安克·多姆沙伊特－伯格来说，阿桑奇对她的指责攻击从另一个层面上完全是荒谬且令人发指的。在混沌通信营后几个星期的一次长时间电话交谈中，她虽然很不情愿，但还是慢慢地向我解释了为什么阿桑奇的话让她如此愤怒的原因。

在铁幕倒下前，安克·多姆沙伊特－伯格生命中最初的 21 年是在东德度过的。她最亲近的一个朋友是一名持有不同政见的人。在联邦德国倒台前一年，他因被指控喝酒驾驶骑摩托车而入狱，但却被当做政治犯，关押在单人牢房中并经常被强制绑在暖气散热片上。安克·多姆沙伊特－伯格为了到监狱内探视他，伪装成他的未婚妻，但这仅有的一次探视约定也被监狱看守取消了。安克·多姆沙伊特－伯格给他写信，并给它们编号，这样他就能更好地知道哪封信被拦截了。最终，她收到一封匿名信件，说一个由她朋友设立的信件走私系统被发现了，现在他再也不能收到任何有关她的消息了。因此，她开始给监狱看守和当地报纸编辑们写信，要求将她的朋友释放。

多姆沙伊特是南东德一所技术学校纺织艺术专业的学生，同一年晚些时候她赢得了一次针对艺术学生的法语竞赛，获得到巴黎一个工作室赞助的3个月的奖学金。“在那时，柏林墙的后面听上去是一个难以描述的天堂。”她说道。

然而，在她能去柏林之前，多姆沙伊特被叫到邻近城市的旅游办公室。等待她的是一名供职于斯塔西（Stasi，德意志民主共和国国家安全部）的前东德秘密政治警察。“你真这么天真地认为没有我们的同意，你就能获得奖学金?”她记得警察这样提问。

“我试着告诉我自己：‘那又如何’，尽管我最大的梦想消失了。”她说着，她在详细描述谈话内容时，声音开始变得颤抖。这名特工解释道，如果她想去巴黎，就必须当一名斯塔西的志愿情报员。她拒绝了。警察告诉她如果不合作，可能会断送她父亲作为医生的职业生涯。但多姆沙伊特没有让步。

她被放走了，但警察告诉她第二天要在一个停车场与另一名特工见面。第二天清晨，警察把她带进一辆汽车并驶往捷克边境附近的一片森林。在清晨的阳光中，这片森林仍笼罩着雾气。多姆沙伊特认为他们或许会像之前的纳粹政权对共产主义者那样将她杀掉，并把她的尸体埋在这些树木之间。但当她仍然拒绝他提出的作为情报员的工作后，这名特工驾车将她送回了城里。

秘密警察的恐吓策略失败了，而那堵令人憎恨的墙壁在几个月后倒塌了。她的朋友在一项赦免计划下被释放出狱。但直到多年以后多姆沙伊特也没有去成巴黎。“最后没人获得奖学金。”她痛苦地说道：“真是浪费。”

据她说，她上一段在苏联的阴暗经历使她对情报机构及其所代表的已经结束的秘密监视社会深恶痛绝。“我曾在前东德被迫与秘密警察做交易，而我很高兴从中幸存了下来。”她说道，声音还带着轻微的颤抖。“所以，当朱利安·阿桑奇说我为秘密机构工作时，那就像是在抽我的脸。”

.... -.- -. --.. --. -.- --.- .-- --.- --. -... .-.. --- . .. -.-.

公开解密原定的安全检测并未进行。一天后，我在混沌通信营上遇到一名要求我不要提及其姓名，甚至不要对其进行描述的公开解密工作人员。这名工作人员正在该组织沙黄色军用帐篷内就匿名泄密进行研讨。公开解密的临时总部里挤进了一打黑客，他们志愿对几个维基解密的模仿者进行安全漏洞检查——包括：国家解密（StateLeaks）、柬埔寨解密

(KHLeaks)、法国解密（FrenchLeaks)、魁北克解密（QuebecLeaks）和公开解密自己。

这名公开解密工作人员制订了一些基本规则：“尽可能闯进去，但不要搞破坏。”他说道：“只要测试我们的网站的安全性就达到我们的目的了。如果你们开始对地下卷宗什么的进行黑客攻击，约翰·扬会对我们非常生气。”

随后黑客们便开始工作，每两人一组指定检测一个网站。当他们埋头于便携式电脑前时，研讨会主持者围着房间踱步说道：“来点音乐？死亡金属?”他放上了一张普通的器乐唱片。

我的右边坐着丹尼尔·梅瑞迪斯（Daniel Meredith)，一名最近被半岛电视台（Al Jazeera）雇佣更新该新闻网泄密网站的开发人员。他是一名身体结实的金发美国人，脸颊被卡塔尔夏天的太阳晒得绯红。

梅瑞迪斯收到的任务是测试 StateLeaks. org，他跨过其队友向我走来。测试开始于简单的查询“Whois”（用来查询域名的 IP 及所有者信息的传输协议）数据库，它能够公开追踪到域名所有者的身份。域名可以用化名或匿名协议进行注册，但这个网站不是。它被注册给一个叫做“极客悖论”的组织，特别是某个名叫特拉维斯·麦克雷的人。

上面列出了他的电话号码、电子邮件地址和位于阿拉斯加切瓦克(Chevak）的邮政地址。梅瑞迪斯说：“如果这个人正对匿名性进行尝试，他所作的是一个非常不好的尝试。”

这名半岛电视台的开发人员使用公众能获得的来自 Qualys 电脑安全公司的服务对该站点基于 SSL（加密套接字协议层）的提交系统进行了检测，结果评级为 C。该页面并未使用最新版的 SSL，而是采用了薄弱的加密计划。

接着，梅瑞迪斯运行了 Nmap 和 Firebug 软件，这是两款能够查找国家解密使用的软件及搜索代码中弱点的扫描工具。通过正确的设置，服务器对这两个工具的可见性是能够被掩盖的，麦克雷显然没担心过。他正在运行一台安装了 Linux 操作系统的阿帕奇（Apache）服务器。这时梅瑞迪斯说他要进行一些定时分析，来看看这个站点是建在一个单一服务器上还是在多台电脑间稳定循环。但营地的无线连接对于这项测试而言似乎不够稳定，于是梅瑞迪斯说他已经找到了足够的漏洞，可以结束工作了。

“现在，我大致能总结出这样的信息，它不过使用了一个简单的开发工具包，并拥有一台服务器。”他说道：“幸运的是，我是一名记者，而不是黑客。”

随后，梅瑞迪斯采用了记者最常用的第一个步骤，用谷歌（搜索）特拉维斯·麦克雷。他立即找到了其“我的空间（MySpace）”页面，里面有一张看上去很年轻、很天真、头发蓬松的男孩照片，穿着极不相称的黑色西装和金色领带。“那就是他？”梅瑞迪斯自问道。“我觉得我们为看一个少年的网站浪费了我们的时间。”

当黑客们再次聚拢，并开始展示他们的发现时，国家解密的设计（显然）还说不上是最糟糕的：有的网站将其公开网站和提交系统运行在同一台服务器上，打开并攻击该公开网站就能使其资料源泄露；有的网站根本无法加载。他们在公开解密上也发现了漏洞：OpenLeaks. org 域名下的未受保护的情报网站中包含了访问者的联系方式信息，却没有警告泄密者不要通过该（情报）网站向该组织发送敏感材料。而且该站点的 SSL 设置遗漏了中级数字证书，该加密网站的部分证书签名链条非常混乱，且来自于其出现的数据源。这一疏忽可能会导致一个假冒网站伪装成公开解密以引诱泄密者并确定泄密者的身份。

对这些（维基解密的）模仿者进行评价后，主持会议的这名公开解密的工作人员开始提出没有答案的棘手问题。你是否建议泄密者从一家网络咖啡厅上传数据，或将他们的加密数据交给其他某人进行上传？鉴于像“SSL Strip”这类黑客工具能让用户点击链接时去掉对网页的加密，将你的提交页面链接到非加密网站是否可行？你是否应该在自己的网站上开一个聊天室，或者这（么做）只会使你面对“请求”泄密的犯罪指控？瑞典是设立提交网站的好国家吗？2009 年瑞典拓展情报机构监视权的法律是否意味着泄密者应该迁往他处？

这名公开解密的工作人员继续说道：“每个人都说他们拥有这样的安全提交系统，但这是没有意义的。我们需要某种共用标准，现在它就像 20 世纪 30 年代的飞机研发一样，每个人都在抽烟、聚会，缺乏统一的规定。”

当研讨会结束，黑客们鱼贯而出时，我走近这名不愿透露姓名的公开解密工作人员并询问他为什么不将注意力更多地放在 Tor 或类似的匿名工具上以保护告密者。我指出，公开解密的测试网站甚至让用户在没有使用其隐藏服务的情况下上传文件，这是非常不安全的。

他给出的答案是他不相信单独使用Tor就足够安全。他说道：“如果你强迫人们使用这个工具，说明你（自己）对它完全信任。然而如果有人告诉你美国或别的什么国家组织对Tor的循环算法嗤之以鼻，那就（意味着）它已经被攻克。而你将公布的是一个完全被攻克了的系统。所以，Tor并非互联网匿名性的金子弹。”

所以，对于那些没有能力使用Tor，或者自行选择其他代理服务的信息源，公开解密将如何保护他们的身份呢？这名公开解密的工作人员叹了口气，仿佛我问了一个需要很长时间才能回答的问题。然后他抓起一瓶俱乐部会员饮料坐了下来。

他概括地说道，维基解密使用掩护流量工具对单纯好奇的访问者和泄密者进行伪装。该站点上的脚本会在他们的浏览器上运行，上传一个随机大小的文件。公开解密也采用掩护流量工具，但在新闻组织的网站上运行掩护流量工具并不那么容易，因为访问这些站点所看到的主页与访问泄密者提交页面不同。因此他们计划将其提交页面直接完全融合到他们自己的主页上，这就要求对他们的媒体伙伴进行培训，告诉他们怎样从其复杂的网站处理掉安全错误。

这名不愿透露姓名的工程师告诉我，一旦他们将该公开解密工程师称之为“装甲车”版本的合作网站建好，他们便比维基解密走得更远，建立比任何以往存在过的网站都更可信的掩护流量工具。他们建立了上传到维基解密文件的上传时间和上传文件大小的统计模型，并用它在统计上更精确地模仿这些提交。举例来说，大部分对维基解密提交的文件大小分布于1.5MB到2MB之间，文件大小超过700MB的比例不高于1%。他们的流量掩护旨在严格遵循同样的钟形曲线，使其理论上无法与隐藏在SSL加密下的真实提交相区分，甚至当用户没有运行Tor时也是如此。

他说：“我们有超过一年半的提交数据可供分析，你能用这些数据来建模。这是数学游戏，我们获得越多的提交，就越能完善我们的掩护流量工具，这是一个反馈循环。”

我问他是怎么进入维基解密获得一年半的提交数据的。在毫无准备的情况下，这名与我谈话的人对我解释说他就是维基解密的设计师。

一时间我呆住了。逐渐明白过来我碰上了解密运动的技术核心人物，一名我从未奢望与之取得联系的人，竟然与我单独面对面交谈。无论他是否注意到我舌头打结，设计师毫不谦虚地说：“他在沉着和耐心方面是专家”。我提出了一连串关于他在维基解密和公开解密中神秘角色的问题，而他对其中大多数问题均拒绝回答。除了作为一名网络工程师，他没有告诉我任何有关他背景和职业的事，甚至是他的国籍。

但他说了一个故事——他在维基解秘工作时的故事，以及后来他为什么会选择离开。

据他说，当他第一次被多姆沙伊特－伯格招募时，维基解密总共只有一对服务器，其中之一位于斯德哥尔摩的佩里基图（PRQ），通过它重定向到欧洲某个数据中心的另一台更敏感的服务器。“如果当局找到了那台服务器，就是（你看到的）这台，游戏结束。”

设计师要求对整个计划重新思考及重新设计，这将使该网站下线数月。他并不太喜欢该团体的组织结构，他警告伯格和阿桑奇对计划的控制太多，更多团队内的经济和组织责任应该被分担出去。当伯格向阿桑奇提起此事时，阿桑奇指责伯格是想谋求权力。“朱利安警告我说伯格正试图控制我。”设计师苦笑道：“事实上，这就是我的主意。”

网站下线后，在 2010 年 4 月，设计师已经准备好将维基解密重新上线，并开始发出信号让阿桑奇为网站的新发布做准备。但阿桑奇那时正在冰岛忙于准备发布《谋杀无辜》的视频，这将是让维基解密成为明星的跳板，此时的阿桑奇并未重视设计师的提议。设计师说阿桑奇并没回复他，《谋杀无辜》视频上线时，维基解密网站仍处于关闭状态。阿桑奇指责与设计师一起工作的技术志愿者们错失了这个重要的媒体机遇，然而这种冒犯却激怒了设计师。

2010 年 7 月，该组织准备公布 76 000 份被称为“阿富汗战争日记”的文件时，设计师说他曾提前 2 周让阿桑奇准备好公布的目录。最终，阿桑奇将这个工作拖到了最后一分钟，致使其信息发布被推迟了 4 个小时。“很好，”设计师平静地说，“我告诉他，我不会再容忍下次继续出现这样的错误。”

维基解密留下了 15 000 份文件未公布，因为该组织及其媒体伙伴《纽约时报》、《卫报》和《明镜周刊》都认为这些文件内容过于敏感。其中包括许多美军平民线人的名字，一旦被曝光可能招致报复。设计师说他招募了 40 名值得信赖的志愿者仔细阅读这些文件，以确定如何对其编辑并公布。经过 4 周的持续工作，文件均编辑完成，这时，设计师才得知阿桑奇并不打算公布这 15 000 份文件，而是希望公布 392 000 份伊拉克文件取而代之。“所以，告诉所有人他们花了 4 周阅读的不过是垃圾就成了我的事。”他说道。

设计师曾提出建立一个文件组织系统，这样该组织就能利用它让志愿者对伊拉克文件进行双盲检查和编辑。但阿桑奇只是简单地用一个基于出现频率的计算而删除文字的自动程序对所有名字进行了编辑。这在设计师看来是一种马虎的编辑。

此时，阿桑奇对多姆沙伊特－伯格的不信任感已达到了顶点，并开始视其为威胁和对手。设计师说，事实上是设计师而非多姆沙伊特－伯格煽动了叛变。设计师不再相信阿桑奇拥有足够的责任心及足够的耐心来处理组织管理、信息资源和财务，并与多姆沙伊特－伯格进行协力合作。

设计师并不是唯一转而反对阿桑奇的人。无国界记者组织（Reporters Without Borders）和国际赦免组织（Amnesty International）都给阿桑奇发了公开信批评维基解密未能从“阿富汗战争日记”中完全隐匿掉信息提供来源。无国界记者组织在声明中写道：“不加筛选地发布 92 000 份机密报告反映出操作方法上的严重问题，因此，其可信度也值得怀疑。”由于维基解密公布的文件的数量越来越大且缺乏筛选，甚至贝吉塔·约斯多蒂尔及其组织的支持者中也开始出现裂隙：“记者的工作包括对信息进行筛选。”约斯多蒂尔告诉《纽约时报》：“我们对阿富汗战争内幕的公布和他后来说话的方式感到非常失望，如果他能把注意力集中在他所做的重要事情上，那样会更好。”

多姆沙伊特－伯格开始通过即时短信就作为领导者缺乏透明性及集权管理向阿桑奇发问，阿桑奇的回复则是指责多姆沙伊特－伯格曾对一名《新闻周刊》的记者评论阿桑奇应该被该组织革职，而且要求这名德国人（多姆沙伊特－伯格）承认他不服从自己。“如果你不回答这些问题，你就会被开除。”阿桑奇在一条即时短信中对这名德国人写道。

多姆沙伊特－伯格尖锐地回应道：“你不是任何人的国王或神，你甚至不能扮演好你作为领导的角色。一个领导应该与人交流并培养他的成员中的被信任度。而你却刚好相反，你的行为就像某种皇帝或奴隶贩子。”

“你被停职 1 个月，立即生效。”阿桑奇回复。

几天后，阿桑奇通过在线聊天系统的聊天室举行了一次他称之为“首要任务”的组织会议，讨论多姆沙伊特－伯格的行为并游说成员们将他从维基解密开除。

在这次会议后，多姆沙伊特-伯格决定部分关闭该网站。设计师是少数几个能进入该组织敏感基础架构的人之一。只花了一天时间，设计师便使维基解密的存档文件和主页下线。阿桑奇的回应则是关闭了维基解密域名系统的入口，中断了提交系统、电子邮件和聊天室。设计师屈服了，并将其控制的网站部分恢复，但他再也不想为阿桑奇做任何事了。

多姆沙伊特-伯格曾参与开发过另一个可能变成公开解密（后台程序）的（代码）系统，该系统是为美国非营利性组织骑士基金会（Knight Foundation）开发的请款系统中的一个部分，但开发失败了。设计师说他曾将开发（系统）的进一步想法写在一份文件中发给多姆沙伊特-伯格，并建议他们离开维基解密后（一起）做这件事。“我和丹尼尔之间的这件事是在个人层面上的。至少对我来说，关系很简单。如果你对不起我，我也会对不起你。”他平静地总结道：“我的工作应当有价值。而不是为了出名。我想做出好东西。而如果某人破坏它，我就拔掉插头。”

据他们说，（维基解密）网站运行的大部分硬件的管理权属于设计师或多姆沙伊特-伯格，而他们并没将其捐给阿桑奇的打算。设计师说他给了维基解密剩下的职员两周时间将数据迁出归他们（两人）所有的服务器。一部分文件确实被移走了，但阿桑奇只让一名（程序）开发员来做这项操作。两周结束时，这名维基解密的志愿者并未取得多少进展。他们给阿桑奇的开发员宽限了1周，当最后期限再次被逾越后，这两人失去了耐心。因此，他们只是简单地更换了服务器系统密码，并获取了对服务器的全部控制权：包括维基解密的提交系统、已公开文件的存档以及尚未公开的3 000份泄密提交文件。

为什么设计师和多姆沙伊特-伯格会在离开维基解密之前重伤这个组织？设计师和多姆沙伊特-伯格声称他们并不信任在阿桑奇的领导下的该组织能恰当地保护组织内的资料。如果资料的安全性得不到保障，将极可能导致消息源的身份被暴露。从离开维基解密到混沌通信营这期间几乎一年的时间里，他们都让这些文件处于加密状态，并将它们交给了第三方保管。（设计师说：“最好把它们交给那些对它们不感兴趣的人。”）设计师和多姆沙伊特-伯格并未打算公布这些文件，并声称他们愿意将其还给维基解密，但他们声称阿桑奇从未提供过安全的移交方式。

设计师对我说：“我不介意阿桑奇喜欢受到媒体关注的虚荣心，甚至他和女人们的事我也不介意。但我不相信他能遵守基本的规则。”

约翰·扬于2011年1月在地下卷宗上公布了多姆沙伊特–伯格出版的一本图书的内容节选，其中透露了伯格和设计师所掌握着尚未公布的提交信息。就在此时，阿桑奇通过其冰岛发言人克里斯廷·赫拉芬森（Kristinn Hrafnsson）寄给我一份声明，将多姆沙伊特–伯格描述成一个不道德、反复无常的骗子。

> 多姆沙伊特–伯格在新闻界将自己伪装成一名程序员、电脑科学家、安保人员、专家、设计师、编辑、创始人、负责人以及代言人。他既不是一名创始人也非共同创始人，维基解密的创立与他没有任何联系。甚至直到2008年他都没有该组织的电子邮件地址（我们在2006年12月就发布了）。事实上，他甚至不会编程，也没有为该组织编写过任何程序。

这份声明没有提到设计师。

当我在这名工程师和伯格与阿桑奇决裂11个月后，再次采访这位工程师时，维基解密既没有从公开解密取回其未公布的提交资料，也没有建立新的提交系统以取代被设计师和多姆沙伊特–伯格带走的那个。

设计师说他对将维基解密的技术分解与阿桑奇断绝关系两者都不感到遗憾。“维基解密就像一个人从飞机上往下跳，它是给肾上腺素成瘾者准备的。在某一点你必须打开降落伞，有些人打开得早，有些人打开得晚。而有些人或许还不知道如何将它打开。”

. ... -.-- . --- -..- - ...- . .-. -. ..-. .-.. .- .-. ....

在混沌电脑俱乐部30年的历史上，只有两人被开除的历史。其中一个是一名纳粹分子，另一个则是丹尼尔·多姆沙伊特–伯格。

在混沌通信营的第三天，就在公开解密勉强发布后，混沌通信营董事会成员安迪·缪勒–玛格汉和其他三位董事会成员于凌晨三点走近多姆沙伊特–伯格。他们向他递交了信头标有混沌节（Chaos Knot，象征该组织的一缕缠绕的电缆）的混沌通信营官方信件。其中解释道其“由于多姆沙伊特–伯格对公开解密计划的演讲所进行的公开报道损害了混沌电脑俱乐部的名誉，而且组织混沌通信营的出席者承接了为公开解密计划承诺的消息源保护进行安全测试”。他的会员资格被撤销了。

多姆沙伊特－伯格给我看这封信是他在露营的最后一天，他围着公开解密的帐篷踱步，迅速而机械式的将东西打包。“我不需要安迪·缪勒－玛格汉给我们这个计划的许可。”他气愤地说：“我根本不在乎。”他停了一会，看着帐篷的门外。此时，第一滴雨开始从费诺富特（Finowfurt）黑暗的天空中落了下来。“如果我从离开维基解密时就烦恼每个人对我说的每件事，我现在应该生活在一座荒岛上。”

他回头走近帐篷并以激动的语调问是否还有任何俱乐部会员饮料剩下。让多姆沙伊特－伯格感到宽慰的原来是他继子已经将一箱饮料藏在桌子下作为备份。多姆沙伊特－伯格开了一瓶，并解释了他被逐出俱乐部背后的真实故事。朱利安·阿桑奇曾让安迪·缪勒－玛格汉找回他和设计师从维基解密带走的提交信息。事实上公开解密仍未将这些材料交回。就像多姆沙伊特－伯格所说，混沌通信营针对他的决定是一个偏见。

然而到底为什么多姆沙伊特－伯格没有把那些材料交给缪勒－玛格汉？坐在不远处一个长沙发里的设计师漠不关心地回答道：“我们有一个值得信赖的材料转交人网络。而他（缪勒－玛格汉）并不是其中一员。”

“此外，这个人（缪勒－玛格汉）已经对有史以来最大的资料转交错误负责。”多姆沙伊特－伯格补充道：“他没有认真对待任何事的能力。”

这是什么意思？我困惑地问他俩。他们拒绝解释。

过了一会，多姆沙伊特－伯格说：“只要设想你能想到的最坏情况，然后再加上一点。”

在这番预感不祥的陈述后，他走出帐篷进入雨中，关上了他身后的帐篷门。

-- ... .-. -... .-. . .--. -. ..- .-. .. -..- ..-. -. ...- -.-.

朱利安·阿桑奇在其2006年发表的《阴谋为治》一文中写道：“一个组织越秘密或不公正，其领导和计划集团内部因泄密引起的恐惧和妄想就越多。”5年后，这句座右铭最适合维基解密和阿桑奇自己。

设计师和多姆沙伊特－伯格携3 000份未发布的提交文件离开该组织代表着该组织的第一个重大安全缺口的出现。在接下来的数月内，泄露继续发生：据说维基解密的无赖伙伴伊斯拉埃尔·沙米尔（Israel Shamir）将未被编辑的电报交给了残暴的白俄罗斯政府。其中的信息可能已被用于对付白俄罗斯反对党；自由职业记者希瑟·布鲁克（Heather Brooke）从冰岛维基解密成员斯马瑞·麦卡锡那获得了一份电报副本并将其转交给了《卫报》，使得该报在未经维基解密同意的情况下刊登了完整的电报，这令阿桑奇勃然大怒。

在公开解密成员携带维基解密的提交系统和文件离开后，阿桑奇开始联系维基解密的前成员和其他普通伙伴，请求、哄骗及威胁他们帮助他解决他所谓的“人质事件”。在2011年早期，阿桑奇公开发誓要起诉《卫报》和多姆沙伊特－伯格，但官司从没变成现实。由于与日俱增的尼克松（Nixonian）式焦虑，他甚至要求每一名维基解密职员签署一份不泄露协议，该协议规定对分发维基解密文件的职员或透露这份保密协议的职员处以2 000万美元的罚款。

不可避免地，这份合同本身被泄露了。当文件出现在《新政治家》（*New Statesman*）网站上时，《卫报》记者及前维基解密成员詹姆斯·鲍尔（James Ball）承认他就是消息源。鲍尔在报纸的社论中写道：“维基解密并不是民主负责制，它没有董事会或监督。如果说世界上有任何组织是依靠告密者来保持其诚实性的，那就是维基解密。在这种情况下，压制异议不仅是种讽刺，它还很危险。”

就像阿桑奇曾想要达到的目标所描述过的机构一样，维基解密的原则在控制自己的雇员泄露组织内部机密的努力中也受到了影响。而最大的泄密还未到来。

. .-.. .- .. ...- -.- ..-. ..-. .- .-.. -- ..- - -.. --. -.-

回想起来，安迪·缪勒－玛格汉的行为不能作为评判混沌电脑俱乐部支持维基解密分裂的依据。在混沌通信营董事会成员将多姆沙伊特－伯格逐出俱乐部很久以后，玛格汉已经将这名前维基解密人员看成是黑客原则的背叛者及一名潜在的政府情报员。“我作为混沌通信营的成员已经26年了。”在该黑客组织位于柏林总部旁的一家意大利餐厅内，他一边挑着芝麻菜沙拉一边说：“或许我看过太多人的情报档案了。”

在维基解密的3次巨量解密和多姆沙伊特－伯格于2010年晚期从该组织离开后，美国政府正处反击模式期间，缪勒－玛格汉说多姆沙伊特－伯格行为异常。“当我在混沌电脑俱乐部四周遇到他时，他看起来很焦虑。这名年轻的德国人身体持续在发抖，而且一句完整的话也说不出来。”缪勒－玛格汉详细地描述道。

当维基解密和公开解密分裂后，缪勒－玛格汉受阿桑奇所托担任这两个组织数字监护权纠纷的调解人。就像这名混沌通信营董事会成员（缪勒－玛格汉）所说，就在（与维基解密决裂）的同时，多姆沙伊特－伯格似乎立即且自然地重拾起他的沉着冷静。

“混沌通信营中的一些人相信，伯格做了个确保其不被起诉的交易。”缪勒－玛格汉煞有其事地说：“我不能告诉你发生了什么，或许我是个阴谋论者，但我认为这是真的。”

而在产生了这种阴谋论看法后，缪勒－玛格汉会怎样看待公开解密呢？“如果我们后退百步，从很远的地方，从外层空间来看，它就像一个情报部门的梦想。”他不假思索地说道。

（当我给多姆沙伊特－伯格一个辩白这些指控的机会时，他笑了，并再次说他从未与任何情报人员合作过。他提醒我阿桑奇曾声称政府间谍出席了他的婚礼。事实上，多姆沙伊特－伯格说这件事中唯一与情报机构有关系的人恰恰是缪勒－玛格汉，他的加密电话（CryptoPhone）公司卖给了政府客户。）

但不管他们有什么目的，就像缪勒－玛格汉的故事所说，多姆沙伊特－伯格和设计师似乎决定让交出维基解密文件变得困难。

阿桑奇曾让缪勒－玛格汉从公开解密成员那找回 3 样东西：已发布文件的存档、提交系统软件以及 3 000 份未发布的泄密文件。这名混沌通信营主席首先要的是提交系统软件，他通过加密聊天联系了设计师。让他惊讶的是，设计师说不管出现什么情况，他都没有交回他创造的提交系统软件的想法。“他将提交系统软件称之为自己的‘知识产权’。”缪勒－玛格汉说到这两个单词时表现出了明显的厌恶。“我无法相信。对我来说，这些单词来自一种不同的文化，那是敌人的语言。”

已发布文档的存档很容易就被追回了。多姆沙伊特－伯格把它们发给了缪勒－玛格汉，而缪勒－玛格汉将其转交给了一名维基解密志愿者。后者把它们以可下载形式放到了维基解密的推特上，这样它们可以被全世界的人引用和借鉴，而且再也不会被从互联网中移除。

但当缪勒－玛格汉向伯格和设计师索要那 3 000 份尚未发布的文件时，多姆沙伊特－伯格和设计师的回应似乎是无休止的路障和借口。最初，他们说文件已经交给了其他人，在交还维基解密前他们必须先从那个人那里取回。随后，多姆沙伊特－伯格重新考虑后说他需要对发到他地址的文件和大部分发到维基解密地址的文件进行分类，进一步拖延进程。“我对丹尼尔的看法已经变了。”他说道：“我觉得他就是在玩一个该死的游戏，但我对此无能为力。”

这场游戏进行了几个月之后，多姆沙伊特－伯格犯下了在缪勒－玛格汉看来违反黑客不成文法律不可饶恕的罪。因为多姆沙伊特－伯格出版了一本什么都说的书，其中详细描述了混沌电脑俱乐部的劣迹斑斑，甚至包括其与阿桑奇充满仇恨的私人聊天记录。“为什么他要公布没有哲学或政治分歧语境的内部私人通信聊天记录？”缪勒－玛格汉问道：“从那时起，我决定不再信任丹尼尔了。”

在混沌通信营上，缪勒－玛格汉很惊讶地看到多姆沙伊特－伯格借助混沌电脑俱乐部组织了对其系统的入侵测试，甚至他还拒绝让网站的全部代码可获取。而这次，当缪勒－玛格汉当天最后一次要求公开解密交出维基解密的数据时，他们的回答在缪勒－玛格汉看来完全是一个借口——不能再信任维基解密，也不能让其掌握任何敏感数据。而他们俩（设计师和多姆沙伊特－伯格）有责任在归还文件前为了消息源的安全对内容进行全面检查和编辑。

缪勒－玛格汉在晚上 10 点召集了俱乐部董事会议，5 个小时后 5 名成员一致决定将多姆沙伊特－伯格从该组织中开除。准确地说，这个决定是基于公开解密在露营上滥用混沌电脑俱乐部的名义。但对缪勒－玛格汉来说，他对多姆沙伊特－伯格和设计师的愤怒已经积累了接近 1 年的时间。

公开解密与维基解密持续 11 个月的交涉以失败而告终。露营结束几天后，多姆沙伊特－伯格和设计师决定他们再也不会将这些文件还给维基解密。

因此，他们决定删除他们的密码，使这些文件不可恢复性地永久加密。

当这一消息出现后，公开解密人士从本质上销毁了这 3 000 份文件。维基解密在其推特上发出了一系列愤怒的评论，列出了消失在历史中文件的内容：20 个新纳粹团体的内部通信。60 000 封来自德国超右翼政党——德国国家民主党（NPD）的电子邮件。据称，还有一段关于阿富汗格拉耐镇遭遇空袭，导致 140 名平民丧生的视频。超过 100 家互联网公司的监视政策。全部美国禁飞人员名单以及在一年没有泄密的等待后对我而言最重要的美国银行内部数据。

多姆沙伊特－伯格稍后告诉我维基解密发布的内容大多纯属捏造。在维基解密列出的文件中，只有禁飞名单包含在加密存储中未被公布，因为网上随处可见。而维基解密所说的其他文件内容可能存放在别的地方或者根本不存在。他和设计师都承认加密文件中包括了一些来自冰岛金融机构的数据，但不愿提供细节。而对于美国银行的文件，多姆沙伊特－伯格声称其实是维基解密自己把它们弄丢了而赖在我们头上。它们是2010年维基解密重组前服务器和硬盘驱动器出现故障的牺牲品。

可能永远也无法完全知道在维基解密和公开解密的争执中到底什么文件变成了附带牺牲品。多姆沙伊特－伯格说他和设计师对信息数据使用了最高级别标准，且删除了他们密码所有存在的副本。这是除了摧毁存储它的硬盘驱动器外销毁信息最安全的方式了。他们用伪随机模式将密码数据重写了7次，以覆盖任何可能被发现的痕迹。几分钟后，匿名泄密者们在8个月内向全球最成功的揭发网站提交的3 000份文件被永久性地分解成了18GB的乱码，要破译它所需要的时间可能比人类文明存在的历史还长。

... -.-- - .-. .-- ... . ..-. .-.. .--. ..-. --- .-.. -.-. --.. ...-

到2011年初，维基解密已经经历了内部不满对其元气的损伤，从多姆沙伊特－伯格的书到希瑟·布鲁克将美国国务院电报转交给《卫报》，再到詹姆斯·鲍尔泄露保密协议合同。但对维基解密损害最大的泄露事件则是一次简单的人为疏忽。

当一名维基解密职员将2010年末收到来自安迪·缪勒－玛格汉取回的已发布泄密文件的存档并将其发布上网后，几天内就被上传到了海盗湾。毕竟，要防止下一个多姆沙伊特－伯格删除该组织的工作，还有比这个不受调查的瑞士堡垒更好的文件共享出口么？“太酷了！”第一个将收集到的文件上传的不知名用户写道。

任何下载了该文件的好奇访问者可能已经注意到了在中央情报局备忘录、彼尔德伯格俱乐部（Bilderberg）会议报告，以及从莎拉·佩林（Sarah Palin）的雅虎（Yahoo）账户中偷来的电子邮件中的一个陌生文件夹。它出现在字母排序的最后很难引起注意，它的名字是简单的“xyz”。

打开这个文件夹可以看4个文件：“x”、“y”、“y-docs”和“z”，每一个文件都经过PGP加密而无法阅读。而一个简单的错误，导致了这些文件被阅读。犯下这个错误的人是《卫报》记者戴维·利（David Leigh），他与维基解密是伙伴关系，并与其一同策划、公布了电报门文件。2011 年 1 月，《卫报》记者出版了他们自己与维基解密一起工作的书，这本书里什么都说。而就在第 11 章的标题里所印的内容必然让阿桑奇在翻到这一页时倒抽一口凉气：

“AcollectionOfDiplomaticHistorySince_ 1966_ ToThePresentDay#——朱利安·阿桑奇 58 个字符的密码。”

那是维基解密加密未经编辑电报的完整密码。戴维·利后来声称阿桑奇曾告诉他密码很快会更改，而他认为在几个月后将其公布不会造成什么损害。但对阿桑奇和其他黑客而言，泄露密码意味着显而易见的安全缺口。那些熟悉 PGP 的人都会知道当一个文件以特定密码加密后，私人密码总是会打开一个加密文件的副本，因此永远不能泄露。

这是不容忽视的操作安全性错误。如果有人对存档中神秘的“xyz”文件夹感到好奇，对这 4 个文件逐一尝试那段密码，其结果将会有令人难以置信的恐怖发现：当他或她试到“z”，最后一个文件将打开并泄露全部未经编辑的美国国务院电报，包含全部敏感的消息来源姓名。而在维基解密读者的网络论坛上，早已对这个文件夹的神秘内容闹得沸沸扬扬。就像布拉德利·曼宁（Bradley Manning）所描述的：“世界范围的 CSV（一种纯文本格式）格式混乱。”

维基解密有意无意以电报加密副本的形式发布了不能发布的电报。而现在《卫报》发布了密码。

6 个月内，这个数据缺口都没有引起维基解密的关注。可能维基解密害怕其泄露，它并未就此发表评论。在海盗湾和 Torrent. net 这样的文件共享网站上，暂时没出现有用户曾在“z”文件上尝试过密码打开文件，并注意到其中包含了完整的电报。至于这些电报是否被国外情报机构发现后解密，并可能将信息用在他们自己的目的上则不得而知了。

但，有个人意识到了维基解密的电报缺口，而且似乎非常感兴趣，他就是丹尼尔·多姆沙伊特－伯格。

2010 年夏末，一家公开解密的伙伴德国小报《弗莱塔格》（*Freitag*）刊登了一则标题低调的报道“维基解密的泄密”。这是一篇很奇怪的文章，其声称维基解密的安全措施已经失效，称其丧失了对全部电报数据的控制权，但文章谨慎地省略了所有可能帮助其他人找到或破解（这些数据）的细节。

尽管如此，它却是互联网所需要的唯一线索。推特用户们很快就将密码和“xyz”文件夹联系了起来。最终，“在线泄密的精神教父”约翰·扬帮忙破解了全部数据并将其公布在了“地下卷宗”上，且为未编辑版本。“这次公开是采用民主方式进行的，没必要对它进行民主仲裁。”他在自己的推特上解释道：“应该对公布未经删改的电报鼓掌而不是指责。”

维基解密发现撤回任何已经在网站上彻底公开的文件将使自己处于令人尴尬的境地。因此它很快追随地下卷宗的脚步，继续发布了还未泄露的剩余 25 000 份未经编辑的电报，巨量解密就此完成。

随后，相互指责开始了：维基解密指责《卫报》因工作疏忽而公布了密码。《卫报》的戴维·利则指责维基解密发布了加密文件，甚至暗示阿桑奇希望独自将全部电报公布，并有目的性地哄骗戴维·利公布密码，这样就能将惨败归咎于他。

事实上，是多姆沙伊特－伯格使得维基解密的泄密在互联网上四处传播。他后来告诉我，确实是他暗示《弗莱塔格》的编辑斯蒂芬·卡拉夫特（Steffen Kraft）公布了这个漏洞。

多姆沙伊特－伯格声称他很早就知道电报泄露事件。对于安迪·缪勒－玛格汉，多姆沙伊特－伯格指责他将存档文件上传到了网上，这就是他在混沌通信营上对我简短描述过的“有史以来最大的资料转交错误”。（缪勒－玛格汉否认其在上传文件中扮演了任何角色。）

“我对此沉默了好几个月。我对维基解密操作安全性的担心被所有人说成是假装的。说我只是个骗子。说我试图给他们抹黑。因为我没有向任何人证明。”他说道：“因此，我找到了我在《弗莱塔格》值得信任的记者并详细告诉了他，这样他就能证明我的担心是存在的。我不希望他传播这个故事。那是他的选择……我完全不在乎这些泄露的电报。这个泄密完全是不负责任的，这个结果也不是我的言行导致的。”

但是通过提醒主流媒体，多姆沙伊特－伯格难道不就是一个用高音喇叭将那时还只是网络上窃窃私语的秘密喊出来的人么？“你觉得会永远这样么？”多姆沙伊特－伯格这样说道：“这只是时间问题。如果不将其公开报道，电报中涉及的人们将永远不知道他们需要当心。那才是最重要的事。”

多姆沙伊特－伯格并不是唯一认为那些美国国务院情报员的身份已经暴露的人。在批评军方对布拉德利·曼宁的处置后，已经辞职的美国前国务院发言人 P. J. 克劳利（Crowley）评论说："所有称职的独裁政府情报机构都已经获取了这些电报的内容。"

尽管如此，在《弗莱塔格》的信息泄密后，泄密引起的次生灾害开始浮出水面。两名津巴布韦将军的名字在电报中被标注为"严密保护"。他们是曾与美国国务院官员秘密会晤并批评该国武装力量的领导，他们也是受总统罗伯特·穆加贝（Robert Mugabe）的政党支配的毫无经验的领导。他们的名字被曝光后，面临着军事法庭的叛国指控。

根本上说，维基解密从没对其消息来源者承诺过它会对从他们那里收到的信息进行编辑——但它会尽量使这些信息的冲击力最大化。它从未发誓保护其泄密文件中提到的人，而只是提出了保护泄密者本人的身份。该组织从来没违反过这项承诺。

... - . --- -.. -..- ... -. .--- ..-. ... .- .-.. -- ---

柏林以北 55 英里（88 公里）处，在一组风景如画的湖泊北岸的砖墙院子里矗立着一连串单层建筑——拉文斯布吕克纳粹集中营遗址。1939—1945 年，这座全是女性的集中营关押了超过 13 万名来自全欧洲的犹太人、吉普赛人、女同性恋者、政治活动家、抵抗战士以及那些受害者被抓时照顾着的一小部分儿童。超过 10 万名不同年龄的妇女被毒气、枪毙、注射、活埋，及惨无人道的医学实验致死。几乎所有的儿童都死于饥饿。大多数受害者的遗体都被埋在一个面向湖泊盖着石头的集体坟堆里，其中包括数千具火葬的遗体的骨灰。

跨过尸体和水面，2 英里（3.2 公里）外一个令人昏昏欲睡的德国小镇中（他要求我不要透露其名字），在一栋白色的 3 层建筑物内，丹尼尔·多姆沙伊特－伯格邀请我进入了他的家，也是未来的公开解密的总部。

多姆沙伊特－伯格带着我在房屋四周看参观时解释道，他不想把他的家和他的组织搬到 20 世纪最黑暗暴行之一的地点旁，但他做成了一笔很好的房地产买卖。

这名公开解密的创始人的办公室的地板上随意散落着个人电脑用品。闲置的服务器在墙角堆到齐腰高。他办公桌放着一部巨大的扩音器，最近他曾在一个反对欧盟数据保存法的抗议中用过它。一段他用来纪念高中暑假铺设电缆工作的铜芯电缆靠在长条沙发上。他最近买了一个高 4 英尺

(1.2 米)，重 1 400 磅（635 公斤）的钢制保险柜，并计划将其放在地下室以存放他的家庭和公开解密最敏感的文件。

尽管公开解密测试发布仍深陷愤怒和指责的漩涡，维基解密的提交系统已然不可挽回地消失了，而且那些未经编辑的电报也已经泄露了，多姆沙伊特－伯格（现在）看起来全然地放松了。他跟我坐在一起并大啃着从他后院百年老树上摘下的苹果。对于他和设计师破坏的文件，他说道："我们感觉就像是《指环王》（*Lord of the Rings*）里的佛多（Frodo）。人们一直在寻找为什么我们应将数据交给他们的理由。最终，只有我们知道我们必须毁掉它。而自从我们这么做以来，生活很美好。相对于违背我的知识和让危险影响到消息的来源，我宁可接受这该死的风暴及成为某人的替罪羔羊。"

这次会面 5 个月后，也是多姆沙伊特－伯格被逐出混沌电脑俱乐部的半年后。混沌电脑俱乐部于 2012 年 2 月的特别会议中恢复了多姆沙伊特－伯格的会员资格，同时安迪·缪勒－玛格汉因其开除这名公开解密人士的决定过于轻率而有偏见受到大家的指责并丢掉了他的董事会职位。（一名混沌电脑俱乐部成员后来告诉我："我们认为如果我们仅凭怀疑便将人开除，这将使我们很容易被传言所毁灭。"）

但当我在多姆沙伊特－伯格家中再次与他会面时，他在其黑客军团中的名誉已经降到了最低点。我提出了一个问题：他在维基解密的角色对未来的公开解密是否会产生阻碍或预示着不好的兆头？他团队里的许多黑客都将他视为叛徒，他如何指望泄密者会信任他？他平静地回答道："如果只依靠我的名誉那是肯定不行的，我们只能用技术来证明，并慢慢建立起信任。"

多姆沙伊特－伯格似乎很有心情跟我聊天。我们聊到了他计划将房子的 3 楼变成活动家工作室，也聊到了湖对岸的集中营，后来还聊到了困扰多姆沙伊特－伯格的第二次世界大战和大屠杀。聊到这儿时，他提起了白玫瑰运动——一个在纳粹时代尝试分发地下报纸的抵抗组织。而且，我们讨论了维基解密式样的巨量解密是否有可能阻止希特勒上台。我们坐在曾经德国纳粹施暴的地方，这个问题回荡在空气中，多姆沙伊特－伯格承认那是无法回答的。

取而代之的是，他拿起了一本最近读的名为《士兵》（*Soldiers*）的书，这本书由两位教授共同执笔。他们获得了英国和美国战俘营中的德国囚犯所写的150 000页翻译过的秘密记录。多姆沙伊特－伯格对书中士兵们以冷静的职业态度谈论杀害平民和强奸妇女时的方式很感兴趣。最后一章说的是维基解密的谋杀平民视频，对包围伊拉克平民的美国直升机射手来说，那就好像是在电子游戏中一样。

两场战争的记录都对典型的泄密行为进行了论证。多姆沙伊特－伯格说道：在某种特殊的泄密文化中，这些不道德的行为似乎是可以被接受的。泄密将其曝光于全世界正常的人际关系中，在这种人际关系下它显得非常恐怖。他说："从特定的角度来看，他们的所作所为似乎非常专业，或者非常酷。但如果你将其保密性去掉，这些行为看起来就简直太疯狂了。如果你让其完全透明，他们的母亲就会给他们打电话并问道：'你到底在干什么？我不是这样教你的！'"

就在多姆沙伊特－伯格阐述对一次泄密价值的根本定义时，他接到了一个电话，并进行了一次紧张的德国式对话。他告诉我他现在必须去柏林。在几分钟后的火车上，我问他是否希望公开解密以维基解密的方式揭露出战争的历史及大量隐藏的外交文件。他开始回避这个问题，说这取决于该组织的媒体伙伴。但稍事停顿后，他还是回答了。

"这种事不会再发生了。"他看着窗外的德国乡村景色说道，他相信布拉德利·曼宁的遭遇以及政府安全措施的改进足以吓住任何近期打算将维基解密2010年那种规模的高等级政府秘密文件泄露的巨量解密者。

但这也并不意味着巨量解密消失了，他警告道："有些泄密会严重损害人们的隐私，或许是某种大量的医保资料，或许是某些全世界都认为不应发生的事。"

我指出这听起来像某种透明性拥护者的黑色幻想，而且与朱利安·阿桑奇的设想不同。他点了点头，提到了那篇名为《统治即阴谋》的文章："朱利安在2006年写下了这蹩脚的人生哲学。他认为每件事都应该被拆穿。但我不认为世界是这样非黑即白的，我认为对某些事而言有正当的理由对其保密，就像你不能公开解决整个中东的问题。"

那么什么应当被保密呢？他回答道："每个情况都是不同的，在这方面划定界线是非常困难的问题。"

我能接受多姆沙伊特－伯格不愿回答泄密运动中这个不可能的问题。他不像阿桑奇，他就是被人声称的那样，只是一个工程师而非一个哲学家。对于一名工程师，事情在2010年以前是很清楚的。那时维基解密所从事的是一些更小、更有目的性的高频率泄密。在巨量解密之前，在对泄密内容进行编辑之前，在确定泄密的危险前，在必须从大量坏的秘密中挑出好的秘密前。回到维基解密刚成立的时候从很大程度上来说，那就是两个富有理想主义的年轻人站在坚定的道德制高点上将坏事公开的时候。

我们到达柏林后，我问他在和阿桑奇几乎一年没说话后是否有什么希望我带给他的话。“我想告诉他停止对我的谎言。”他很快说道：“这是我对一个老把说真话挂在嘴边的人的最后要求。”

然后他想了一会，心情稍微高兴了些，就像他又想起一个无关紧要的人一样说道：“还有，也祝他好运。”

总结
机器

在纽约的祖科蒂公园，一个始于2011年秋季以占领华尔街为名义的全球性反资本主义和反腐败运动的中心。示威者采取了和贝吉塔·约斯多蒂尔在2009年开展的冰岛革命，丹尼尔·多姆沙伊特-伯格和菲尔·齐默尔曼在冷战时抗议核裁军，以及约翰·扬在1968年占领哥伦比亚大学运动中相同的战术策略：愤怒、非暴力抵抗。他们高喊口号，不惧怕逮捕，并打出标语："我们99%支持"，"罗宾·胡德（Robin Hood）是对的"，"阿桑奇自由"和"布拉德利·曼宁自由"。

游行示威者都携带着手机，这些手机几乎都带有摄像头。

在YouTube和LiveLeak等视频网站上已经出现了抗议活动的视频片段，其中有个视频片段中显示一名警察冲入布鲁克林大桥的示威人群中，趁着人群大声呼喊："整个世界都在看着"的时候，看似随意地拖出一些抗议者，然后将他们拘捕。其他的视频显示毫无抵抗能力的抗议者被猛烈地掀翻在地面上，另外一群年轻女性被警方设置的塑料网路障包围，在她们被包围后，警方使用催泪瓦斯来攻击她们，引起了一片混乱和尖叫。（根据当年的那次事件视频，对此事件负责的警察后来被某匿名者揭露身份为安东尼·博洛尼亚，同时约翰·扬在地下卷宗解密网站上发布了2001年的独立媒体报告，该报告描述这名高级官员"因其以前对待抗议者的方式而臭名昭著"。博洛尼亚被相关部门罚款6 000美元，并将面临曼哈顿地区检察官的进一步调查。）

富·琼斯认为拍摄这些事件的微小手机相机是一种工具，代表了透明度运动的下一个阶段计划。琼斯是一个头发遮过耳朵且身材瘦削的23岁波士顿软件开发商，也是一系列智能手机简单应用程序如公开监视（OpenWatch）和警察记录器（Cop Recorder）的开发者。这些程序在安卓手机和苹果手机上运行，程序允许用户按一个按钮，就可以快捷启动音频和视频的录制。该内容被上传到琼斯的服务器上，琼斯和他的合作者剥离出任何识别信息并将其副本张贴出来。超过10万的用户已经下载该应用程序，他们一天上传50多个视频。琼斯说我们的目标是创造数以百万计的“反向监控摄像头”，它们将持续地关注权威人物。

“美国政府的说辞一直认为，如果你没有什么好隐瞒的，你就没有什么好担心的，”琼斯说道，在他的话音中有一丝义愤，“我说，如果这些都是游戏的规则，那就都遵守这些规则。”琼斯已经获得的几个音频如果称不上爆炸性的话，也足以让人感到不安。一段上传到网上的音频记录了一名警察称呼被拘留在北卡罗来纳州达母勒一所法院中的一名犯罪嫌疑人为“老派的皮条客”，并拒绝了犯罪嫌疑人使用卫生间的请求。同时还要求该被拘留者为他进行说唱表演，显现出帮派的迹象。另一个视频文件显示了圣地亚哥警察拦下一名司机进行酒后驾车检查，然后违背驾驶员的意愿非法搜索他的汽车，并独自一人在车内翻驾驶者的钱包。这些视频在圣地亚哥激起了一些丑闻并在当地新闻台播出。当我跟琼斯谈话时，他一直在寻找志愿者帮助他听长达好几个小时的占领华尔街抗议活动的录音，他和他的两个开发者刚被委托为美国全国律师协会和美国公民自由联盟开发以抗议活动为重点的应用程序。

“我会感到惊讶，如果我们有我们自己的间接谋杀（2007年一架美军直升机在巴格达杀死包括两名路透社记者在内的12人的惨象）。”琼斯说道，“但是，我们有10万群众将他们的手机作为反对腐败的武器。这不是间谍对抗间谍，不是巨量解密，或者这使得每个人都有了成为颠覆者的方法。”

琼斯是无意重建维基解密的，但他说他的灵感直接来自阿桑奇。他把自己看成是下一代阿桑奇的布尔巴基媒体运动的一部分，用“科学新闻”为观众揭露完整的一手资料，将公众带入到那个秘密而腐败的世界。

“我们的想法是创建一个更积极的维基解密，它不只是接收这些文件，还可以积极地从秘密地方捕获新数据，”他说道，“这里有你已经拥有的技术。这里有一条途径可以将这些技术通过武力应用到创建透明社会中。我想建立一些技术，这将有可能使每个人都成为信息泄露的一部分。”

.- --. .- .--- -- --.- .... -. .... -. --.. --.- -- . ...- -.--

1999 年，一个 19 岁的名叫肖恩·范宁的男孩在他叔叔的 Internet start-up Chess. net 的办公室工作，并推出了名为 Napster 的音乐分享服务器。使用该服务器，几乎所有的 MP3 音乐都能从其他用户的计算机中下载，而且这些新的无盘形式的音乐都是免费的。美国使用互联网的人数不到 5 亿，高峰时期，竟有超过 2 600 万人在使用这项服务。

到 2001 年末，纳普斯特（Napster）公司已经关闭。该公司触犯了《数字千年版权法》（*Digital Millennium Copyright*，*Act*，美国针对数字版权的法案），并被美国唱片工业协会提出了 20 亿美元的诉讼，最终纳普斯特公司于 2002 年破产。除了公然无视知识产权法，纳普斯特公司还犯了个错误，也就是只在单一中央收集服务器上运行端到端的文件分享索引——每搜索一首歌曲，服务器中心枢纽都需要连接上传用户和下载用户。这项服务使得（纳普斯特公司的）在世界上一些最强大的行业敌人有了一个“单点故障”（计算机术语，此处意指纳普斯特公司的这种做法为其服务器的安全性制造了一个单点故障，使得对手可以很容易锁定它）。

然而，大约在纳普斯特公司被依法解散的同时，一个 26 岁的编码学者也即密码朋克邮件列表（Cypherpunk Mailing List）的前开发者——布拉姆·科恩（Bram Cohen）发布了一个新的端到端文件共享协议，并称之为比特流（BitTorrent）。比特流一次组装数百个用户零零碎碎的下载信息，并保持它的索引，这使用户可将文件上传至多个称为“跟踪器”的服务器上。任何人都可以运行一个跟踪服务器，这使得它们更难关闭。从本质上来说，比特流是一个协议，而不是一个公司。它不能被起诉。

今天，BT 下载目前占了四分之一到三分之一的全球互联网的数据流量，而这应归功于像海盗湾（Pirate Bay）这样的索引网站被取缔。美国唱片工业协会（RIAA）申明，由于比特流使免费的文件共享成为可能，自 1999 年起，音乐行业的收入已经减少了一半——从 146 亿美元降到了 76 亿美元。

一对意大利的黑客希望能重塑信息泄露的未来，由此也出现了改变世界的更加糟糕的方式。法比奥·彼得罗桑蒂（Fabio Pietrosanti）和阿图罗·菲拉斯图（Arturo Filastò），他们是全球解密（GlobaLeaks）的共同创立者，并声称他们的目标是为维基解密旗下的纳普斯特公司创建比特流。

维基解密是一个单一而易受攻击的目标，全球解密旨在创造他们所谓的“全球性，分布式泄露扩增网络”。

彼得罗桑蒂是一个30岁的网络安全工程师，他看起来像一个21岁的演员，瘦小却有一双大眼睛，汤姆·克鲁斯式的头发。另一方面，菲拉斯图则是一个真正的21岁的前任演员，他花了2年时间在一部意大利肥皂剧中扮演一个身材瘦长，长头发的青少年万人迷，随后他离开了影视圈去研究数学并成为一个洋葱路由（Tor）的研发者。

这两个意大利人和其他一些程序员一直在研发的软件并不提供像维基解密或公开解密那样迅速的揭秘服务，该集团仅仅旨在提供软件，这个软件允许任何人在几分钟内建立揭秘途径，其通过使用洋葱路由（Tor）的隐藏服务向用户提供一个既安全又难以追查的提交系统。与公开解密不同，全球解密不限制谁使用它的软件，并在网上公布了其源代码，供所有人观看、修改及使用。虽然这两个人的研发在我与他们谈话时还没有产生揭秘成果，但他们正忙着会见任何可能会考虑配置他们的软件来创办一个有利可图的举报者网站的团体：两个左派意大利政党、一家塞尔维亚报纸、一家希望促进内部检举的意大利能源公用事业公司、一个英国的被称为英国解密（BritiLeaks）的网站，甚至巴尔干解密的阿塔纳斯·特乔巴诺夫（Atanas Tchobanov）和阿森·约达诺夫（Assen Yordanov）。

彼得罗桑蒂说，他们最终的目标是将揭秘行动从现在模仿维基解密的50个团体扩大到成百上千个“揭秘网络节点”，这些“揭秘网络节点”可以由具有法律授权的通过运行内部检举途径将检举内容发送给激进分子的美国企业中的每一个人员来运行，然后他们希望这些激进分子利用洋葱路由在完全匿名的情况下将他们的材料传送给出版商。像比特流一样，全球解密旨在将处理军队敏感材料的风险分散给个人而不是中介机构这样的弱势群体。“有些人可能会像阿桑奇那样，并且说：‘好！无论如何我们都要发布这些文件并与腐败战斗！’”彼得罗桑蒂说道。“但是很多想要打击腐败的人并不想承担那么多的责任。如果运行‘揭秘网络节点’的每一个人所面临的风险状况均大大降低，那么将会出现更多的‘揭秘网络节点’。”

“维基解密教会了我们一些东西。同时它让检举人这个单词重新回到了公众的意识之中，”菲拉斯图补充说道，“全球解密才会是下一个合理的举动。”

--. -.-. -. .--- -... . ...- - .- -... .- -.. .... .- .--- .

我进入到维基解密和其所代表的早期运动开始于阿桑奇2010年11月向美国金融体系发出的挑战：一个“击垮一两家银行”的承诺。一年后，阿桑奇给丹尼尔·多姆沙伊特-伯格的一封信中郑重宣告他将“成为人类政坛上的一颗新星”时，金融巨头已经采取了自己的报复措施，貌似要将维基解密拖入地狱。

2011年10月，阿桑奇在伦敦前线俱乐部的一个停止声明中说维萨信用卡、万事达信用卡、支付宝以及美国银行已经成功地冻结了维基解密赖以生存的现金流。针对于这个团体的金融制裁使得该集团从制裁前的24小时获得30万美元的捐赠资金减少到一个月不足于1万美元的涓涓细流。他告诉在场的人群：“如果维基解密不能找到去除这种阻碍的途径，我们甚至无法坚持到新年之交。”

钱当然只是越来越多使得维基解密瘫痪的众多因素中的一个。阿桑奇本人至今仍然还被一副电子手铐束缚在艾林汉姆庄园，他已经在这处住所中被软禁了322天，在软禁期间他一直恳请被引渡回瑞典接受他关于性犯罪的审问。与此同时，美国大陪审团正秘密讨论他是否应该在美国被起诉和引渡回国受审。在维基解密公布了其所有没有经过编辑的报文后，他的许多最热心的支持者放弃了他所追求的事业。同时，从维基解密这个集团叛逃到公开解密（OpenLeaks）的这些人员，不管他们出于什么目的，都已经严重损坏了维基解密，同时也损毁了他们期望可以取代维基解密这个系统的名誉。

在阿桑奇关于维基解密财政问题的演讲后，我通过加密的即时信息联系了该集团也许是在那个时期与维基解密合作最年轻的一个技术志愿者。和那个设计师一样，他一直没有向我透露他的真实姓名，同时在我发表这次采访时他还请我甚至不要用他在采访中所使用的假名。

这位年轻的工程师士气低落，但这是可以理解的。“我认为维基解密正处于空前的最低落的时期，”他发信息说道，他以“不景气的”和“破产的”词语来形容这个集团，“这已经不是那个发行间接谋杀（Collateral Murder）文件的维基解密了。它就像一个衰败的纽约市的地铁站。”

“我感觉自己像一个上了年纪的人在谈论过去我所记得维基解密的好时光是什么样。在一年或两年前它真让人吃惊，这是最美好的时光。”他这样发信息谈到，但还是难以抑制激动的情绪。他说阿桑奇浪费掉了巨大的政治资本和大量的捐款。“我爱他。他很棒，但我只是希望他没有浪费这些机会。”

之后他的口气改变了，同时他还阐述了维基解密时代发展背后的理念。

“也许在几十年以后某一天，当我年过40，我将失去一切，”他发信息说道，“但也许我不会失败。”

密码朋克没有停止对保密制度发起摧毁，直到蒂姆·梅关闭了他的黑网（BlackNet）实验，约翰·黑尔森尤斯（Julf Helsingius）向科学论派的鼓吹者屈服并将皮内特（Penet）杀死，门达克斯（Mendax）和国际颠覆者（International Subversives）组织被澳大利亚联邦警察抓捕，布拉德利·曼宁被扔进一个军事禁闭室，或者匿名的黑客被指称与HBGary黑客组织有关联而被捕后才结束。今天，进行解密行动的已经不再是维基解密，而是公开解密及其无名氏，或者任何一种如雨后春笋般在世界各地涌现，效仿维基解密的实验方式。如约斯多蒂尔曾经预测过的，维基解密已经演变成了“两个或者十个”，接着又演变成了伯格曾经要求的“上千个维基解密”。带着他们各自不同目的以及手段，公开解密（OpenLeaks）、冰岛现代媒体运动（IMMI）、巴尔干解密（BalkanLeaks）、全球解密（GlobalLeaks），这些所有都可以追溯到20年前早些时候开发的密码朋克，甚至是早在密码朋克出现之前的20年前揭发美国五角大楼文件运动的后续。同时因为它仅仅在过去40年末期很短的一段时间里取得了最大的成功，因此它的工作仅仅是一个开始。

在维基解密丧失了对所有未经编辑国务院文件的控制后，约翰·扬对《经济学家报》网站上的一篇文章发表了评论。在评论中他发布了一段声明，这是一段精心编辑的文字，它呼应了43年前约翰·扬向哥伦比亚大学建筑系的学生们进行的简短演讲。那段鼓舞士气的演讲使那些抗议者们在最危机的时刻斗志昂扬，其内容如下：

> 维基解密在其短暂的历史时期中经历了数次转型。其中有些转型让人很痛苦，有些甚至几近夭折。但它都以新的活力战胜了这些困难，同样眼前的这次挑战也会被战胜。它最令人钦佩的地方是其在压力最大时能够更迅速恢复活力和更有创新性。它很可能会继续面临比

以前更严峻的考验，但这在我看来是一个很好的前景，因为如果缺乏了让其变得更强大的动力，它就会屈服于怠惰以及沉浸在以前的光辉岁月中自吹自擂。这些也许是不可避免的，因为阿桑奇和他的发明时代已经进入了衰老期，而这种命运也将降落到我们自己身上。我们其中一些人比他早进入了这段时期，但是我们还是像他一样努力地去做我们必须要做的事情。

我们为什么不能像他一样付出自己的努力，承担大于你应付的风险，不要仅仅追随他所引领的潮流而是要走你们自己的路，直面一切嘲讽、赞扬和谴责。如果你像他一样执着、勇敢和幸运，你才有可能由于受人钦佩而获得回报成为富人和名人。

或许你也会成为一个彻头彻尾的失败者，但那也好过毫无作为的中庸者。

. .--- -.. -.-. ... --. -. --. --- -... - --.- .--. -. -.-- ..

当我和那个设计师在混沌通信营见面时，他没有留给我任何形式的联系方式。当我问如何才能再次联系他时，他只是笑着说我可以通过多姆沙伊特－伯格联系到他。他悄悄地说道：“丹尼尔是我的代理人。”带着一点密码朋克式的幽默。接下来我通过电子邮件向这位保密工程师的德国同伴询问问题，但我从来也没有收到过回复。

至今为止，这位设计师所用的假名一直保密完好。此时，他正在某个地方构建、测试并调整一个更新、更时尚且更强大版本的消灭秘密的机器。即使阿桑奇今后的自由结束在瑞典或美国的监狱，即使丹尼尔·多姆沙伊特－伯格因其糟糕的名誉而退出了解密游戏，如果巴尔干解密放弃了去影响无可救药的（保加利亚）腐败政府，或者全球解密以及其他解密行动的理想主义继承人都失败了，或者甚至下一个布拉德利·曼宁被执法部门抓捕并面临同样令人不寒而栗的惩罚，这位设计师也将会继续坚持下去。也许他会采用不同的假名、不同的同伴或者不同的策略。

即使这个设计师退休，在世界的其他地方，另一个无名的、未露面的设计师正在编写着另一种揭秘武器。或许他正在阅读密码朋克邮件列表中的档案；或许他正在研究全球解密的源代码；或许他正在看着丹尼尔·多姆沙伊特－伯格在混沌通信营谈话的存档影像，并从他的错误中吸取经验，因为约翰·吉尔摩（John Gilmore）建议未来的揭秘倡导者应该吸取丹尼尔·多姆沙伊特-伯格的教训。

或许，下一个消灭秘密的机器的升级版正在设计师们的创作下慢慢投入运转，我们虽然不知道他们的名字，但我们会通过他们的工作认识他们。

后记

数字评论家叶夫根尼·莫罗佐夫（Evgeny Morozov）在《纽约时报》上这样评价本书，他写道："消灭秘密的机器可能很多，但至少有两种保持着活力。"事实上，正是因为大多数人看到信息运动和政府之间的类似猫和老鼠的游戏，猫（政府）在《机器消灭秘密》（第 1 版）图书出版发行一年后，开始对其实施管控。

我在本书第 5 章描述了奥巴马政府的"针对泄密的战争"。2013 年 1 月，美国前中央情报局特工和水刑（事件）举报人约翰·科里亚克（John Kiriakou）被裁定向一名自由记者泄露了机密文件，被判处有期徒刑 30 个月，他也成为第一个因向媒体泄露文件被判刑的美国中央情报局官员。来自宾夕法尼亚州洛雷特惩教所的一封信中提到，他已被描述成一个月薪 5.25 美元的看门人，忍受着那些看守们，看守们经常把他从 6 人监舍赶出后，随意进行搜查。

大概在同一时期，联邦调查局在对美国国务院前职员史蒂芬·金（Stephen Kim）间谍活动的起诉中提交了一份证词。这份后来被《华盛顿邮报》发表的证词中描述道，福克斯新闻网记者詹姆斯·罗森（James Rosen）可能是史蒂芬·金的"共犯或共谋者"，他被指控向罗森提供了朝鲜的一次核试验的信息。（联邦调查局）通过成功获得罗森的 Gmail 账号并核实消息源而对罗森进行了攻击，这模糊了泄密者和公开发表秘密者之间的区别。这种威胁超过了像维基解密一样激进的泄密门户网站：任何获取机密材料的行为都已进入（政府）的瞄准线，这实质上剥夺了数百家主流媒体日常报道活动的权利。

但是，被最广泛地作为（政府）针对全球泄密者（态度）像钟摆一样的标志性事件发生在 2013 年 5 月和 6 月，始于美联社揭露美国司法部门获取了 20 位记者 2 个月的电话记录。中央情报局卧底线人曾在也门挫败了一起爆炸阴谋，为了调查该行动机密被泄露的内幕，检察官布下了近段时期以来针对媒体最广泛、最深入的天罗地网。在这个过程中，（检察官）也摧毁了新闻界通过与政府内部人士传统交流途径探测隐私的任何幻想。

美联社监控丑闻仅仅是一个序曲。一个月后，一份被泄露的绝密命令揭示，威瑞森电信公司曾经向美国国家安全局提供了上百万美国人的通话记录，这可能是布什政府不正当窃听丑闻后所曝光的最大一宗美国政府国内监控事件。美国电话电报公司和斯普林特公司也被揭露参加了上述数据的收集，其他泄露的资料则揭穿了棱镜计划这个众所周知的强大的国际间谍计划，让美国国家安全局获取了储存在谷歌、微软、苹果和脸书上的大量信息。还有的泄露文件显示，如果存在“信息未公开且与国家安全相关”的情况，美国国家安全局的内部规则允许提取分析“无意中”从美国公民中窃听到的数据。

2011 年 6 月下旬，美国国家安全局那些信息泄露的源头在香港，这个源头被证实是现年 29 岁的爱德华·斯诺登（Edward Snowden），斯诺登曾作为技术设施分析师供职于美国国防项目承包商博思艾伦咨询公司。在撰写本文时，斯诺登已躲入莫斯科机场，维基解密的职员莎拉·哈里森（Sarah Harrison）陪着他并为他提供帮助，他们正在寻求厄瓜多尔和冰岛的庇护。

斯诺登化名为“真言者（Verax）”［阿桑奇所用拉丁语化名“伪言者（Mendax）”的反义词］，与记者进行了初次交流后，斯诺登知道他可能会以从事间谍活动罪被引渡起诉，在奥巴马任期内已经有 6 名泄密者被以同样的罪名起诉。

“我明白我将因为自己的行为而蒙受苦难。”他告诉《卫报》记者，“我的目的很简单——告诉公众哪些事情是政府打着公众的名义做的，哪些事情是侵犯到公众的利益的。”

在很多方面，斯诺登证实了我在序言所作的断定：他预示了成千上万的曾参与过（美国）政府大量机密信息（活动）的美国人都可能成为巨量解密的消息源——有超过 25 万人为私人承包商工作。第一个收到斯诺登泄密资料的《卫报》记者格伦·格林沃尔德（Glenn Greenwald）声称斯诺登曾向他提供了数千份文件。此外，匿名泄密的可能性依然存在，与斯诺登不同，美联社泄密的信息来源并没有被司法部门的罗网所捕获，就像本书一样。

但是，美国政府的所作所为和斯诺登提供的大量监控资料表明，有技术在支撑政府更激进的根除泄密者，奥巴马政府也毫不迟疑地使用着这种技术。

对于美国和世界各地的媒体，我统计了三种方式来应对日益增长的政府对泄密信息的攻击：媒体可以放弃提供任何反政府权力的真实审核；虽然落后于新的监视技术，无法逃离缺少民主的国度，但媒体值得花时间制定策略以保护自身的报道与法律盾牌斗争；或者媒体能采用密码朋克工具，在现存阴影下去构建一个不同类型的互联网络，有密码技术、没有法律，保持着对来源和对公众的承诺。

在过去两年的生活中，崇尚信息自由的激进分子、编码专家亚伦·斯沃茨（Aaron Swartz）一直试图将这三种方式变为可能。斯沃茨在14岁时就协助编码了广泛使用的RSS（简易信息聚合）协议改写本，随后发展了新闻社交网站红迪网（Reddit）大部分社会新闻，在2006年红迪网被收购时，发现他还为杂志业巨头康泰·纳仕集团（Condé Nast）工作。

这位时年20岁的黑客讨厌这种办公环境，他后来描述到，这地方“满是灰色的柱子和荧光灯，满是叩敲着电脑的嗡嗡声，还有谈论着合作的嘈杂声”。他很快就离开了公司，与他人共同创建了一个很有影响力的激进分子组织“进步需求”（Demand Progress），曾成功地对抗了像禁止网络盗版方案一样过于宽泛的互联网法规，参加了银行举报人和布拉德利·曼宁支持的运动。

在维基解密达到巨量解密高峰的那个时期，斯沃茨也尝试进行了一次自己的解密。根据后来联邦法院对他的起诉资料，在几个月里，斯沃茨用放置在麻省理工学院图书馆壁橱的计算机，从JSTOR（Journal Storage，是一个对过期期刊进行数字化管理的非营利性机构，1995年8月成立）联机服务器上下载了大量他计划向外公布的学术论文。2011年1月，他在麻省理工学院的校园内被逮捕，在2011年7月至2012年9月，受到包括电信诈骗等13项重罪的指控。斯沃茨面临最大可执行的35年监禁，加上饱受抑郁症的折磨，2013年1月，在26岁时，他在布鲁克林皇冠高地的公寓内上吊自杀。

仅仅4个月后，康泰·纳仕就披露了斯沃茨为解密投稿系统所编写的代表性代码的最后片断。凯文·波尔森（Kevin Poulsen），一位转型为《连线》杂志编辑的前黑客，雇佣斯沃茨为《连线》杂志创建了与维基解密类似的投稿系统，在他自杀前，斯沃茨那几年不时地作为外包承包商回到媒体公司的办公室。最终，在经历编辑部主编离开后的管理层动荡后，《连线》杂志放弃了这个计划。但康泰·纳仕的《纽约客》，采纳并启动了波尔森和斯沃茨的解密投稿系统，并将其取名为“保险柜（Strongbox）”。

“保险柜”紧随最佳匿名泄露实践（即维基解密）的步伐，逐步发明了一些新的东西。消息源需要运行 Tor，将他们的文件或者提示上传到 Tor 隐藏服务系统，该系统运行在远离《纽约客》自身系统的服务器中心中某台服务器上。当消息源第一次访问该网站，网站会要求他或她创建一个假名账户，允许泄漏的收件人通过该假名账户与其进行双向匿名交谈，并将邮件发送回消息源。

消息源上传的任何东西都会被立即加密，只留有两个受保护的连接，然后在一台完全与其他网络断开的独立电脑上进行解码。为了对抗间谍软件，增强安全性，这台“审查”电脑没有硬盘驱动器。它由一张光盘启动，用于读取泄密资料的私钥则保存在一个独立的 U 盘里。

在斯沃茨为康泰·纳仕工作期间，斯沃茨一直坚持的条件是：他的系统是免费且开源的。这种代码被称为情报秘密传递点（DeadDrop），可以提供给那些希望建立自己匿名泄密渠道的任何其他组织。

几个星期后，《纽约客》公布了其匿名泄密系统，我建议《福布斯》杂志的编辑，我们也应该建立一个使用相同免费代码的系统。当你们读到这些的时候，《福布斯》杂志已经跟随黑网、地下卷宗和维基解密的脚步，开始提供最先进的加密保护技术以隐藏匿名消息的来源。

你可以在网址“http：//www. this machinekillssectrets. com/contact”上找到我们的匿名泄密系统。

我不知道主流媒体采用维基解密的方法会产生什么后果。它可能不会产生阿桑奇获得的那种突发巨量解密，而可能会带来一个更为温和的结果：其仅有的功能是使得媒体在政府越来越严格的审查制度下继续进行调查工作，从而发挥媒体的监督职能。

像《连线》的凯文·波尔森介绍的那样，情报秘密传递点这种系统不再是传统的黑客技巧，它更像是进入餐厅的无障碍专用斜坡：这种系统代表着对那些最脆弱客户的一种必要考虑。波尔森说道：“使用这种系统并不像玩老虎机且希望获得一个大奖，这样的想法是错误的。这是为了解决所有新闻机构都必须面对的固有模式缺陷。”

与此同时，丹尼尔·多姆沙伊特－伯格（Daniel Domscheit－Berg）和

“设计师”的公开解密项目也转向关注类似的东西。在2012年12月，在公开解密运行 *Die Tageszeitung*（此刊物没有确切的中文翻译）刊物失败超过一年后，多姆沙伊特-伯格在他的网站上发布了题为“国家泄密”的更新。该更新宣称公开解密将不再寻求创造为媒体公司所用的产品，而只是作为类似安全顾问的存在，像维基解密一样在更广阔世界分享他们获得的资源。“我们希望看到任何组织机构对利用数字世界中告密者的技术进行解密的可能性产生兴趣，”多姆沙伊特-伯格写道，“我们可以提供专业知识，促进合作努力以实现最佳解决方案。而不仅仅是为了让未来的新闻界在技术上更加精明。”

与此同时，泄密者的工具包依然和以往一样强大。尽管Tor的安全性不断受到质疑，仍然没有匿名网络中的真实用户因Tor的保护被破解而被公开身份。相反，美国联邦调查局在2012年6月透露，他们已经放弃了对一起儿童色情案件的处理，因为用户私自使用了Tor掩藏他或她（在网上）的踪迹。在另一起案件中，药品销售网站“丝绸之路（Silk Road）”所使用的Tor隐匿服务的访问量高达每天60 000次，在这个网站上人们可以使用密码货币——比特币（Bitcoin）购买任何自己希望得到的药物。网站的业务在两年时间内呈爆炸性增长，没有任何迹象表明，缉毒署有能力找到网站的所有者或者关闭运行它的服务器。

Tor的匿名性并非仅仅用来犯罪。在巴尔干解密出现两年后，维基解密在保加利亚的这个分支又一次证明人们可以通过匿名讲述真相。

在2013年2月，阿塔纳斯·特乔巴诺夫（Atanas Tchobanov）和阿森·约达诺夫（Assen Yordanov）通过Tor提交系统收到了后来人们众所周知的关于“佛（Buddha）”的文件资料。来自保加利亚联邦警察1997年的备忘录中提到未来的总理博伊科·鲍里索夫（Boyko Borisov）代号为“佛”，文件推测他用这个代号隐藏他与该国黑手党联络的相关信息，并提到了他的“犯罪倾向”。

继巴尔干解密早期公开美国国务院电报中鲍里索夫涉嫌的犯罪活动后，那些来自保加利亚本国政府内的肮脏历史的确击中了政府的要害。一个月后，当保加利亚人走上街头抗议能源价格时，他们还高呼关于反腐败的口号，比如“佛，我们不是白痴”。

“有一个星期，这一直是保加利亚最大的新闻，”阿塔纳斯·特乔巴诺夫说道，“在那个时期，没有人叫鲍里索夫这个名字，大家都称他为佛。”

巴尔干解密公开“佛”的秘密后的18天，鲍里索夫辞职了。

特乔巴诺夫并不认为巴尔干解密是导致保加利亚这次政变的全部原因，也不认为它取得了全面性的胜利。在随后的选举中，鲍里索夫赢回了在保加利亚议会中的一个席位，但没有足够的票数成为首相。反对党组成的联盟控制了政府，就像在突尼斯一样，泄露的文件仅仅在经济问题和公众的失望情绪上擦出了一点火花。但特乔巴诺夫相信，巴尔干解密的适时公布“证明了我们真的可以改变一些事情”。他说：“我们不能说‘佛’资料泄密是鲍里索夫辞职的原因，但它肯定起到了推波助澜的作用。”

几个月前，阿桑奇在他的脱口秀节目中会见了厄瓜多尔总统和维基解密的迷拉斐尔·科雷亚（Rafael Correa）。在阿桑奇最需要的时刻，科雷亚友好接受了他的难民申请。这一决定宣布后不久，阿桑奇以那种意想不到的，但已成为他标志的开场白做出了回应：他求助于伦敦的厄瓜多尔大使馆，申请避难，并拒绝离开。从那以后，那些包围在厄瓜多尔大使馆外的伦敦警察与阿桑奇陷入了僵持。警察们等待着，试图在阿桑奇冲向机场的时候逮捕他。阿桑奇被困在使馆的两个房间里超过一年，过着与他那奇葩名声相符的生活，接见着各地的宾客，其中包括雷迪·嘎嘎（Lady Gaga）和奥利弗·斯通（Oliver Stone）等名人，并且还履行着他在家乡澳大利亚参议院席位的职责。

但就在阿桑奇的胡闹吸引了媒体关注的同时，他最重要的消息源则被证实是真正有良心的罪犯。2013年2月，布拉德利·曼宁认罪，他给了维基解密成千上万份有关伊拉克战争、阿富汗战争和美国国务院电报数据库的机密档案。尽管军方禁止任何人携带记录装置进入他的听证会，但在当月晚些时候，曼宁在法庭上完整的长达1小时的陈述录音记录仍然被泄露到网上。

在这份违禁音频文件里，曼宁清晰、自信地陈述到，这是他自从作为最高产的泄密者被驱逐出局以来的第一次公开发言。针对（公众）猜测（曼宁）可能指责阿桑奇或维基解密的其他人违反了与他的保密协议以减轻判罚，（曼宁）独自承担了与他相关数据犯罪的全部责任。“我把文件和信息发送给维基解密组织是我自己的决定，”他说道，“我为我的行为负全责。”

但他并不为那些泄密而愧疚，而是试图为这些行为正名：

我认为，如果广大公众，特别是美国民众，接触到含有“伊拉克和阿富汗战争文件”的信息，极有可能引发国内关于美国军队在伊拉克和阿富汗所扮演的角色和我们整体外交政策的辩论。我也相信，很长一段时间后，经过社会各界对这些数据的详细分析，可能会引起社会重新评估对反恐及反叛乱行动的需求，甚至是渴望。（这种需求乃至渴望）导致人们忽略了这些行动背后的复杂动力学对人们每天生活其中的环境所造成的影响。

后来，曼宁描述了他泄露维基解密标题为“谋杀无辜”的阿帕奇直升机连续镜头的动机，并为公众观看泄露视频后的反应感到满意。

我希望公众会像我一样对这种空中武器机组人员的行为感到震惊。我想让美国公众知道，在伊拉克和阿富汗，并非每个人都是需要被清除的目标，人们都在被称为“不平等战争”的高压力环境中挣扎求存。在公开这些资料后，我为观看了空中武器组视频的媒体和大众的反应感到倍受鼓舞。正如我所希望的，其他人看到这一切也和我一样困扰，甚至比我更甚。

在他的声明中，曼宁没有提到任何可能对他泄露的秘密产生破坏的信息，包括完整的、未编辑的国务院数据库。曼宁曾说过他希望他的泄密可以导致“世界范围内的讨论、辩论和改革”。

如果说泄露的信息之所以有力量，是因为这些信息展示了政商人物的公众形象与其背地里行为的脱节，那么曼宁的行为就应当是对其他泄密者的一种提醒。作为泄密者，道德一致性才是泄密者在精神上最简单的解药。

在撰写本文时，曼宁正在军事法庭中受审。军事检察官继续指控他犯有 21 条罪行——包括最严重的罪行“通敌”——试图让他获判无期徒刑而终生身陷囹圄。

——安迪·格林伯格

2013 年 7 月

致谢

如果让我列出帮助我写这本书的人，无论按时间还是重要性排序，第一位都是我妻子玛莉卡·佐哈利－沃勒尔（Malika Zouhali－Worrall）。从我让她想象朱利安·阿桑奇出现在《福布斯》杂志的封面，到15个月后我试图赶上出版商最后期限的恐慌瞬间，玛莉卡提供了无穷无尽的想法、建议、支持，以及细致而漂亮的编辑，尽管同一时期她还共同执导制作了一部纪录片，这比任何一部书都更加耗时。

我要感谢我的编辑斯蒂芬·摩洛（Stephen Morrow），他是我曾有机会与之合作的编辑中最令人愉快的朋友之一。他为我作品的成形倾注了巨大的热情、想象力和精力。他和我的出版经纪人艾瑞克·卢普伐（Eric Lupfer）在我撰写第一本书的曲折过程中提供了耐心的指导。

我欠《福布斯》杂志工作人员一个很大的人情，特别是路易斯·德沃金（Lewis Dvorkin）。他给我的自由、资源和支持是任何记者都会羡慕的。兰德尔·莱恩（Randall Lane）从他到杂志社起就如此慷慨大方。2010年9月，丹·碧纹（Dan Bigman）在我走进他办公室推销这个故事的几秒钟内便看到了它全部的潜力，并担任了其在杂志编辑中的最佳代言人。汤姆·波斯特（Tom Post）细心且很有技巧地修改了封面故事。在我写这本书的时候，我的《福布斯》杂志科技报道团队巧妙而耐心地填补了我们报道中的空白。在我旅行时，我的直接编辑艾瑞克·萨维茨（Eric Savitz）给了我很大的弹性来休息和工作（在整理故事时，甚至不过问我在哪个国家）。苏珊·拉德勒尔（Susan Radlauer）和凯·法尔肯伯格（Kai Falkenberg）给予我研究和法律上的无尽帮助远超过他们在《福布斯》杂志的职责，科茨·贝特曼（Coates Bateman）和伊丽莎白·沃伊克（Elizabeth Woyke）也都给了我宝贵的意见。

其他帮助我使本书成为可能的人包括阿尔比·阿尔卡雷（Alby Alkalay）、乔治亚·库尔（Georgia Cool）、尼克·法拉（Nick Fara）、山姆

（Sam）和劳伦·格林伯格（Lauren Greenberg）、玛丽亚·吉尼娃（Maria Guineva）、肯扎和亚历克斯·哈根（Alex Hagon）、朱莉·哈赞（Julie Hazan）、斯蒂芬妮·希区柯克（Stephanie Hitchcock）、贝吉塔·约斯多蒂尔（Birgitta Jónsdóttir）、莫西·马琳斯巴克（Moxie Marlinspike）、格雷戈瑞·穆乔（Gregory Muccio）、迈克尔·诺尔（Michael Noer）、丽安·彭伯顿（LeeAnn Pemberton）、阿塔纳斯（Atanas）和玛丽亚·特乔巴诺夫（Maria Tchobanov）以及阿森·约达诺夫（Assen Yordanov）。我还要特别感谢我的岳父岳母奈玛·佐哈利（Naima Zouhali）和斯蒂夫·沃勒尔（Steve Worrall）对我的支持，以及在我旅行、报告和写作中提供的几处理想的工作和生活场所。

最后，我想感谢我的父亲，伽力·格林伯格（Gary Greenberg）在无数的电话交谈中帮我找到了这本书的方向，对这部作品的细心修改，使我以记者为职业成为可能，以及他对我的写作不厌其烦且和善的批评关注，他经常鞭策提醒我："你写的文章还达不到我小学六年级的水平。"

2013 年 10 月，影片《危机解密》刚刚上映；纪录片《我们窃取秘密：维基解密的故事》也刚刚面世。本书针对这些影片背后的革命性的密码战争进行非授权的讲述。记者安迪·格林伯格长期致力于探究密码战争，从 20 世纪 70 年代的加密革命到创立维基解密的黑客朱利安·阿桑奇，到令诸多企业和政府不寒而栗的黑客组织"匿名者"，以及其他黑客和相关组织。

通过对故事中主要参与者的独家访问，如朱利安·阿桑奇，丹尼尔·多姆沙伊特－伯格以及维基解密神出鬼没的设计师，格林伯格揭开了具有明确政治动机的黑客们的神秘面纱——他们是谁？他们如何工作？

安迪·格林伯格是一位科技记者，专注于科技、信息安全和数字公民自由等领域。作为资深作家供职于《在线杂志》。此前曾任福布斯网和《福布斯》杂志的特约撰稿人。

2014 年，格林伯格与瑞安·马克（Ryan Mac）一起凭他们在《福布斯》杂志发表的"大哥的脑子"一文获得杰拉尔德·勒布奖（Gerald Loeb Award)。同年，格林伯格荣获系统网络安全协会颁发的最高网络安全记者奖。

2013 年，他在福布斯网发表的"应对出售间谍工具破解你的个人电脑的黑客"获得了安全博客网组织的"年度最好博客奖"。

2012 年，格林伯格出版《机器消灭秘密》，获得《纽约时报》编辑选择奖。

果壳书斋　　科学可以这样看丛书(35 本)

门外汉都能读懂的世界科学名著。在学者的陪同下,作一次奇妙的科学之旅。他们的见解可将我们的想象力推向极限!

1	量子理论	[英]曼吉特·库马尔	55.80 元
2	生物中心主义	[美]罗伯特·兰札等	32.80 元
3	物理学的未来	[美]加来道雄	53.80 元
4	量子宇宙	[英]布莱恩·考克斯等	32.80 元
5	平行宇宙(新版)	[美]加来道雄	43.80 元
6	达尔文的黑匣子	[美]迈克尔·J.贝希	42.80 元
7	终极理论(第二版)	[加]马克·麦卡琴	57.80 元
8	心灵的未来	[美]加来道雄	48.80 元
9	行走零度(修订版)	[美]切特·雷莫	32.80 元
10	领悟我们的宇宙(彩版)	[美]斯泰茜·帕伦等	168.00 元
11	遗传的革命	[英]内莎·凯里	39.80 元
12	达尔文的疑问	[美]斯蒂芬·迈耶	59.80 元
13	物种之神	[南非]迈克尔·特林格	59.80 元
14	抑癌基因	[英]休·阿姆斯特朗	39.80 元
15	暴力解剖	[英]阿德里安·雷恩	68.80 元
16	奇异宇宙与时间现实	[美]李·斯莫林等	59.80 元
17	垃圾 DNA	[英]内莎·凯里	39.80 元
18	机器消灭秘密	[美]安迪·格林伯格	49.80 元
19	量子创造力	[美]阿米特·哥斯瓦米	39.80 元
20	十大物理学家	[英]布莱恩·克莱格	39.80 元
21	失落的非洲寺庙(彩版)	[南非]迈克尔·特林格	88.00 元
22	量子纠缠	[英]布莱恩·克莱格	32.80 元
23	超空间	[美]加来道雄	59.80 元
24	量子时代	[英]布莱恩·克莱格	预估 39.80 元
25	宇宙简史	[美]尼尔·德格拉斯·泰森	预估 68.80 元
26	不确定的边缘	[英]迈克尔·布鲁克斯	预估 42.80 元
27	自由基	[英]迈克尔·布鲁克斯	预估 49.80 元
28	搞不懂的 13 件事	[英]迈克尔·布鲁克斯	预估 49.80 元
29	阿尔茨海默症有救了	[美]玛莉·纽波特	预估 49.80 元
30	超感官知觉	[英]布莱恩·克莱格	预估 39.80 元
31	科学大浩劫	[英]布莱恩·克莱格	预估 39.80 元
32	宇宙中的相对论	[英]布莱恩·克莱格	预估 42.80 元
33	构造时间机器	[英]布莱恩·克莱格	预估 42.80 元
34	哲学大对话	[美]诺曼·梅尔赫特	预估 128.00 元
35	血液礼赞	[英]罗丝·乔治	预估 49.80 元

欢迎加入平行宇宙读者群·果壳书斋。QQ:484863244

邮购:重庆出版社天猫旗舰店、渝书坊微商城。各地书店、网上书店有售。